친밀한
제국

한국과 일본의
협력과
식민지 근대성

친밀한 제국 한국과 일본의 협력과 식민지 근대성

초판 1쇄 발행 2020년 4월 15일

초판 2쇄 발행 2021년 12월 10일

지은이 권나영

옮긴이 김진규 · 인아영 · 정기인

펴낸이 박성모

펴낸곳 소명출판

    출판등록 제13-522호

    주소 서울시 서초구 서초중앙로6길 15, 2층

    전화 02-585-7840 **팩스** 02-585-7848

    전자우편 somyungbooks@daum.net **홈페이지** www.somyong.co.kr

값 24,000원

ⓒ 소명출판, 2020

ISBN 979-11-5905-493-8 93810

▲『모던 일본』의 조선 특집호.

▲『조선국민문학집』. ©와세다대학 아카이브.

▶ 장혁주의『춘향전』표지. 표지 그림은 무라야마 토모요시.
© 와세다대학 아카이브

▲ 〈춘향전〉 포스터. ⓒ호세이대학 오하라 사회조사연구소

▲ 도쿄에서 열린 최승희 공연 포스터.

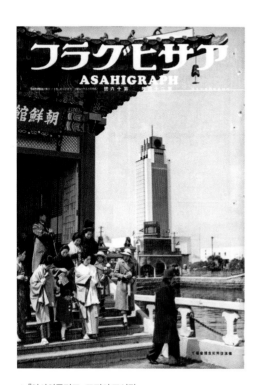

▲ 『아사히구라프』 표지의 조선관.

친밀한 제국

한국과 일본의 협력과 식민지 근대성

INTIMATE EMPIRE
Collaboration and Colonial
Modernity in Korea and Japan

권나영 지음
김진규·인아영·정기인 옮김

소명출판

이 책을 부모님께 바칩니다.

일러두기

1. 이 책의 각주는 모두 역주이며, 미주는 저자주이다.
2. 원서에 등장하는 글이나 책에 번역서가 있는 경우, 번역서의 서지사항만 제시했다.

감사의 말

이 책의 구상에서 완성까지 3개국을 오가며 3개 국어를 넘나들었고, 집필하는 데 10년이 넘게 걸렸다. 그 과정에서 나는 많은 사람의 후의厚意 덕분에 이 작업을 지속할 수 있었다. 나는 집, 교실, 도서관, 연구실, 그리고 대화에 초대해 준 사람들의 환대에 빚지고 있다.

먼저, UCLA의 선생님들 — 피터 리Peter H. Lee, 존 던컨John B. Duncan, 이남희Namhee Lee, 세이지 리핏Seiji M. Lippit, 진치 링Jinqi Ling, 고故 미리엄 실버버그Miriam Silverberg — 은 시작부터 나를 지도해주셨다. 이 책은 그들의 지적 엄밀함과 다년간의 정신의 관대함이 없었다면 구상되거나 실현될 수 없었을 것이다. 대학원 시절의 친구들 — 오다기리 타쿠시Takushi Odagiri, 김지영Chiyoung Kim, 제니퍼 신Jennifer Shin, 미키 홍Mickey Hong, 이승아Seungah Lee, 잉즈 스텔라 쉬Yingzi Stella Xu, 찰스 김Charles Kim, 김선자Sonja Kim, 존 남준 김John Namjun Kim, 손민서Minsuh Son, 손희주Hijoo Son, 엘리 최Ellie Choi, 토드 헨리Todd Henry, 하가 고이치Koichi Haga, 류영주Youngju Ryu, 크리스 한스콤Chris Hanscom, 안진수Jinsoo An — 은 내 여행의 다양한 단계에서 동반자 및 협력자로서 지지해 주었다. 나는 아리조나 주립대학에서 가르칠 기회를 주고, 내가 머무는 동안 따뜻하게 환대해 준 최혜월Hyaeweol Choi에게 감사한다.

한국에서는 권영민이 서울대에서 나를 반겨준 것에 대해 감사한다. 김철과 이경훈은 친절하게도 내가 연세대에서 그들의 세미나와 공동 연구에 동참할 수 있도록 허락해 주었다. 나에게 가장 영향이 컸던 것 중의 하나는 한일문학연구회(수요회)로, 집에서 멀리 떠나온 나에게 서울에서의 집이 되어주었다. 내가 계속해서 배우고 있는 다른 선생님과 친구로는 신형기, 서재길, 차승기, 백문임, 권명아, 정재원, 타지마 테츠오Tajima Tetsuo, 김예림, 박하나, 이화진, 최영석, 정종현, 김채영, 마카세 아키코Makase Akiko, 황호덕, 이영재, 김재용, 정근식 등이 있다. 나는 그들과의 지속적인 대화에 대해 감사한다.

일본에서는 와세다대에 초대해 준 호테이 토시히로Hotei Toshihiro에게 감사한다. 도쿄에서는 오무라 마스오, 심원섭, 김응교, 남부진, 곽형덕, 박희병, 조기은, 후지시 타카요Fujiishi Takayo의 가르침과 우정의 수혜자가 되었다. 요네타니 마사후미Yonetani Masafumi와 동경외대 대학원생들, 그리고 카와무라 미나토Kawamura Minato와 호세이대 대학원생들에게 세미나에서 나를 환영해준 것에 감사하고 싶다. 와타나베 나오키Watanabe Naoki와 인문평론연구회 친구들에게 특별한 감사를 표하고 싶다. 내가 집에서 멀리 떨어져 있을 때, 이곳도 도쿄에서 또 다른 집이 되어 주었다.

시라카와 유타카Shirakawa Yutaka는 나의 작업의 사려 깊은 후원자였다. 특히 진귀한 사진을 포함한 자료와 아이디어를 감사하게도 공유하고, 나에게 그들의 이야기를 들려주고 개인 소장품을 친절하게 제공해 준 노구치Noguchi 가족에게 나를 소개해 준 것에 대해 감사하고 싶다. 교토에서 나는 미즈노 나오키Mizuno Naoki의 지적인 너그러움과 엄밀함에 지속적으로 영감을 받았다. 국제일본문화연구센터의 마츠다 토시히코Matsuda Toshihiko가 식민지 시대 경찰 기록에 대한 전문 지식을 친절하게 가르쳐준 것에 대해서도 감사한다.

듀크대에서, 나는 이 여정의 마지막 단계에서 동료들과 친구들의 정말 완벽한 지지를 받을 수 있었다. 나는 내 원고 워크숍을 후원한 프랭클린 인문학 연구소와 모든 참가자들 — 데이비드 암바라스David Ambaras, 레오 칭Leo Ching, 최경희Kyeong-Hee Choi, 에일린 차우Eileen Chow, 김해영Hae-Young Kim, 리드 말콤Reed Malcolm, 엘렌 맥라니Ellen McLarney, 월터 미그놀로Walter Mignolo, 사카이 나오키Naoki Sakai — 에게 감사하고 싶다. 나는 특히 사카이 나오키, 최경희, 말콤이 먼 곳에 와서, 내 작업의 중대한 분기점에서 사려 깊은 발언, 비판, 격려를 해준 것에 감사한다. 엘렌과 에일린 역시 최고의 글쓰기 팀이라는 점에서 특별한 언급이 필요하며, 결승선까지 나를 응원해 줬다. 계속되는 지도와 우정에 대해 미리암 쿡Miriam Cooke, 샤이 긴스부르그Shai Ginsburg, 게니퍼 웨이젠펠트Gennifer Weisenfeld, 궈주인 홍Guo-Juin Hong, 카를로스 로하스Carlos Rojas, 레이 초우Rey Chow, 김환수Hwansoo Kim, 김은영Eunyoung Kim, 김지형Cheehyung Kim에게 감사한다. 나는 원고 전부 또는 일부를 읽고 중요한 단계에서 그들의 통찰을 제공해준 몇몇 사람들 — 후지타니 다카시Takashi Fujitani, 이진경Jinkyung Lee, 테오도르 휴즈Theodore Hughes, 조나단 아벨Jonathan Abel — 에게 감사한다. 나는 도서관의 전문가 크리스 트루스트^{Kris Troost}, 뤄 주오^{Luo Zhuo}, 구미리^{Miree Ku}에게 그들의 연구 전문지식에 대해 감사한다. 특히 엘리자베스 브라운^{Elizabeth Brown}에게 세심하고 날카로운 편집과 초안을 준비하는 도중의 따뜻한 격려에 감사한다. J. 래파포트 ^{J. Rappaport}는 작업 마지막 단계에서 전문적인 보완을 추가했다.

이 연구, 저술, 출판은 풀브라이트 헤이즈^{Fulbright-Hays}, 풀브라이트 IIE, 한국국제교류재단, 듀크대 문과대학, 앤드루 W. 멜론/프랭클린 인문학 연구소, 아시아태평양학연구소, 일본학 삼각센터, 인문대의 지원금을 통해 이뤄졌다.

제1장과 제2장의 일부는 "Colonial Modernity and the Conundrum of Representation : Korean Literature in the Japanese Empire"(*Postcolonial Studies* 13-4, 2010)를 수정한 것이다. 제5장은 "Conflicting Nostalgia : Performing The Tale of Ch'unhyang(春香傳) in the Japanese Empire"(*Journal of Asian Studies* 73-1, 2014)를 수정했다.

다음과 같은 개인과 기관에 의해 이미지와 사용 권한을 얻을 수 있었다. 이광수 유족인 이정화^{Chung Wha Lee Iyengar}와 하타노 세츠코^{Hatano Setsuko}가 이광수의 희귀 사진을 얻는 데 도움을 주었다. 룽잉쭝^{龍瑛宗}의 유족 류치후^{Liu Chih-Fu}와 왕후에천^{Wang Huei-Chen}과 신지영 덕분에 김사량과 룽잉쭝의 희귀한 서신의 복사본을 접할 수 있었다. 최정희의 유족인 김지훈은 희귀한 엽서를 다시 인쇄할 수 있도록 허락해 주었다. 서울대 고문헌자료,

와세다대 기록관, 쓰보우치 쇼요坪內逍遙 기념관, 오하라 사회문제연구소, 호세이대, 메이지가쿠인대 역사기록관 등의 문서고에도 감사의 마음을 표하고 싶다.

나는 이 프로젝트에 대한 믿음을 갖고 안내해 준 듀크대 출판부의 켄 위소커Ken Wissoker와 출판의 마지막 단계에서 전문성을 발휘하여 안내를 해준 엘리자베스 아우트Elizabeth Ault와 사라 리온Sara Leone에게 감사한다.

마지막으로 나의 가족은 나의 닻이며, 그들의 끊임없는 사랑, 격려, 인내심에 대한 나의 감사를 말로는 다 표현할 수 없다. 나는 이 책을 무한한 사랑과 감사로 부모님에게 바친다. 감사합니다.*

---

* 원문에 한국어로 "감사합니다"로 되어 있다.

"또 오셨네요?"

출입국관리소 직원이 건넨 예상 밖의 친절한 인사에 당황한 나는 서류에서 고개를 들어 그를 바라보았다. 확실히, 나는 김포 국제공항의 출입국관리소에 몇 번째인지도 모를 정도로 갔었지만, 내가 얼마나 자주 한국과일본을 오갔는지 깨달은 것은 이번이 처음이었다. 이 책의 연구와 집필은 2000년대 초반부터 중반까지 한일을 끊임없이 오가면서 이뤄졌다.

이때는 그 어느 때보다 새로운 교류 기회가 있었고, 과거 기록물에 대한 접근이 더욱 더 가능해져 한일 관계를 연구하는 학자들에게는 흥미진진한 시간이었다. 우리는 우리보다 앞선 세대들, 즉 수십 년에 걸친 두 나라 사이의 깊은 단절 기간 동안 훨씬 더 큰 도전에 직면했던 사람들의 선구적인 노력 위에 새로운 것을 건설할 것이라는 희망으로 가득 찬 신세대였다. 이때는 구소련 및 동구권이 몰락하면서 냉전의 긴장이 해빙되는 시기로, 이는 동북아 관계에도 긍정적인 영향을 미친 것으로 보였다. 서로의 대중문화에 대한 관심이 높아지고 월드컵을 공동 개최하는것은 모두 더 나은 미래를 위한 새로운 개방(그리고 상호 이해)을 위한 좋은 징조처럼 보였다.

그 당시 우리가 목격하기 시작한 전진들과 함께 서서히 불안감도 들었는데, 결국 한일 관계가 악화되어 그 전진들이 근본적으로 되돌려지게 될거라고는 상상하지도 못했었다. 이 책을 연구하면서 나는 양국 간의 오랜

반목을 개선하기 위한 엄청난 기회들을 목도해왔다. 하지만 돌이켜보면 불행하게도 그것은 이후로 닫혀 간 작은 기회에 불과했던 것처럼 보인다.

내가 이 책의 한국어 번역을 기대하면서 이 서문을 쓰는 동안, 한일 관계는 1960년대 일본과 한국이 외교 관계를 정상화한 이후 사상 최악을 기록하고 있다.

내가 이 프로젝트의 끊임없이 변화하는 배경을 통해 깨달은 것은, 이미 반세기 이상이 지났지만 이 지역의 관계가 매우 위태롭다는 것이다. 아시아–태평양 지역의 경쟁적인 정치적 이해관계가 상호간의 불신을 부추기고 방해만 일삼고 있는 상황에서 이러한 긴장이 폭발할 가능성은 항상 존재한다. 그것이 어떤 순간에 표면 아래에 있는지 여부만 달라질 뿐이다.

그러한 환경 속에서, 과거의 역사로부터 배우고, 이러한 확대된 분열을 가로질러 협동과 협력을 구축하기 위한 문화적, 학문적, 정치적 노력을 지속적으로 지원하는 것이 현재 그 어느 때보다 중요하다. 과거의 역사를 돌아보면, 가장 암담해 보이는 순간에도, 상호 이해를 허물기보다는 건설을 향해 계속 노력하는 사람들이 있었다는 사실에 나는 고무된다. 과거 역사에 대한 진정한 이해 없이는 현재의 복잡성을 파악하고 더 나은 상호의 미래를 향해 나아가는 것은 불가능하다. 이 책과 그 번역이 다음 세대를 위한 더 나은 상호 관계를 향해 우리의 이해를 넓히는 데 어떤 작은 방법으로 기여한다면 나는 정말 감사할 것이다.

번역과 협력에 대하여

늘 엄청난 사랑의 노동인 번역을 심사숙고하여 수행해 온 번역가 김진규, 인아영, 정기인의 관대함, 배려심, 섬세함에 감사한다. 지난 몇 년 동안 그들과 긴밀히 협력할 수 있는 기회를 얻어서 매우 영광스럽고 감사하다. 이 책은 어떤 의미에서도 번역하기 쉬운 책이 아니며, 이 과제에 대한 세 번역가의 헌신은 직무 범위를 넘어서는 것이었다. 그들은 시간을 들여 모든 원전을 샅샅이 뒤졌는데, 그중 다수는 희귀하고 일부는 거의 읽을 수 없는 상태인 것들이었다. 이들은 3개 국어로 되어 있고, 다양한 국가에 소장되어 있다. 그들은 그 과정 내내 나와 지속적인 지적 대화를 나누었는데 시간을 들여 실수를 바로잡고 영어 원본을 향상시킬 수 있는 방법들을 제안하기까지 했다. 세 번역가가 각 장을 가능한 한 정확하고 쉽게 읽히는 한국어 문장으로 번역하기 위해 지칠 줄 모르는 노력으로 여러 번 검토했다는 것을 알고 있다. 그들의 엄청난 노력 덕분에, 한 대학원생의 논문 작업으로 수십 년 전에 3개 국어를 넘나들며 시작된 이 책은, 마침내 한국어 독자로의 길을 찾았다. 한국의 많은 선생님, 친구, 동료들의 환대는 여러 해 동안 방황했던 나를 지탱해 주었고, 나는 이 한국어 번역본이 그들에게 되돌아온 감사의 작은 표시가 되기를 바란다. 무엇보다도, 오랜 세월 동안의 나의 횡단이 무엇에 관한 것인지 궁금해 했던 한국의 친척들과 (한국문학과 세계문학을 열심히 읽는) 나의 부모님도 마침내 이 모든 방랑으로부터 얻은 글을 한국어로 읽을 수 있게 되었다. 이 선물에 대해 번역가들과 소명출판의 모든 사람들에게 감사를 표할 수 있는 적절한 말을 찾기 어렵다. 감사합니다.

한국과 일본을 다시 오가며

(In transit between Seoul and Tokyo, yet again)

권나영

차례

제1장

식민지 근대성과 재현의 난제

한국과 일본의 서로 분리되어 있는 논쟁적인 근대사는 「사랑인가愛か」라는 소설에 대한 탐구로도 시작할 수 있지 않을까? 이 소설은 한일 양국에서 오랫동안 잊혀 있었던 7쪽에 불과한 단편이다. 그러나 이 소설은 한일 양국이 한때 공유했던 과거의 문학으로서 중요한 의미가 있다. 일본어로 쓰인 이 단편소설은 일본 학교 교지에 게재되었는데, 식민지 조선 작가 이보경의 이름 옆에 '한국 유학생'이라는 설명이 붙어있다. 오늘날 우리는 이보경이 바로 한국 근대문학의 아버지 이광수李光洙(1892~1950?)이며, 그가 일본의 조선합병 바로 1년 전에 이 소설을 썼다는 것을 알고 있다. 식민지로 전락한 조선은 수십 년 동안 일본에 점점 깊이 포섭되어 갔고, 이광수는 일본 제국에서 가장 유명하고 논쟁적인 식민지 작가가 되었다. 유학생이었던 그는 「사랑인가」를 제국의 중심인 동경에서 일어로 썼다. 그의 동경행은 '계몽'을 향한 여정에 상응한다. 이광수와 같은 전세계 수많은 식민지인들은 이처럼 제국의 심장부로 나아갔고, 이를 에드워드 사이드는 '제국의 중심으로 진입하는 여행'[1]이라 부른 바 있다.

이광수는 애정을 담아, 「사랑인가」를 그의 '처녀작'이라 부른 적이 있

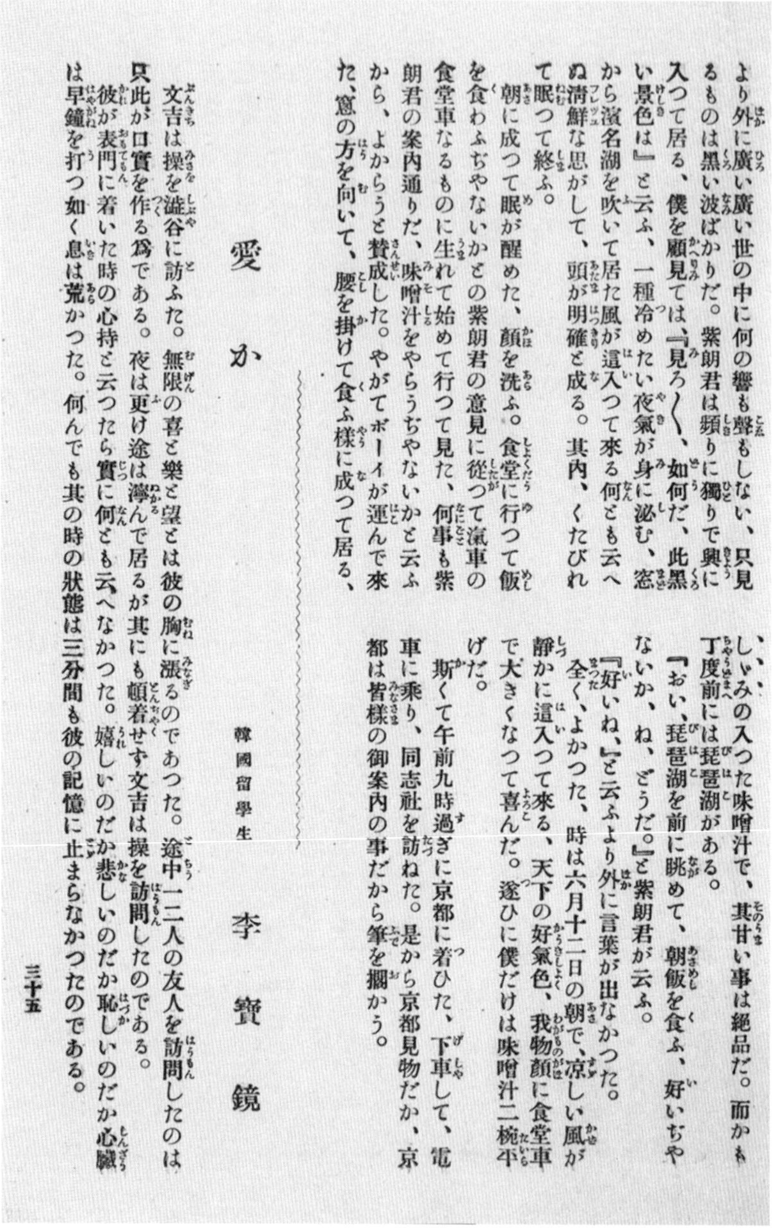

より外に廣い廣い世の中に何の響も聲もしない、只見るものは黒い波ばかりだ。紫朗君は頻りに獨りで興に入つて居る、僕を顧見ては『見ろ〳〵、如何だ、此黒い景色は』と云ふ、一種冷めたい夜氣が身に泌む、窓から濱名湖を吹いて居た風が這入つて來る何とも云へぬ清鮮な思がして、頭が明確と成る。其内、くたびれて眠つて終ふ。

朝に成つて眠が醒めた、顏を洗ふ。食堂に行つて飯を食わふぢやないかとの紫朗君の意見に從つて滊車の食堂車なるものに生れて始めて行つて見た、何事も紫朗君の案内通りだ、味噌汁をやらうぢやないかと云ふから、よからうと贊成した。やがてボーイが運んで來た、窓の方を向いて、腰を掛けて食ふ樣に成つて居る、しゞみの入つた味噌汁で、其甘い事は絶品だ。而かも丁度前には琵琶湖がある。

『おい、琵琶湖を前に眺めて、朝飯を食ふ、好いぢやないか、ね、どうだ。』と紫朗君が云ふ。

『好いね、』と云ふより外に言葉が出なかつた。

全く、よかつた、時は六月十二日の朝で、涼しい風が靜かに這入つて來る、天下の好氣色、我物顏に食堂車で大きくなつて喜んだ。遂ひに僕だけは味噌汁二椀平げた。

斯くて午前九時過ぎに京都に着ひた、下車して、電車に乘り、同志社を訪ねた。是から京都見物だか、京都は皆樣の御案内の事だから筆を擱かう。

愛か

韓國留學生　李寶鏡

文吉は操を澁谷に訪ふた。無限の喜と樂と望とは彼の胸に漲るのであつた。途中一二人の友人を訪問したのは只此が口實を作る爲である。夜は更け途は濘んで居るが其にも頓着せず文吉は操を訪問したのである。

彼が表門に着いた時の心持と云つたら實に何とも云へなかつた。嬉しいのだか悲しいのだか恥しいのだか心臟は早鐘を打つ如く息は荒かつた。何んでも其の時の狀態は三分間も彼の記憶に止まらなかつたのである。

三十五

〈그림 1〉『시로가네 가쿠호(白金學報)』에 실린 이광수의 「사랑인가」. ©메이지학원 역사 기록관

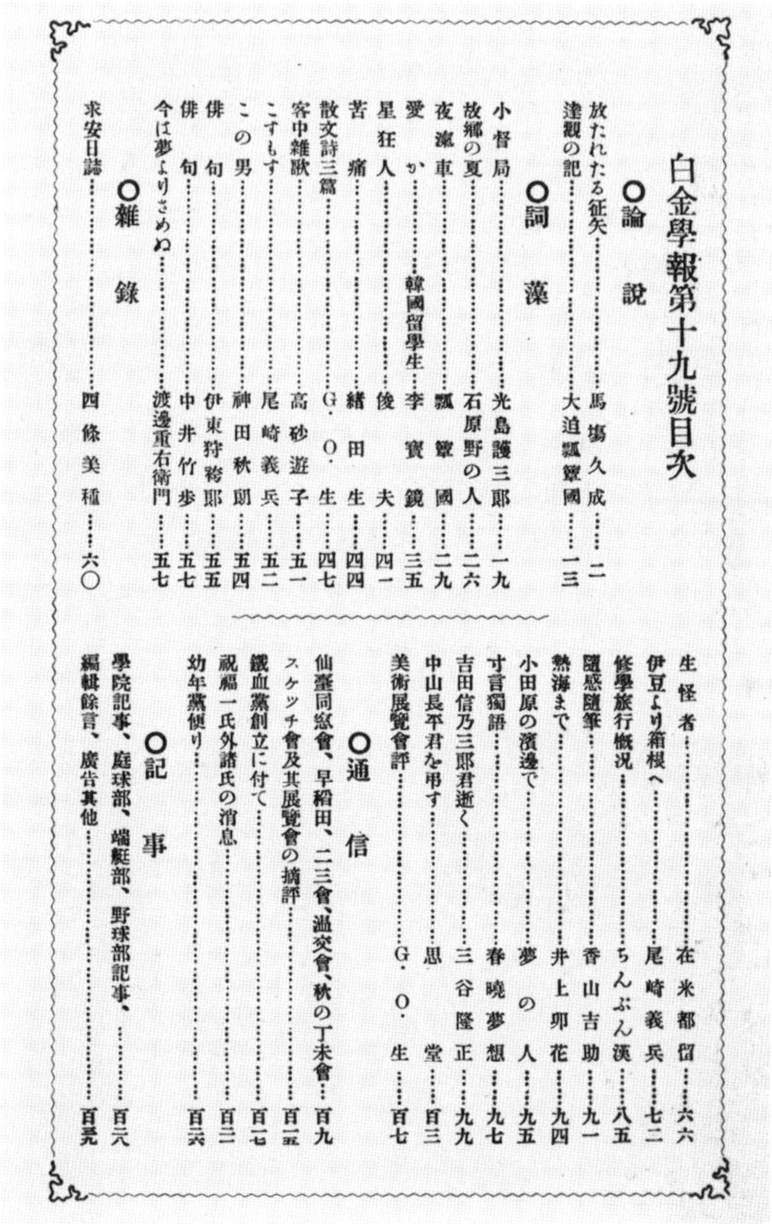

白金學報第十九號目次

○論說

放たれたる征矢……馬場久成……二
逢親の記……大迫瓢簞國……一三

○詞藻

小督局……光島護三郎……一九
故郷の夏……石原野の人……二六
夜滊車……瓢簞國……二九
愛か……韓國留學生 李寶鏡……三五
星狂人……俊夫……四一
苦痛……緒田生……四四
散文詩三篇……G・O・生……四七
客中雜歎……高砂遊子……五一
こすもす……尾崎義兵……五二
この男……神田秋朗……五四
俳句……伊東狩袴耶……五五
俳句……中井竹步……五七
今は夢よりさめぬ……渡邊重右衛門……五七

○雜錄

求安日誌……四條美種……六〇
生怪者……在米都留……六六
伊豆より箱根へ……尾崎義兵……七二
修學旅行概況……ちんぷん漢……八五
隨感隨筆……香山吉助……九一
熱海まで……井上卯花……九四
小田原の濱邊で……夢の人……九五
寸言獨語……春曉夢想……九七
吉田信乃三郎君逝く……三谷隆正……九九
中山長平君を弔す……思堂……百三
美術展覽會評……G・O・生……百七

○通信

仙臺同窓會、早稲田、二三會、温交會、秋の丁未會……百九
スケッチ會及其展覽會の摘評……百一五
鐵血黨創立に付て……百一七
祝福一氏外諸氏の消息……百二一
幼年黨便り……百二六

○記事

學院記事、庭球部、端艇部、野球部記事、……百二八
編輯餘言、廣告其他……百二九

〈그림 2〉『시로가네 가쿠호(白金學報)』 목차에서 이광수를 “한국 유학생”으로 소개하고 있다. ©메이지학원 역사 기록관

〈그림 3〉메이지학원의 학생과 교사들. 이광수는 맨 마지막 줄 왼쪽 끝에 서 있다. 이 사진의 사본을 공유해 준 하타노 세츠코 교수께 특별히 감사를 드린다. ©메이지학원 역사 기록관

〈그림 4〉메이지학원의 학생과 교사들. 이광수는 위에서 두 번째 줄 오른쪽에서 세 번째이다. 이 사진의 사본을 공유해준 하타노 세츠코 교수께 특별히 감사를 드린다. ©메이지학원 역사 기록관

다. 이 소설은 한 초조한 소년의 실습작으로, 조선인 학생 문길文吉(분키치)의 일본인 동급생 미사오操에 대한 동성애적 욕망의 좌절을 우울한 분위기로 그리고 있다.[2] 이 작품의 창작자인 소년 이광수는 곧이어 '한국 근대문학의 아버지'라는 명성을 얻게 되고, 이후 식민지 대일협력자(그는 심지어 가야마 미쓰로香山光浪로 창씨개명한다)라는 악명 역시 빠르게 얻는다. 이광수의 부침, 또는 이광수가 가야마 미쓰로로 변모하는 과정은 여전히 무수한 논쟁의 대상이고, 아직 온전히 이해되지 못했다. 이 소설 「사랑인가」는 20세기 초반 조선과 일본의 논쟁적인 식민지적 조우의 초기 모습을 보여준다.

> 분키치/문길은 어둠 속에서 무력하게 갈등하다가, 미사오가 사는 하숙집 문 앞에서 맴돌며, 그가 자신의 사랑을 받아줄지를 초조해한다.
>
> 분키치/문길은 시부야로 미사오를 찾아갔다. 무한한 기쁨과 즐거움과 희망이 그의 가슴에 넘치고 있었던 것이다. 도중에 한 두 벗을 방문한 것은 오직 그 구실을 만들기 위함이다. 밤은 깊고 길은 질퍽거렸지만 그에 개의치 않고 분키치/문길은 미사오를 방문했던 것이다. (…중략…)
>
> 그는 문을 들어가 격자문 쪽으로 나아갔지만 가슴 두근거림은 더욱 빨라지고 신체는 부들부들 떨렸다. 덧문은 닫혔고, 사방은 죽은 듯이 조용하다. 벌써 자는 것일까? 아니 그럴 리 없다. 이제 겨우 아홉 시를 조금 지났을 뿐이다. 게다가 시험 기간이니까 아직 안 자고 있음은 분명하다. 아마 한적한 장소라서 일찍부터 문단속을 한 것이리라. 문을 두드릴까? 두드리면 열어줄 것은 틀림없다. 그러나 그는 그러지 못했다. 그는 목상처럼 숨을 죽이고서 우뚝 서있다. 왜일까? 왜 그는 먼 곳의 벗을 방문했으면서도 문을 두드

리지 못하는가? 두드렸다고 꾸지람을 듣는 것도 아니며 누가 두드리려는 손을 제지하는 것도 아니다. 단지 그는 두드릴 용기가 없는 것이다. 아아, 그는 지금 내일 시험 준비로 여념이 없을 것이다. 그는 내가 지금 이곳에 서 있다는 것을 꿈에도 생각하지 못하리라. 그와 나는 오직 이중의 벽에 가로 막혀서 만 리 밖의 생각을 하는 것이다. 아아, 어떻게 할까? 모처럼의 희망 도 기쁨도 봄날의 눈과 같이 스러져 버렸다. 아아, 이대로 이곳을 떠나지 않 으면 안 되는가? 그의 가슴에는 실망과 고통이 끓어올랐다. 하는 수 없이 그는 발을 돌려 슬그머니 물러났다.[3]

분키치/문길의 독백이 담고 있는 갈등은 주목을 요한다. 오랫동안 고 민한 이후에 그는 멈춰서 "목상처럼" 서있다. 문을 두드릴지 그냥 떠날 지 결정하지 못하는 것이다. 얇은 벽은 그의 사랑을 매우 가깝게 만들지 만, 동시에 "만 리"처럼 보이게 하고 그의 채울 수 없는 갈망을 악화시킨 다. 자신이 욕망하는 대상의 부재가 야기하는 침묵을 견딜 수 없어서, 분 키치/문길은 마침내 돌아선다, 홀로 그리고 실의에 빠져서. 이 소설은 주인공이 철로에 몸을 누이고 기차가 와서 그의 외로운 불행을 끝내 주 기를 슬프게 기다리는 것으로 끝난다. 이 소설은 한일문학사 양측에서 오랫동안 잊혀 있었지만, 형식, 내용, 텍스트상, 메타 텍스트상 놀라운 소설이다.[4] 작가의 전기적 사실을 어느 정도 배경으로 삼고 있는 이 소 설은, 제국의 언어인 일본어와 제국의 형식인 '사소설'로 쓰였다. 사소설 은 근대 일본문학의 핵심적인 형식으로, 자의식이 강하고, 고백적인 소 설화된 서사이다.[5] 이 소설은 한국 근대문학 형성기의 중요한 주제들을 예시하고 있으며 분키치/문길의 마지막 한탄인 "별들은 무정하다"는 이

광수 훗날의 걸작이자 민족의 고전이며, 한국 최초의 근대소설로 여겨지는『무정』을 예비하고 있다.[6]

이러한 한일문화의 합류(다른 문화에서도 나타나지만, 특히 문학에서)지점에 대한 논의는 포스트식민주의의 양국에서 회피되어 왔다.[7] 훗날 이광수는 식민지 조선뿐 아니라, 일본 제국에서도 매우 유명한 인물이 되었다. 하지만 이 작품은 다른 식민지 주체들에 의해 쓰인 일본어 작품들처럼, 1945년 제국의 급작스러운 패망 이후로 한일 양쪽에서 오랫동안 잊혀 있었다. 이 작품은 1981년이 되어서야 한국어로 번역되었고,[8] 일본에서는 1996년이 되어서야 탈식민주의 문학 선집에 실리게 되었다. 이는 이 작품이 쓰이고 거의 한 세기가 지난 후였다.[9]

이 책『친밀한 제국』은 한일 근대사와 그들이 아시아 태평양에 남긴 논쟁적인 유산들 속에 이렇게 친밀하게 공유되었지만 부인된 식민지 과거의 광범위한 의미를 탐구한다. 여기서 '부인된'의 의미는 인정과 부정의 양가적이고 불안정한 동요를 의미한다.[10] 저자는 프로이트와 라캉의 정신분석학적 의미로 이 개념을 사용하기 시작하지만, 이것이 제국주의라는 사회적 맥락에서 어떠한 의미로 사용될 수 있는지에 더 관심을 가지고 있다. 이 소설에 나타나는 타자에 대한 식민본국의 은밀한 욕망은 식민적 친밀성의 말할 수 없는 본성을 암시한다. 이러한 친밀성은 포스트식민주의 시기 온전히 인식되거나 고려되지 못했다. 제국과 식민지의 조우를 (반발과 공존하는) 불편한 욕망의 장면으로 그리는 것은 일본 제국의 역사 보다는 세계적으로 번역되고 기록된 다른 식민의 문맥들(예를 들면 유럽 제국의)로 인해 세계독자들에게 친숙해졌다. 포스트식민주의 고전의 권위자가 된 이들이 쓴 작품들, 에메 세제르Aimé Césaire, 프란츠 파농

Frantz Fanon, 알베르 멤미^{Albert Memmi}, 마르그리트 뒤라스^{Marguerite Duras}, 자크 데리다^{Jacques Derrida}, 압델케비르 카티비^{Abdelkebir Khatibi}, 살만 루쉬디^{Salman Rushdie} 등 많은 이들이 제국과 식민지의 다른 인종 사이의 결탁과 이것이 초래한 문제에 대한 유명한 장면들을 남겼다. 유럽이 식민지 타자와 조우하는 서사에서 매우 흔한 것임에도, 제국과 식민지 사이의 욕망과 혐오가 마주치는 지점은 여전히 탈식민주의적 고찰에서 식민화의 측면 중 가장 논의하기 어렵고 개념적으로 까다로운 지점이다. (저자는 이러한 빈번한 도전에 대해서 제10장에서 더 다룰 것이다.)

범아시아주의에 대한 일본의 충동은, 유일한 비서구 제국으로서 항상 자기분열적이고 자기모순적이었다. 그 충동은 식민지의 동시적인 생산과 소비를 연관시켰고, 이 모순은 모든 식민지화하려는 노력을 추동하였다. 그리고 식민 침략의 오래 전부터 이미 지리적, 문화적, 역사적, 민족적으로 긴밀하게 연계되어 있던 근접한 이웃나라들을 식민화하려는 시도에는 더 특별한 결합이 요구되었다. 식민본국과 식민지 사이의 이미 불안정하던 분리는 더 면밀히 관리되어야 했기 때문이다. 제국의 필요 및 정책이 지역적이고 세계적인 제휴의 관계망에 의해 끊임없이 달라졌기 때문에, 식민지 정체성의 생산, 소비, 차별화는 식민지기에 불안정하게 요동했다.

이러한 맥락에서, 이광수와 같은 식민지의 저명한 지식인들은 제국의 정책들을 위해 적극적이고 혹독하게 동원되었으며, 많은 이들은 제국적 계급에서 잔혹한 인종적인 차별을 극복하기 위해 '일본인이 되려는' 열망을 내면화하기까지 했다.[11] 「사랑인가」의 이야기에는 이광수를 비롯한 근대 한국의 역사와 문화에서 저명한 지식인들의 삶과 작품이 야기하는 문제들이 예견되어 있다. 한국인에게 애국적인 민족주의 지도자이면서 '반역적인 친일 협력자'라는 이광수의 두 가지 명성을 동시에 받아들이는 것은 어려운 일이다. 식민지를 벗어난 국가는 근대 조선의 예술과 사회 건설에 그렇게 핵심적인 역할을 한 사람 속의 양립 불가능하고 상호 배타적으로 보이지만, 그것이 밀접하게 공존했다는 역설을 어떻게 화해시킬 수 있을까? 이광수는 앞서 언급한 '최초의 한국 근대소설'이자 애국적인 국가 재건설에 관한 소설인『무정』을 저술하고 일본 통치로부터의 해방을 요구하는 독립선언문을 기초했지만, 일제 말기에는 솔선해서 조선의 일본으로의 동화(내선일체)를 옹호하는 것으로 나아갔다. 그러나 제국 정책의 선봉으로 대중 앞에 서기를 압박받았던 이광수와 같은 피식민자들의 예술적 노력은 패전 후 일본의 역사에서 완전히 지워졌다.[12] 소설「사랑인가」와 이광수 자신의 삶에는, 그리고 한국 식민지기의 셀 수 없이 많은 중요한 인물들의 삶에도, 피식민자들이 식민자들과 갈등하는 갈망이 새겨져 있는 공모(자발적이었든 강압적이었든)가 있다. 이는 전후 한일 어느 쪽도 기억하고 싶지 않았던 것이다.

일본 제국의 시기(1895~1945), 특히 1931년의 소위 만주사태 이후에[13] 식민지 조선인들은 일본의 제국적 팽창에 협력하도록 철저하게 동화되고 동원되었다. 조선어에 대한 검열은 점점 엄격해졌고, 더 많은 조선의 지식인들은 문화적 생산과 발화를 위해 일본에서 공부하고, 일본어로 글을 쓰고, 일본인과 협력했다. 식민지 조선인이 일본어로 쓴 글과 조선어 작품의 일본어 번역은 일본과 조선 양쪽에서 문화적 논쟁의 중심에 있었다. 그러나 1945년 제국이 붕괴한 직후, 이러한 작가들과 작품들은 (말 그대로나 비유적으로나) 재판에 세워졌고, 그들의 존재는 일본과 한국으로 분리된 국가적 담론 상에서 반세기 이상 억눌렸다.

이 책은 제국의 통치 아래 있었던 피식민자들의 논쟁적 글의 발흥과 탄압, 그리고 이러한 글이 반향을 일으킨 방식들을 탐구한다. 이 책의 연구대상은 가장 많이 논의되었으나 가장 적게 이해된 시기 중 하나인 조선과 일본이 식민으로 만난 시기에 문화적 논쟁의 선봉에 있었던 사람들의 글, 그리고 이들을 둘러싼 식민 전후의 논쟁이다. 여기에서 다루어지는 많은 작품들은, 식민지기에는 식민지적 동화의 수사(내선일체), 그리고 해방 이후에는 협력문학(친일문학)으로 규정되었다. 여기서 **친일**은 말 그대로 일본과의 친밀함이나 결탁을 의미하는 것이었다. 식민지기의 동화 대 차별화, 혹은 해방 이후의 협력 대 저항이라는 이분법적인 개념에 기대기보다, 이 책은 '친밀성'이라는 보다 역사적인 용어를 통하여, 제국주의 아래 문화 사이의 논쟁적인 합류(이러한 텍스트들에 구현되어 있는 것처럼)를 재구성할 것을 제안한다. 이러한 새로운 시각에서 '친밀성'이라는 개념은 식민지기의 '내선일체'와 해방 이후의 '친일'이라는 수사로부터 역사적으로 파생되고 번역된 것이다. 이러한 중요한 변화는 제국적이고 민족주의적인 이항대립적인 수사의 교착을 가로질러 친밀성을 욕망, 갈망, 애정이 알리는 정동들의 불안정한 동요로 재정의할 수 있게 해준다. 이러한 욕망, 갈망, 애정은 제국을 뒷받침하는 더 잘 알려진 폭력과 강압과 공존했다. 이러한 정동들의 불안정한 동요는 한국과 일본에서 한반도의 식민지 역사를 기억하는 틀이 구성되면서 식민자와 피식민자의 견고한 이분법이 표면화된 1945년 이후에는 폭력적으로 삭제되었다. 나아가, 식민지적 협력을 식민지적 조우에서의 욕망(또는 친밀성)과 강압(또는 폭력)의 기이한 공존으로 재정의하는 것은 식민지 근대성을 보다 넓게 교착된 양가적 경험으로 보는 것을 의미한다.

　근래에 선구적인 학자들은 식민지 근대성을 성실히 탐구하기 시작했다. 동아시아 연구의 경우에는 예를 들어 타니 발로우^{Tani Barlow}와 공동연구자들의 팀은 오늘날 동아시아의 문화연구에 대한 가장 영향력 있는 영어권 저널들 중 하나를 발족시켰다(*positions*, 창간호). 이 저널과 같은 시기와 뒤이어 나온『동아시아에서의 식민지 근대성의 형성*Formations of Colonial Modernity in East Asia*』과『한국의 식민지 근대성』(신기욱·마이클 로빈슨 편) 같은 연구는 광범위한 초국가적인 학문적 결과물의 선두에서, 도발적이지만 규정하기 힘든 이 용어가 정확하게 무엇을 의미하는 지와 씨름하고 있다. 일례로 신기욱과 마이클 로빈슨은 초국가적인 대화를 보다 장려하기 위해 지금과 같은 초기 단계에서 식민지 근대성을 정의하는 것을 거부해야 함을 명확히 했다. 이 중요한 기여들을 기반으로 논의를 진행하고 있거나 이에 영감을 받은 많은 학자들의 대화가 현재 진행 중이다. 이 책은 이 대화에 참여하면서, 이러한 식민지 근대성의 문제를 식민 통치 아래에서 경험된 근대성의 **난제**로, '공유되었지만 부인된' 것으로 재고하자고 제안한다.

　'식민지 근대성'은 확정하기 어려운 역설적인 개념이다. 코마고메 타케시^{駒込 武}는 식민지 근대성의 정확한 뜻이 종종 이 개념을 환기하는 글쓴이 개인에게 달려 있다는 것을 들어, 식민지 근대성의 '애매성'을 지적한다.[14] 이러한 어려움은 식민지 근대화에 대한 제국주의 옹호자들의 수사와의 역설적인 유사성 때문에 더욱 악화되었다(천정환, 요네타니 마사후미^{米谷 匡史}, 윤해동 등).[15] 이 책은 비서구에서의 근대의 조건이 실증적으로 서구의 근대성과 선험적으로 다르다거나 그것의 대안이라고 생각하지 않는다. 대신, 다른 많은 학자들(프레드릭 제임슨^{Fredric Jameson}, 월터 미뇰로^{Walter} ^{Mignolo}, 아르준 아파두라이^{Arjun Appardurai}, 가야트리 스피박^{Gayatri Spivak}, 리오 칭^{Leo Ching}, 레이 초우^{Rey Chow}, 윤해동)처럼, 근대성이 자본주의의 **불균등한** 전지구적 확산이 초래한 전세계적 전환들이 시작하고 이끈 전지구적으로 공유된 조건이라는 것을 자명한 사실로 받아들인다.[16] 그러나 이렇게 불균등하게 공유된 근대성의 곤경이, 외부적인 기준에 의거하여 마치 발전 중에 있거나 다른 이들을 뒤따라가야 한다고 정의되는 이들이 근대성을 경험하는 방식에 중대한 차이를 낳았다는 점은 중요하다. 월터 미뇰로는 식민성의 문제를 '근대성의 어두운 면'이라는 필수요소이자, 근대성의 밀접한 대응물로 진단해왔다. 마찬가지로 이 책은 식민성과 근대성 사이에 내부적인 모순이 존재하기 때문에 식민지 근대성의 역설이 생겨났다고 보지 않는다. 오히려 이러한 모순은 담론적으로 생산되고 강요되었고, 식민성과 근대성 사이의 진정한 친밀성에 대한 우리의 이해를 계속 훼손하고 있기 때문에 생겨난다고 주장한다. 사실상 상호구성적이고 동시적인 식민성과 근대성은 담론적으로 그리고 헤게모니적으로 단절되었고, **마치** 그것들이 양립불가능하고 비동시적이고 모순적인 관계(심리적으로 그리고 정치적으로)인 것처럼 여겨졌다. 이러한 수사적 변화는 이것에 의해 가장 큰 부담을 진 사람들의 삶에 심각한 결과를 가져왔다. 즉, 식민화된 이들의 경험은 근대 세계 질서의 위계 속의 영원히 동떨어진 시공간으로 좌천된 것이다(요하네스 파비안^{Johannes Fabian}의 『시간과 타자^{Time and the} ^{Other}』를 보라).

이 책에서 저자는 식민지 근대성을 식민 통치 속에서의 근대성 경험이라고 좁게 재정의한다. 그 식민 통치가 실질적인 식민지 지배를 통한 것이든, 아니면 상상된 것이자 실질적인 서구의 (심리적, 정치적, 경제적, 군사적, 영토적 등) 점령과 패권적인 힘을 통한 것이든 말이다. 식민지 근대성은 오늘날까지 식민 이후postcolonial의 유산들에 곤란한 영향을 미치면서, 한국과 일본의 피식민자와 식민자 사이, 더 넓게는 비서구에 걸쳐 더 광범위하게 공유되는, 부인된 난제로 정의된다. 따라서 식민지 근대성에 대한 이해를 재구성하는 것은 우리로 하여금 식민지 근대성의 역설과 포스트식민주의의 역설 사이의, 친밀하지만 아직 탐구되지 않은 관계들에 대해 생각하게 해준다. 이는 제10장에서 더 다뤄질 것이다.

이 책은 식민지 근대적 주체의 삶의 경험과 그들의 유산들에 대한, 부인되었지만 친밀한 역사의 파괴적인 영향을 자세히 살핀다. 그들이 경험한 근대성을 인정하지 않는 것은 그들의 삶의 구조 깊은 곳에 교착과 이율배반을 폭력적으로 부과한다. 식민지 근대적 주체로 하여금 신체적, 심리적, 언어적, 정치적으로 다양한 층위에서 교섭하도록 강요한 근본적인 모순과 교착은 이 책에서 '재현의 난제'로 묘사된다. 식민지 근대적 주체의 '재현의 난제'는 식민지의 문화적 생산자들이 제국의 언어로 쓴 일련의 텍스트에 대한 사례연구를 통해 탐구될 것이다. 이러한 텍스트들은 (한국의 경우에는 일본에 의한) 직접적인 식민 통치와 (한국과 일본에 모두 해당되는) 서구 제국주의의 편재하는 위협이라는 그림자 아래 존재했던 근대성의 조건을 반영한다. 이러한 텍스트는 식민적 불평등이라는 사회적 맥락에서 파생되었으며, (문자 그대로나 비유적으로나) 본질적으로 번역되었거나 자아 분열된 재현이다. 이러한 사회적 맥락에서 예술가나 작가와 같은 식민지의 문화적 생산자는 제국의 담론장에서 목소리를 내기 위해 필연적이고 전략적으로 패권적인 제국적 타자의 언어를 빌려야

했다.

식민지 근대성 경험에서의 제국적 언어를 통한 '재현의 난제'는 흔히 일반적인 근대의 경험을 묘사하는 데 자명한 이치가 되어버린 '재현의 위기'를 새롭게 번역하고, 모방하고, 명확히 밝힘으로써 일반적인 근대의 경험을 새로 진단하고자 한다. 이러한 소위 보편적 (재현의) 위기는 '예술과 문학 자체의 지위에 관한 사회적 규범들이 변화하고 있는 맥락 속에서 새로운 내용, 즉 근대 세계의 역사적인 경험을 재현해야 하는 도전'에서 발생한다고 일컬어진다. 실제로 이 보편적인 위기는 분열, 의식의 흐름, 불안, 원자화와 같은 형식상의 특징들을 보여주는 예술과 문학 작품을 생산해온 것으로 여겨진다. 이러한 작품은 언어가 '현실을 있는 그대로' 재현한다는 믿음이 없다는 것을 드러낸다.[17] 그러나 이러한 설명은 고전으로 여겨지는 텍스트에서 일반적으로 단순한 객체의 지위로 강등되었던 식민지 근대적 주체의 경험을 결코 인정한 것이 아니다. 그 대응으로, 비서구 예술가들에 의해 생산된 동시대 모더니스트의 형식들을 기록하려는 많은 중요한 시도가 있어왔다. 예를 들어, 세이지 리피트 Seiji Lippit의 『일본 모더니즘의 지형들Topographies of Japanese Modernism』과 윌리엄 J. 타일러William J. Tyler에 의해 편집된 선집 『모단이주무Modanizumu』는 일본의 모더니즘의 사례를, 리어우판Leo Ou-Fan Lee의 『상하이 모던Shanghai Modern』*과 슈메이스 슈Shu-mei Shih의 『근대의 유혹The Lure of the Modern』은 중국의 사례를, 그 후에는 테드 휴즈Theodore Hughes의 『냉전시기 한국의 문학과 영화』**와 크리스토퍼

---

* 리어우판, 장동천 역, 『상하이 모던 – 새로운 중국 도시 문화의 만개, 1930~1945』, 고려대 출판문화원, 2007.

** 테드 휴즈, 나병철 역, 『냉전시대 한국의 문학과 영화』, 소명출판, 2013.

한스콤Christopher Hanscom의 『진정한 근대The Real Modern』가 한국의 사례를 연구하였다. 이러한 중요한 시도들에 뒤따라, 이 책은 다음과 같이 질문한다 : 우리가 식민지 근대라는 교착의 중심에 제국적 언어와 번역의 정치학을 놓는다면, 예술의 내용과 형식의 특징은 제국적인 분수령을 넘어 어떻게 번역될까?

다시 말해, 여기에서 재현의 난제가 의미하는 바는 일반적인 근대성 연구에서 진리라고 자주 언급되는 것(재현의 위기라는 개념)으로부터 영감을 받은 동시에 이를 넘어선다. 일반적인 근대성 연구들은 모더니즘을 서구 중심적 시각으로 보는 근시안적인 경향이 있다. 따라서 우선적으로 근대적 삶의 파열을 만들어낸 지정학적 상황보다는 근대적 삶의 파열적 현존의 재현에 대한 심리언어학적 반응과 관련한 보편적인 '재현의 위기'를 상세하게 설명한다. 진 리스Jean Rhys의 『드넓은 사르가소 바다Wide Sargasso Sea』, 에드워드 사이드의 『문화와 제국주의Culture and Imperialism』, 프레드릭 제임슨의 『민족주의, 식민주의, 문학Nationalism, colonialism and Literature』과 같은 선구적인 연구들을 뒤따라, 유럽의 모더니즘들과 그것들에 내재된 사각지대의 연구로부터 나온 수많은 해체적 비평이 있어왔다. 이 책은 이러한 논의들에 합류하여 근대성 연구와 탈식민주의 연구의 교차지점을 검토하여 피식민자들의 근대 경험에서 도출된 재현들을 이해하는 다른 방향을 모색하고자 한다. 이러한 피식민자들의 작품에는 분명히 서구 식민자들의 작품만큼이나 분열되고, 원자화되고, 불안한 의식의 흐름이 만연해 있다. 그러나 피식민자들의 작품은 서구의 가치 기준의 그늘에서 식민지적 접경 속에 놓여 있는 조선과 일본의 작가들에 의해 구체적이고 뚜렷한 양식들(형식과 내용)을 필연적으로 갖게 된다.

서구를 근대성과 동일시하는, 주류적이지만 너무 편협한 논리 속에서 '나머지'는 근대적이었음에도 불구하고 온전한 인정을 받지 못했다.[18] 이들에게 근대성은 자기모순적인 경험이었다. 이러한 유럽중심적인 담론에 따르면, 근대성 자체는 서구에서 형성되고 수용되었으며, 이후에 식민지 조선과 반(半)제국적 일본,[19] 그리고 다른 비서구 지역으로 '수출' 되었다. 다른 곳에서 정해진 가치체계와 기준에 비해 '뒤늦었고' '결핍된' 것으로 자신을 바라보도록 주입된 감각은, 전세계 다수의 식민지 근대 경험에서 핵심적이었지만, 패권적인 담론에서 **진정으로** 근대적인 것으로는 단 한번도 인정받지 못했다. 그리고 그러한 근대성은 정도에 따라 다르게 이루어진다. 즉 제국의 중심부로부터 바깥쪽으로 '비서구'를 오염시키는 것이다. 또한 '서구'는 하나가 아니다. 예를 들어 디페시 차크라바르티Dipesh Chakrabarty는 『유럽을 지방화하기』*에서 유럽을 안팎에서 해체할 필요가 있다고 역설했다. 여러 언어에서 본질주의를 추궁하는 연구는 중요하다. 『번역과 주체』**와 『흔적Traces』(로베르토 다이노토Roberto Dainotto)는 『이론 속의 유럽Europe in Theory』에서 유럽에서의 타자들의 형성 이면에 있는 내부적인 역학을 비판해왔다. 지배적인 유럽 제국들에서의 일반적인 역학과는 다르게, 일본 제국에서 뒤늦음과 타자성이라는 감각은 피식민자(한국)와 식민자(일본) 둘 다 공유하는 것으로 이분법적인 식민 관계를 조정하고 복잡하게 만든다.

식민지 근대적 주체의 재현의 난제에는 여러 가지가 있다.

---

* 디페시 차크라바르티, 김택현·안준범 역, 『유럽을 지방화하기』, 그린비, 2014.
** 사카이 나오키, 후지이 다케시 역, 『번역과 주체』, 이산, 2005.

① **(근대적) 주체성의 난제** : 피식민 주체는 국민국가에 소속되어야 한다는 필수적인 자격을 (그 특권들과 함께) 결여하고 있기 때문에 피식민자의 주체성과 행위성은 서로 모순된다. 이 난제의 핵심은 근대적이면서도 동시에 부정당했다는 데 있다. 이는 담론에서뿐만 아니라 제도와 체계에서 근대 주체성의 가장 근본적인 '권리들'이 부정당했다는 것이다. 근대적 주체는 언제나 국민국가의 형태와 연결되어 있기 때문에, 식민화의 위협이나 현실 또는 이와 연결되는 점령, 추방 등의 곤경에 처해 있는 이들에게 식민적 종속 때문에 이 필수적인 국민국가의 지위를 잃는다는 것은 집단적으로나 개인적으로 극심한 불안을 야기한다.

② **언어의 난제** : 언어를 통해 있는 그대로의 **현실**을 표현하는 것은 보편적으로 불가능하지만, 식민지적 근대 경험은 더 나아가 제국 언어의 규범적 보편성에 강압적으로 유혹된다. 식민지 근대적 주체에게 모국어는 언제나 타자이다. 자크 데리다는 『타자의 단일언어주의(Monolingualism of the Other)』에서 포스트식민주의 주체의 위치에서 본 식민성의 현장에서 출발하여 강력한 개인적 고발에 착수한다. 그러나 그는 모국어(외국어)의 곤경을 무정형의 넓은 '보편적' 조건으로 포괄한다는 점에서 자신의 사유를 유감스럽게 끝마친다. 저자는 그의 비판의 초기 부분에 주목하며, 이를 제국적 문화들로, 그리고 그것으로부터 번역하기 위한 식민지 근대적 주체의 끊임없는 필요성으로 연관성을 확장하고자 한다. 더 나아가, 언어의 문제는 주체성과 역사의 문제와 긴밀하게 연결되어 있다.

③ **역사의 난제** : '역사의 대기실'로 좌천된 사람들(헤겔에 따르면, 역사가 없는 사람들)에게, 누가 이들의 역사를 대변하고 후대에 전해야 하는지의 문제는 식민지기부터 식민지 이후의 시대까지 논쟁을 야기했다.(디페시 차

크라바르티,『유럽을 지방화하기』). 잘 믿기지 않지만, 피식민자 또는 과거 식민지가 된 경험이 있는 사람들의 근대성과 '적시성(適時性)'은 한때 뒤늦고 결여된 것으로 여겨졌고, 오늘날까지도 여전히 논의되고 있다.[20]

④ **형식과 내용의 미적 재현의 난제**: 피식민자들이 강력한 제국들과 만나면서 경험하는 영향의 불안은 추방, 이주, 파괴의 격렬한 비유들로 범람한다. 토착적 내용을 서구적 형식으로 번역하려는 압박은 엄청난 것이고, 공식적인 식민통치가 끝나고 난 다음에도 오래 지속되어왔다. 예술을 자아의 표현으로 보는 것과 집단적인 재현으로 보는 것 사이의 긴장은 피식민자들과 과거 피식민자였던 이들의 예술적 생산물에 있어서 여전히 문제가 되고 있다. 그러한 불안들은 문명화된 중심에 스스로를 위치 짓는 사람들에게는 거의 문제가 되지 않는다는 사실을 지적할 필요가 있다. 예를 들어, 정체성의 핵심을 서구 안에 두는 근대적 예술가들과 작가들은 태평스럽게 '원시적인' 형식과 내용을 불안 없이, 게다가 마땅한 사람에게 공을 돌려야 한다는 거리낌도 없이 **빌려온다**. 식민지적 근대 경험에서는 자아가 종종 타자로 여겨지기 때문에 형식과 내용을 번역하는 문제들은 더욱 복잡해진다. 제국이나 세계의 청중을 위해 타자의 패권적인 언어를 경유하여 자아를 타자로 번역하는 과정에서는 깊은 소외감이 발생한다.

⑤ **인정의 난제**: 철학적, 문명적, 윤리적, 정치적 문제들은 식민지적 근대 경험을 다양한 층위의 인간적 노력의 재현으로 인정하지 못하는 실패와 연루된다. 이러한 경험을 설명하는 데 세계적으로 실패한 역사는 서로 다른 층위의 부인과 연관되면서 식민기부터 식민 이후까지 지속된다.

에드워드 사이드는『피식민자를 재현하기 — 인류학의 대화자들*Representing*

the Colonized : Anthropology's Interlocutors』에서 보편성에 대한 이전의 주장들을 비판하고, 럽 중심적인 관점의 타당성이 쇠퇴하는 까닭을 그가 결국 '모더니즘의 위기'라고 부른 것과 연결한다.[21] 그는 이러한 위기의 기원을 보편적인 예술적 형식주의가 아니라, 패권적인 유럽중심적 서사들의 윤리적, 정치적, 역사적 실패에 둔다. 사이드는 보편적인 근대의 경험들을 재현한다고 표방해온 이러한 서사들이 (유럽의) 다양한 타자들의 인간성을 고려하는 데 완전히 실패해왔다고 주장한다. 그는 '안정된 식민본국의 역사, 형식, 사유양식에 저항하고 도전하는 여성, 원주민, 성 소수자sexual eccentrics와 연루되어 있는 차이점과 차별성'[22]에도 불구하고, 이렇게 확연한 도외시가 계속해서 일어났다고 주장한다. 사이드는 이러한 식민본국의 서사에서 보이는 고의적인 무지가 '자기의식적이고 관조적인 수동성'을 취하는 '미학화된 무력함의 마비된 제스처'이며, 그러한 제스처는 "그래, 우리가 지배를 포기해야 해'라고 말하지도, '아냐, 우리는 개의치 않고 계속 지배해야 해'라고 말하지도 못하는 문화의 형식적 모순'을 보여준다고 비판한다.[23] 제국적 권력들이 그들의 제국들을 영토적으로, 심리적으로 포기하기를 주저하는 만연한 현상과 그 탈식민적 의미는 제10장에서 다루어질 것이다.

고전이라 여겨지는 식민본국의 많은 텍스트들이 그들의 중심성, 정체성, 자기동일성에 대해 (그릇되었지만) 자신감 있는 확신을 가지고 있는 것과 달리, 제국의 언어로 쓰인 '피식민자들의 재현들'은 텍스트 또는 메타텍스트의 층위에서 구성적인 제국의 풍경으로부터 벗어나는 호사를 전혀 누리지 못했다. 제국의 담론장에서 발화하기를 열망했던 식민지 작가들의 글은 모든 층위 — 제국 통치 아래 생산되었고 식민적 경계를 가로질러 소비되었다는 맥락 — 에서 제국의 역설과 모순으로 점철되어 있다. 이것이 바로 식민지 근대의 조우라는 금지되거나 부인된 상황 속에서 나타나는 재현의 난제이다. 이는 일본과 한국 사이의 식민적 경계에서뿐만 아니라 세계 인구의 다수에 의해 공유되었지만, 역설적이게도 주변부 또는 소수라는 특정한 지위로 가치절하되고 강등되어온 경험으로, 이 책이 다루고자 하는 바이다. 이러한 난제는 제국과 조우하는 잔혹한 역사 속에 단단히 박혀있는 것이지만, (담론장뿐만 아니라 지역적, 지방적, 세계적 시장들로부터) 역사적으로 주변화되어 온 것이며, 전세계의 근대적 경험 안에서 (사이드의 표현을 빌리자면) '인간의 노력'이라는 모델이나 재현으로 거의 진지하게 받아들여지지 않았다.

지금까지 전세계의 근대적 경험을 이해하는 데 공통적으로 실패했다는 사이드의 비판을 심각하게 받아들이면서 이 책은 이렇게 질문한다. 식민 지배 아래에서 살아야만 했던 사람들의 관점이라는 프리즘을 통해 굴절되었을 때, 근대적 경험은 어떻게 다르게 번역되는가? 다시 말해, 사이드의 비판을 따라 이전의 근대성 서사에 오랫동안 존재하지 않았던 타자들을 고려할 때, 공통적으로 상속받은 우리의 근시안은 어떻게 다르게 조명될 수 있는가? 또, '서구의 기원적 근대성'의 번역으로 간주된 식민자와 피식민자 사이에 공유된 식민지 근대의 조우라는 시차적 렌즈를 통해 굴절되었을 때, 제국적 조우들로부터 생겨난 '협력'과 '번역'이라는 친숙하고도 핵심적인 용어는 어떠한 새로운 의미를 지닐 수 있을까?

일반적인 근대의 경험에 대한 보편적인 주장을 섬세하게 번역하고 낯설게 만들면서, 이 책은 제국이나 식민본국의 청중을 위해 식민지 작가에 의해서 제국의 언어로 쓰인 글에서 나타나는 재현의 난제가 어쩔 수 없이 다른 종류의 '자의식'이나 '미학화된 무력함' 즉, 사이드에 의해 제기된 문학적 형식주의의 문제들을 포함하는 동시에 그 너머로 확장한 것으로부터 발생했다고 주장한다.

더 나아가 이 책은 식민지적 조우 속에서의 완전히 다른 종류의 실패와 무지를 더불어 탐구한다. 그것은 바로 제국의 담론장에 참여하려고 시도하면서 자신들의 사고를 제국의 언어로 번역해서 전달하려고 했던 식민지 작가들의 알려지지 않은 엄청난 번역 노동이다. 자기결정권 없이 자신들의 운명이 결정되었던 제국적 논의의 테이블에서 그들의 지배자와 대면하여 목소리를 내려 했던 피식민자들의 희망은 궁극적으로 제국을 뒷받침하는 위계적 구조 속으로 밀어 넣어졌다.

이 책의 장들은 식민자들과 피식민자들의 초식민적인 협력 중에서 엄선된 '번역된 조우들'을 중심으로 조직되었다. '협력'이라는 문제는 제국과 국가의 이분법적인 수사(내선일체와 친일)로부터 잠시 떼어놓을 것이다. 대신 다음과 같은 식민적 조우의 다양한 장면들 속에 있는 상호적인 암시들을 다시 살펴보고자 한다 : ① 식민지 조선의 작가들이 제국의 청중을 위해 대부분 일본어로 쓴 소위 협력문학의 생산, 소비, 그리고 강제 ② 번역가, 토착 정보제공자, (자신에 대한) 민족지 학자로서, 식민지 작가에게 부여된 여러 역할들 사이의 교섭 ③ 피식민자와 식민자 사이에서 벌어졌던 연극과 좌담회들과 같은 트랜스식민지한 협동에 대한 분석 ④ 번역된 식민적 문학과 문화를 식민적 수집품의 키치적 대상으로, 또는 팽창하는 제국의 '지역성'에 동화된 현장으로 전시하고 재생하는 대중매체. 이렇게 식민자와 피식민자 사이에서 이루어져온 식민적 협력의 다양한 형식과 포럼, 그리고 그것들의 발흥과 강압의 역사는, 일본과 한국, 아시아 태평양과 그 너머에 있는 제국적 관계들의 널리 공유되었지만 부인된 역사와 유산을 새롭게 이해할 수 있는 중요한 열쇠를 제공한다.

궁극적으로, 『친밀한 제국』은 제국과 근대성에 대한 지역적, 세계적 이론들과 담론들 속에서 지금까지 주변화되어 왔던, 피식민자들이 제국의 언어로 쓴 글들의 기록을 주목한다. 번역을 연구의 대상이자 비판적 방법론의 도구로 받아들이면서, 이 책은 번역된 텍스트들을 현재 서구 이론의 용어로 분석하고자 한다.[24]

다시 말해, 조선과 일본의 식민적 조우에 대한 이 사례 연구는 지리적으로 주변적인 위치에 있어서 거의 알려지지 않았고 또 그래서 발굴과 번역을 필요로 하는, 특수하거나 일탈적인 사례를 제공하려는 것이 아니다. 그보다는 중심 안에 있는 사각지대를 다시 조명하고 굴절시키기 위해, 억압된 것들을 밝혀내려는 것이다.[25] 지금까지 부인된 이러한 노력들에 관심을 기울이면서, 이 책은 우리의 공통적인 무지와 실패를 조명하여 공유된 식민적 과거들을 고려할 것이다. 또한 이러한 무지와 실패가 어떻게 개별적인 작가나 번역자들을 비탄에 빠트렸는지 뿐만 아니라, 과거와 현재의 제국에 대해 국가적, 지역적, 세계적인 해로운 오해를 가져왔는지 기록할 것이다.

제2장

한국문학 번역하기

문학이라 함은 서양인이 사용하는 문학이라는 어의를 취함이니, 서양의
Literatur 혹은 Literature라는 어를 문학이라는 어로 번역하였다 함이 적당
하다.

— 이광수

식민지 말기(일제 말기)에 한반도는 일본 제국에 철저히 동화되고, 통
합되어가는 중이었다. 학문적 관점에 따라서 분수령이 되는 해는 달라
지지만, 한국 역사에서 식민지 말기는 일반적으로 1930년대 후반부터
1945년의 일본 제국 붕괴까지를 일컫는다. 이 시기에는 조선어 매체에
대한 검열이 심해졌고 조선인이 쓴 일본어 텍스트가 증가했다. 식민지
가 전쟁을 위해 동원되면서 조선인들을 황민화皇民化하기 위한 목적으로
동화정책도 강화되었다.[1]

이 책은 식민지 말기의 경계를 1931년 만주사변부터 일본이 외지外地[2]
에 있는 자신의 식민지들을 포기하도록 강요당하는 1945년까지의 시기
로 넓힌다. 1930년대 후반에 식민지 조선의 정치적 분위기는 분명히 결
정적인 변화를 보인다. 그러나 저자는 아시아의 전면적인 전쟁의 준비

기간과 그 발발 사이의 연속성을 강조하고, 식민본국인 일본과의 유동하는 관계와 일본과 서구 제국주의에 동시에 위협받고 있는 지역적 위치라는 맥락 속에서 1930년대와 그 이후 식민지 조선의 특정한 경험을 고려하기 위해 연구의 범위를 넓히고자 한다.

이 시기 조선을 디딤돌 혹은 중개인으로 이용하여 만주와 중국으로 확장해갔던 일본 제국은 활기차고 한계가 없는 것처럼 보였다. 이러한 분위기에서 식민지의 문화, 특히 문학은 예술을 생산하는 격리되고 비정치적인 공간과는 거리가 멀었다. 예술과 문학 작품들은 그 생산자들과 함께 제국 안에서 변해가는 정치적 경향을 반영하기 위해 일본의 선전에 활발히 동원되었다. 정치적인 자주권을 얻고자 하는 조선인들의 희망이 점점 멀어지는 것처럼 보이면서, '무엇이 조선문학인가?'라는 질문은 식민지의 문화 현장에서 새롭게 제출되었다.

이 장은 한국문학의 변동하는 위치에 대한 식민지 시대의 논쟁들, 즉 일본 제국 내 식민지 문화에 대한 모순되는 요구의 반응이 일으킨 논쟁들을 검토한다. 당시는 식민지 내의 근대 조선문학에 대한 간절한 욕망,[3] 식민화된 주체에게 일본어 문학을 생산하라는 제국의 점증하는 요구,[4] 그리고 조선어에 대한 검열 강화가 동시에 일어난 시기였다. 이 시기에 이러한 논쟁들과 다른 문화적 논쟁들에서, 국가의 부재는 뚜렷한 그늘을 드리우고 있다. 이 장에서는 민족 개념을 상상된 공동체로 손쉽게 일축하는 것으로 되돌아가기보다는 민족과 그것의 서사에 계승되고 구성된 범주들, 그리고 그러한 경계가 있는 범주들에 대한 열망의 집요함을 식민지 근대 상황의 난제로서 고찰할 것이다. 자주적 독립체로서의 조선이 부재한 상황에서 식민지의 근대 국민문학의 부재에 대한 인식은 제국적인 세계적 질서 속에서 재현의 난제라는 역설의 전형적인 예를 보여준다. 이는 식민지의 근대적 주체가 불가능한 요구들, 즉 구어(조선어)로 글쓰기의 불가능성, 그리고 제국적 언어로 글쓰기의 불가능성에 시달렸기 때문이다. 국어national language라는 불가능한 질문은 제국적인 위계에 의해서 문화를 평가하는 세계적 기준이라는 더 큰 주제와 관련된다. 이러한 문제들은 당시 여러 논쟁들에서 표면화되었다.

조선문화, 특히 조선문학의 변동하는 위치에 대한 논쟁들은 식민지적 접경에 거주하는 식민화된 조선인들이 쓴 일본어 문학이 증가하는 현상에 초점을 맞추었다. 그들의 글쓰기는 당시에 제국의 경계를 넘어 깊은 불안을 일으켰고, 이후에도 지속적으로 문제들을 불러일으켰다. 그러한 작품들은 당대부터 논란에 휘말려왔고, 한일 양국에서 1945년 이후 민족문학사의 주변부로 오랫동안 좌천되어 있었다.[5]

해방 이후 남한과 북한 양쪽에서 이러한 글쓰기들은 반세기가 넘도록 문학사에서 적극적이고 체계적으로 제외되거나 주변화되어 왔다. 예를 들어, 남한의 저명한 문학 연구자인 권영민은 그의 한국문학사에 이러한 텍스트들을 고의로 제외했다고 내게 말한 바 있다.[6] (제3~5장에서 서술될) 이중언어 작가 김사량의 글을 모은 북한의 작품집도 마찬가지로 그 글들의 일본적 기원의 모든 흔적을 고의로 지워버렸다.[7] 이러한 텍스트들에 접근하는 것에 대한 장벽은 곳곳에 있었다. 일본 제국의 붕괴 이후, 잇따라 분할된 남한과 북한, 그리고 일본 사이에서 생겨난 언어적, 공간적, 정치적 장애물이 핵심적이었다. 일본과 한국 양국에서 식민지 시대의 주류 및 비주류 잡지들 사이에 흩어져 있던 이러한 글들은 희귀한 수집품과 아카이브 속에서 먼지를 뒤집어쓰고 있었다. 1990년대 후반에 이르러서야 본격적으로 일부가 학문적인 선집으로 체계적으로 편집되기 시작했다. 해방의 직접적인 여파 속에서 백철이 썼듯이, 조선인이 쓴 일본어 텍스트 상당수가 저술된 시기(1930년대 후반부터 1945년 해방까지)는 일반적으로 한국문학사에서 '암흑기'로 묘사된다.[8] 이러한 논쟁적인 이슈를 은폐하는 몇십 년 동안의 완전한 정적 이후에 출간된 임종국의 광범위한 선집인 『친일문학론』(1966)의 중요성은 과소평가될 수 없다. 이 책은 연구자들이 이 어두컴컴한 지대에서 길을 찾는 것을 도와주는 최초의 작업이자, 필수적인 자료가 되었다.[9] 임종국의 세심한 작업은 가혹한 박정희 독재정권 시기에 정치적인 비난과 검열에 용감하게 맞서며, 제한된 자료들을 일일이 품을 들여 조합하여 증거들을 모아 이를 꼼꼼하게 손으로 노트 카드에 메모하는 고독하고 심지어는 위험한 일이었다. 이 책의 출간은 1965년의 논쟁적인 한일협정이 있었던 바로 다음 해였는데, 식민지 협력자들을 추적하여 일본에 대한 추문으로 가득한 빚과 유산을 확인하는 것은 식민지 시기를 상기시켰고, 또 정부의 안위와 너무나도 밀접한 문제로 여겨졌다. (이후 이러한 대부분의 추문은 널리 알려지고 사실로 확인되었다.) 임종국의 이 대표작은 인상적이었고, 전 범위에서 백과사전적이었다. 역사적으로 유명했던 인물뿐만 아니라 당대의 저명한 여러 문화인 및 정치인들을 거침없이 분석한 이 책의 출판은 남한 사회 전역에 충격을 주었다.

물론 식민지 협력이라는 금기된 질문에 대한 관심을 불러일으키고 그것을 해명한다는 점에서 이 책이 남북한의 근대사에서 갖는 중요성을 부인할 수 없지만, 백과사전식 목록화라는 이 책의 **형식** 자체는 이러한 텍스트들이 평가되는 한도와 범주를 완고하게 고착화했다. 이 작업은

〈그림 5〉 임종국의 『친일문학론』의 출간을 알리는 신문 광고.

식민지 말기의 글들이 평가되는 방식을 결정했고, 이에 대한 담론의 틀을 이후 몇 십 년 동안 구획했다. 책의 제목에서 이용되고 있는 친일親日이라는 단어는 제1장에서 서술하였듯이, 문자 그대로 '일본과의 친밀함'을 뜻한다. 그러나 이 용어는 반역적 협력의 오명과 불가분하여, '저항'이라는 대립하는 개념의 반대항으로 고정된다. 이를 통해 식민지 과거가 서술되고 기억되었다.

임종국의 작가와 텍스트에 대한 단정적인 판단에 내포되거나 명시되어 있는, '저항' 대 '협력'이라는 엄격한 이분법이 마침내 학자들의 도전을 받게 된 것은 비교적 최근인 2000년대 이후의 일이다. 이러한 학자들은 식민지 과거에 대한 해방 이후의 기억을 오랫동안 규정했던 이분법적 대립을 다시 고찰하고 있다. 그러한 이분법은 임종국의 저작에 포함된 사람들뿐만 아니라 추후의 노력에 의한 유사한 선집에서 추가된 다른 사람들의 운명을 계속 괴롭히고 있었다. 한층 더 섬세하고 열려있는 대화, 특히 한국과 일본 사이의 완고한 경계를 가로지르는 대화는 최근 들어 가능해졌지만, 여전히 제한적이다. 왜냐하면, 한국어와 일본어가 모두 유창한 데다가, 복잡하게 얽힌 학문적·정치적 지형을 탐색하려는 학자들이 여전히 소수이기 때문이다. 예를 들어, 식민지 역사를 전공하는 한국 학자들은 일본어 텍스트를 읽는 데는 능숙하지만, 일본 학자들과 일본어로 자유롭게 대화할 수 있는 학자들은 오늘날에도 매우 드물다. 한편, 식민지 역사를 전공하는 일본의 학자들에게는 피식민자의 언어에 대한 지식이 필수적이지 않기 때문에 이러한 문제는 더욱 심각하다. 이러한 경향은 오늘날에도 대체로 지속되고 있다.[10] 뿐만 아니라 지배적인 틀로서의 협력과 저항이라는 이분법적 대립은 주도적인 학계에서도 사라질 기미를 보이지 않고, 식민지 과거에 대한 대중적 관념에서도 여전히 만연하다.

1990년대 후반과 2000년대 초반 이래로 다수의 선구적인 학자들이 실제 작품들에 대한 좀 더 세밀하고 면밀한 분석을 시작하였다. 김윤식은 앞선 세대에 속했지만, 그 세대 중에서는 예외적으로 그러한 연구를 해왔다. 해방 이후 과도기 세대의 학자로서, 김윤식은 식민지 교육 시스템에서 교육을 받았고, 따라서 일본어에 능숙했으며, 조선인 작가의 일본어 글쓰기라는 주제에 대해 오랫동안 관심이 있었다. 일본어 글쓰기라는 이슈는 항상 김윤식의 관심사였지만 그의 초기 저작들은 주로 다른 이슈들, 예를 들어 그의 중요한 저작인『한국 근대문예비평사 연구』

는 프롤레타리아문학을 중점적으로 다루었다. 그가 2000년대 은퇴한 후에야 비로소 그는 이 문제에 대해 글을 쓰기 시작했고, 마치 그때까지 억눌려왔었던 것처럼 그 이슈에 집중하고 있다. (은퇴 이후에 김윤식은 이 주제에 전념했었다.) 우리는 제1장에서 김윤식이 1980년대에 남한의 독자들에게 이광수의 「사랑인가」를 소개했던 학자였다는 사실을 상기할 수 있을 것이다. 최근작에서 그는 중요하지만, 오랫동안 도외시되었던 이 중언어 작가인 김사량(이 책의 제3~5장에서 그의 삶과 작품을 검토할 것이다)을 중국문학사에서 정전의 위치에 오른 작가인 루쉰과 나란히 둔다. 두 작가를 잘 알고 있는 이들에게, 이 비교는 김사량의 중요성에 대해 놀랄 만큼 뒤늦은 인식으로 다가올 수도 있다. 사실 김윤식의 이 대담한 비교는 20세기의 대부분 동안 한국문학사에서 왜 이렇게 중요한 작가가 잊혀 왔었는지, 그 이유를 고찰하게 만든다. 김사량이 논란이 많은 일본어 글들을 남겼고, 한국전쟁 당시 월북했다는 사실 때문에 김사량의 글들은 남한의 문학장에서 금기시되었다. 테오도르 휴즈는 남한의 정전正典 정립 과정과 식민지기와 해방 후의 부인否認이 중요하게 연결된다고 지적한다.[11] 최근 여러 권에 걸쳐 한국어로 번역된 김사량의 중요한 작품집의 서문에서 편집자는 "김사량의 전집이 마침내 우리의 품으로 돌아올 수 있는" 날을 고대한다고 언급했다.[12] 오랫동안 잃어버린 문학적 역사를 회복하려는 학자들의 노력은 쉽지 않았다. 김윤식은 이러한 노력에 있어 진정 선구자이지만, 그는 이미 언급한 바와 같이, 이러한 이슈에 대한 자신의 관심사와 식민지기부터 이어진 자신의 언어적 배경이 일치하는 예외적인 인물이었다. 김윤식 이후의 세대들은 일본어를 배우는 것에 거부감을 느끼게 되었고, 민족주의적인 해방 이후 교육 시스템 속에서 맹렬한 반일감정을 배웠다. 사실 일본어 교과과정이 한국 대학들의 관심을 끌기 시작한 것은 불과 수십 년 밖에 되지 않는다. 우리는 한국에서 일본 문화상품 수입에 대한 법적 제재가 1998년에 이르러서야 해제되었다는 사실을 상기해볼 수 있다.[13]

일본어를 배우도록 강요받거나 유혹받아 왔으며, 일본어를 이미 깊이 내면화해 왔던 식민지 세대 역시 일본어의 잔존을 억압하는 분위기 속에 있었다. 1945년에 일본 제국이 갑작스럽게 붕괴되고, 해방 이후 이념적 영토적 분열이 국가적 차원에서 일어나면서, 각 개인은 사적인 차원에서 일본어를 처리하게 되어, **마치** 그들이 일본어를 배우게 된 경험이 개인적인 잘못으로 인한 것처럼 되었고, 심지어 일본어에 전혀 노출된 적이 없었던 것처럼까지 행동하게 되었다. 비평가 한수영은 한 강연에서 어린 시절 그의 아버지가 술에 취해 긴장이 풀려서 숨겨왔던 유창한 일본어 실력을 드러냈을 때의 공포를 회상한 바 있다. 한수영은 자신의 아버지가 **친일파**일지도 모른다는 수치스러운 비밀을 품었던 어린 마음을 떠올렸다. 이 주제에 대한 한수영의 선구적인 책은 이를 상술하고 있다.[14] 능동적이고 공식적으로 예전의 제국적 언어를 억압한 결과, 또 한국인들이 일본에서 공부할 기회가 극히 제한되어 있었다는 사실과 결합되어, 이 의도적인 교착 상태는 1945년 분리 이후 한일 양국을 가로지르는 비판적 대화가 이루어지는 것을 막았다. 따라서 식민지 과거의 논란이 가득한 글들은 잘 알려지지 않은 아카이브 안에 묻혀 있을 수밖에 없었다. 이 문서들이 배반적인 협력의 증거를 담고 있을 것이라는 가설은 검증되지 않았고, 그것을 확인하거나 부인할 의지도 수단도 없어 보였다.

그러나 1990년대 후반에 호테이 토시히로와 같이 한국에서 공부하며 한국문학을 번역하는 소수의 일본 교환학생들이 생겨나면서, 학자들은 이러한 텍스트들의 내용에 접근하고 그것을 읽기 시작했다. 호테이 토시히로는 자신과 일본국민들이 이웃인 한국과 일본이 맺었던 식민지적 관계에 대해 얼마나 알지 못하는지 깨닫고는 충격을 받았다고 저자에게 말했다. 그는 직장을 그만두고 서울대에 교환학생으로 입학했으며, 김윤식의 지도 아래 문학석사 학위논문에서 식민지 조선의 방대한 일본어 글쓰기를 소개하는 선구적인 목록을 엮는 것으로 학문활동을 시작했다. 서울대학교는 과거에 경성제국대학이었기 때문에 호테이 토시히로는 당시의 많은 한국인이 잊고 있었거나 읽을 수 없게 된 과거 제국대학의 아카이브에 있는 방대한 일본어 수집품에 접근할 수 있었다. 그는 중국문학에 대한 이전의 열정을 뒤로하고 한국문학에 대한 학문적 작업에 몰두했던 또 다른 선구자인 오무라 마스오와 함께 1차 자료의 영인본을 편찬함으로써 이 영역의 학문에 실질적으로 기여했다. 오무라 마스오는 **재일조선인** 학자인 임전혜任展慧 등과 함께 발굴작업을 진행하고 있었다. 이러한 학자들과 시라카와 유타카와 같은 다른 주목할 만한 선구자들은 거의 알려지지 않은 식민지적 과거에 대한 우리의 이해를 밝혀주는 중요한 진전을 일궈냈다.

시라카와는 이 책의 제6장과 제7장에서 다룰, 논쟁적이며 금기시된 인물인 장혁주에 대한 중요한 연구를 했다.[15] 게다가 시라카와는 장혁주는 물론이고 염상섭 등의 식민시대의 대표적 지식인들 사이에 공유되었던 이중언어 글들의 놀라운 유사점들에 대해 고려하여 '친일 협력'을 넘어서는 **지일**知日이라는 새로운 틀을 개발했다. 이것은 친일을 소수의 작가들에게 제한된 것으로 취급하여, 이를 예외적인 것으로 만드는 '전가'

의 논리를 뛰어넘기 위한 시도였다.[16]

　일본에서 온 교환 학자들에 이어 일본으로 건너가 공부하기 시작했던 한국의 수많은 동시대 학자들이 곧 합류하였다. 이경훈은 그의 박사학위를 위한 필드 활동을 하러 일본에 교환학생으로 간 학자였는데, 일본 아카이브에서의 연구 덕분에 이광수 작품들에 대한 매우 영향력 있는 새로운 연구를 제출할 수 있었다. 그가 연구대상으로 삼은 작품 중에는 당시까지만 해도 한국에 알려지지 않았던 이광수의 일본어 작품들이 포함되어 있었다. 섬세한 독자이자 문학 비평가인 그는 이러한 텍스트들에 면밀하게 접근하기 위한 새로운 비평적 공간을 창출했다. 또한, 이경훈은 뛰어난 일본어 능력을 바탕으로 한국에서 유통되지 않았던 상당수의 논쟁적인 텍스트들을 번역하였다. 많은 동시대 학자들이 작가론 연구에 집중하고 있을 때, 또 다른 해방 후 초기의 교환학생이었던 정백수는 섬세한 비교적 관점으로 당시까지만 해도 논의되지 않았던 김사량을 포함한 몇몇 중요한 작가들을 대상으로 하는 연구서를 저술했다. 이는 처음에는 일본어로 출간되었고 나중에 한국어로 번역되었다. 또한, 그는 식민화된 주체들이 쓴 일본어 글들에 대해 한국과 일본의 근대문학을 비교하는 탈식민 연구의 관점으로 접근한 최초의 학자 중 하나였다. 이후에 탈식민지적 패러다임과 다른 이론적 패러다임을 적용해온 학자들로는 윤대석과 황호덕이 있다. 예를 들어 윤대석은 흉내 내기mimicry와 혼종성hybridity이라는 호미 바바의 개념을 도입한다. 최경희, 권명아, 이혜령, 이선옥과 같이 페미니즘적 관점을 적용한 학자들은 젠더가 제국적 언어의 글쓰기에 어떻게 영향을 미치는지에 관한 우리의 이해를 확장해 왔다.

이러한 선구적인 기여자들을 따라, 한국-일본의 분할을 가로지르는 수많은 다른 작업이 있었다. 예를 들어 조관자는 이광수와 다른 작가들의 글에서 일견 대립하는 것으로 보이는 특성들의 공존을 사려 하기 위해 '친일 민족주의'라는 도발적인 개념을 제시한다.[17] 김재용은 이전에는 구할 수 없었던 작품들을 발굴하는 것을 시작으로 중요한 기여를 해왔다. 그를 비롯한 몇몇 학자들은 이기영과 한설야와 같은 주요 정전 작가들의 일본어 작품을 발굴함으로써 기존 친일작가의 범위를 몇몇 예외적인 인물이나 '희생양'으로 설정했던 문학사의 경계를 확장하는 데 기여했다. 김재용, 권보드래, 김윤식, 시라카와 유타카 등을 비롯한 몇몇 학자들은 한국 근대문학의 더 넓은 함의에 대해 글을 써왔다. 김재용은 또한 만주, 대만, 중국, 동남아시아, 미국에서 작업하고 있는 유사한 문제의식을 지닌 학자들과 함께 한국과 일본의 학자들을 연결하는 초국가적 학문 네트워크를 추진하기 위해 활동해왔다. 이는 역사적으로 중요하지만 거의 알려지지 않은 연관성에 대해 비판적이고 집단으로 사유하기 위함이었다.[18]

일본에서 식민지 조선인이 쓴 일본어 텍스트에 대한 탈식민지적 평가는 먼저 재일교포 작가들로 인해 처음으로 이루어졌다. 전시戰時에 동원된 자들에서 환영받지 못하고 무시되는 사람들로 급변하며 '재일'이라고 명명된 이 수수공동체는 패전 후의 적대적인 일본에서 무국적자로, 고통스러운 전쟁과 제국적 패배를 떠올리게 하는 존재로 좌천되었다. 그들에게 식민지 조선인들의 일본어 텍스트의 회복은 패전 후 일본에서 적극적으로 억눌려온, 멸종 위기의 역사를 회복하기 위한 중요한 민족-정치적 과제였다. 일본의 더 넓은 정치적, 문화적 분야에서 (다중적 의미에서) 재일조선인에 대한 인정이 부재한 상황에서 김사량, 김달수 등 문학인들의 복권은 소수자의 민족-국가적 정전을 구성하기 위한 노력의 핵심적인 부분이었다.

선구적인 주요 기여들은 임전혜와 같은 재일교포 학자들이나 작가들, 그리고 이들에 공감하여 긴밀히 협력하고 있는 하야시 코지林宏司와 같은 일본 학자 등에 의해서 이루어졌는데, 이들은 비평적 분석을 저술할 뿐만 아니라 작품들을 수집하고 정리했다. 이 앞선 세대는 재일조선인 정전을 정립하기 시작했다. 이들은 한편으로는 주류 사회가 깊은 편견으로 대했던, 그래서 더욱 절실하게 필요했던 재일조선인 역사의 계보를 되찾았다. 그러나 다른 한편으로는, 그들 자신도 배제를 실행했다. 즉, 일본의 식민지적 권력에 용감하게 저항해왔다고 이야기되었던 남성 작가들을 선별하여 신화를 창출하였고 환원주의적이고 가부장적인 개작을 실행했다. 깊이 상처받았고 제외되었던 소수자 공동체를 위해 영웅들을 기념하려는 열망은 이해될 수 있지만, 그 결과 재일조선인 역사의 다른 미묘하고 복잡한 문제들은 이러한 초기 작업에서 다뤄지지 않았다. 식민지기가 끝난 이후 일본 여성과 결혼하여 일본 시민으로 귀화한 전형적인 '반역적 협력자'인 장혁주는 이러한 작품집들에서도 눈에 띄게 제외되어 있다. 심지어 오늘날, 김석범과 같은 재일조선인 작가들도 김사량에 대해서는 극찬하지만, 장혁주에 대해서는 거의 말하지 않는다.[19]

그러나 이러한 중요한 공헌은 수십 년 동안 일본의 문학적인 논의의 주변부에 머물렀다. 2006년에 이르러서야 마침내 재일조선인문학 '전집'이 처음으로 편집되었다는 사실은 주목할 만하다.[20] 가와무라 미나토

川村湊는 일본문학을 전공하는 학자이자 일본 제국의 문화적 생산물에 대한 전문가이며 재일교포의 작품을 포함한 식민지기 전후의 문학적 생산에 대해 다작해온 학자로서, 몇몇 주목할 만한 예외 중 하나일 것이다. 가와무라를 제외하면, 일본 근대문학을 전공하는 학자들은 최근 들어서야 (제국에서 글을 쓴 일본인 작가들과 대비되는) 식민화된 이들에 의한 식민지기의 문학과 그들의 유산에 대해 관심을 두기 시작했다. 패전 후 재일조선인문학은 비평계와 언론계의 관심을 얻었고, 특히 몇몇 재일조선인 작가들은 권위있는 아쿠타가와상을 받거나 그 후보에 올랐다. 제3장에서는 식민본국의 예외적인 인정의 순간들에도 불구하고 어떻게 재일조선인 집단이 주변화되었고 민족적인 게토로 격하되었는가를 아쿠타가와상 후보에 올랐던 식민지 작가 김사량을 통해 살펴볼 것이다.

또한, 최근의 일부 문학사는 재일조선인문학을 보다 실질적으로 일본 근대문학사의 중요한 부분으로서 다루기 시작했다.[21] 그러나 '재일在日'이라는 개념의 사용 자체가 근본적인 교착상태를 나타낸다. 그것은 주류 '일본인문학'에서부터 분리된 주변부적 소수자 문학으로 이 텍스트들의 위상을 부각하게 된다. 이러한 문제를 잘 알고 있었던 김석범과 고모리 요이치小森陽一 같은 비평가들은 '일본문학'이라는 바로 그 범주에 도전해왔으며, 대신 국가, 민족성, 언어 간의 연관성을 자연스러운 것으로 전제한 가정들을 넘어설 수 있는 수단으로서 '일본어문학'이라는 용어를 도입하자고 주장해왔다. 이러한 범주가, 소수자 집단으로든 또는 엄격한 의미에서 일본 군도 너머의 디아스포라 작가들로든 얼마나 멀리 확장될 수 있는가에 관한 논쟁은 프랑스어권과 영어권 문학의 경계에 대한 미해결의 논쟁과 비슷한 반향을 불러일으킨다. 남부진, 고영란, 박유하 등 일본문학을 전공하는 한국 학자들은 일본 학계에서도 활동해왔다.[22] 탈식민주의가 연구의 주요 영역으로 부상함에 따라, 이러한 학자들의 노력은 현재 주류 일본 학계에서 더욱 인정받기 시작하고 있다. 오무라 마스오大村益夫, 사에구사 토시카츠三枝壽勝, 하타노 세츠코波田野節子, 호테이 토시히로布袋敏博, 시라가와 유타카白川豊, 와타나베 나오키渡辺直紀, 세리카와 테츠야芹川哲世, 후지시 타카요藤石貴代와 같은 일본의 한국문학 전공 학자들은 번역, 개론서, 학술 저서를 통해 일본의 독자들에게 한국문학을 소개함으로써 중요한 기여를 해왔다. 양서를 생산하는 데 전념하는 출판사들, 유마니ゆまに書房와 이와나미岩波書房 등은 이러한 노력을 지지했다. 그리고 더욱 최근에는 (아직 소수이지만) 식민 관계를 일본 근대문학의 필수불가결한 부분으로 여기는 일본의 일본문학 전공자들도 생겨났다. 와타나베 나오키(임화 전공)와 하타노 세츠코(이광수 전공)와 같은 학자들은 초국가적인 공동작업과 대화를 추진함으로써 분열들을 잇기 위해 기여해왔다. 예를 들어, 그들은 유학생과 학자가 지적 교류를 할 수 있는 개방적인 환경과 살롱 형식의 포럼들을 개최할 뿐만 아니라 '일본어권' 글쓰기라는 질문에 대하여 집단적이고 국제적으로 사유할 수 있는 초국가적 공동 작업을 주도해 왔다. 이러한 학자들의 기여 덕분에 저자는 최진석, 황호덕, 고영란, 곽형덕, 신지영, 류충희, 정기인 등에 의해 저술된 작품들처럼, 식민지 작가들이 가로지른 복잡한 지형을 제대로 그리기 위해 유창한 다중언어로 학계를 종횡무진으로 활동할 탈식민의 다음 세대 교환학생들에게 이제 미래의 길이 열려있다고 믿는다.

이러한 중요한 진전에도 불구하고 식민지 과거에 대한 학문적, 대중적 기억이 계속 유지되면서 전반적인 분리는 지속되고 있다. 제10장에서 저자는 한국과 일본, 그리고 더 넓은 지역에서 계속 진행되고 있는 탈식민지적 부인이 함축하고 있는 바를 재검토할 것이다. 이 장의 나머지 부분에서는 한국문학이 일본 제국에 포섭되었던 시기와 이러한 과도기적 시대에 촉발된 불안을 면밀하게 살펴보고자 한다.

전환기와 위기

1930년대와 1940년대에는 전 세계적으로 정치적, 경제적 긴장감이 고조되었다. '위기'와 '전환'의 시대에 대한 대중매체의 기술은 식민지 조선에만 국한된 것이 아니었다. 전 세계적인 불안은 식민본국에서 식민지, 그리고 동에서 서에 이르기까지, 전쟁의 충돌 속에서 전례가 없는 규모로 다가오고 있었다.[23] 식민지 조선의 경우, 재현의 위기는 중국과 그 너머로의 제국적인 팽창을 위해 식민지가 언어적, 정치적으로 동화되고 동원되고 있었던 1931년 소위 만주사변 이후에 특별히 현저해졌다. 이 기간에, 언어적으로 복잡한 소속을 가진 새로운 세대의 식민지 작가들이 나타나기 시작했다. 이러한 저명한 식민지 지식인 중 대다수는 유년기에 일본에서 유학했다.[24] 일본은 서구에서 나머지 아시아 지역으로의 문화 수입을 중개했다. 식민지 작가들은 제국의 중심부까지 물리적으로 여행을 했든 하지 않았든 서구문학의 표현 양식과 기술을 일본과 일본어의 번역을 통해서 배우는 중이었다.

이러한 맥락에서 우리는 '한국 근대문학의 아버지'인 이광수의 첫 문학작품 「사랑인가」, '분기치/문길'이라는 조선의 유학생이 일본인 친구

미사오에게 느끼는 동성애적 짝사랑을 다룬 문학작품, 을 왜 일본어로 썼는지 이해하기 시작할 수 있을 것이다(제1장을 보라).[25] 또한, 이러한 맥락은 한국문학사의 정전 작가인 김동인(1900~1951)이 조선어로 글을 쓰는 고통스러운 과정을 시작했을 때 본래 일본어로 된 생각을 조선어로 번역해야 하는 필요성을 언급하는 고뇌에 찬 고백을 한 것을 이해하도록 도와준다.[26] 1930년대 후반 이후 식민지 조선인들에 의해 쓰인 일본어 텍스트의 숫자는 한국어 출판물에 대한 가혹한 검열 정책과 그와 동반하여 식민지 전반에 일본어 사용을 장려하는 선전 운동의 결합으로 인해 많이 늘어났다. 이 때문에 일본어 텍스트에 대한 선행 연구들은 일반적으로 1930년대 후반 이후 텍스트를 대상으로 삼는다.[27] 그러나 최근의 1차 텍스트의 자료집들은 식민지 조선인이 쓴 일본어 텍스트가 20세기 초반에도 출간되었다는 것을 보여준다.[28] 이러한 글들은 갑자기 생겨난 것이 아니라 꾸준히 강화되는 동화와 식민지적 불균형이라는 맥락에서 출현한 것이다. 더욱이, 이러한 일본어 텍스트가 1940년대에 더욱 증가했다는 사실의 의미는 제2차 세계대전에서 정점을 이룬 세계 제국주의 투쟁의 큰 배경 속에서 이해되어야 한다.[29]

조선문학이란 무엇인가?

과거가 녹아내리는 것처럼 보였을 때, 즉 제국적 국경이 유동적이었고, 식민본국과 식민지 사이의 거리가 제국 확장과 동화의 기술을 통해 빠르게 줄어드는 것처럼 보였을 때, 이 시기 식민지의 문화적 생산물은

——（餓　鬼　道）——

（1）

餓鬼道（入選）

張赫宙

1

農民は葬當糒を持つて逃げて丘の上に走つてきた。俄か造りの鍛冶屋の南の小高い丘には、三百人程の農民が白くつまつて、汚い丁髷の下の後毛が風に吹かれて首においた被さつたりしてゐた。凍えた手に力無げに持たれた箸で、淡黄色な粟飯をかきこんでゐたが、白菜の葉や、大根の尻つぼ等が混ざつてゐるのが多かつた。彼等は冷い風に吹きつけられながら、その凍てついた粟飯を甘味しさうに食べてゐた。葬當を持つて来ない省等は、隅の方に膝を立て、煙草をふかしてゐた。煙管から…は青い煙が風の中に溶けこんでゐた。彼等はボロ〳〵の長い上衣の腰あたりの上を荒繩で無造作にしばつて、土衣の狭い袖口に両手を突込んで肩をすくめたりした。

「雪が降り出すぢやらうか。中年の農民が寒さうに縮こまつて

ゴトン。ゴトーン。

北隅の山奥で岩が爆破されると、その破片が噴水のやうに高く吹き上げられて、今避けて來たばかりの農民達の近くまで飛んで來て、そこいらの畑や、小川のほとりに、バラ、バラッと落ちた。

ひき續いて三發、空をつん裂くやうな音が山々に轟き渡ると、

一抱もあらうと思はれる大きな石が、新しい破面を白く光らせながら、川端に坐つてゐた農民達の足もとに落ちた。七八人の、空を見上げた。「一降りするかも知れんて。」

〈그림 6〉『카이조(改造)』에 실린 장혁주의 등단작. ⓒ 와세다대학 아카이브

〈그림 7〉『조선소설 대표작집』. ⓒ 와세다대학 아카이브

눈에 띄게 논쟁적인 것이 되었다. 조선문학의 경계는 결코 자명한 것으로 보이지 않았고, '조선문학이란 무엇인가?'라는 질문은 서로 다른 의미의 영역에서 제기되고 있었다.

식민지에서의 조선문학 담론은 동화된 식민지와 그 (부재하거나 추방된) 국가의 불안정한 경계선에 대한 고조되는 불안감 속에서 민족의 문학 정전을 구성하려는 시급한 열망을 구체화했다.[30] 국민국가에 대한 제국적 논리를 완전하게 따르는 새로운 국제적 질서 속에서 이렇게 유동적이고 빈틈이 많은 경계는 식민지에서 극도로 불안감을 일으켰다. 따라서 식민지에서는 국경이 있는 민족국가와 확립된 민족문학의 부재를 즉시 치료해야 할 식민지적인 "결핍"이라고 예민하게 느끼고 있었다.

한편 식민본국에서는 조선문학은 '식민지 키치colonial kitsch'에 대한 제국의 욕망 대상이 되어가고 있었다. 이 책에서 식민지 키치는 무차별적 제국적 소비를 위한 대량 생산 대상이 되는 식민지 문화 요소에 대한 평가 절하와 이국화exoticization를 뜻한다. 이는 식민 통치에서 흔히 볼 수 있는 제국주의 노스텔지아/향수라는 감상적인 욕망의 한 유형이다. 레나토 로살도Renato Rosaldo가 지적하듯이, 제국주의 노스텔지아는 '제국주의에서 흔히 볼 수 있는 특별한 향수로, 사람들은 자신이 변형해온 소멸을 애도한다'.[31] 이와 같이 식민지 키치에 대한 향수도 표면적으로는 식민지 문화에 대한 순수하고 진실한 감상으로 보일지도 모르지만, 실제로는 제국의 식민지 문화 지배 및 파괴와 공모한다. '조선 붐'이라는 일시적인 유행에 따라 유통된 식민지 대상은 관광, 민속문화, 음식, 패션, 건축, 문학, 미술 등 광범위한 분야를 아우르는 것으로 보였다. 고급문화든 저급문화든 각 대상은 오직 '조선성'의 상징으로서 중요했는데, 이는 가능한 기표들의 잠재적으로 무한한 사슬들 사이에서 임의적이고 교환 가능한 상징이었다.

제5장에서 저자는 식민지적 분할을 가로질러 이렇게 향수를 불러일으키는 욕망의 근본적인 양립 불가능성, 즉 한편으로는 시대를 초월한 민족 전통, 다른 한편으로는 일시적인 제국적 유행에 대해서 논의할 것이다. 그러나 여기에서 나의 관심사는 식민지적 접경에 있던 식민지 조선인들의 글을 둘러싼 논쟁에서 구체화된 식민지 문화 생산자들의 불안에 있다.[32] 더 구체적으로 저자는 한일 간의 식민지문학을 사이에 둔 경합의 의미를 탐구하는 데 관심이 있다. 특히 이러한 문학이 민족의 정전에서 식민지 키치로 어떻게 강등되었는지, 또 한국의 일본과의 관계를 어떻게 이해하느냐에 따라 불안정하고 복합적인 정의, 즉 외지문학外地文學, 지방문학地方文學, 국민문학國民文學으로 어떻게 달라지는지를 탐구하는 데 관심을 둔다.[33]

식민지문학, 국(민)문학, 세계문학 토론하기

중국에 대한 제국의 전쟁이 본격적으로 발발하기 1년 전인 1936년 8월, 저명한 잡지인 『삼천리』에서 조선의 주요 작가들을 대상으로 행해진 설문조사는 조선문학이 이러한 위기의 시대에서 어떻게 정의되어야 하는지에 대한 시급한 질문을 제기했다.[34] 이 기사는 다음과 같이 시작한다.

대체로 定說대로 쫒는다면 朝鮮文學이 되자면 依例히 A, 朝鮮'글'로 B,

朝鮮'사람'이 C, 朝鮮 사람에게 '읽히우기' 위하야 쓴 것만이 완전한 朝鮮文學이 될 것이외다. 그러타면 逆說 몃 가지를 들어 보겟습니다.

A, 朴燕岩의 「熱河日記」 一然禪師의 「三國遺事等」 등등은 그 씨운 문자가 한문이니까 朝鮮文學이 아닐가요? 또 印度 타―골은 「新月, 끼탄자리」 등을 英文으로 발표했고 '씽그, 그레고리, 이에츠'도 그 작품을 英文으로 발표햇건만 타―골의 문학은 印度문학으로, 이에츠의 문학은 愛蘭문학으로 보는듯 합데다. 이러한 경우에 문학과 문자의 규정을 엇더케 지어야 올켓습니까.

B, 작가가 '朝鮮사람'에게 꼭 限하여야 한다면 中西伊之助의 朝鮮人의 사상감정을 基調로하여 쓴 「汝等の배后より」라든지 그 밧게 이러한 類의 문학은 더 一顧할것 업시 '朝鮮文學'에서 除去하여야 올켓습니까.

C, 朝鮮 사람에게 '읽히우기' 위하야 써야 한다면 張赫宙씨가 東京文壇에 屢屢 發表하는 그 작품과 英米人에게 읽히우기를 主眼삼고 쓴 姜용걸씨의 「草家집」등은 모도 朝鮮文學이 아님니까, 그러타면 또 朝鮮 사람에게 읽히우기 위하야, 朝鮮 글로 훌융히 씨워진 저 「九雲夢」 「謝氏南征記」 등은 朝鮮文學이라고 볼 것임니까.

스사로 自問自答하여 주시면서 여러가지 경우의 引例를 들어,'朝鮮文學'의 規定을 내려주시압소서, 이것이, 불쾌하고 雜然한 雰圍氣에 싸어잇는 混難된 現下 朝鮮文壇의 중대한 淸黨運動이 될줄 아옵기 再三考慮를 바라는 바외다.[35]

설문조사의 문제제기에서부터 당시 만연했던 위기의식을 엿볼 수 있다. 이는 조선문학의 엄격한 정의에 대한 긴급한 욕망과 직결되었다. 이러한 욕망은 '불쾌하고' '혼잡된' 시대에 조선문학의 유동하는 경계들에 대한 불안감과 아마도 외국의 침입으로부터의 "청당淸黨"의 필요성으로부터 비롯된 것일 터였다. 식민지인의 방어적인 외국인 혐오증을 어떻게 평가하는가는 복잡한 질문이므로 논의는 추후로 미룬다. 여기에서 나의 관심사와 더욱 관련이 있는 것은 이 설문에서 당시의 혼란을 극복하고 문학장을 정화하고자 하는 희망에도 불구하고, 의견들은 쉽게 합의되지 않았고 다양하게 나타났다는 사실이다. 흥미롭게도 가장 엄격한 정의를 고수하는 참가자들 중 일부는 자신들이 일본어로 쓴 글들로 인해 문학장에서 가장 논쟁적인 위치를 차지하게 되는 이들이었다.

예를 들어, 이광수, 이태준(1904~?), 장혁주는 조선어로 쓰인 문학만이 조선문학으로 간주되어야 한다고 말한다.[36] 이광수는 한 문학의 국적은 작가의 국적이 아니라 언어의 국적에 기반을 둔다고 주장한다.[37] 그는 이러한 기준을 문자 그대로 받아들여, 조선인이 그 시대 공통어였던 한문으로 쓴 글은 중국문학의 일부라고 생각하고,[38] 「수호전」과 같은 중국소설이 조선어로 번역되면 조선문학이 된다고 여긴다.[39] 한편 장혁주는 설문조사에서 제기된 것들에 더 나아가 하나의 기준을 추가한다 : 조선문학은 조선 독자들을 위해 조선인이 조선어로 쓴 작품일 뿐만 아니라 "조선을 제재로 한 것"이어야 한다.[40]

다른 많은 응답자는 이 쟁점의 복잡성을 보다 미묘한 방식으로 대응하고자 한다. 예를 들어 이헌구는 조선이 과거에 강제로 외국어를 빌려와야 했던 유일한 나라는 아니라고 응답한다.[41] 그는 외국어, 특히 선진문화의 언어를 빌릴 필요가 있었다는 인식은, "문화가 뒤떨어진 사회가 선진문화를 추종하려 할 때 불가피의 현상"[42]이라고 말한다. 그러나 그는 최종적인 목표가 자신들의 언어와 문화의 전통을 발전하게 만드는 데 필요한 도구들을 수입하는 것이기 때문에 이러한 조건이 단지 제한된 기간 내에 지나가야만 하는 일시적인 단계라고 언급한다. "즉 그들이 한 세기 외^外 내지^{乃至} 두 세기의 절대^{絶大}한 노력에서 완전한 언어, 풍부한 문자를 맹그러 냇을 때 비로서 자국문학이 제2기적^{第二期的} 정통적 건설기^{建設期}로 드러가는 것이다."[43] 이헌구에 따르면 조선은 여전히 조선만의 언어를 개발하기 위해 분투하고 있기 때문에 다른 문화들의 침윤에서 벗어나는 것이 불가능했었다. 그는 이러한 의존성이 조선문화 전반에서 보이지만 문학에 있어서는 특히 뚜렷하다고 애통해한다. "타문자^{他文字}에서 완전히 자아를 해방 못한 그것이 조선문학뿐 아니라 조선문화를 완성식히는 데 가장 큰 죄화^{罪禍}다. 그러므로 오인^{吾人}은 시급히 타문화의 정당한 수입소화^{輸入消化}에서 완전한 자아 자문학을 건설하는 것이 제일급무다."[44]

이헌구가 제국적 맥락에서의 문화적 위계의 논리에 의문을 제기하는 것이 아니라 오히려 조선의 열등한 위치를 꾸짖었다는 점에 주목해야 한다. 괴테의 세계문학 이론의 일부, 즉 번역을 통해 문화를 집어삼킨다는 폭력적인 은유는 여기에서도 메아리친다. 구체적인 예를 살펴보면, 이헌구는 다른 문화에 대해서 모국어로 쓰는 작가들이 자신들의 나라의 민족문학 안에 포함되어야 한다고 주장한다. 그러나 다른 언어로 자신들의 나라에 대해서 쓰는 작가의 경우에 문제는 더욱 "데리케-트"해진다. 그는 자기 자신의 언어로 자신을 표현할 능력과 자유를 가지지 못한 경우 상황은 복잡해진다는 것을 인정하면서 다음과 같이 썼다. "실로 이야말로 호적이 아니라 국적이 없는 문학작품이요."[45] 예컨대 조선 작가가 쓴 영어 작품과 같은 글의 문제점은 그들이 '완성성'을 획득하기 위해 투쟁한다는 사실로 인해 더욱 혼란스러워진다는 것이다. (작품으로서의 완성성이 떨어진다면) 그들은 문학으로서 간주되기보다는 단지 '사회사상사적 견지'에서 '소개'나 '보고報告'로 여겨지기 쉽다.[46] 비록 이헌구가 당대 조선의 식민지 상황을 명시적으로 언급하지 않고 조심스럽게 인도나 아일랜드와 같은 다른 식민지적 맥락의 예를 들고 있지만, 그가 이렇게 족보와 국적을 결여한 실향문학homeless literatures의 출현을 문화적 불평등과 전체적인 세계적 제국의 맥락과 연결하고 있는 것은 분명하다.

다른 작가들은 더욱 명시적으로 멀리 떨어진 식민지적 맥락의 예시에 의존한다. 예를 들어, 임화(1908~1953)는 각 나라의 민족문학의 확립은 사실상 근대 민주사회의 형성과 동시에 발생해왔으며 안정된 독립국이 부재한 상황에서 민족문학의 개념은 "본질적으로 동요되고, 사실한 무력한 것"[47]이라고 말한다. 게다가 그는 "현대에서는, 인쇄술이나 번역 등 외적 현상에서만 아니라 그 정신에 잇서 각국의 국민문학으로부터 일개의 세계문학의 과정으로 문화이동의 과정이 특징화되어 잇슴은 널리 제가諸家의 인지하는 바"[48]라고 말한다. 그러나 조선의 경우, 독립적이고 고유한 조선문학의 확립 자체가 불가능했기 때문에 이러한 과정은 온전히 나타나기도 전에 사라지고 있었다. 임화는 조선문학의 정점이 "한말로부터 대정십년전후까지"의 과도기에 발생했다고 주장하며 이 '르네상스'는 계급 기반의 국제주의 프롤레타리아 문학 운동으로 갑자기 끝났다고 애통해 한다.[49] 그는 조선문학에 대한 물음이 이때부터 곤란했다고 말한다. "그럼으로 이럿케 문학적 현상이 심히 다단多端한 현금現今에 잇서 조선말로만 썻다고 조선문학이 될 수 업는 일이요 조선 작가가 쓰기만 했다고 조선문학 될 수 업스며 이 두 가지를 떠나 조선사람에게 읽히기 위하야 쓰기만 하면 조선문학이 될 수도 업시 곤란한 것임니다."[50] 이헌구와 마찬가지로 임화도 이러한 역설적 상황을 식민지적 맥락과 연결하며 전략적으로 인도와 아일랜드의 상황에 적용했다.

> 다음 '타—골'이나 '씽그, 그레고리, 예츠'이 印度 등 혹은 愛蘭文學이라고 불러짐은 사실 辱된 사실임니다. 그들은 全印度, 全愛蘭의 문학인 거보다 더 만히 英帝國主義와 結托하고, 屈服한 印度, 愛蘭上層의 문학임니다. 다시 말하면 살아나가는 印度, 愛蘭의 문학이 아니라, 침약자에게 굴복당한 標衝임니다. 진정한 印度, 愛蘭의 문학은 今後에 다시 시작될 것임니다. 더욱이 그들은 그 외형에서만이 아니라, 내용에 잇서도 印度文學, 愛蘭文學이 되기에는 不少한 難點을 가지고 잇슴니다.[51]

따라서 임화는 다른 누구보다 명시적으로, 외국어로 글을 쓰는 작가들이 직면하는 재현의 난제와 그들을 구성하는 제국적인 조건을 곧장 연결하고 있는 것이다. 그러나 제국주의에 대한 임화의 비판은 양가적인 것 이상을 넘어서지 못한다. 임화의 비판은 국력에 기반을 둔 '적자생존'이라는 제국의 다원주의 논리를 문제화하기보다는, (아래에서 논의되듯이) 식민지 자체에서 근대 민족문학이 부족하다는 것에 초점을 맞춘다. 화합되어 보이고 독립적인 국민 국가에 의해 유지되는 세계문학의 기준과 비교하였을 때 식민지 조선의 결핍되고 뒤처진 위치는 아일랜드와 인도의 경우와 마찬가지로 그에게 '욕된 사실'이다. 임화의 진술은 그가 식민지적 맥락을 암시적으로 비판한다는 점에서 혁명적이라고 해석될 수도 있다. 그러나 식민주의의 위계적인 논리가 아니라 조선의 열등한 위치만을 문제삼고 있는 한, 그의 비판은 제한적이며 일본과 서구 제국주의에 이중으로 속박되어 있다는 한계를 노정한다.

앞서 언급했듯이, 『삼천리』 설문의 응답자들은 조선문학의 정의에 대한 질문을 해결하기보다는 제기하는 데 가깝다. 그러나 이러한 대화로부터 분명해지는 것은 이러한 질문들의 극단적인 긴박성, 그리고 식민지에서 명백하게 경계 지어진 민족문학을 결핍했다는 자각에서 촉발된 강렬한 불안이다. 결국 이 시기에 세계는 국민국가라는 논리가 중심이 되었다. 그리고 국민국가가 없는 상황에서 현재뿐만 아니라 문화의 과거와 미래도 불안정해지고 위협받고 있는 것으로 보였다. 이러한 의미에서 우리가 이러한 반응들에서 인지할 수 있는 긴박성의 기저에는 과거, 현재, 미래가 세계의 표준과 동등하거나 동시대적이 될 만한 문화를 건설해야 하는 필요성에 대한 걱정스러운 자각이 있었다.[52] 조선문학에 대한 피식민자들의 이러한 담론의 압박감은 식민본국에서 동시에 출현하고 있었던 초센 분가쿠*에 대한 제국 담론과 극명한 대조를 이룬다.

초센 분가쿠에 대한 담론은 어떤 면에서 조선문학에 대한 담론을 반영하지만, 이는 몇 가지 관점에서 후자의 번역불가능성을 드러내기도 한다. 첫째, 조선문학 논쟁에서 가장 중요한 관심사인 언어의 문제는 제국적인 담론에서 완전히 무시된다. 사실상 조선인이 일본어로 쓴 글이나 번역은 조선문학과 완전히 동일한 것으로 간주된다. 따라서 식민본국의 비평가인 이타가키 나카오(1896~1977)는 자신이 오직 일본어 번

---

* '문학'의 일본어 발음으로, 여기에서는 식민지 조선에서의 '조선문학' 담론과 대비하여 식민본국 일본에서의 '조선문학' 담론을 의미한다.

역을 통한 제한된 독서를 바탕만으로 조선문학의 일반적인 열등함을 비판할 자격이 있다고 생각했다. 비슷한 맥락에서 저자는 제8장에서 조선문학 작품의 번역이 식민본국 신문의 지방판에서 일본인 독자들을 위해 광고되고 출판되었던 방식과 이러한 과정에서 명백하게 생략되었던 번역 행위 자체를 더욱 면밀하게 탐구할 것이다. 조선문학을 그것의 일본어 번역과 동등한 것으로 간주하는 것은 조선인이 글을 썼던 식민지적 조건을 묵살하고, 이러한 작가들이 모국어로 글을 쓰는 대신 제국의 언어를 사용하도록 강요했던 것이 식민지 검열과 동화정책이었다는 사실을 교묘하게 감춘다.

조선문학과 초센 분가쿠의 담론은 종종 같은 관심사로 수렴했다. 예를 들어 작가 장혁주는 이러한 담론 양쪽에서 자주 논의되었지만, 각각의 담론에서 상당히 다른 평가를 받았다. 조선에서 장혁주의 일본어 글들은 대개 조선문학의 중심에서 배제되었다. 앞서 언급했듯이, 이헌구는 실제로 외국 독자들을 위해 외국어로 쓰인 글들이 도대체 문학이 될수 있는지 의문을 제기했고 그것들을 일종의 '보고'라고 불렀다. 그러나 조선 분가쿠의 제국적 담론에서 장혁주와 같은 식민지 작가들이 일본어로 쓴 텍스트들은 조선문학의 대표적인 텍스트로서 왕성하고 무비판적으로 소비되었다. 그들 역시 장혁주의 단편 「아귀도餓鬼道」(1932)[53]를 비판하면서 이러한 측면이 문학으로서의 장혁주 작품의 결점을 드러낸다고 비판한 바 있다. 그럼에도 이 작품은 제국의 문학상에 후보로 지명되었고, 장혁주의 번역 작품들은 다른 작가들의 번역 작품들과 더불어 조선문학 특집으로 널리 퍼졌다.

장혁주의 텍스트가 식민본국의 문인사회에서 보고로서 열성적으로 소비되던 이유 중 하나는 그것이 제국의 독자들에게 식민지 조선의 현실을 드러내는 폭로로 간주되었기 때문이다. 실제로 일본의 비평가 히로츠 카즈오(1891~1968)은 장혁주가 너무 문학적이라고 비판하고, 다이너마이트를 터뜨리는 소리를 묘사한 「아귀도」의 도입부와 같이 지나치게 허구적인 요소들은 일본의 독자들에게 효과적이지 않았을 것이라고 추측했다. 만약 이 작품이 내내 보고의 형식을 유지했다면 독자들이 이해하기가 더 쉬웠을 것이라는 것이다.[54] 식민본국에서 조선문학은 '조선적인' 이국적 현실을 맛보게 했기 때문에 식민본국에서 주목을 끌고 있었다. 이러한 '조선성'은 제국적인 취향 소비를 충족하기 위해, 집단적 식민지 현실이라고 여겨졌던 것을 재현하기를 요청받았던 조선 작가들이 직면한 딜레마에 대한 어떠한 인식도 제거된 것이었다. 장혁주와 같은 작가들은 한편으로는 그들에게 조선성을 대표할 것을 요구하는 식민본국이라는 외부, 그리고 다른 한편으로는 당시까지 일본 매체에서 유통되었던 조선인의 지배적인 이미지를 상쇄하려는 자신의 개인적 열망이라는 내부 모두에서 압박을 느꼈다. 예컨대 그는 '나의 문학'에서 다음과 같이 썼다 :

'민둥산의 나라, 적토의 나라 등은 조선을 보고 간 사람들의 기행문을 읽으면, 대개 그렇게 쓰여 있다.' 이것은 즉 가난을 의미하고, 폐퇴(廢頹)를 표현한 것이다. 긴 담배를 물고 여유롭게 일하고 있는 조선의 백성을 보고는 게으른 민족이구나라고 말하고 만다. 지금도 자주 지방의 일본어 신문에는 '초여름의 점경(點景)' 등의 제목으로 스케치한 사진이 실려서, 도구를 땅에 팽개쳐두고, 그것에 기대어 낮잠을 자고 있는 일용노동자가, 꼭 찍혀있다.

어쩐지 일이 싫어서 나무 그늘에서 낮잠을 자면서 놀고 있는 것으로 보인다. (…중략…) 나는 한발 더 들어가서, 그들 농민과 노동자가 앞서 말한 식으로 보이게 된 원인을 찾아보고 싶다. 그들은 결코 태만하기 때문에 일을 하지 않는 것도 아니고, 향락적인 이유로 놀고 있는 것도 아니다.[55]

여기에서 우리는 당시에 만연했던 피식민자들에 대한 인종차별적 인식을 바꾸기 위해 조선인을 대표하여 식민본국의 독자들에게 말을 걸고자 했던 장혁주와 같은 식민지 작가들이 직면한 난제를 엿볼 수 있다. 그는 게으른 민족이라는 식민본국 관광객들의 첫인상 뒤에 더욱 심층적인 논리가 놓여있을 수 있다는 것을 감지한다. 그러나 장혁주의 노력은 '허위적이다'라는 평계로 식민지 독자들의 불만을 얻게 된다. 그의 일본 독자들은 여행안내 책자를 연상시키는 서사 양식을 전개하도록 부추겼고, 결국 그는 식민본국의 소비자가 원하는 서비스, 즉 조선적인 것을 제국의 언어로 번역하는 보고를 제공하는 작가의 처지에 처하고 만다.

지금까지 우리는 제국을 가로질러 맞붙은 접점에서 조선문학의 유동하는 위치를 살펴보았다. 식민본국에서 초센 분가쿠는 이국적인 조선성에 대한 제국적 욕망을 충족하기 위한 '식민지 키치'의 대상으로 소비되었다. 반면에 식민지 지식인들은 민족국가의 단일 언어 논리로 지배되는 세계의 표준을 식민지적 결핍으로 인해 명확하게 민족문학을 정의내리지 못하는 조선문학의 지위와 비교하였다. 당대 식민지에서 조선문학의 영원한 전통을 정의하고 구성하는 일의 급박함, 복잡함, 모순들은 오로지 식민지적 경계를 가로질러 맞붙은 논쟁이 상호적인 부조로 결속하는 상황 속에서만 이해될 수 있다.

조선문학사 만들기

강화되는 동화정책이 조선문화를 일본 제국으로 포함시키던 1930년 대에 조선문학사를 기록하려는 시도가 뚜렷한 증가를 보였던 것은 우연이 아니다. 식민지 맥락에서 문학사 기술의 절박한 필요성을 뚜렷이 표명하는 김태준(1905~1949)의 『조선소설사』[56]는 조선문학사 서술의 중대한 이정표이다.

이와 연관된, 『사해공론』의 창간호에 실린 「소설의 정의」[57]라는 제목의 글에서 김태준은 소설의 서구적 개념이 현지의 허구적 서사 형식인 소설에 적용될 수 있는지에 대한 문제를 다룬다.[58] 김태준에 따르면, 소설은 조선문학에 새로운 표준을 세우기 위해 도입되었다. 문제는 서구의 소설과 비교했을 때 조선의 소설이 결핍된 것으로 보인다는 사실이다. 그러나 김태준은 조선의 소설이 중국 고전에 기원을 두고 있는 것은 물론 다양한 토착의 장르로 거슬러올라갈 수 있는 자기만의 풍부한 유산을 가졌다는 사실을 재빨리 지적한다. 김태준은 더 나아가 (조선)소설의 개념은 고정된 용어가 아니라 역사를 통해 발전해온 용어로, 이 점은 서구 소설과 다르지 않다고 말한다. 그러나 그 둘이 현저하게 다른 점은, 서구 소설의 경우 제국주의의 다른 기술들로 뒷받침되는 세계문학의 질서에서 사실상 패권적인 역할을 맡게 되어서 전 세계적으로 자신들의 기준을 '보편적'인 것으로 전파했으며, 덜 강력한 문화 속 소설의 여타 형식들을 결핍되고 열등한 지위로 좌천시켰다는 것이다.[59]

저자가 여기에서 강조하고 싶은 것은 오래된 조선문학의 유산을 옹호하려는 김태준의 노력이 반드시 해명되어야만 하는 결핍이라는 만연한 감각을 드러낸다는 사실이다. 소설이라는 개념 자체가 그것이 발생하는 지역의 맥락(주로 영국과 프랑스의 제국적인 대도시) 속에서 끊임없이 발달해 온 것이기 때문에 조선의 맥락에 서구 소설의 기준을 적용하려는 시도는 아주 의심스러운 것으로 보았다. 김태준은 비록 조선에 서구 소설과 상응하는 소설 작품이 없었을지라도 중국 역사가인 반구班固(A.D. 32~92)의 글에서 소설이 최초로 언급된 이래 이 개념이 역사를 통해 진화되어 왔기 때문에 조선문학은 뒤늦은 것도, 결핍된 것도 아니라고 주장한다.

임화 역시 김태준과 비슷한 시기에 자신만의 조선문학사를 쓰기 시작했는데, 그의 연구도 유사한 불안을 드러낸다.[60] 1930~1940년대의 문학사 연재에서 임화는 이후의 모든 한국 근대문학사를 괴롭히는 것으로 귀결되어온 논쟁적인 주장을 한다 : "동양의 근대문학사는 사실 서구문학의 수입과 이식의 역사다. 그러면 어째서 수입되고 이식된 외래문학을 근대문학사의 주체로 삼는가? (…중략…) 왜 그러냐 하면 근대에 이르러서 잔존해 왔고 현재도 그 면영面影을 찾을 수 있는 재래의 문학은 우리가 어떠한 이미理味에서도 근대문학이라고 명칭할 수 없기 때문이다."[61] 그리고 임화는 서구 표준이 조선의 문학 유산보다 우위를 점하게 되는 과정을 개관하고 이러한 상황에서 신문학사를 쓰는 것이 불가능에 가깝다고 설명한다. 임화는 서구에서 여러 세기를 거쳐 문학이 발달되었고, 일본이 100년 가까이 걸려 그것을 받아들인 반면, 조선에서의 문학 수용은 30년이라는 짧은 기간 동안 이뤄졌음을 한탄한다.[62]

더 나아가, 근대 조선문학사 전체를 포괄하는 30년은 서구 문화가 아시아의 '지방'으로 침투한 것과 불가분의 관계에 있었으며 아시아의 '지방'은 문화 세계 질서의 '주변부'에 놓여 있었다.[63] 이 시기 동안, 여러 세기를 걸쳐서 진화해 온 서구의 문화적 사유의 변모는 모두 한꺼번에 경험되었다. 그리고 이러한 의미에서 근대의 충격은 동양에서 두 배로 강렬했다. 조선의 지정학적인 조건 속에서 일어난 급격한 변화는 근대화가 야기하는 이러한 복잡성에 대한 대응을 더욱 어렵게 만들었다. 조선 근대문학사를 가로지르는 30년 동안 조선은 중국 중심의 세계 질서에서 서구 중심의 세계 질서로 이행하는 극심한 동요를 겪었다. 조선에서 일어난 이 이행은 일본에 의해 주도되었다. 이러한 문제점들은 (임화가 지적했듯) 채 몇십 년도 되지 않은 조선 근대문학사를 단순하게 "요리하지 못하게 하는 중요한 조건인 동시에 최대의 난점"[64]이었지만, 어쨌든 시대의 쇠퇴와 상승의 모든 복잡성들을 망라할 수 있었다.

임화는 더 나아가 조선 근대문학사를 구성하는 것이 무엇인지를 정의하는 어려움을 설명하고,『사해공론』에 나타난 「조선문학의 개념」이라는 글과 특히 위에서 언급한『삼천리』의 설문조사에서, 이광수에 의해 옹호된 단일어적 정의가 불충분함을 언급한다.[65] 『삼천리』 설문조사에서 이광수의 대답은 이 주제에 대해 더욱 광범위하게 다루고 있는『사해공론』의 글에 나타난 많은 요점과 예시들을 반복하고 있다. 같은 호에서 그는 '조선문학은 조선인이 쓴 조선문학이어야 한다'는 전제를 반복하고 신라왕조의 이두로부터 시작하여 신소설까지 이어지는 토착 문학의 계보를 따라가는 방향으로 문학사를 구성하는 「조선소설사」[66]라는 제목의 글을 썼다. 여기에서 중요한 것은 이광수가 영어로『초당*The Grass Roof*』을 쓴 강용흘과 같은 소수 작가들은 물론 '일본어로 글을 쓴 작가들'의 이름을 제시하지 않았다는 것에서 알 수 있듯이, 그들을 조선문학에서 명백하게 배제했다는 것이다. 이러한 태도는 역설적으로 조선문학계의 큰 틀 안에서 일본어 창작을 사고할 수 있는 시각을 제시해준다. 이광수 자신을 포함한 당대 대부분의 작가들은 서구 제국의 중심들에서 가져온 텍스트의 일본어 번역을 통해 글쓰기를 배울 수밖에 없었다. 이러한 해석적 가능성은 『삼천리』 설문조사에서는 최소화되었고, 오직 장혁주만 이 예외였다.[67]

임화는 조선의 복잡한 상황이 서구 패권의 맹습을 직면해야만 하는 다른 아시아 국가들과 공유하는 것이라는 의견을 밝히지만, 조선의 경우에는 지역적으로는 일본의 선봉 아래에 있으면서 중국 중심의 지역 질서에서 서구 중심의 세계 질서로의 강제 이행으로 인해 더욱 복잡하다고 지적한다. 서구가 기준이라는 생각을 뿌리에 둔 발전주의적 역사에 대한 임화의 무비판적인 수용, 즉 그의 '이식문학'론을 강조하는 수용은 무시하기 어렵다. 그러나 우리는 그의 텍스트와 조선문학에 대한 다른 식민지 작가들이 알려주는 급박함이라는 감각에 주의를 기울여야 한다. '뒤늦었다는 의식'은 조선뿐만 아니라 아시아를 가로질러, 그리고 비서구 세계 도처에 넓게 공유되었던 정동affect이었다.[68] 만일 우리가 유럽 중심의 근대성을 비판하는 지금의 유리한 위치에서 임화의 견해에 접근한다면, 그것은 틀린 인식으로 일축될 수 있다. 그러나 일본과 서구의 그림자 아래에서 살아야만 했던 당대 조선에서 근대성의 경험이 지각되었던 방식에 주의를 기울이는 것이 중요하다. 이러한 시각들이 얼마나 문제가 많은지 여부와 상관없이, 그것들은 우리에게 당시의 살아있는 경험에 대해서 말해준다는 점에서 탐구할 가치가 있다. 임화와 다른 식민지 작가들의 고통스러운 저술은 일반적으로 근대성이 초래하는 혼란이 비서구에서 더욱 악화되었다는 사실을 드러낸다. 이들에게 근대성은 다른 곳으로부터 수입되어야 하는 일련의 표준들을 의미한다는 긴급함이 있었기 때문이다. 이러한 수입된 표준들을 쫓는 일의 잔혹하고 모순적인 결과는 식민지에서 과거가, 그리고 심지어 자신도 버려져야만 한다는 인식이었다.[69] 조선의 경우, 이러한 식민지적 곤경은 일본 제국으로의 합병으로 더욱 복잡하고 절망적이었다. 조선은 한편으로 서구 제국주의에 관해서는 일본 식민자들과 지위를 공유했지만, 다른 한편으로는 일본과 서구 제국주의 모두에 의해 이중으로 종속되고 있는 곤경을 견뎌야 했다. 게다가 이러한 삼각 구도는 지금 현제 한반도에서 계속되고 있으며, 해방과 냉전 지정학의 과잉결정된 조건들에서 지속되고 있다. (이는 제10장에서 더 자세히 탐구될 것이다)

조선 작가들의 동의 여부와 상관없이, 그들의 다양한 목소리들은 공통적으로 외부로부터 이입된 발전적 사관의 기준에 맞추어 스스로 부과한 결핍과 뒤처짐이라는 감각을 표현한 것이다. 결핍이 없다는 것을 보여주기 위해 조선문화의 역동적인 역사를 언급하든, 아니면 서구와 그것을 효율적으로 따른 일본이 만들어놓은 표준에 부합하기 위하여 현재의 상황에 대한 변화를 촉구하든, 이러한 작가들은 조선문학과 문화가 열등한 상태라는 진단을 극복하기 위해서 노력했다.

식민지 주체에 의해 쓰인 제국적 언어의 난제는 식민지적 복종이 제시하는 몇몇 모순된 기회들을 예시한다. 즉, 그것은 새로운 근대적 세계질서 속의 타자로 자신을 번역하기 위하여 타자의 기술을 획득할 필요성을 의미한다. 이러한 텍스트들은 번역 노동의 결과로 결코 인정되지 않았다. 그들이 등장했던 식민지 시기는 물론, 그들이 전후의 지정학적 압력 속에서 다양한 의도와 목적에 의해 지워졌던 해방 이후에도 마찬가지였다. 이러한 의미에서 이 텍스트들은 번역으로 근대성을 경험했던 조선 작가들이 느꼈던 혼란을 분명하게 드러낸다. 다음 장에서는 이 시기에 일본과 조선의 문학장의 경계를 교섭한 소수자 작가인 김사량金史良 (1914~1950?)의 사례를 탐구할 것이다.

제3장

소수자 작가

사소설의 문제는 결코 문학의 영역에만 국한되지 않는다. 그것은 우리나라 근대의 본질과 관련이 있다.

— 타케우치 료치

일본과 서구의 문학 비평은 일본의 사소설을 근대 일본문학에서 가장 핵심적이고 독특한 형식적 특징으로 묘사한다.

— 토미 스즈키(Tomi Suzuki)

소설의 광고 하단에는 다음과 같은 사토 하루오(佐藤春夫)라는 작가의 평인 "(김사량의 작품은) 사소설 안에 민족의 비통한 운명을 빼곡히 직조해 넣은 작품"이라는 식의 문구가 테두리 안에 들어가 있었습니다. "이것으로 된 것일까, 이래도 좋은 것일까" (…중략…) 이제부터는 더욱 진실한 것을 쓰지 않으면 안 된다고 자신에게 몇 번이고 말했습니다.

— 김사량

1940년 겨울 평양, 김사량은 그의 일본어 단편 「빛 속으로光の中に」가 일본의 저명한 아쿠타가와 문학상 후보로 추천되었음을 알리는 전보를 받는다. 그는 이제 곧 유명해질 터였다. 그는 제국의 수도인 동경에서 열리는 성대한 시상식에 참여하기 위해 그의 집이 있는 북부 조선에서 남행 열차를 타고, 다시 배로 갈아탄다. 이 여행은 김사량이 일본문단의 이목을 끌며 데뷔할 것임을 의미했고, 대부분의 작가들에게 아쿠타가와상芥川賞 시상식에 참여한다는 것은 작가로서의 경력을 보장받는 전기를 마련했다는 것을 뜻했다. 하지만 김사량은 「어머니께 드리는 편지母への手紙」에서 이 여행을 양가적인 감정으로 회상한다.

> 사랑하는 어머님
> 그 살을 에는 듯한 2월의 차가운 바람이 황량하게 부는 평양의 역 앞에서, 감기기운이 있는 제 몸이나 여행지 등 여러 가지를 걱정하시면서, '어서 타렴, 어서 타렴' 하고 재촉해서 올라탄 오전의 특급 '노조미(のぞみ, 희망 — 인용자)' (…중략…) 저는 기차의 격렬한 요동에 몸을 맡기며, 이런저런 것을 생각했습니다. 이제부터 조금씩이라도 동경에서 글을 쓸 수 있게 될지도 모른다는 생각을 하면, 무서운 기분이 들었습니다. (…중략…) 저는 현해탄을 건너는 삼등선 안에서 점점 열이 나, 시모노세키에서 탄 기차 안에서는 거의 쓰러질 뻔 했습니다. 하지만 저는 '그렇다, 이제부터는 더욱 진실한 것을 쓰지 않으면 안 된다'고 자신에게 몇 번이고 말했습니다.[1]

「어머니께 드리는 편지」는 기억의 몽타주로 가득 덮여 있으며, 희망과 흥분에서 불안과 두려움에 이르는 복잡한 감정을 담고 있다. 갈등으로 가득한 이 편지는 '삼등 칸'의 소수자 작가A minor writer가 제국의 도시로

〈그림 8〉 규슈 사가 고등학교의 학생 시절의 김사량. 사진 가운데에 있는 김사량은 팔짱을 끼고 학교 모자를 쓰고 있다. ⓒ시라카와 유타카

진입하는 문학적 여정을 살피려는 우리의 시도에 매우 중요한 단서를 제공한다.

이 편지는 텍스트적으로도, 메타텍스트적으로도 이제 막 제국의 인정을 받으려는 식민지 작가의 언어적 곤란을 구현하고 있다. 이 편지가 쓰인 1940년에 식민지 전체에서 공식적인 '문어'가 일본어라는 것을 고려할 때 편지가 일본어로 쓰였다는 것은 언뜻 보기에 놀랍지도 않고 주목할 만한 점도 아닌 것처럼 보인다. 하지만 편지를 꼼꼼하게 읽어보면 놀라운 사실이 드러난다. 편지는 다음과 같이 끝난다. "봄방학을 맞아 경성의 누이도 집에 돌아오겠지요? 이 내지어(일본어)로 쓴 편지를 번역해서 읽어달라고 말씀해주세요." 이 편지는 기이하게도 끝머리에서 스스로를 무효화한다. 즉 편지의 수신인과 소통하는 것이 불가능하다는 것을 자기 분열적으로 드러내는 것이다. 이 편지는 제국적 조우에서 발신자와 수신자 사이의 소통의 불가능성과 언어적 통약불가능성이라는 자신의 근원적 난관을 고백하고 있다.

어머니와 아들 사이의 간극은 메워질 수 없다. 새로운 식민지적 질서가 김사량에게 (그리고 다른 조선 남성 지식인들에게) 약속한 가능성은 그의 어머니와 모어로부터 그를 더 멀리 떨어뜨려 놓는다. 이 편지에서 제국의 언어는 소통을 중재하고 가능하게 하는 도구로 기능하는 것이 아니라, 오히려 발신자와 수신자 사이를 가로막는 장벽이 된다. 이 거추장스러운 언어적 교환은 서신의 진정성 자체를 위협하는 이상한 복화술에 주목하게 만든다. 즉 일본어를 모르는 어머니에게 일본어로 쓴 편지는 발신자와 수신자 사이의 친밀한 연락이라는 서신의 가장 근원적인 존재이유를 부정함으로써, 스스로를 서간체문학의 모조품으로 만드는 것이다. 여기서 제국의 언어는 식민지 안에서 소통을 용이하게 하기보다는, 그것의 분열을 초래하는 본성을 노출한다. 즉 제국의 언어는 세대, 계급, 성별에 따라 식민지인들을 분열시킨다. 그리고 이 편지를 다 읽은 후에도 대답할 수 없는 질문이 여전히 남는다. 도대체 왜 김사량은 자신의 어머니에게 일본어로 편지를 썼을까?

이 장에서는 한국과 일본문학사가 식민지 조선에서 온 한 작가와 그의 일본어 작품으로 수렴했던 순간의 의미를 검토하고자 한다. 이 순간은 일본 제국에서 그와 그의 작품의 등장이 대대적으로 환영받았다는 점뿐만 아니라, 그것이 해방/패전 이후 한·일에서 즉각적으로 잊혔다는 점에서도 주목할 만하다. 그러한 대대적 관심의 한 가운데에는 김사량

〈그림 9〉 규슈 사가 고등학교의 학생 시절의 김사량. 오른쪽에서 두번째에 김사량이 앉아 있다. ⓒ시라카와 유타카

이라는 한 젊은 식민지 조선인 작가가 있었다. 김사량과 그의 일본어 텍스트의 '제국의 중심으로 진입하는 여행', 즉 식민본국 문단으로의 진입은 작가 자신에게 그리고 조선과 일본인 비평가들에게 식민지적 경계를 횡단하는 문화의 불쾌한 오염에 대한 깊은 불안을 야기했다. 비록 다른 이유로 야기되었을지라도 이러한 불안은 소수자 작가와 그의 작품 모두 식민지와 식민본국 사이에서 영원히 환승하는 채로 남아있고, 결코 양쪽 어디에도 분명하게 귀속되지 않을 것이라는 통찰을 제공해준다.

이 책에서 사용하는 '소수자 작가' 개념은 들뢰즈와 가타리가 프란츠 카프카 연구에서 논의한 '소수자 문학'에서 가져왔다. 그들은 '소수자 문학'을 소수자 작가가 다수자의 맥락에서 다수자의 언어로 쓴 문학으로 개념화했다. 소수자 문학은 배제된 위치에서 쓰인 문학으로, 그 위치는 소수자 문학에 '탈영토화'의 계수, 즉 혁명적인 잠재력을 부여한다. 들뢰즈와 가타리의 개념은 특정한 맥락에서 형성된 것이기 때문에 그 유용성을 우리의 맥락 속으로 확장하기 위해서는 그 개념을 '번역'할 필요가 있다. 이를 위해 이 책에서는 소수자 문학을 식민지 조선인이 일본어로 쓴 작품만이 아니라, 주변화된 작가들이 언어에 상관없이 불평등한 권력관계라는 다수자의 맥락에서 쓴 작품을 포함하는 넓은 개념으로 사용할 것이다. 이 책에서는 '식민지인'과 '소수자'라는 범주를 교체 가능한 것으로 사용할 것이다. 특히 '소수자'는 식민지 시기부터 탈식민 이후에 이르기까지 지속된 불균등한 전지구적 맥락에서, 식민지인들이 하위주체로 전락한 다른 주체들과 공유하는 곤경을 논의하는 데 유용하다. 물론 어떤 이들의 불평등은 다른 이들보다 극심하다는 점에서, 이들의 경험이 결코 서로 대체될 수 없음에 주의해야 한다. 그들의 연속성과 불연속성은 이 책 전체에서 탐구될 것인데, 특히 제10장에서 집중적으로 논의될 것이다.[2]

언어적 실향

김사량의 편지에 나타난 이러한 내적인 언어의 분열(혹은 내재된 이질성)은 제국의 시선을 위해 고안된 재기 넘치는 형식주의의 일회적인 행위가 아니며, 그러한 분열은 김사량의 작품 전체에 걸쳐 반복된다. 소수자 작가에게, 제국의 분열은 내면화되고 비가역적이다. 김사량은 이 교착상태, 즉 두 언어에서 느끼는 불안감을 조선의 동료 작가에게 보낸 편지에서 고백하고 있다.

> 아직 日本말도 서툴고 또 부끄러우나마 朝鮮말도 서툴어, 或時 읽어주섯
> 는지 몰으나 朝光 連載 「落照」에서 말 때문에 애를 쓰고 잇읍니다. 되도록
> 朝鮮文으로, 좋은 作品을 쓰게 된다면 나의 希望 그에 더함이 없읍니다.[3]

식민지적 접경에서 이중 언어 작가와 번역가의 명성은 바로 언어의 차이, 그리고 제국과 식민지의 분열 사이에 다리를 놓을 수 있는 명민함에 달려 있었다. 이런 점에서 김사량이 내적인 언어의 분열을 고백했다는 점은 매우 놀라운 일이다. 따라서 이 서간문의 교환은 식민지 작가의 언어적 혼란과 그의 글쓰기에서 개인적(사적)인 것과 정치적(공적)인 것이 분리 될 수 없음을 일별하게 해주는 드문 기회를 제공한다.[4] 결국 김사량은 그 시기의 어떤 다른 작가보다도 제국에서 성공한 식민지인의 전형으로 제국 전역에서 칭송받았다. 즉 그는 식민지인도 충분히 열심히 일하면 제국에서 꿈을 이룰 수 있다는 증거였다.

김사량이 일본으로 여행을 떠난 시기는 바로 제국이 중국으로 확장해가던, 즉 전쟁 동원이 비록 차별적이긴 하나 본국인과 식민지인의 일상생활 전반에 침투하던 때였다. 식민지 조선을 일본의 전쟁 도구로 동원하기 위해 제국 정책은 이화異化와 동화의 정책이 상충하며 공존하는 것에서 궁극적으로 식민지적 차이를 제국 안에서의 통일된 일체로 구축하려는 것, 즉 제국화의 구성원이라는 보다 간결한 형태皇民化로 변화해갔다. 식민지 조선인을 제국의 주체로 빚으려는 이러한 노력은 어디에서나 볼 수 있었던, 일본과 조선은 한 몸이라는 內鮮一體 슬로건에서 단적으

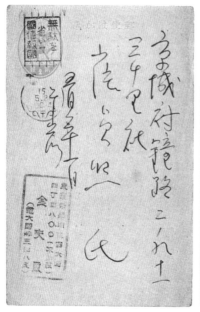

〈그림 10〉 최정희에게 보낸 김사량의 엽서. 최정희의 유품. ⓒ김지훈

로 나타난다.[5]

　그러나 국민화 정책의 절정에서도, 인종-민족의 차별에 바탕한 제국
위계의 모순은 제국과 식민지 사이의 차이를 완전히 제거하지는 않으려
했다. 우연치 않게, 이 시기에 식민지의 이국적 대상을 향한 제국의 욕망
이 '조선 붐'이라는 소비적 유행으로 나타났다.[6] 제국의 이러한 양가적
인 요구는 문학장에서 일본어로 창작을 하거나 번역할 수 있는 식민지
(조선, 대만, 만주, 몽골)의 이중언어 작가와 번역가에 대한 비평적이고 대
중적인 관심의 증가라는 형태로 나타났다. 일본문단에서 식민지 조선
작가들이 갑작스럽게 증가하는 현상은 조선어 문학 시장과 대중 매체의
급속한 몰락과 함께 일어났다. 일본어는 제국의 공식 언어였고, 새롭게

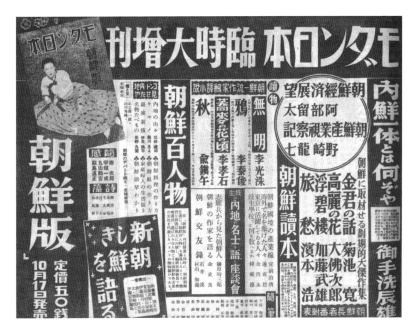

〈그림 11〉『모던 일본(モダン日本)』조선특집호 광고. ⓒ와세다대학 아카이브

상상되고 있던 제국의 공동체 전역을 균질화하는 '국어'로 약호화되었다. 반면에 귀속될 국가를 잃고서 나라 없는 언어가 된 조선어는 점차 바람직하지 않은 것으로 여겨졌다. 주변적인 지위로 좌천된 조선어는 식민지에서조차 공적인 영역만이 아니라 사적인 영역에서도 적극적으로 억압받고 검열받았다.[7]

　여기서 검토하는 소수자 작가로서의 김사량과 그의 텍스트는 제국(의 필요성)에 의해 제국의 일원이 되어가던 조선인이 직면한 고통스러운 난제를 드러내준다. 동화와 이화라는 모순된 요구 앞에서 김사량은 개별적 예술인으로서의 고유한 정체성만이 아니라 조선민족문화의 진실성을 구현하면서 동시에 제국 본국 일본문학계의 인정과 지지를 원했다.

〈그림 12〉 분게이 슌쥬(文藝春秋)』아쿠타가와상 특별호 표지. ⓒ와세다대학 아카이브

그는 조선의 문화와 그의 작품이 (본국인 들에게) 단순한 이국 취향의 대상 이상이 되길 원했다. 여기서 저자는 그가 놓인 곤란한 상황 앞에서 김사량이 보인 반응 의 복잡한 특성에 주목하려 한다. 이 복 잡성은 당시에는 결코 충분히 파악되지 못했고, 해방/패전 이후에도 침묵되어 왔다.

아쿠타가와상은 오늘날에도 일본에 서 신인 작가가 탈 수 있는 가장 저명한 문학상이다. 일본에서 가장 중요한 문학 잡지 중 하나인 『문예춘추』는 1935년에 아쿠타가와상을 제정했고, 당대의 저명 한 작가와 비평가가 심사를 맡았다. 그 중에는 가와바타 야스나리川端 康成(1899~ 1972), 구메 마사오(1891~1952), 사토 하 루오(1892~1962), 요코미쓰 리이치(1898~1947) 등이 있다. 아쿠타가와 상은 일 년에 두 번 시상했고, 최종심에 오른 후보들은 수상식에 초대되 었다. 수상자는 팡파르와 함께 발표되었고, 수상작은 『문예춘추 아쿠타 가와상 특집』으로 출판되었다. 아쿠타가와상은 후에 문학 거장이 되는 많은 수상자들로 이뤄진 계보를 자랑하며, 근대 일본문학의 정전 생성 에 중요한 역할을 했다.[8]

비평가 가와무라 미나토는 일본 제국의 기획과 아쿠타가와상에 관한

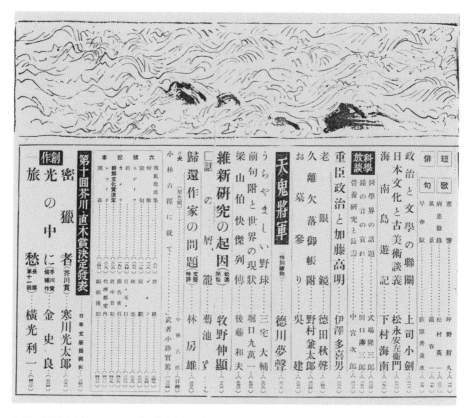

〈그림 13〉 『분게이 순쥬(文藝春秋)』 아쿠타가와상 특별호 목차. ⓒ와세다대학 아카이브

글을 썼다. 하지만 그는 피식민지인과 구별되는 '일본' 작가들에 의한 식민지 재현에만 관심을 기울이며, 식민지 작가의 문학 생산과 일본 근대문학 정전의 형성 간의 관계, 다시 말해 식민지 작가의 문학 생산을 배제함으로써 일본 근대문학 정전이 형성되었다는 사실을 주목하지 않았다.[9] 가와무라는 기본적으로 제국이 엄밀한 의미에서의 일본 본국인 작가의 문학적 상상계에서 수행한 역할에 초점을 맞추었지만(이는 에드워드 사이드가 『오리엔탈리즘』과 『문화와 제국』 등에서 다룬 유럽 작가들의 사례와 상응한

다), 여기서 저자는 근대 일본의 문학상들이 설립되던 시기에 일본의 식민지 출신의 작가들이 수행한 부차적이지만 중요한 역할을 강조하고 싶고, 그 식민지 출신 작가들이 어떻게 바로 그 본국 일본문단의 경계를 다시 그렸는지, 그리고 실제로 어떻게 당시 일본 근대문학 정전의 경계를 형성했는지를 검토할 것이다.

식민지 작가들이 창작한 일본어 작품은 적극적으로 동원되었고, 일본 문단에서 상당한 관심을 받았다. 하지만 그 작품들은 그것이 갖는 식민지적 차이만이 주목되었고, 상징적 의미에서 주변부의 지위로 격하되었다. 실제로 식민지 작가의 작품에 '준우승', '선외 가작'을 수여하는 것이 흔히 있는 일이었고, 따라서 의도적이었든 아니든 이는 제국의 위계를 상징적으로 반영하는 것이었다.[10]

1940년 아쿠타가와상

『문예춘추』의 편집 주간이자 아쿠타가와상의 심사위원이었던 구메 마사오久米正雄의 다음과 같은 언급에 따르면 1940년 3월의 경합은 특별히 흥미로웠던 것으로 보인다. "이번 아쿠타가와상 후보작품은 근래에 보기 드문 걸작이었다."[11] 당선작과 함께 출판된 심사위원들의 심사평을 보면, 후보작의 뛰어난 문학적 수준이 아니라 다른 중요한 이유로 심사위원들이 수상작 선정에 갈등을 겪었던 것으로 보인다.[12] 7명이 최종 후보에 올랐고, 가와바타 야스나리에 따르면 심사위원들은 그중에서도 사무카와 고타로(1908~1977)와 김사량 중 누구에게 상을 줄지를 놓고 매우 고민했다.[13] 개별 심사위원들의 심사평이 이러한 곤란을 반영하고 있으며, 그들은 김사량과 그를 뽑지 않은 이유를 특별히 언급했다. 심사위원들은 결국 사무카와와 함께 김사량에게도 상을 주자는 것과 최종후보자로서 김사량을 특별하게 언급하자는 것으로 의견이 모아졌다고 말했다. 구메 마사오에 따르면 '두 사람에게 공동수상을 하지 않기로 결정했기' 때문에 결국 그들은 김사량을 차석으로 인정해주기로 결정했다.[14] 왜 그렇게 결정했는지를 설명하지 않을 뿐만 아니라 바로 전 해에 공동수상이 있었다는 사실에 대해서도 언급하지 않았다.[15]

저자는 다른 심사평들의 취지를 잘 요약해주는 구메 마사오의 심사평을 길게 인용하겠다.

이번 아쿠타가와상 후보 작품은 근래에 보기 드문 뛰어난 작품들이 응모되어 심사위원들이 오랜만에 기쁨을 만끽했다. (…중략…) '신시대'가 당당히 대두했음에 틀림이 없다. 수상작「밀렵꾼」을 읽고 있을 때, 나는 갑자기 아쿠타가와 류노스케가「코」를 나츠메 선생에게 보여줬던 것을 떠올렸다. 나는 물론 나츠메 선생에게 비할 바가 못되지만, 나이와 시대를 생각해보면 독자들은 역사에서의 순환을 웃으며 인정할 수 있으리라. 어쨌든 이 작품은 어떤 의미에서는 다니자키 주니치로의 「자청(刺靑)」과 시가 나오야의 「체도(剃刀)」, 그리고 사토미 톤의「히에몬토리」, 키쿠치 칸의「다다나오경 행장기(忠直卿行狀記)」, 사토 하루오의「전원의 우울」을 떠올리게 했다. 그런 문단 출세작의 흥분, 그것을 느끼게 해준 정도로는, 제1회 아쿠타가와상 수상작「창맹(蒼氓)」이상이었으며「코샤마인기(コシャマイン記)」를 앞질렀다. 뿐만 아니라 조금 흥분해서 생각해보면, 키플링의 해양소설을 능가

하고, 포(Poe)와 메르메(Prosper Mérimée)를 (…중략…) 방불케 한다. 적어도 이 작품은 번역해서 세계 시장에 나온다 해도 제일류의 정통성을 갖고 있을 정도라고 생각한다.

(…중략…) 이와 비교해 후보작 중 2등 작품인 「빛 속으로」는 사실 내 기질에 더 가깝고, 친근감을 느낀다. 더욱이 조선인 문제를 다뤄 그 시사하는 바가 오히려 국가적 중대성을 갖고 있는 점 때문에 상을 받아야 한다고 생각했다. 나는 이 두 작품을 **각각의 다른 의미에서** 추천해야 한다고 생각했지만, 이 진지한 작품은 「밀렵꾼」의 웅장함에 압도당하고, 가능하면 해당 기간의 우수 작가 한 사람에게 상을 준다는 명분 때문에 수상하지 못하게 됐다.(강조 ― 인용자)

구메 마사오와 다른 심사위원들이 기이할 정도로 반복하는 언급에서 알 수 있는 사실은 사무카와의 작품에 부여되는 **보편**(서양과 동일시된)과 김사량 작품에서 강조되는 특수 사이의 대비이다. 사무카와의 「밀렵꾼」은 소세키와 아쿠타가와(이 상이 설립될 때 이름을 딴 사람이기도 한)와 같은 일본문학의 권위자뿐만 아니라 '세계문학'의 권위자로 이뤄진 계보에 놓여진다. 여기서 세계문학이란 에드가 앨런 포와 프로스페르 메리메의 작품 같은 서양의 문학을 의미했다.

대가들로 이뤄진 문학의 계보를 통해 '세계(서구)문학'과 일본문학의 정전이 대등하다는 자의식이 드러난다. 즉, 사무카와와 「밀렵꾼」이 '세계문학'의 보편적 가치, 더 나아가 세계문학 시장에 상응하는 상상된 기준을 충족시켰다는 것이다. 더욱이 심사위원들은 수상작의 형식과 스타일에 집중한다. 예를 들어 다키 코사쿠는 사무카와의 작품을 "프랑스의 메리메의 단편과 유사한 수법과 아쿠타가와의 재래로 생각될 정도의 재기가 보였다"고 했고, 코지마 세이지로는 「밀렵꾼」에 대해 "일본어가 힘찬 아름다움으로 직조되어 있다. 소박한 아름다움으로 대상을 도드라지게 하는 작가의 마음이 참으로 상쾌했다"라고 언급했다[16]

반면 김사량의 「빛 속으로」에 관한 논의는 대부분 전적으로 소설과 작가의 민족적 타자성으로 여겨지는 내용의 특수성으로 국한된다. 예를 들어, 타키 고사쿠는 "김사량의 「빛 속으로」는 조선인의 민족적 감수성이 주제가 되어 있다. 이 주제는 (…중략…) 오늘날의 상황에서 시급하고 중대한 주제라고 생각한다. (…중략…) 조선에서 이처럼 놀라운 재능을 지닌 작가가 나왔다는 사실이 기뻤다"라고 말했고, 우노 코지는 "「빛 속으로」는 반도인의 복잡하고 미묘한 감정을 (…중략…) 썼다"고 말했다.

이와 같은 (한 두 사람만의 의견이 아니라) 심사위원 전체의 언급을 통해 알 수 있는 사실은 사무카와의 경우는 개별 작가와 예술가로서의 글쓰기 스타일의 문학적 **형식**에 나타난 보편성과 '항구적인' 예술적 천재성에 주목한 반면, 김사량의 경우는 작품 속 내용에 나타난 특수성과 '시의적절함'에 주목한다는 것이다. 이때 특수성과 시의적절함에서 가장 중요한 것은 당시 '조선 문제'라고 불리던 식민지의 민족적 타자성의 구현이었다.[17]

한 작가는 그의 **개인적** 예술적 재능이 일본과 '세계문학'의 정전과 어깨를 나란히 하는 것처럼 보였기 때문에 일류 문학상에 후보로 오른 반면, 식민지인의 문학은 이국적이고, 특수성 너머로 번역할 수 없으며, 당시에 **집단적** 민족 정치학에서 수행하던 '시의적절한' 역할 때문에 문학상 후보에 올랐다.

결국 심사위원 모두 사무카와가 더 우월한 후보자라는 사실에 동의한 것처럼 보인다. 하지만 그들은 전체적으로 그리고 미안한 마음으로 마지막 결정을 꽤 오랫동안 유보했다. 예를 들어 가와바타는 "김사량 씨를 수상자로 선정하지 않은 것 때문에 안타까운 기분이 이후에도 계속 남아 있었다". 사실 가와바타 야스나리가 사무카와에 비교할 때 김사량이 부족하다고 느꼈음에도 (처음에) 그를 수상후보로 추천하기 원한 이유는 김사량의 민족성에 대한 '인정人情(작가가 조선인이기 때문에 추천하고 싶다고 하는 인정)' 때문이었다. 여기서 우리는 심사위원들이 식민지 작가의 결함에도 불구하고 그를 받아들이고 싶어 하는 '인간적이고' 동정적인 바람 때문에 고심했다는 사실과 그들이 김사량의 인종적 차이에 대한 자신들의 집착과 씨름했다는 사실을 알 수 있다. 작품과 작가가 갖는 식민지적 타자성에 주어진 과도한 관심은 작품과 작가 모두를 타자로 구분 지었다. 본국의 아쿠타가와상에 추천됐다는 사실이 작품과 작가의 동화를 보여줌에도 불구하고 말이다. 아쿠타가와상 심사위원들의 언급에서 우리는 '등용문', 즉 본국 문단의 상징적 입구에서 식민지 텍스트를 대면했을 때, 본국의 심사위원들이 느낀 양가감정을 얼핏 볼 수 있다.

본국의 심사위원들은 시상식에서도 식민지 작가에 대해, 포함하면서도 배제하는 양가적인 태도를 보이면서 미안함을 표시했다. 자신이 수상자가 아니라는 사실을 깨달은 김사량은 연회장 주변 좌석에 앉았지만, 주최 측은 그가 수상자와 함께 주목을 받도록 그의 자리를 옮겨줬다. 수상식의 진행자이자 심사위원이었던 마사오는 자신이 강하게 반대했기 때문에 김사량이 상을 받지 못했지만, 그가 사무카와와 나란히 앉아 있는 걸 보니 이제 그에게 무엇이든 해주고 싶은 기분이 든다고 유머러스하게 말했다고 한다.[18]

결국 심사위원들은 호의를 가졌음에도 일본문학의 문턱에서 소수자 작가와 그의 작품에 대한 양가적인 감정을 자기도 모르는 사이에 드러낸다. 즉 그들은 식민지로부터의 오염에 대한 깊은 불안과 모순, 그리고 타자의 텍스트를 제국의 위계 속에 적절히 배치할 필요성을 공유하고 있는 것이다.

사무카와와 러디어드 키플링의 비교 역시 흥미롭다. 카와무라 미나토가 밝혔듯이, 당시 아쿠타가와상은 일본의 제국주의적 팽창의 '최첨단'에 대해서 그리고 그 안에서 글을 쓴 작가에게 특별한 경의를 표했다. 물론 아쿠타가와상을 받은 작품들이 그러한 제국주의적 정책을 지지하는 것으로 읽히는지 아니면 체제전복적으로 (또는 양가적으로) 읽히는지는 독자의 해석에 달려있고, 앞으로 계속 논의될 것이다. 그러나 여기서 분명히 나타나는 것은 새로운 시대의 일본 근대문학장 발전 속에 일본의 제국주의적 기획이 갖는 상징적 중요성이다.[19]

여기서 주의해야 할 사실은 일본 제국주의 담론에서 보편과 특수, 형식과 내용, 순수문학과 정치문학 등의 익숙한 이항 대립이 나타나지만, 이러한 상정들은 또한 서구와 비서구 사이에서 비틀거리는 일본의 불안정한 위치와 교착상태를 드러낸다는 것이다. 김사량과 같은 소수자 작가가 쓴 제국에 동화된 작품은 서구 열강과 어깨를 나란히 하는 일본 제국이 발흥했다는 이미지에 신빙성을 부여하는 것이지만 동시에 그 소수자 작가들은 일본과 문화적으로 가장 가까운 이웃 지역들과 일본이 갖는 친밀한 관계에 대한 깊은 불안을 야기했다. 그 지역들은 일본 제국에 포함되어야만 하는 동시에 배제되어야만 했다. 비록 아쿠타가와상 심사위원들은 (본국의, 따라서 아마도 세계의 기준에 기초해) 식민지문학 생산물을 승인해서 제국으로 보내는 너그러운 조달업자로 스스로를 위치 지우지만, 그들의 심사평은 소수자 작가와 그의 작품이 갖는 식민지적 지위를 고려 대상으로 생각하지 않는, 즉 제국의 논리와 독립해서 존재하는 '세계문학'의 '객관적' 기준이란 결코 존재하지 않는다는 사실을 보여준다.[20]

조선만이 아니라 식민지문학 전체를 열등하다고 보는 인식은 당시 일본문단에서 쉽게 찾아 볼 수 있었다. 예를 들어 『사변 이후의 문학』 중 「식민지문학─조선과 만주 작가들의 출현」에서 비평가 이타가키 나오코板垣直子는 제국의 독자들에게 조선문학을 일본어로 번역해 소개하는 잡지 『문예』의 조선문학 특집호에 대해 쓰면서 김사량과 아쿠타가와상에 관해 다음과 같이 분명하게 언급한다.

> 이렇다 할만한 작품도 없는데 여기서 특별히 자세하게 늘어놓는 것은 그렇게 함으로써 현재 조선문학이 어떠한지 암시하고 싶기 때문이다. (…중략…) 삽화 등을 써서 사생적(寫生的)으로 조선인의 일단을 알려주고 있는 종류의 작품이다. 어떤 깊이 있는, 혹은 새로운 관점, 극히 개성적이라고 할만한 것도 발견되지 않는다. (…중략…) 이러한 사정에 있어서 김사량 씨한 사람만 좀 다르다. 그에게는 단순한 현실묘사 이상의 무엇이 있다. 다른 작가들에게는 없는 뜨거운 내면성, 근대적인 착안점이 있는 것이다. 신인 중에서는 김사량 씨가 가장 눈에 띄고 내게는 몹시 흥미로운 작가이다. (…중략…) 그에게는 조선 민족의 여러 특성과 운명에 대한 강한 응시가 있다. 그러므로 그가 선택한 제재도 그 선에서 이어지는 어두운 것뿐이다. 작품도 무엇이라고 말하기 어려운 일종의 음울한 효과를 나타내고 있다.[21]

이타가키의 '찬사'는 만주문학 발전의 결여에 대한 과도한 일반화로 이어진다. (그녀는 일본어 번역으로 만주작품을 읽었다.) 이 만주문학과 김사량 문학을 비교한 후, 그녀는 다음과 같이 말한다. "김사량의 작품은 일본문학 수준에 거의 근접했다. 조선과 만주의 문학을 평균해서 비교하면, 전자가 이제 겨우 하루 더 어른ま だ一日だけ大人이라고 할 수 있다. 이제는 조선문학이 어떻게 되어 가고 있는가 하는 사정보다는, 조선문학을 넓은 시야에서 조망하고 그 미숙함을 꾸짖어 줄たたく 필요가 있다고 생각한다."[22]

이타가키는 식민지 주체가 근대적 주체성을 갖기 위해서는 집단적 주체성으로 보완되어야 한다고 제안함으로써 아쿠타가와상 심사위원들의 심사평을 보다 명확한 용어로 반복하고 있다. 여기서도 역시 김사량은 나머지 열등한 조선(과 심지어 다른 식민지 지역들 전체)의 작가들 중에서 '예외적인 대표자'라는 불분명한 역할을 수행하도록 요청받는다. 조선문학이 일반적으로 열등하다는 과도한 전제가(비록 다른 식민지 지역들의 문학에 비해서는 '하루 더' 어른이라 할지라도) 조선인이 제국의 언어(일본어)로 쓰거나 번역한 작품들을 '조선문학'의 대표적인 텍스트로 여기는 치명적인 오류에서 비롯되었다는 사실은 중요하다. 번역된 작품만을 제한적으로 읽었음에도 전문가로 자칭하면서, 식민지문학이 열등하다고 주장하는 것은 식민자들이 단일언어적 자만심을 지니고 있음을 드러낸다. 또한 이는 식민지 작가들이 식민자의 언어로 식민자의 취향과 소비에 맞게 이른바 대표적이면서 동시에 스스로 이국성을 전시해야 하는 작품을 쓰도록 요청받고 있다는 제국적 맥락을 이해하는 데 실패했음을 보여준다.[23]

식민화된 사소설

소수자 작가인 김사량은 이와 같은 제국의 (잘못된) 인식의 혼란 한 가운데 서 있는 그의 위치를 어떻게 받아들이고 있었을까? 이를 살펴보기 위해 「어머니에게 보내는 편지」 중, 수상후보자 선정 광고를 회상하는 장면으로 돌아가 보자.

> 내 소설의 광고 하단에는 사토 하루오라는 작가의 비평으로서 '사소설 안에 민족의 비통한 운명을 빼곡히 직조해 넣은 작품'이라는 문구가 테두리 안에 들어가 있었습니다. '이것으로 된 것일까, 이래도 좋은 것일까.' 나는 내 자신에게 말했습니다. (…중략…) 원래 제 자신의 작품인데도 「빛 속으로」에는 어떻게 해도 상쇄해지지 않는 무엇인가가 있었습니다. 거짓말이다. 아직도 나는 거짓말을 하고 있다고, 쓰고 있을 때조차도 저는 자신에게 말했던 것입니다.[24]

여기에서 그가 스스로 거짓이라고 보는 자신의 작품과 진실을 재현해야한다는 압박감 사이의 괴리 때문에 생기는 깊은 불안을 엿볼 수 있다. 사실과 진실성의 부담과 작가가 스스로 이를 재현하는 것에 실패했다는 것은 소수자 작가가 갖는 난제의 핵심이다. 이러한 압박감은 위에서 본 것과 같은 내면화된 자기비판만이 아니라 다양한 근원에서 비롯된 것 같다. 소수자 작가의 난제를 이해하기 위해서 무엇이 그러한 불안을 야기했는지 정치하게 살펴보자. 본국의 비평가 사토 하루오는 「빛 속으로」를 민족 전체의 비통한 운명을 담고 있는 '사소설'이라고 규정했다. 이 진술이 함축하는 바를 이해하기 위해서는 우선 '사소설'이라는 장르 자체를 검토해야 한다.

1인칭 혹은 3인칭 시점인 사소설은 자연스럽게 고백으로 읽혀왔고, 종종 작가 자신의 사생활의 진실을 폭로하는 것으로 여겨졌다. 정통적인 일본문학사에서, '사소설'은 근대 일본문학의 본질적인 형식으로 간주되었다. 스즈키 토미는 이러한 지배적인 관점을 다음과 같이 설명한다. "일본 근대 소설은 유럽의 '진정한' 리얼리즘을 따라가려는 시도하는 가운데 사소설으로 불리는 '유례없는 일본적' 형식을 만들어냈는데, 그 형식은 일본 사회와 '전통'에 깊이 뿌리박고 있었다. 이러한 사소설의 계보는 다이쇼 시대(1912~1926)의 후반기에 만들어졌고, 고바야시 히데오小林秀雄, 이토 세이, 나마쿠라 미츠오에 의해 완숙된 형태로 발전했으며, 이후 모든 문학사에서 다양한 형태로 변용되었다."[25]

근대 일본문학의 주요 비평가들이 일본의 사소설을 서구문학보다 열등하다거나 우월하다고 규정하는 것에 상관없이, 그들 대부분에게 평가 기준은 언제나 서구문학이었다. 즉 서구문학은 일본문학이 따라잡아야 하거나 전철을 밟고 있는 혹은 이미 극복하는 데 성공한 대상으로 기능했던 것이다. 스즈키는 이러한 맥락 아래에서 사소설에 대한 정통적인 관점이 '사소설 담론'을 거쳐 일본 근대문학사에서 구축되었다고 지적했다. 이때 사소설 담론의 전개는 근대 일본이 넓게는 서구 근대성, 좁게는 서구 혹은 세계문학과 갈등하며 대립해온 굴곡진 역사와 병행하는 것이었다. 스즈키는 다음과 같이 결론을 맺는다. "이러한 사소설의 계보는 '근대 일본문학사'의 핵심 서사를 제공하면서, 동시에 근대성, 서구화, 일본의 정체성, 그리고 주체의 의미를 둘러싼 치열한 논의를 통해 일본문학과 문화적 전통이 소급적으로 자신의 역사를 구축해갔음을 보여준다. 지금도 계속되는 이러한 사소설 담론을 틀 지우는 초월적 위치는 존재하지 않는다."[26] 근대 일본문학에 대한 가장 영향력 있는 문학비평으로 여겨지는 글인 「사소설에 대하여」와 「고향상실의 문학」에서 고바야시 히데오는 서구와 대면한 일본 근대문학의 계속되는 난제를 드러낸다. 「사소설에 대하여」에서 그는 서구와 비교하여 일본 사소설 발전의 결핍을 한탄하면서 동시에 일본이 실제로 더욱 더 서구와의 공통점을 획득하기 위해 수년간 발전해왔다는 사실을 바탕으로 일본과 서구가 잠재적으로 동등함을 상정한다. 그러나 서구와 대등할 정도로 발전하고 있다는 이러한 평가는 양가성을 띤다. 고바야시는 서구를 따라잡기 위한 경주에서 일본이 자신의 과거와 전통으로부터 겪는 소외, 즉 '고향상실' 혹은 '전위轉位'를 한탄한다. 하지만 동시에 그는 일본이 (일본의 이웃 나라나 어떤 다른 비서구도 이전에 하지 못했던) 서구에 필적하는 '보편적 기준'을 달성하고 그것에 '도달'했다는 것을 매우 자랑스러워하는 것처럼 보인다. 이러한 양가성은 고바야시의 「고향상실의 문학」에서 가장 자주 인용되는 구절에서 분명히 드러난다. "이 스타일은 (…중략…) (서구문학과 영화에서 — 인용자) 친밀감을 이끌어낸다. 그래서 우리 눈앞에 있는 긴자의 풍경보다 우리가 한 번도 본 적이 없는 모로코의 사막을 더 친밀하게 느끼게 된다."[27]

그러나 이러한 '사소설' 담론의 이데올로기적 함축은 그것을 일본의 식민지 텍스트에 적용할 때 또 다른 차원의 복잡성을 띤다. 사토는 김사량의 소설을 '전 민족의 운명을 직조해 넣은 사소설'로 규정한다. 김사량의 소설에 나타난 이러한 민족적 낯섦은 저자가 여기서 이름 붙인 '식민지화된 사소설'의 특징과 같다.

사토의 언급은 다음과 같은 사실을 말하고 있는 것처럼 보인다. '사소설'은 일본 고유의 형식으로 번역된 보편적인 근대 주체인 '나'가 갖는 내면성과 진실성의 보고이나 사소설이 식민지 텍스트와 문맥에 적용될 때에는 그러한 '나'는 집단적인 '우리'에 의해 보완되어야 한다. 일본 사소설 담론에서 예술가로서의 개별 작가, 혹은 자신의 창작을 통해 재현되는 보편적 근대 주체로서의 예술가가 갖는 '개성'이 강조되는 반면, '식민화된 나'는 민족 공동체를 재현해야 하는 동시에 그것으로부터 보완받아야만 한다. 김사량의 소설은 식민지 전체를 일본문화의 정수인 '사소설'로 표현했다는 점에서 칭송받는다. 다시 말해서 '식민화된 사소설'은 '사소설'이지만, 완전한 것은 아니다.

실제로 「빛 속으로」를 조선인의 집단 정신의 재현으로 주장한 심사위원들의 평가에 거리를 두고 소설 자체를 꼼꼼히 읽을 때, 그들의 아이러니는 표면에 드러난다. 「빛 속으로」는 '조선문제'나 통일된 집단으로서의 조선인에 관한 이야기가 아니다. 이 소설은 도쿄 빈민가에 사는 인물들에 관한 이야기이며, 소설에서 조선인과 일본인의 결혼으로 태어난 아이와 조선에서 온 선생님은 모두 일본인으로 '받아들여지기' 위해 노력한다. 이 책의 제4장에서 저자는 이 이야기의 '나'를 응집된 민족적 전체의 통일된 상징이라기보다는 중층적이고 파편화되었으며 분열적인 '나'로 읽는다. 소설 속 각 인물들은 정신적으로나 육체적으로 산산조각나 있으며 자기혐오와 자기부정의 위기를 겪고 있다. 이렇게 볼 때, 이 소설의 '나'는 사토나 다른 심사위원들이 추정했던 식민지의 신화적 전체성을 재현하는 통일된 민족 집단의 상징과는 거리가 멀다. 이 소설은 조선 문제를 다루었다기보다는 오히려 제국의 불평등과 모순 그리고 민족 간의 불결한 친밀함과 같은 '일본 문제'를 다루고 있다.

'식민화된 사소설'의 난제는 또 다른 측면에서 '일본 문제'이다. 식민화된 사소설은 서양 앞에서 일본의 위치를 불편하게 드러낸다. 일본문학의 곤경은 스스로를 서양 문학과 서양의 기준으로부터 구별하고, 진실성을 주장하기 위한 노력을 경주함으로써, 일본을 보편적인 근대 서구 주체와 대비되는 집단적 본질과 특수성으로 환원해버리는 형태로 지속된다. 역사적으로 일본의 근대성 경험은 아시아로부터 벗어나고^{脱亜論}, 서구와 대등해지기 위한 투쟁이었지만, 일본과 일본이 식민화한 바로 그 아시아가 공유하는 난제가 앞서 살핀 양가적 교환의 표면에서 분출한다는 것에서 그 근원적 아이러니를 확인할 수 있다.

순수문학이라는 오만

'사소설' 담론의 또 다른 중요한 측면은 이 장르를 정치적 불순함에 오염되지 않은 철저히 '순수한 예술을 위한 예술' 장르로 해석한다는 것이다. 그러나 '식민지화된 사소설'은 이러한 순수성의 외관조차 띨 수 없으며 언제나 이미 정치화된 집단적 경험에 관한 것이라고 논의된다. 식민지 작가에게 개인적인 것은 언제나 정치적인 것이며 그는 반드시 (부재하는) 국가/민족^{nation} 전체와 식민지 인민 모두를 대표/재현^{represent}해야만 한다.

이러한 독법은 미국 비평가 프레드릭 제임슨의 자주 언급되는 진술을 상기시킨다. "모든 제3세계 텍스트는 필연적으로 (…중략…) 민족의 알레고리이다. (…중략…) 거기에서 개인적 이야기와 그 경험에 대한 모든 서술은 궁극적으로 집단성 그 자체의 경험에 대한 지난한 이야기를 포함할 수밖에 없다."[28] 제임슨은 자신을 동정적인 독자로 위치지으며, '제3세계 텍스트'를 '칭찬하며 긍정적으로 평가'하고자 노력한다고 말하는데, 이러한 그의 독법은 위에서 살핀 아쿠타가와상 심사위원들의 그것과 신기할 정도로 닮아 있다.[29]

제임슨의 주장은 다른 논의에서 적절하게 비판을 받아왔다.[30] 하지만 그의 논의에도 나타나는, 예전부터 계속 있어왔던 이 특별한 경향이 여전히 우리 주위에도 끈질기게 계속되고 있기 때문에 이 글에서 다시 한번 그의 논의를 언급하고자 한다. 더욱이 동양/서양 그리고 식민/탈식민을 걸쳐 비평에서 유사한 논리가 나타나는데, 그것들을 병치함으로써 우리는 식민지인, '제3세계인' 혹은 다른 (형태의) 하위주체의 소수자 작가와 직면하는 다양한 맥락에서 반복해서 만들어지는 본국비평가들의 만연한 근시안적 논리에 주목해야 한다.

이 글에서 사용하는 '소수자 문학' 개념에 영향을 준 들뢰즈와 가타리 역시 소수자 문학은 필연적으로 정치적이고 집단적인 본성을 지녔다고 말함으로써, 제임슨과 동일한 전제를 보여준다. 그럼에도 이 글에서 그들의 논의를 주목하는 까닭은 그들이 소수자 작가가 다수의 언어를 전유하는 작업에서 드러나는 분명한 권력관계를 상세히 밝혀주기 때문이다. 일반적으로 들뢰즈와 가타리의 개념은 유용한 출발점을 마련해준다. 즉 그들의 개념은 맥락의 다양성에서 오는 소수자 문학의 차이 안에서 소수자 문학 행위의 특성을 논의할 수 있는 공통 언어를 제공해준다. 그러나 앞서 지적했듯이 이 소수자 문학 행위의 특성은 결코 단 하나의 포괄적인 장르 정의를 따를 수는 없다.

> **우리 본국** 비평가들은 식민지 텍스트에 대한 우리의 특권적 위치에서 오
> 는 억압적인 역할을 간과하기 쉬울 뿐만 아니라 의식적이든 무의식적이든
> 그러한 권력관계를 재생산한다. 왜냐하면 우리는 권력을 바꾸거나 포기하
> 기를 원하지 않으며 따라서 우리는 그러한 특권적 위치를 포기하지 않을
> 것이기 때문이다.[31]

만약 과거의 아쿠타가와상 심사위원들과 현재 제1세계 비평가 제임
슨이 주장했듯이 소수자의 텍스트가 민족적 알레고리로 밖에 읽히지 않
는다면, 그것은 본국 비평가들이 소수자의 텍스트를 그러한 방식으로
밖에 '읽지 못했고 못 하기' 때문이다.

이러한 소수자의 텍스트와 본국 비평가의 빈번한 조우에서 더욱 아이
러니한 것은 소수자 작가와 번역가가 실제로 본국 비평가들이 타자의
언어와 맥락에 대한 무지로 인해 결코 알 수 없었던 가치 있는 지식들을
대신 갖고 있었다는 것이다. 만약 소수자 작가가 담론장에서 동등한 지
위를 부여받고, 지식 생산 기술들에 접근할 수 있고, (단순히) 식민지의
정보제공자나 번역자라는 부차적인 지위로 격하되지 않는다면, 식민지
인이 본국 비평가의 역할을 무의미한 것으로 만들어버릴 수 있는 능력
을 발휘할 위험은 상존한다. (경제력과 군사력이 뒷받침 하고 있었을) 오만의
장막이 없다면, 그러한 위계가 기반하고 있는 공허함은 폭로될 것이다.
권력이 지식이 아니라 무지에 바탕해 있다는 위법성은 모두에게 분명해
질 것이다.[32]

제4장

빛 속으로

앞 장에서 살폈듯이, 김사량은 식민본국의 문학장 안에서 소비될 수 있도록 「빛 속으로」를 제국의 언어였던 일본어로 썼다. 이때는 제국주의에 따른 식민지 조선의 동화가 철저하게 이뤄지던 때였다.[1] 식민지 작가가 식민본국의 문학장으로부터 받은 모순적인 요구에 비춰볼 때, 그의 문학 작품이 제국과 식민지의 조우에 관한 깊은 불안을 구현한 것은 놀랄 일이 아니다. 서술자 '나'를 포함해 「빛 속으로」의 인물은 신체적·정신적인 분열로 특징지어진다. 이러한 분열은 서술자 '나'의 통일성과 일본 비평가들이 제기한 '사소설'의 장르적 범주화를 재고하게 할 뿐 아니라, 식민지 근대 경험 속 정체성의 자기동일성에 대한 의구심을 제기한다.

텍스트적으로 그리고 메타텍스트적으로 이 이야기는 제국의 복잡한 확대 과정을 보여준다. 이념적으로 상호 배타적이기까지 한 다양한 해석이 가능할 정도로 이 소설 자체는 양가적이고 개방적이다. 이 소설이 '사소설'의 일반적 속성을 충족하는 데 실패했다는 당대 일본 비평가들의 주장을 넘어서 이러한 실패 자체를 다시 읽음으로써, 우리는 텍스트의 (서술하는/서술되는 그리고 식민화하는/식민화되는) 혼란스러운 주체성에 주의를 기울일 수 있다. 이 텍스트는 형식과 서사 내용에서 각각 복합적인 분열을 노정한다. 이러한 분열은 제국의 불균등한 맥락에서 식민지적 근대 주체의 동화가 야기하는 불만과 재현의 난제를 가리킨다.

서간 교환

김사량과 식민지 대만 작가 룽잉쫑龍瑛宗(1911~1999) 사이의 편지 교환을 살펴보자. 이 편지는 식민지 작가들이 제국의 광대한 거리를 넘어 공유하는 곤경에 대한 불안을 드러낸다. 이 서신 교환을 통한 만남(두 사람이 직접 만난 적은 없다)은 「빛 속으로」를 비평한 룽잉쫑의 긴 편지에 대한 김사량의 답장을 통해 훑어 볼 수 있다.[2] 룽잉쫑은 그의 일본어 단편 「초저녁달宵月」을 같은 잡지[3]에 게재한 뒤에 편지를 썼고, 김사량은 일본어로 그에 대한 고마움을 표현하고 싶었던 것으로 보인다.

> 오늘 아침, 편지를 감사히 받았습니다. 서로 아득히 멀리 떨어진 곳에서 태어났지만, 남의 말로 글을 쓰고 있다는 이유로, 당신과 새롭게 친구가 되었다는 것이, 무엇보다도 기쁩니다.[4]

그들이 제국의 언어를 사용하고 일본문학장에 등단했다는 점에서, 편지를 통한 두 식민지 작가의 만남은 제국의 국제적 유동 덕분에 가능했다고 할 수 있다. 하지만 다음 인용문에서 분명하게 드러나듯이, 이 편지는 식민지 지배에 대한 타협을 통해 가능해진 기회에 대한 매우 역설적인 반응을 보여 준다.

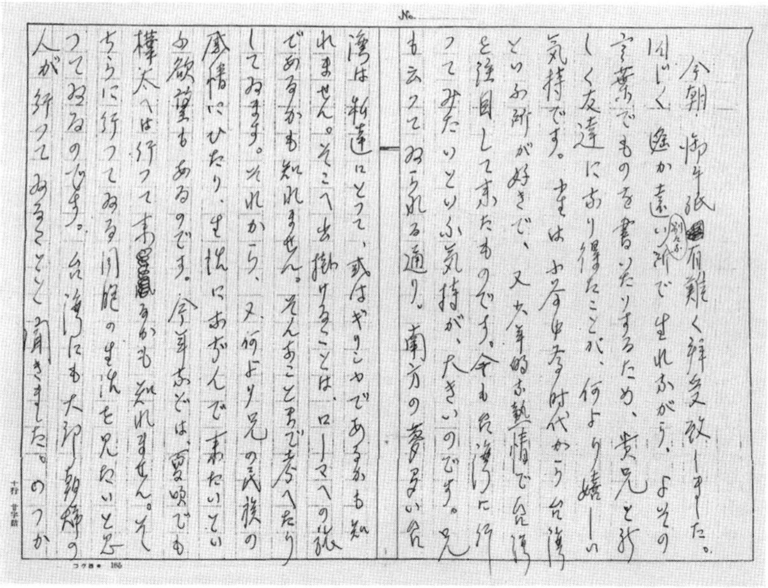

〈그림 14〉

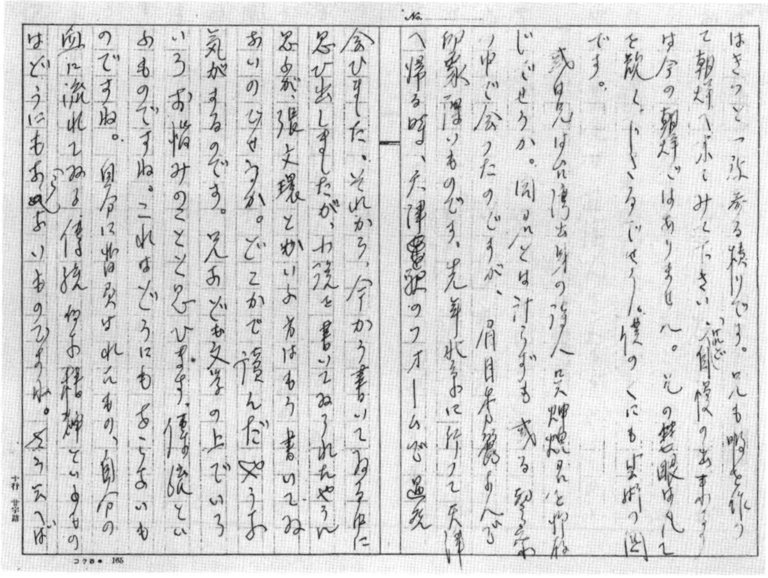

〈그림 15〉

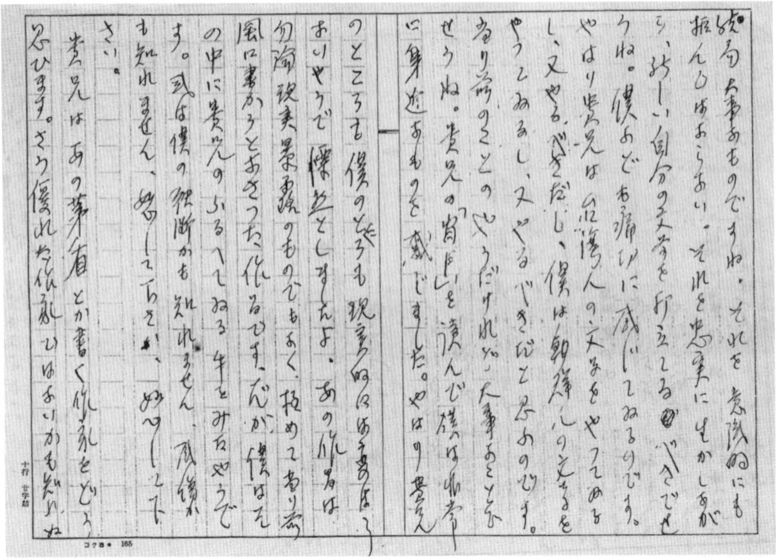

〈그림 16〉

〈그림 17〉

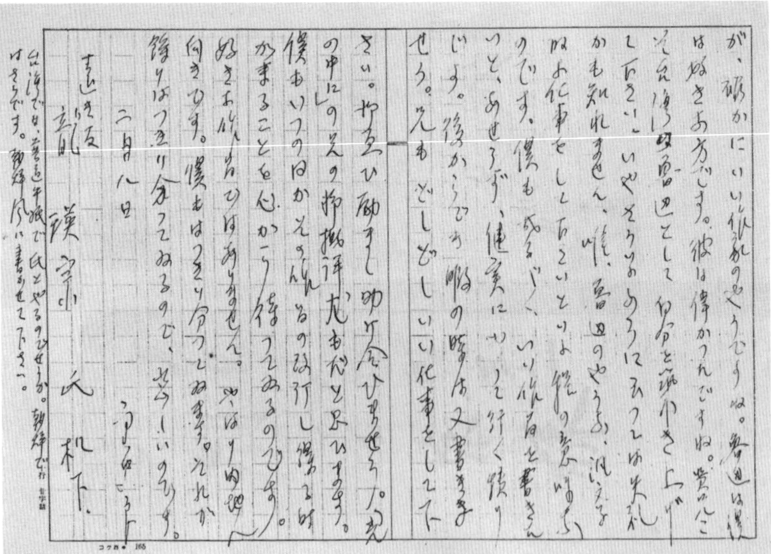

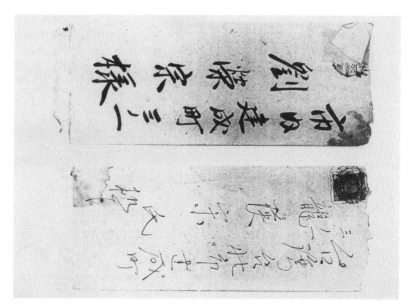

〈그림 18〉

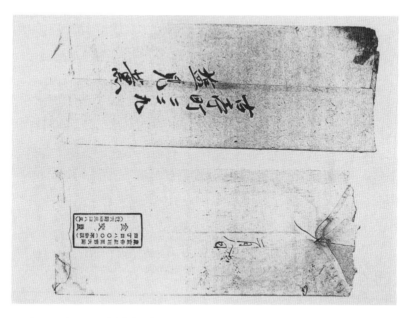

〈그림 19〉 〈그림 14~19〉 김사량이 룽잉쭝에게 보낸 편지. 룽잉쭝의 유품. 이 희귀한 사본을 얻는 데 도움을
준 신지영 박사와 왕후에천(Huei-Chen Wang) 교수께 특별히 감사를 드린다. ©류 치후(Liu Chih-Fu)

당신의 소설 「초저녁달」을 읽으면서 저는 그 소설이 저와 관계가 깊다고 느꼈습니다. 역시 당신이 살고 있는 곳도 제가 살고 있는 곳도 현실적으로는 다르지 않다는 사실에 전율했습니다. 그 작품은 물론 현실을 폭로하는 소설이 아니라 지극히 사실적인 방식으로 쓰인 작품입니다. 그러나 저는 그 속에서 당신의 떨리는 손을 보았습니다. 어쩌면 제 독단일지도 모르고, 제가 감상적인지도 모르겠습니다. 그렇다면 용서해주십시오, 용서해주십시오![5]

이처럼 멀리 떨어진 식민지 동료 작가에 대한 깊은 동질감을 담은 이 편지는 팽창하는 제국 속 제국으로부터의 배리背離가 야기하는 식민지 작가들의 곤경과 연대의식을 드러낸다. 글쓰기의 고통은 거울상처럼 닮아 있는 두 작가의 환경을 인지하는 순간 그의 몸을 타고 흐르는 '전율'과 '떨리는 손'으로 구체화된다. 또한 식민본국에서 활동하는 식민지 작가라는 그들의 불안정한 위치에 대한 김사량의 불안은 마조히즘적인 견책의 호소에서도 감지된다. 기쁨과 우울이 뒤얽힌 이 양가적인 편지를 볼 때, 김사량은 분명 제국의 문학장 안에서 그들이 거둔 성공보다는 함께 겪는 불안 속에서 두 사람이 만났다는 사실에 더 감동했다. 또한 김사량이 두 사람의 유사성을 인식했지만, 자신의 제한된 시각으로 그들의 이질적인 경험을 같은 것으로 여기지 않았다는 사실 역시 유의미하다.[6]

앞으로의 문학 활동을 격려하고 지원함으로써 룽잉쭝에게 함께 연대하자고 요구한 뒤, 김사량은 룽잉쭝의 「빛 속으로」의 비평을 언급한다.

「빛 속으로」에 대한 당신의 비평도 지당하다고 생각합니다. 저도 언젠가

이 작품을 개작할 때가 오기를 진심으로 기다리고 있습니다. 좋아하는 작품은 아닙니다. 결국엔 내지인(일본인 — 역주)을 위한 글입니다. 저도 분명히 알고 있습니다. 그것을 너무 잘 알고 있어서 무섭습니다.[7]

　홍미롭게도, 김사량은 제국 전역에서의 명성과 인정을 가져다 준 그 소설에 대해 스스로가 만족하고 있지 않으며, 심지어 부분적으로 그 작품을 부정하고 있음을 인정한다. 그는 자신이 일본독자의 시선을 염두에 두고 썼다는 사실을 후회하며, 이러한 사실 때문에 그는 공포에 빠질 정도로 고통스러워했다.[8] 또한 그는 대상 청중과 다른 외적 환경 때문에 자신이 만족할 만한 소설을 쓸 수 없었음을 내비쳤다. 더욱이 언젠가 이 소설을 개작할 수 있는 날에 대한 희망을 표현하는 대목에는 우울하면서도 미래지향적인 그의 태도가 나타난다. 즉 그는 현재를 매우 불만스러워하지만, 한편으론 언젠가 현재와 다른 환경에서 그의 비전을 충족시키는 글을 쓰는 날을 준비하는 전향적前向的인 태도를 취한다.

　이 짧은 서신교환에서, 식민지 상황의 역설이 분명하게 드러난다. 제국이 중국으로 그 영역을 확대하면서 제국의 위계에 따라 자신들을 식민지 신민으로 강등시킨 바로 그 맥락에서, 두 작가는 공간적·언어적 거리를 횡단하여 상호 간의 인정과 우정을 바탕으로 문학적으로 교류하고 있는 것이다. 소수자 작가들이 자신의 작품에서 직면한 이러한 역설과 양가성은 그들이 뜨겁게 토론하고 있는 바로 그 소설의 텍스트적 층위에까지 스며든다. 우리가 이제 살필 그 이야기에까지 말이다.

「빛 속으로」

작가에게 그러한 불안감을 안기면서도 제국 전역에 걸친 비평적 관심을 받은 그 이야기를 검토해보자. 작품에 대한 일본 비평가들의 장르 구분과 달리, 「빛 속으로」는 '사소설'의 관습을 깨뜨린다. 이 작품은 통일되고 자기동일성을 갖는 '나'나 집단인 식민지인의 상징으로서의 '나'에 관한 이야기가 아니다. 오히려 각각의 서술된 주체(서술하는 '나'를 포함해)는 다중적이고 파편화되어 있으며 분열적이고 조현증적이다. 이 이야기에서 정체성들은 그 분열된 상태들에서뿐만 아니라 그것들이 서로 맺는 수행적이고 관계적인 의존성의 차원에서도 존재론적 전체성을 불가능한 것으로 만든다.[9] 이 소설에서 중요한 것은 대도시 동경의 가장자리에 있는 낡은 거주지에 정착한 식민자와 식민지인 사이의 구분을 흐릿하게 만드는 "경계에 선" 인물들 개개인의 다양한 이야기들을 엮는다는 점이다. 이 서사는 다음과 같이 시작한다.

내가 지금부터 이야기하려는 야마다 하루오(山田春雄)는 정말 유별난 아이였다. 다른 아이들과 어울리려 들지 않고 언제나 아이들의 패거리 밖에서 겉돌며 소심하게 어슬렁거리고 있었다. 항상 다른 아이들에게서 괴롭힘을 당했지만 남들 안 보는 데서는 자기도 저보다 어린 아이들과 여자아이들을 못살게 굴기도 했다. 또 누가 어쩌다 넘어지기라도 하면 기다리고 있었다는 듯이 용용 하고 약을 올렸다. 그는 사랑하려 하지 않았고 사랑받는 일도 없었다. 우선 보기에도 머리숱이 적고 커다란 귀에 눈은 흰자위가 많은 편이어서 약간 불길한 얼굴이었다. 그리고 그는 이 근처의 어떤 아이보다도 옷차림이 초라해서 이미 가을이 깊었건만 아직도 너덜너덜한 회색 여름옷을 입고 있었다. 그래서인지 그 아이의 눈은 한층 더 어둡고 그늘져 보인다.[10]

　이렇게 하여, 우리는 단순한 성격묘사와 파악을 거부하는 우울하고 사회성을 결여한 소년을 소개받는다. 서술자는 그가 사랑스럽지도 않고, 사랑할 능력도 없다고 말한다. 이 첫머리에서 분명하게 드러나는 사실은 소설 속 서술자가 착수하고자 하는 것이 통일된 서술자로서의 자기 자신에 관한 이야기가 아니라는 것이다. 실제로 이 이야기는 통일된 주체성을 갖지 못한 야마다 하루오와 서술자인 '나'라는 두 인물의 관계에 관한 것이다.

　서술자 '나'는 신뢰할 만한 사람이 아니며, 그는 무엇인가를 숨기는 듯이 소설이 몇 페이지에 걸쳐 진행되는 동안 자신을 소개하는 것을 미룬다. 우리는 곧 그가 실제로 무언가를 숨기고 있었다는 것을 알게 된다. 소설의 첫머리에서 우리는 그가 제국대학 학생이며 S대학협회 기숙사에 거주한다는 등의 그의 정체에 관한 단편적인 정보만을 제공받는다. 그는 일주일의 며칠을 이 건물의 시민교육부에서 이웃의 일꾼들을 대상으로 영어를 가르친다. 그는 자신의 이름을 밝히기를 꺼려하며, 따라서 그의 이름을 듣기 위해 우리는 아이들이 그를 부를 때까지 기다려야만 한다.

　"미나미(南) 선생님! 미나미 선생님!"

이렇게 정체가 드러나게 되자, '미나미'는 마침내 자신을 해명하려고 시도한다.

> 그러고 보니 나는 여기서 어느샌가 미나미 선생으로 통하고 있었다. 내 성은 물론 남(南)가라고 불러 마땅하건만 여러 가지 이유에서 일본 이름처럼 불리고 있었던 것이다. 내 동료들이 먼저 그런 식으로 부르기 시작했다. 나는 처음에 그런 호칭이 몹시 마음에 걸렸다. 하지만 나중에는 이렇게 아무것도 모르는 천진한 아이들과 어울리기 위해서는 오히려 그 편이 좋을지도 모르겠다는 생각을 하게 되었다. 따라서 나는 스스로에게 이것은 위선도 아니고 비굴한 것도 아니라는 사실을 거듭해서 타이르듯 해왔다. 또한 만일 이 아이들 중에 조선 아이가 있었더라면 말할 것도 없이 나는 고집을 부려서라도 나를 남이라고 부르도록 했으리라고 자신에게 변명을 하기도 했다.[11]

이렇게 소설의 몇 쪽이 지나서야, 우리는 서술자인 '나'가 '미나미/남南'이라는 이중적인 이름이 현시하듯 분열적인 인물이라는 정보를 뒤늦게 얻게 된다. 하루오와 마찬가지로 '미나미/남' 역시 기괴하며, 자신과 분열되어 있으며, 이름의 일본식 발음 때문에 그가 일본인으로 여겨지는 연유를 자기 자신과 독자에게 납득시키기 위해 조금은 과하게 열성적이다. 독자가 그의 이름을 아직 알지도 못할 때, 그는 독자에게 직접적으로 또 너무 친밀하게 "아시다시피"라고 말한다. 하지만 그가 독자를 설득할 기회를 갖기 전, 분노한 젊은 조선인 '이'가 서술자의 내적 정체성의 위기를 폭력적으로 노출시키며 '미나미/남'의 정체가 강제적으로 드러나게 된다. '이'는 아이들 앞에서 '미나미/남'이 그의 일본 이름 뒤에 숨어 있다고 비난한다.

> "어째서 선생님 같은 분들까지 이름을 숨기려 드는 거죠?"
>
> 나는 갑자기 말문이 막혔다.
>
> (…중략…)
>
> 그는 감정이 북받쳐 말을 더듬기 시작했다. 도대체 이렇게까지 흥분할 이유가 뭘까.[12]

'이'와 '미나미/남' 둘 모두 이처럼 인식하는 감정적인 순간에 대화를 계속할 수 없는 것처럼 보인다. 이러한 육체적 손상, 말과 시선 교환의 실패는 이 소설 전체에 걸쳐 반복되는 장치로, 각 인물이 처한 정체성의 난제와 서로를 식별할 수 있는 (무)능력을 드러낸다. '미나미/남'은 자신을 변호하기 위해 애쓰면서 약한 신음을 흘린다.

> "나도 그 말에 동감이에요. (…중략…) 그렇다고 해서 내가 조선인이라는 사실을 굳이 감추려는 것은 아니었고 그저 남들이 다들 그런 식으로 나를 불렀던 거라오. 또한 나도 새삼스럽게 나는 조선인이다, 하고 떠들고 다닐 필요를 느끼지 못했던 거고. 어쨌든 자네에게 조금이라도 그런 인상을 주었다면 할 말이 없구려……"
>
> 바로 그때 문을 열고 엿보고 있던 아이들 속에서 한 아이가 큰 소리로 외쳤다.
>
> "그렇구나, 선생님은 죠오센징이다!"

야마다 하루오였다.

서사가 진행되면서, '미나미/남'의 분열된 정체성이 이 소년, 야마다 하루오와도 밀접하게 연관되어 있음이 드러난다. 사실 소설 자체가 두 인물의 얽히고설킨 이야기를 통해 전개된다. 두 인물의 정체성들은 서로를 반영하며, 일련의 인식과 오인 속에서 형성된 상호간의 관계를 통해 형성된다. 이 이야기에서 서술되는 각각의 분열된 주체는 서로 의존하고 있으며, 상대방과의 관계에서 벗어날 수 없다. 그 다음 장면에서 하루오는 "죠오센징 자바레 자바레朝鮮人ザバレ, ザバレ──"라고 외치며 한 소녀를 뒤쫓기 시작한다.[13] 서술자는 다음과 같이 설명한다.

'자바레'는 잡아라라는 뜻으로 한 말이겠지만 이는 조선에 사는 일본 이주민들이 곧잘 쓰는 말이다. 물론 달아난 여자아이는 조선인이 아니었다. 나더러 들으라고 한 소리일 것이다. 나는 달려가서 야마다의 멱살을 잡고는 앞뒤 가릴 것 없이 따귀를 후려쳤다.

"못된 놈 같으니라구, 무슨 짓을 하는 거야?"

야마다는 입을 다물고 아무 말도 하지 않았다. 그저 등신 같이 내가 하는 대로 가만히 있었다. 울지도 않았다. 그저 거친 숨을 씩씩거리면서 빤히 내 얼굴을 올려다보고 있을 뿐이었다. 유난히 눈자위가 희어 보였다. 아이들은 내 옆을 둘러싼 채 마른침을 삼키고 있었다. 아이의 눈에 문득 눈물 한 방울이 맺히는 듯했다. 하지만 아이는 조용히 눈물을 삼키는 듯한 목소리로 소리쳤다.

"죠오센징, 바까(바보)!"[14]

여기서, '미나미/남'의 폭력적인 따귀 앞에서, 하루오는 아무 말도 하지 못하다 자신의 감정을 숨기기 위해 인종차별적인 욕설을 간신히 쥐어짜냈다. '조센징'은 식민지 조선인에 대한 경멸적인 호칭이며, '자바레 ザバレ'는 사실 '잡다'라는 동사의 명령형인 '잡아라'의 경상도 방언의 일본식 발음이다. 인용문 속 일본 이주민들이 조선 남부지역에서 흔히 사용하는 일본어화된 조선어 구문은 식민지인에 대한 식민자의 인종차별적 폭력뿐만 아니라 식민지 언어가 식민자의 담화 속으로의 침투하는 것을 보여준다. 이와 같이 식민지적 조우는 제국과 식민지가 서로를 깊이 '오염'시키고 있는 것이다. 식민자와 식민지인 사이의 이 섬뜩한 상호 간의 오염은 작품 뒤로 갈수록 더 명백해진다.

'미나미/남'은 이 장면들에서 하루오를 지켜보면서 그를 계속 오인한다. 식민자와 식민지인이라는 이분법적 논리에 기대, 그는 하루오가 식민지 조선에서 자란 일본 이주민이라고 추측한다. 이것이 아니라면, 어떻게 식민지 조선인에 대한 하루오의 인종차별주의적인 뒤틀린 우월감을 설명할 수 있을까?

하지만 몇 쪽 뒤에, 문화적 충돌에서 흔히 나타나는 폭력, 증오, 취약성, 인종적 비방 등으로 가득한 위의 인용문 속 하루오의 버릇없는 행동이 단순히 인종차별주의자인 식민자와 차별받는 식민지인 사이의 이항 대립적인 조우가 아니라는 사실을 우리는 뒤늦게 알게 된다. 하루오가 일본인 소녀를 괴롭히면서 그녀에게 조선인의 정체성을 투사한다는 사실 자체가 이미 이 분명한 이분법적 구분을 교란한다. 어린아이지만 식민자처럼 보이는 하루오가 식민지 성인인 '미나미/남'에 의해 처벌받을 때, 이 혼란스러운 관계는 한층 더 분명하게 예시된다. 그러나 이 장면에서 '미나미/남'과 독자는 하루오와의 대면이 실제로 갖는 중요한 의미를 알아차릴 수 없다. 뒤에서 점차 발전해가는 이 소년과의 관계를 통해서만, 우리는 두 사람이 단지 눈에 보이는 것 이상의 공통점을 갖고 있다는 사실을 발견할 수 있다.

'미나미/남'의 강제적인 정체성 폭로와 꼭 같이 하루오의 정체성 역시 '이'에 의해 폭력적으로 드러날 때, 마침내 두 사람 사이의 상호 인식이 가능해진다. 하루오의 반사회적인 인종차별적 행동에도 불구하고, '미나미/남'은 어쩐지 이 이상한 소년에게 이끌리며, 그의 친구가 되어주려고 노력한다. 그가 마루오와의 관계에서 어느 정도 진전을 이뤘다고 생각하던 어느 날, 두 사람이 협회에서 함께 시간을 보내고 있을 때 한 부상당한 여인이 '이'에 의해 병원으로 이송된다.

아낙네의 머리는 피투성이가 된 채 뒤로 툭 떨구어져 있었다. 하루오가 그 옆에서 부들부들 떨며 몇 걸음 따라오다 말고 나를 보더니 흠칫하며 그 자리에 멈춰 섰다.[15]

'이'는 '미나미/남'에게 그녀가 조선인이며, 한복을 입어 조선인임이 분명하게 드러나는 '이'의 모친 집에 그녀가 출입했다는 것에 격분한 일본인 남편이 그녀를 찔렀다고 설명했다. 어디론가 사라지고 싶어하듯 뒤에서 잔뜩 움크린 채로 있던 하루오를 발견하자, '이'는 하루오를 향해 소리를 질렀다.

"바로 이 녀석이야. 이 녀석의 애비라구."[16]

여기서 우리는 하루오가 '미나미/남'과 마찬가지로 일본인으로 여겨지기 위해 줄곧 일본인의 역할을 수행해왔음을 알게 된다. 일본인과 조선인의 결혼으로 태어난 혼혈인 하루오는 어머니로부터 물려받은 '조선성'을 전적으로 부정함으로써 아버지로부터 연유한 '일본성'과 연관되는 것만을 수행해왔다. 인용문에서 그는 그의 인종적 불순물을 드러내는 것이 두려워 심각한 부상을 입은 어머니에게 다가가지도 못한다. 하루오의 어머니도 조선인으로서 받아왔던 차별로부터 아들을 지키기 위해, 하루오가 자기 아들이라는 사실을 숨기려고 노력한다. 심지어 '정순'이라는 조선식 이름과 외국인 억양이 묻어나는 일본어가 그녀가 조선인임을 드러내줌에도, 그녀 역시 조선어로 말하기를 거부함으로써 일본인 행세를 하려 한다.

여기서 중요한 것은 식민자들이 고집하는 순혈적이고 천부적인 정체성에 대한 인종주의적인 가정이 식민지인들의 정신까지 깊숙이 침투해 들어갔다는 사실이다. 어머니의 자기부정과 하루오의 '일본성'의 과장된 구현, 그리고 그들의 '조선성'에 대한 하루오의 부정은 인종적으로 구분된 양편 모두 제국주의적 기획을 지탱하는 인종적 순수성의 논리를 그대로 따른다는 것을 보여준다. 이러한 인종주의적 태도는 표면적으로는 식민지적 차별 논리에 가장 단호하게 저항하는 '이'에게까지 침투해 있다. 실제로 '이'가 하루오가 지닌 오염된 일본인 핏줄 이상을 보지 못한다는 점에서 그는 제국의 논리를 모방하고 있으며, 소년에 대한 '이'의 폭력적인 차별이 하루오가 일본인의 정체성을 통해 자기동일성을 확보하려 한다는 자신의 판단에 근거해 있다는 사실은 역설적이다. 하루오를 단일한 일본성을 상징하는 그의 아버지와 융합시키는 동시에 절연시

킴으로써, '이'는 조선인으로서의 자기 정체성을 안전하게 지킬 수 있다. '식민자-일본인'과 '식민지인-조선인'같은 정돈된 구분은 하루오와 같은 혼혈, 혹은 두 세계를 횡단할 수 있는 '미나미/남'의 현존 앞에서 어쩌면 더욱 교란되는 지도 모른다. 식민자와 식민지인 상호간의 오염과 상호 간의 식별불가능성은 식민지적 조우에서 이들이 공통적으로 갖는 불안이다. 이 불안은 보통 인종적으로 구별되는 타자를 식민화한 서구 제국주의와 달리 일본인과 조선인은 시각상 구분되지 않는다는 점에서 기인한다.[17]

식민지적 이항대립을 유지하는 것의 불가능성과 이로 인해 촉발된 불안은 민족적 타자이기 때문에 멀리해야만 하는 하루오를 동정하고 동일시했다는 이유로 '미나미/남'을 '이'가 힐난하는 장면에서 뚜렷하게 드러난다. '그의/어머니의' 조선성에 대한 하루오의 증오가 어머니에 대한 그의 사랑을 왜곡시켰기 때문에 하루오는 병원으로 어머니를 찾아가기를 두려워한다. 그래서 하루오는 '미나미/남'의 방에서 밤을 보낸다. 이를 발견한 '이'는 '미나미/남'에게 화를 내며 다음과 같이 외친다. "선생님은 죠오센징 소리 듣는 게 무서워서 (…중략…) 저 녀석을 감싸고도는 거군요."[18] 이 대화는 다음과 같이 계속된다.

"야마다는 이 사나운 비바람 속에 나를 찾아왔소. 게다가 가고 싶어도 갈 곳이 없단 말이오."

"누가 갈 곳이 없다는 겁니까? 그 불쌍한 아주머니야말로 정말 돌아갈 데가 없죠. 저놈은 지 애비한테로 가면 된다구요. 빌어먹을 악당자식!"[19]

이 대화에서 '이'가 하루오와 하루오의 아버지 중 누구를 저주하는지는 명확하지 않다. '이'가 하루오와 하루오의 아버지를 구분할 수 없다는 사실은 두 사람의 복잡한 정체성들을 일본 식민자의 상징으로 결합하는 '이'의 맹목성을 보여준다. 식민지 인종차별주의자들이 식민지인을 묘사할 때, 각 개인을 그들의 집단성과 구분하지 못한다. '이'의 태도 역시 제국주의의 인종차별적 체제 안에서 입은 정신적 상처 때문에 일본인들의 개별성을 보지 못하는 식민지인의 맹목적 고통을 보여준다. '이'의 관점에서는 일본인의 피가 한 방울이라도 섞이면, 그 사람은 타자로 거부되어 동일시의 어떠한 가능성도 부정되고, 자동적이고 자연적으로 일본인으로 규정된다. 이러한 인종주의적 태도는 하루오와 '미나미/남'과 같이 경계에 선 인물들을 승인하지 않는다.

식민주의가 구축한 마니교적 제도 안에서 식민자들에게 부여되는 부당한 특권을 인식하고 심문하는 것은 필요한 일이지만, 똑같이 분열된 논리로 이 이항대립에 대응하는 것은 곤경을 벗어날 길을 모색하지 않은 채 폭력의 악순환을 단순히 반복하는 것일 뿐이다.[20] 위에서 살핀 '이'와 '미나미/남' 사이 대화의 이어지는 장면은 '미나미/남'이 문자 그대로 자기 자신을 타인으로 보고 말하는데, 이는 그가 심리적으로 허물어졌음을 잘 보여준다.

　　나는 갑자기 소리를 질렀다. 머리가 어떻게 될 것 같았다.
　　(…중략…)
　　물론 나는 순진한 이군의 행동을 이해할 수 있다고 스스로에게 일렀다. 나도 과거에 그런 시기를 거쳐 왔기 때문이었다. 하지만 다음 순간 나는 현재 내가 미나미라고 불리고 있다는 사실이 나의 오관 속에 종소리처럼 울리고 있는 것을 느꼈다. 그래서 나는 놀란 듯이 언제나처럼 그것에 대한 갖가지 변명들을 생각해내고자 했다. 하지만 그것은 이미 불가능했다.

'위선자 같으니라구, 너는 또 한 번 위선을 부리겠다는 것이지.' 내 속에서 문득 한 목소리가 들렸다. '너도 이제는 기력이 다 되어 비굴해가고 있는 거야.'

나는 깜짝 놀랐고 경멸하듯 되물었다.

'나는 어째서 항상 비굴해져선 안된다, 안된다 하며 씩씩거리고 있어야 하지? 그게 오히려 비굴의 시궁창 속에 발이 빠졌다는 증거 아니냐……'

그러나 나는 끝까지 말을 맺을 용기가 없었다. 나는 지금까지 자신이 완전히 어른이 되었다고 굳게 믿고 있었다. 어린아이같이 토라져 있지도 않고 젊은 아이들처럼 광적으로 ××[21]하지도 않는다고. 하지만 역시 나는 쉽사리 비열함을 짊어지고 빈둥거리고 있었던 것일까. 이번엔 스스로에게 따지고 들었다. 너는 저 순진무구한 아이들과 허물없이 지내고 싶어서라고 했다. 하지만 결국, 기를 쓰고 자신을 숨기려 드는 오뎅집의 조선 사람들과 네가 뭐가 다르다는 거냐? 거기서 나는 항변을 위해서 이군을 몰아치려 했다. 그렇다면 일시적인 감상에서든 격정에서든 "나는 조선인이다, 조선인이라구" 하며 외쳐대는 오뎅집의 또 다른 사나이와 너는 도대체 뭐가 다르다는 것이냐? 그것은 자기가 조선인이 아니라고 우겨대는 야마다 하루오의 경우와 본질적으로는 아무런 차이도 없는 것이 아닌. (…중략…) 나는 지금 분명히 혼자서 옥신각신하던 끝에 지쳐 있는 것이다.[22]

주체성의 완전한 붕괴를 보여주는 이 조현병적 순간에, '미나미/남'은 '그/자신'을 (잘못) 인식하고 '그/자신'을 이인칭 타자 '너'로 부르기 시작한다. 이 장면에서, '미나미/남'은 다시 한번 '나와 너'로 분열되고, '그/자신'에 대한 비난이 야기하는 곤경에 빠진다. 정체성을 수행하는 것에 질린 그는 자신이 조선인이라는 것을 부인하지 못하는 것과 마찬가지로, 조선인이라고 주장할 수도 없다. 두 주장 모두 정체성 정치에 갇힌 동일한 동전의 양면에 불과하다. 이 딜레마에서, 동화同化뿐만 아니라 이화異化 역시 이미 식민지 질서에 오염되었으며 '갈 곳 없는' 식민지적 주체에게 만족할만한 해답을 제공하지 못한다. 더 나아가, '미나미/남'은 식민지 질서 내에서 여러 모순된 요구들이 야기하며 그를 짓누르는 정체성의 부담을 없애거나 연기할 수도 없다는 사실을 깨닫는다. 그는 이 교착상태에서 거의 미쳐간다.

서술자 '나'가 완전히 붕괴하는 이 순간은 동시에 그가 가장 정직하고 진실하게 '그/자신'을 대하는 명료한 순간이라는 사실은 중요하다. 그것은 또한 '나'가 하루오, '이', 더 나아가 술집에서 떠올렸던 평범한 사람과 같이 비체화되고 분열된 다른 인물들과 동일시하는 순간이기도 하다. 일관되고 통일성 있는 '나'의 부재 속에서, 분열된 '나'는 이방인으로서의 삶 때문에 당하는 고통에 대한 공감을 바탕으로 또 다른 분열된 주체들과의 연대하고자 한다. 이 텍스트는 그들의 곤경에 손쉬운 해답을 주지 않는다. 하지만 서로에게서 의미를 찾을 수 있고 타자의 고통을 동정할 수 있는 이 관계적 주체성은 의심의 여지가 없는 순수한 민족적 연대에 근거한 동일성이나 존재론적 집단성이 아닌 새로운 정체성 개념을 지향한다. 여기서 제시되었듯이 광범위하게(광대한 거리에 걸쳐) 정의되지만 개별적인(경험에 대한 정서적 반응이라는 점에서는 단수인) 타자와의 연대는 김사량이 룽잉쭝에게 보낸 편지에서도 나타난다. 이 편지에서 김사량은 제국 문학장에서 받은 각광 속에서 느낀 자신의 불안을 대만 출신의 동료 식민지 작가와 공유했다.

실제로, 타자에게 말을 걸듯이 '그/자신'을 향해 나아가는 이러한 행동에서 '나'는 자아의 분열과 자기 자신 안에 있는 타자의 현존을 드러낸다. 자아 속 이질성이 야기하는 곤경은 '미나미/남', 하루오, 하루오의 어머니, 그리고 우리가 앞으로 살필 하루오의 아버지 등 이 이야기의 각 인물들이 공유하는 속성이다. '이'의 어머니는 그녀의 한복을 과시하고, '이'는 조선인이 당해왔던 부당한 대우 때문에 일본인 누구에게라도 폭력적이고 무차별한 분노를 폭발시킨다. 심지어 한눈에 통일된 조선성을 보여주는 '이'와 '이'의 어머니 역시 이처럼 그들의 과도한 가장假裝을 드러낸다. 통일된 주체성인 것처럼 보일 수 있는 그들의 과도한 가장은 방어적 기제를 드러내고, 이 방어적 태도는 식민지인에 대한 식민자의 폭력적인 거부 앞에서 민족적 정체성을 과잉 수행하는 것을 통해 보상받으려 하는 것이다. 이러한 맥락에서 겉보기에 단일적인 주체성들조차도 실제로는 관계적이며, 아이러니하게도 표면적으로 단호하게 거부하는 타자에게 의존하고 있다.

'미나미/남'의 진실의 순간, 다시 말해 자기 인식의 순간은 그 자신의 주체성이 해체되는 가장 취약할 때 찾아온다. 여기에 자기동일성이란 없으며, '미나미/남'의 주체성은 명백히 분열되고 또 상처를 입었다. 그러나 그는 이방인으로서 겪는 경험을 공유하고 있다는 점에서 개별적 방식으로 파편화되고 비참해진 타자들과 자신을 동일시 할 때만 그는 '그/자신'을 인식할 수 있다. 여기서 주체성은 통일되어 있거나 존재론적이지 않고 관계적이며 타자와의 관계에 깊숙이 박혀 있다.

낯선 집 Unhomely home

지금까지 우리는 김사량의 두 인물인 야마다 하루오와 '미나미/남'을 중심으로 이 소설에 나타난 주체성의 분열을 검토했다. 우리는 인물들 사이의 만남에서 나타난 일련의 '인식/오인'을 통해서 이 분열된 정체성들이 어떻게 발생하는지와 이 소설 속 주체성들이 다른 비참한 인물들의 이질성만이 아니라 자기 안의 이질적 타자와 어떻게 관계 맺고 대면하는지를 살폈다. 주체성을 다중적이고 분열적으로, 그리고 이질성의 내재적 구현 등으로 읽음으로써 우리는 자기충족적 정체성의 신화를 거부할 뿐만 아니라, 타자와의 동일시 및 타자와의 관계가 가능할 뿐만 아니라 그러한 관계 맺음이 이미 언제나 주체 형성 속에 내재되어 있는 공간이 열린다.[23]

이 절에서는 이 소설 속 주체성의 분열이 실패한 공간, 구체적으로 대도시 공간의 빈민가와 가정생활이 이뤄지는 기괴한 생활공간의 텍스트적 재현과 매우 밀접하게 연관되어 있는 방식을 다룰 것이다. 이야기의 첫머리에서 하루오가 소개되는 순간부터 서술자는 그의 기이한 정체성을 "그는 어디 출신인가"라는 물음과 연결시킨다.

묘하게도 그 아이는 자기의 집을 결코 알려주려 하지 않았다. 나는 대학에서 S협회로 돌아오는 길에 오시아게 역 앞에서 두어 번 그 아이를 만난 적이 있었는데 그가 걸어오고 있던 방향을 보아서는 아무래도 역 뒤쪽의 습지에 사는 것 같았다. 그래서 언젠가 내가 물어본 적이 있었다.

"역 뒤에 살고 있니?"

그러나 그는 당황한 듯이 고개를 흔들었다.

"아니, 우리 집은 협회 바로 옆이에요."

물론 새빨간 거짓말이었다.[24]

'어디 출신인가'라는 질문은 우리들 사이에서 외국인으로 보이는 사람을 식별할 때 종종 제기된다. 이 때, 이 질문은 그들을 한 사람의 주체로서 '인식'하는 수단이라기보다는 그들을 지식과 통제의 대상으로 차별화하고 정의하기 하기 위한 수단으로 기능한다. 하루오에게 "어디에서 왔니?"라는 질문에 대한 답은 그가 필사적으로 부인하려는 '그/자신' 안에 있는 외래성을 노출하는 것과 위험할 정도로 가깝다.

역 뒤의 습지대는 역사적으로 외국인, 특히 동경의 조선인 이주민들이 거주하는 빈민가로 알려져 있었다.[25] 이 빈민가는 비참한 식민지인 공동체의 빈곤과 외래성으로 특징지어졌고, 따라서 하루오는 이 빈민가로부터 자신을 떼어놓기 위해 안간힘을 썼다. 일본인으로 행세하고 자기 비밀을 지기키 위해 하루오는 집과 S협회를 통학할 때 우회로를 이용한다. 우리는 이미 부상을 입은 어머니에 대한 하루오의 격렬한 부정을 봤기 때문에, 자신의 일상생활을 부인하는 이러한 심리를 쉽게 이해할 수 있다.

어린 하루오는 그의 집을 부인한다. 왜냐하면 그의 집은 대도시의 슬럼가 속에 있고 따라서 민족적이고 경제적인 의미에서 타자들이라는 외적 표지가 될 뿐만 아니라 자기 안에 있는 외래성에 의한 혐오스러운 오염을 나타내기 때문이다. 자기 안에 있는 외래성에 대한 편집증은 너무도 만연해 있어, 이 가족 전체를 오염시켰으며, 각각의 가족 구성원을 갈라놓았을 뿐만 아니라 각 개인의 정신 역시 분열시켰다. 이러한 불화는 어머니에 대한 아버지의 신체적 폭력에서 가장 분명하게 드러난다. 이 가정 폭력은 가족의 구성원들이 그들 자신 안에 있는 외래성과 벌이는 각각의 내적인 투쟁을 반영한다.

불화의 공간으로서의 이 가정은 어머니와 아버지 사이의 충돌, 그리고 그들이 각각 대표하는 일본과 조선의 충돌로 인해 산산이 부서진다. 그러나 실제 문제는 '아버지/일본'과 '어머니/조선' 간의 분명한 대립이 아니라 각 구성원의 내부에 있으며 그들에게 체현된 조선과 일본의 구별 불가능성에서 비롯된 더욱 복잡한 문제이다.

이 이야기에서 우리가 추적해왔던 정체성의 수행적 성격은 이제껏 중요하게 다뤄지지 않았던 한 인물, 하루오의 아버지를 발견할 때 절정을 맞는다. '미나미/남'이 과거에 하루오 부친과 식민지의 유치장이라는 또 다른 주변의 공간에서 마주쳤다는 사실을 기억하기 전까지, 언젠가 들어본 것 같은 '한베'라는 하루오 부친의 이름은 '미나미/남'의 귀에 거슬렸었다. 이 뒤늦은 인식의 장면에서, '(제국적) 아버지의 이름으로' 가족에 큰 피해를 입힌 하루오의 아버지는 그 자신이 식민지에 의해 오염되었음을 폭로당한다. 유치장에서 그는 '미나미/남'에게 자신이 조선에서 조선인 어머니에게서 태어났다는 비밀을 털어놓지만, 식민본국의 도시-공간에서 그는 다시 그 자신의 혼종성을 잘 숨겼던 것처럼 보이고 심지어는 그의 정체성의 위기를 나머지 가족들에게 전가하기까지 한다.

한 개인 안에서 식민자와 식민지인을 구별할 수 없는 이 무능력은 제국적 세계 질서를 위한 차이의 차별화와 표식화에 입각해 있는 식민주의 논리의 외압과 맞서고 있다. 이러한 불일치는 각 가족 구성원 사이에서만이 아니라 각 개인의 정신적인 측면에서 이 가족이 겪는 불안의 핵심이다. '순수'한 조선인으로 태어난 어머니마저도 내면화된 식민자의 인종주의적 가치들에 의해 침윤되고, 그녀의 열등의식을 하루오에게 전가한다. 하루오는 동일한 논리에 의해 자신의 어머니를 거부해야 한다. 그러나 앞에서 살폈듯이 '어머니/조선성'에 대한 하루오의 부인은 사랑과 애착이 섞인 매우 양가적인 것이다. 하루오도 그의 어머니도 그 복잡한 감정을 말로 표현하지 못할 때, 이 가족과 전혀 무관한 '미나미/남'이야말로 자기 자신이 겪은 정체성의 위기를 바탕으로 이들의 곤경을 포착하고 그들의 경험을 이해한다.

> 나는 내지인의 피와 조선인의 피를 함께 물려받은 한 소년의 내면에서 조화를 이루지 못하는 이원적인 것의 분열이 가져온 비극을 생각했다. '아버지의 것'에 대한 무조건적인 헌신과 '어머니의 것'에 대한 맹목적인 거부, 이 두 가지가 끊임없이 서로 싸우고 있을 것이다. 더구나 빈곤의 고난 속에 몸을 두고 있는 아이이고 보면 그저 순진하게 어머니의 사랑에 젖어들 수 없었음이 분명하다. 아이는 드러내놓고 어머니의 품에 안길 수조차 없다. 하지만 '어머니의 것'에 대한 맹목적인 거부 속에는 역시 어머니에 대한 따스한 숨결이 고동치고 있었을 것이다.[26]

맹목과 인식이라는 문학적 장치의 반복에서 우리는 하루오의 정체성이 중층적으로, 즉 아버지와 어머니 사이에서, 그리고 공적인 자아들과 사적인 자아들 사이에서 분열되어 있음을 확인한다. 동심원적 구조 아래에서, 제국 차원에서 시작된 식민자와 식민지인 사이의 불균형과 불일치는 이 오염된 가족이 거주하는 이소異所의 대도시 빈민가로 흘러들었다. 이 기괴한 가족 체계는 불균등한 계층적 구조들을 구현하고, 이 불균등한 계층적 구조들은 결국 개별 구성원의 분열된 정신으로까지 스며든다.

이러한 독해는 이제까지 우리가 보아왔던 식민지 텍스트에 대한 제국의 독해들에서 드러나는 일반적인 함정, 즉 소설의 전체 이야기를 단순히 집단적 경험의 알레고리로 환원하는 것이 아니다. 이 가족 구성원 각각이 체험한 고통을 강조함으로써, 저자는 이 이야기가 단순히 '제국의 가족'의 알레고리가 아니라는 사실을 말하고자 했다. 앞에서 지적했듯이, 이 이야기의 초점은 식민자와 식민지인이라는 이항대립적 집단성들의 층위에 있는 것이 아니라, 식민주의의 이데올로기와 위계가 촉발한 각 개별 정체성들과 서로간의 관계에 각인된 고통에 있다. 다시 말해, 김사량의 소설은 식민지적 예속에 따른 집단적 삶의 경험만이 아니라 그 예속이 어떻게 각 인물의 내적 정신에 영향을 미치는지를 말해준다. 이 이야기는 개별 경험을 집단적 경험으로 축소하는 것을 거부하는 동시에, 제국주의적 위계와 그것이 개인의 정신에 끼친 악영향에 의해 촉발된 인종차별에 대한 보다 광범위한 사회적 논평으로 읽힐 수 있다.

각자의 경험 속 고통과 낙담의 순간들에 집중함으로써, 이 이야기는 제국의 조화라는 슬로건을 붕괴시킨다. 이 이야기는 한 걸음 더 나아가, 폭력적이고 불균등한 결혼에 식민자와 식민지인을 묶어 온 제국의 질서 안에 박혀있는 차별적 인종주의 구조의 폭력적 모순을 비판한다. 이 '제국의 가족' 속 개별 인물들의 정신적 붕괴를 검토함으로써, 이 이야기는 또한 제국주의 체제 자체의 불안정성을 보여준다. 이 제국주의 체제는 제국의 내적 모순에 강제로 포함된 이들의 불만에 의해 산산이 분열된 위험으로부터 결코 멀리 떨어져 있지 않다.

이렇게, '일본성'의 상징으로 비난받아온 하루오의 아버지가 식민지 조선에 의해 신체적으로 그리고 정신적으로 이미 더럽혀졌다는 사실이 밝혀짐으로써, 이 부자연스러운 야마다 가족의 드라마는 충격적인 절정에 이르게 된다. 식민지에 의한 오염으로 표시되는 '아버지/일본'은 식민지인으로부터 분리된 자기동일적이고 안정된 식민자 '나'라는 신화, 그리고 더 나아가 제국주의적 기획 그 자체의 불균등한 구조의 핵심에 놓인 인종적 순수성에 대한 신화를 불안정하게 만든다. 제국의 역설은 제국이 자신의 신민에 대해 동화와 이화라는 모순된 요구를 동시에 하고 있지만, 확대되는 영토 사이의 경계가 전례 없이 넓어지면서 제국의 중심 자체도 식민지화된 타자들의 유입에 의해 취약해지고 있다는 것이다. 이 이야기가 보여주듯이, 모든 것이 뒤섞이는 경계선들의 접경에서 특히 차이를 인식하는 것이 점점 더 어려워짐에 따라 식민자와 식민지인 모두를 감염시키는 불안은 제국 자체의 분열 논리도 위협한다.

붕괴되는 형식

우리는 제국 문학장의 문턱에 선 식민지 작가가 쓴 이 이야기를 정체성들의 파편화의 재현으로 읽기 시작해서 제국의 심장부에 주체성의 딜레마를 제기하는 것까지 분석했다 이 이야기에서 정체성의 난제는 식민화된 주체의 정신과 육체를 넘어 식민자에게 침투해 들어가며, 양측 모두에게 정체성을 구별할 수 없다는 깊은 불안을 불러일으킨다는 것을 보여준다. 식민지 맥락에서 이 주체성의 붕괴는 더 나아가 식민지의 문학적 조우에서 일어나는 문화적 재현의 정치라는 메타텍스트적 층위와 연관된다. 여기에서는 이 주체성의 곤경을 제국의 식민지 작가라는 공적 층위에서의 재현의 난제를 통해 살펴보겠다.

저자는 제3장에서 「빛 속으로」가 제국의 문화 영역에서 사소설로 분류되고 또 편입되었다는 사실을 이미 다루었다. 비슷한 맥락에서, 저자는 재현의 층위에서 이 텍스트가 형식의 내적 붕괴를 수행하는 방식의 중요성을 탐구할 것이다. 이는 사소설이라는 단순한 분류를 무너뜨린다. 내 목표는 사소설을 그 자체로 일관성 있는 장르라고 주장하는 허수아비와 논쟁하는 것이 아니다. 이미 사소설이라는 장르는 다른 논자들에 의해 해체되었다. 저자는 사소설을 이와 관련된 담론의 효과로서 다룬다. 제국으로 동화되는 식민지 텍스트라는 맥락에서, 아쿠타가와상과 같이 새로 재정된 제도에 의해 형성되었던 제국의 문학 정전으로의 편입이라는 표시는 식민지 작가들에게 매우 중요했다. 이것은 김사량의 「빛 속으로」를 "사소설 안에 민족의 비통한 운명을 빼곡히 직조해 넣은 작품"으로 본 사토 하루오의 장르적 규정에 대한 김사량의 반응에서 드러난다(제3장 참조).

한편으로는 식민지 작품을 근대 일본문학 정전 형성에 초대하는 것처럼 보이지만, 사토 하루오의 논평은 사실 모순적이었다. 소수자 작가의 작품을 일본 근대문학의 정형적인 장르로 명명하는 것은 특정한 가정에 기초한다. 이렇게 명명됨으로써, 그 텍스트는 식민지 텍스트에 대한 본국 비평가들의 기대를 충족시켰을 것이다. 한편으로는 식민지 주체와 식민지 전체에 대한 믿을만한 설명을 제공하고, 다른 한편으로는 넓은 제국으로의 조화로운 편입을 보여줌으로써 말이다. 이화異化되는 식민지 주체와 동화同化되는 제국적 주체에 부과되는 동시적이면서도 모순적인 이 두 가지 요구 사이의 간극은 제국적 논리 안에서 유예되어야 한다.

우리는 이 소설에서 제국대학에서 화자와 마찬가지로 수학했던 식민지 지식인 김사량의 개인적 경험과 실제로 겹치는 부분들을 쉽게 찾을 수 있다. 그러나 이제까지 우리가 살핀 이 소설은 자기동일적인 서술자 '나'에 관한 것이 아니라 이질적 타자의 침투에 의한 다양한 자아들의 붕괴에 관한 것이다. 서술하는 '나'와 서술되는 '나'로 분열되는 이 조현병적 '나'는 동화주의자들의 모순된 요구에 직면한 식민지 주체가 겪은 고통스러운 식민지적 정서를 전형적으로 보여준다.

김사량의 경우, 이질성의 침투는 텍스트의 언어 자체의 층위에서도 발생한다. 이 소설의 서술은 제국의 언어를 매개로 이루어지는데, 이는 일본 제국의 사소설을 규정하는 직접적이고 매개되지 않는 서사 경험이란 신화를 부정한다. 텍스트의 언어와 작가의 '모국어' 사이의 메울 수 없는 간극만이 아니라 이 소설이 외국어인 제국의 언어로 쓰였다는 사실은 이 텍스트의 단순한 분류를 더욱 어렵게 만든다.

실제로 식민지 소수자 주체에게 '모국어'란 문제는 그 자체로 복잡하고, 이미 그것은 외국어에 의해 오염되어 있다. 식민본국의 중심에서만이 아니라 식민지 주변부의 교육 체제에서 교육받은 소수자 작가들의 난제는 '모국어'와 '이질적인 제국적 문자' 사이의 이원성이 아니라 그 둘을 깔끔하게 분리하는 것이 불가능하다는 문제이다.

김사량은 식민본국에서의 오랜 체류로 그의 이러한 '오염'을 날카롭게 의식하고 있었다. 또 다른 조선의 이중어 작가 최정희에게 보내는 서한에서, 그는 자신의 조선어 작문에 있는 어떠한 실수라도 꼼꼼히 지적해달라고 요청한다. 여기서 그가 조선어에 대해서도 불안을 느꼈음이 나타난다. 이 편지는 김사량이 그의 '모국어'인 조선어에서도 일본어에서 느꼈던 것과 비슷한 불안을 느꼈음을 잘 보여준다는 점에서 주목할 만하다.

김사량의 소설이 보여주는 파편화된 '나', 즉 식민성에 의해 오염되고 제국의 문자를 통해 매개되는 '나'의 불안한 서사는 전반적으로, 직접적이고 진정한 글쓰기 경험이라는 신화에 관한 의문들을 제기한다. 또한, 이 소설은 소수자 문학 텍스트가 근대 일본문학의 정전적 장르로 성공적으로 동화되었다고 평가하는 과거 일본 비평가들의 맹목성과 더 넓은 차원에서 여전히 지속되는 본국 문학과의 관련 속에서 소수자 작가가 차지하는 비체의 위치를 보여준다.

확정되지 않은 결말

형식 층위에서의 재현의 난제는 말끔한 마무리를 거부하는 소설의 결말에서 특히 분명하게 드러난다. 긴장감 넘치게 전개되던 인물들의 심리드라마가 납득할 만한 대단원이 나오기 전에 갑자기 끝이 난다.

수행적 정체성들의 '오/인식'과 관련된 장치는 소설의 결말까지 계속 반복된다. 소설의 마지막 장면에서, 하루오는 여전히 다른 아이들과 어울리지 못한다. 그래서 '미나미/남'은 그를 데리고 식민 본국의 도심으로 소풍을 간다. 마쯔자까야 백화점에서 쇼핑을 한 후, 두 사람은 우에노 공원으로 향한다. 이 장면에서 군중 속에 있는 두 사람은 실제로 빈민가를 벗어나 제국 자본주의의 흥성함의 상징이자 사람들로 북적대는 제국 도시의 상징적 중심으로 들어간다. 그러나 두 사람의 시가지 산책은 이 제국적 공간으로의 완전한 참여나 동화를 의미하지 않는다. 이 새로운 공간과의 교섭은 여전히 자의식/타자의 시선에 대한 불안으로 가득 차 있으며, 그들을 인식하지 못하는 군중들은 그들과 시선을 마주하지 않는다. 그들의 경제적, 인종적 차이가 주변 사람들에게 보이지 않은 채 남아있기 때문에 사실상 그들은 군중 속에서 일본인으로 여겨지고 있다.

'미나미/남'은 하루오의 고독한 취미인 '어둠 속에서의 무용'을 함께 연습하자고 제안한다. 하루오는 습관적으로 있는 그대로의 자신을 인정하고 받아들이기를 거부하는 사회에서 스스로를 유폐하고, 다른 사람의 판단하는 시선에서 멀리 떨어져 어둠 속에서 춤을 춘다. 말 그대로 다양한 정체성들의 육체적 수행을 하면서, 그는 복화술을 구사하여, 자신의 친구가 되어줄 가상의 인물들을 창조해낸다. 자신을 환대하지 않는 외부 세계의 시선에 대응해 자의식적으로 여러 정체성을 삶 속에서 계속 연기해온 사람에게는, 사적으로 자유롭게 자기/스스로를 표현할 수 있는 자신만의 세계를 만드는 것을 선택했다는 것은 중요하다. 그는 사적이고 공적인 자아들의 분열 속에서 여러 삶들을 살아왔다. 우리가 이제까지 살폈듯이, 그는 자신만이 아니라 자신의 어머니에 대한 친밀한 관계를 공개적으로 부정해야만 했다.

마지막 장면에서 '미나미/남'은 하루오와 함께 춤추겠다고 약속하면서 그가 더 이상 혼자가 아니라고 안심시켜준다. 두 사람은 서로를 인정하고 고통을 나눔으로써 단단히 결합한다. 하루오가 몸을 돌려 "선생님, 나 선생님 이름 알아요. (…중략…) 남 선생님이죠?"²⁷라고 말하는 장면이 예증하듯이, 두 사람은 서로의 타자성을 받아들기로 한다. 그들을 둘러싼 군중들은 아직 두 사람을 있는 그대로 받아들일 준비가 되어 있지 않을 수도 있다. 하지만 제국 문학장의 시선 바깥에서 김사량과 룽잉쭝이 편지 교환을 통해 개인적으로 조우했던 것처럼 '미나미/남'과 하루오 역시 서로를 인정하며, 이 상호간의 인정을 통해 그들은 적어도 사적인 영역에서 그들의 정체성이 부여하는 부담으로부터 자유롭다.

식민지 작가들의 저작이 제국의 문학과 차별화되면서도 그것에 포섭되던 시기에, 그리고 식민화된 타자를 향한 배제와 포섭이라는 모순된 논리를 통해 형성되고 있던 제국 문학의 정전과 마주하면서, 김사량은 「빛 속으로」를 썼다. 텍스트적이고 메타텍스트적인, 그리고 다양한 층위에서 나타나는 이 이야기의 분열들은 제국 내 재현의 문화 정치 안에서 그 이야기 자체가 갖는 불확실한 위치를 보여준다. 서신을 통한 김사량과 룽잉쭝의 조우에서 살폈던 것처럼, 이 텍스트 역시 식민지 작가들의 이중언어적 글쓰기 행위가 노정하는 공동의 딜레마와 양가성을 구현한다. 근대의 상징적 곤경으로 지정된 재현의 위기는 여기서 제국의 청중에게 소비되기 위해 제국의 언어로 자기재현하는 양가적 행위 속에서, 식민지인의 프리즘을 통해서 그것이 갖는 복잡성이 노출된다. 이 텍스트가 복합적으로 분열되고 그 자체로 통일된 독립적 실재로 완결될 수 없다는 사실은 언표되지 않은 상실의 상처로 특징 지워지는 매우 우울한 난제를 연상시킨다. 그리고 작품의 결론은 작가와 독자에게는 만족스럽지 않을지라도, 「빛 속으로」는 또 다른 미래를 향해 열려 있다.²⁸

제5장

식민적 비체

1931년 만주사변 이후 1937년에는 일본의 중국 침략이 절정에 달했고, 1940년 겨울에는 전쟁이 한창 진행 중이었다. 이때는 전쟁이 일본과 그 식민지 사람들의 삶의 모든 측면에 침투한 '총력전'의 시기였다. 전장에서 남자들은 군인으로, 여자들은 '위안부'로 동원되었다. 한편 가정에서는 여자들은 일상의 소비생활에서 어려움을 겪고 아들을 '성전聖戰'[1]에 보내는 '제국적 어머니'의 역할을 수행하도록 요구되었다. 일본뿐만 아니라 식민지에서, 문화적 인사들, 특히 작가들은 전쟁을 위한 선전의 도구로 동원되었다.[2]

조선어를 말살하려는 일본의 강력한 탄압에 따라 조선어 글쓰기의 영역은 급속히 줄어들었다. 이러한 현상은 1939년 『매일신보』에 일본어 지면이 침투하고 『동아일보』, 『조선일보』와 같은 식민지 주요 신문이 폐간되면서 시작되었다. 그 직후에는 문학잡지 『문장』이 폐간되었으며 『인문평론』이 『국민문학』으로 복간되었다.[3] 처음에 『국민문학』은 일본어와 조선어로 발간됐으나 곧바로 일본어로만 출간되게 되었다.[4]

뿐만 아니라 이러한 현상은 일본어로 쓰인 조선문학 특집이 제국본국의 주요 잡지와 신문 곳곳에 갑자기 등장하는 상황에서 나타났다. 그 예

<그림 20> 『모던 일본(モダン日本)』의 조선 특집호.

<그림 21> 이광수는 조선예술상의 첫 수상자였다.
ⓒ와세다대학 아카이브.

가 『문예文藝』(1940.7), 『조간 아사히朝鮮 朝日』(1941.5), 『모던 일본モダン日本』(1939.11; 1940.2)이 그 중요한 예이다. 이때 조선어로 쓰인 문학 텍스트의 일본어 번역이 활발히 일어났으며 그중 다수는 모음집과 문집으로 엮어졌다.[5] 이러한 특별한 인정과 새로운 식민지 문화의 생산은 식민지의 이중언어 작가들과 번역가들의 적극적인 참여를 필요로 했다.

조선의 문학과 예술에 대한 상을 수립하고 김사량을 아쿠타가와상의 후보로 지명한 것 등은 모두 (앞선 장들에서 논의된) 조선 붐의 핵심적인 부분이었다. 식민지가 일본 제국으로 통합되고, 식민지의 문학과 문화가 일본 제국의 새로운 문학 수립에 포섭되는 더 넓은 경향에서 맥락화되어야 한다.

더 나아가, 이 시기 식민본국의 문학장에서 나타난 식민지 작가와 식민지문학에 대한 인정은 개별적인 예술가로서 작가들의 가치와 재능을 칭송하는 것과는 거리가 멀었다. 그보다는 그들을 민족의 번역가이자 토착 정보제공자로서의 새로운 부차적인 역할로 격하시키는 것이었다. 그들에게 새롭게 부여된 임무는 제국본국에 있는 독자들의 소비 열망을 위해 이국적 자기-민족지를 번역하여 쓰는 것이었다.[6] 제국의 '식민지 콜렉션'이 증가하는 현상이 가지는 더 넓은 의미에 대해서는 제6장에서 다루어질 것이다. 이 장에서는 제3장과 제4장의 논의를 기반으로 삼아, 제국이 식민지의 문화 생산자들을 인정하는 역설이 가지는 또 다른 함축적 의미를 고려할 것이다.

저자는 특히 제국과 식민지의 문단이라는 두 문학 장 사이를 중계하며, 번역가이자 민족지 학자로 격하된 이중언어 식민지 작가들의 비체abject로서의 위치를 다루고자 한다. 비체라는 개념은 줄리아 크리스테바Julia

〈그림 22〉『조선국민문학집』. ⓒ와세다대학 아카이브.

Kristeva에 의해 "동일성이나 체계와 질서를 교란시키는 것 (…중략…) 그것 자체가 지정된 한계나 장소나 규칙들을 인정하지 않는데다가 어중간하고 모호한 혼합물"[7]라고 정의되었다. 이 개념은 식민본국인 일본의 문단 뿐만 아니라 식민지의 문화적인 영역과 일본과 남북한으로 분리된 탈식민과의 연관 속에서, 식민지 이중언어 작가들의 경계적 위치를 이해하는 데 유용하다. 크리스테바의 설명에 따르면 비체는 무의식에 기반을 두고 정신과 신체에 스며든다.[8] 이 비체는 의미와 질서를 생성하기 위해 경계를 필요로 하는 정체성과 언어 형성 과정에서 필수적이다. 이러한 과정에서 차이들의 경계를 통해, 주체를 위한 질서는 창조되고 유지된다.[9]

크리스테바는 이러한 정신 현상이 사회적인 차원으로 번역될 수 있다고 말하는데, 그 차원에서는 비체가 공동체의 정해진 경계에 있는 이들로 지칭될 수 있다. 그녀가 제시하는 예시들은 "반역자, 거짓말쟁이, 양심을 속이는 일, 파렴치한 강간자, 구하는 척하면서 살해하는 자"[10]이다. 비체는 궁극적으로 "거부"[11]되고, 집단에 의해 패권적으로 형성되고 유지된, 상상되거나 실재하는 경계 안에 소속되지 않는다. 비체는 '주체도 아니고 객체도 아니다'. 이것은 완전히 자아에 포함된 것도 아니며 그렇다고 자아의 외부에 머물러 있는 것도 아니다. 비체는 명명되고 통제될 수 있는 타자가 아니다. 사회적인 맥락 속에서 비체는 참을 수 없는 존재로서 '추방'되어야 하지만, 법 안의 균열을 끈질기게 드러낸다. 이때 법이란 사회적인 형성을 뒷받침하지만 아무런 의심 없이 받아들여지는 권위를 말한다. 법은 의식이나 희생제의 같은 수단을 통해 불규칙하고, 변칙적이고, 혹은 부자연스럽다고 여겨지는 것들을 없애버리기 위해 헛되이 시도한다.[12] 그러나 비체는 본질적으로 애매하며,[13] 정화되기를 거부한다.[14]

김사량은 이중언어를 사용하는 작가의 불안정한 기반에 대해서 스스로 잘 알고 있었다. 그는 「조선문화통신」이라는 비평에서 일본과 조선 문단 양측의 상반되는 요구 사이에서 신중하게 교섭했다.[15] 이 글에서 김사량은 다른 식민지의 작가들과 공유했었던 이 딜레마를 직접적으로 다룬다. 그 딜레마란, 식민적으로 분열된 복합적 독자들 사이에서 위태롭게 휘청거리는, 비체로서의 글 쓰는 주체라는 것이었다.[16]

이 비평문에는 일본어로의 번역 행위 자체를 자의식적으로 수행하면서, 동시에 제국의 문어와 모국어 사이의 교착상태에 있는 식민지 작가로서의 깊은 난제가 나타난다. 제3장에서 살펴보았듯, 구조적으로 분열된 식민지에 있었던 그에게 모어 역시 일본어와 마찬가지로 생경한 것이었다. 이 글은 조선어로 창작된 문화적 생산물에 대한 완고한 검열 정책과 식민지 작가들을 향한 일본어 창작 요구에 대한 직접적인 반응으로서 쓰였다. 김사량은 극단적인 동화가 요구되는 상황에도 조선인들에게 조선어 창작을 계속 허용해야 하는 이유를 조심스럽고도 상세하게 설명한다. 그는 이것이 비단 조선의 미래뿐만 아니라 일본, 그리고 심지어는 세계의 문화에도 궁극적으로 이로울 것이라고 주장한다.

여기에서 김사량의 주된 의도는 모든 문화가 서로에게 지고 있는 상호적인 빚과 전체적인 세계의 문화들 속에서 하나의 문화가 사라지는 것의 부정적인 영향을 함축적으로 주장함으로써, 조선어가 완전히 사라지고 있는 상황에 반대하여 목소리를 내려는 것으로 보인다. 이러한 예민한 정치 상황 속에서 김사량은 식민지의 변화하는 언어 영역에 대한 복합적인 이해를 요구했던 것이다. 조선의 문화 자료를 소비하기 위한 식민본국의 끊임없는 요구와 교섭하기 위해서, 김사량은 공식적인 번역 기구를 설립해야 한다고 제안했다. 이 글은 복합적이고 상충하는 이해관계들을 교섭하는 영리한 기지를 보여준다. 조선어 작가들에게 오직 일본어 창작만을 요구하는 제국의 정책 입안자들과, 일본어로 창작하는 모든 작가들에 대해서 조선의 언어 및 부재하는 국가에 대한 반역자라고 비난하는 식민지의 문화적 민족주의자들, 그리고 김사량과 같이 이러한 반대되는 편들의 사이에 끼어있는 동시에 선두에 붙들려 있는 비체로서의 이중언어 작가이자 번역자 사이의 이해관계들에서 말이다. 김사량은 이렇게 쓴다.

> 본질적인 의미로 생각하자면, 역시 조선문학은 조선 작가가 조선어로 씀으로써 비로소 성립되는 것은 자명한 일이다. 하지만 이러한 어려운 논의는 제쳐두고, 작가 측의 실질적인 입장에서 생각해보면 조선의 작가가 내지어로 쓰게 될 경우에는 여러 가지로 곤란하고 불편한 문제가 따라와서 정열을 분산시킬 위험성이 충분하다. 우선 조선문단의 현실을 털어놓고 말하자면, 조선인 독자가 읽어주기를 바라는 마음에서 자신의 언어로 좋은 작품을 쓴다는 것이 고작이며, 조선문학을 활성화시키리라는 정열이 앞서서 내지어로 쓰려는 여유를 갖기 힘든 것이 현실이다. 이것은 무엇보다도 강한 주관적인 이유인데 그러므로 밥도 못 먹는 조선어 창작을 그만두고 내지어로 쓰라고 하는 호소도 그다지 영향력을 갖지 못하는 까닭이다.[17]

식민본국 문학장의 요구와 조선어에 대한 엄격한 제국의 검열에 대한 응답으로, 김사량은 조선 작가들에게 오직 일본어로만 창작하라고 요구하는 것은 그야말로 비현실적이라고 말한다. 더 나아가 그는 일본어로 쓸 수 있으며, 또 쓰기로 결정한 작가들의 상황에 대해서도 묘사한다.

> 나는 여러 가지 불편한 점을 참아가며 내지어로 쓰는 사람이나, 쓰려고

하는 사람들의 입장까지 이해하지 않으면 안 된다고 생각한다. 그것은 어째서인가. 즉 내가 말하는 것은 현재 모든 희생을 감수해 가며, 자신의 언어와 말로 대화해야 하는 넓은 독자층을 갖고 있으면서도 그것을 아랑곳하지 않고 일부러 내지어로 쓰는 사람들은, 그 당사자에게 절대적인 어떠한 절실한 심적인 동기가 없으면 안 된다는 것을, 전제로 해야 한다고 생각하기 때문이다.[18]

어떤 동기가 작가로 하여금 이렇게 많은 것을 포기하게 만들었는가? 김사량은 이렇게 말한다.

조선의 문화와 생활, 감정을 보다 넓은 내지 독자에게 호소하려는 동기, 혹은 다른 의미로 말하자면 더 나아가서는 조선문화를 내지와 동양, 세계로 널리 알리기 위해서, 미력하지만 그 중개자라는 수고를 감수하겠다는 동기 등도 그러한 것이리라. 또한 그것을 무엇보다 현 시대는 요구하고 있다. 그리고 내지 문단이 조선문학자에게 호소하는 이유도 거기에 있다고 생각한다.[19]

식민적 주체들에게 있어 일본어로 글을 쓰는 것은 본질적으로 희생적인 행위라고 김사량은 주장한다. 그는 이러한 희생들을 요구하는 제국의 상황을 짚어낸다. 제국의 위계는 희생을 감수하고 중개자나 번역가의 역할을 맡을 수 있는 일부 작가들에게 일본어로 글을 쓰라고 요구했던 것이다. 이렇듯 김사량은 이 같은 상황에 처한 중개자 혹은 토착 정보제공자로 불린 작가들의 위치를 이상화하려는 것처럼 보이지 않는다.

이러한 평가는 식민본국이 그의 일본어 소설 「천마」(1940)를 비평적으로 오인한 방식에 대한 그의 언급에서 가장 명료하게 드러난다. 식민본국은 김사량을 비롯한 식민지의 모든 이중언어 작가들을 그들의 소설 속 주인공과 혼동함으로써 개별적인 식민지 주체들을 구별해내는 데 실패했다.

그러나 김사량은 문화, 정치, 경제를 비롯한 모든 영역의 재현에서의 심각한 차이가 야기하는 흔한 오해에도 불구하고, 혹은 정확히 그 이유 때문에라도, **몇몇** 식민지 작가들이 식민본국과 일본어로 소통하기 위한 노력을 계속 할 필요가 있다고 말했다. 김사량의 비평문에 따르면, 식민지 번역가의 역할은 언어적인 가능성과 희생할 욕망이 있는 몇몇 (자의적으로)선택된 작가들에게 맡겨져야 한다. 김사량은 이러한 부담이 식민지의 모든 작가들에게 똑같이 강요되어서는 안 된다고 강조한다. 그 자신을 포함한 일부 '희생양'을 제물로 바침으로써, 김사량은 제국의 전체적인 검열로부터 조선어를 구제하는 동시에 식민지 작가들로 하여금 식민본국 중심의 담론에 계속 개입될 수 있도록 공간을 마련해주기 위해 시대의 정치적인 요구와 협상하려고 시도했던 것이다.

그러나 식민 본국과 직접적으로 교류하고 대화하려는 식민지 문화 생산자의 이러한 시도는 언제나 단지 식민지 이국취향의 재현, 혹은 고착화된 식민지 현실에 대한 토착 정보제공자의 설명 정도로 격하될 위험을 가지고 있었다. 정반대로, 진정한 식민지 현실을 설명하라는 일본인 비평가들의 요구는 식민지 조선 신민들과 정치적으로 불화했고, 이는 소수자 작가들을 괴롭혀서, 결국 소수자 작가의 일본어 글쓰기는 실패할 수밖에 없었다. 간단히 말해, 조선 작가는 두 독자를 동시에 고려하여 글을 쓸 수 없었다. 만약 일본어로 글을 쓴다면, 어떤 독자들이 소외될지는 뻔한 문제였다.[20] 식민본국과 식민지 사이에 경합하는 시선의 다양한 요구 속에 붙들려, 식민지의 소수자 작가는 자신도 식민본국의 시선을 과잉 의식할 수밖에 없는 양가적이고 비판적인 자의식 속에 있다는 사실을 발견하게 된다. 식민지적 분열의 최전선에 있는 작가에게 있어, 독자들의 분열된 시선은 글 쓰는 주체, 텍스트, 그리고 수신인사이의 일대일 호응을 불가능하게 만든다. '피식민자들의 곤경을 대변하기 위한 내부적인 요구'와 '제국주의적인 소비를 위한 이국적인 진정성을 원하는 식민본국의 요구' 사이에서 충돌은 불가피하게 발생할 수밖에 없었다. 글 쓰는 주체의 욕망은 동시의 다양한 독자들의 모순된 요구와 협상하는 동시에 그것에 대답하려는 시도와 이의 실패를 통해 구성되는 것이다.

'누구의 시선을 고려하여 쓰는가?'라는 독자의 문제에 대한 이 교착상태는 비체인 식민지 작가가 겪는 재현의 난제의 중심에 놓여있다. 식민지 소수자 작가는 여러 상충되는 방향들에서 잡아당겨 진다. '조선성을 식민적인 차이이자 이국취향으로 보려는 식민본국의 요구' 대(對) '조선성을 진정한 식민지 현실에 대한 집합적 경험으로 재현하라는 식민지의 요구' 사이의 모순이 그것이다. 이러한 요구들에 응해야 한다는 작가의 불안과 당대를 너머 가치를 인정받고 널리 읽히는 좋은 문학작품을 생산해야 한다는 작가 개인적인 욕망이 뒤섞인다.

일본어로 글을 쓰는 김사량과 식민지 작가들의 곤경은 헤겔의 오래된 변증법을 떠올리게 한다. 노예는 주인의 도구를 사용하여 주인의 집을 부술 수 있는가? 그렇다면 그 도구를 어떻게 사용할 수 있는가? 김사량이 주장했듯 누군가는, 마치 그람시가 말했던 유기적 지식인의 목표와 비슷하게, 제도 내부로부터 제국이라는 현재 상황에 도전하기를 욕망해 왔을지도 모른다.[21] 그러나 식민적인 맥락 속에서, 민족을 위한 영웅적인 대표 혹은 대변인은 인류학적인 토착 정보제공자로서 문화들 간의 배반 적인 번역가라는 경계에 있는 비체로 축소된다.[22] 그리고 이들의 글쓰기 는 서로 대립되는 이데올로기적 목적을 위한 도구가 된다. 식민지 소수 자 작가의 진정한 의도가 무엇이었든, 식민본국의 독자들을 위해 피식 민자들의 곤경을 재현하려는 행위는, 통제하고 차별하려는 식민본국의 목적에 알맞은 이국적인 자기-민족지적인 원천의 역할이 된다. 아마도 김사량은, 자신의 글에 나타나듯, 다른 많은 동시대 작가들에 비해 그 자 신이 수행하고 있었던 비체의 역할에 대해서 더 예민하게 자각하고 있 었을 것이다.

(자기)반영적 패러디

모던걸에 상응하는 아이콘으로서의 모던보이[23]는 이 시기에 동아시 아의 식민지모던 도시 및 다른 지역의 거리 어디에나 있는 인물이었 다.[24] 식민지 번역가로서의 곤경에 대한 위의 비평문에서 김사량이 언급 했던 단편 「천마」[25]에서 자기 패러디[26]로서 식민지 모던보이가 등장한 다. 이 소설에는 식민지 작가 겐류/현룡玄龍의 일본문단 입성을 향한 절 박하지만 끝내 좌절되는 욕망이 익살스럽게 그려진다.[27] 소설은 그가 식 민지 도시 경성의 미로 같은 거리에서 길을 잃고 헤매면서,[28] 만주와 북 중국으로 가는 길에 식민지에 잠시 들렀다는 식민본국의 문학 권위자를 찾아다니는 장면으로 시작된다.

「천마」는 동시대 식민지 문화장이 식민본국의 문화장으로 포섭되어 가는 상황을 반영하고 있다. 예를 들어 일본의 주요 작가들은 만주를 포함한 전선으로 보내진 상태였고, 식민지의 작가들이 곧 그 뒤를 따랐다. 김사량도 만주로 가는 길에 그의 고향인 평양에 잠시 들른 일본 작가를 접대했다.[29] 이는 1940년에 일본의 주요 잡지 『문예수도文藝首都』에서 일본어로 출판되었는데, 김사량이 아쿠타가와상 후보가 되어 일본문학장의 주목을 받은 지 몇 달이 채 지나지 않은 시점이었다. 그리고 이 이야기의 생산과 일본에서의 유통은, 식민지에서 출발하여 식민본국의 문학장으로 가는 김사량 자신의 여정과도 동시적으로 이루어졌다. 이 이야기 자체는 일본과 조선의 문학 장 사이의 어중간한 상태에 있는 식민지 작가의 비체로서의 위치를 그리고 있다. 텍스트적으로, 또 메타텍스트적으로 가로지르는 복합적인 경계는 명료하게 정리되기 어렵다. 김사량의 다른 작품들과 마찬가지로, '글쓰는 주체', '텍스트 속에서 재현되는 주체와 객체', '복합적인 독자들의 시선들'은 쉽게 규정할 수 없는 복잡한 방식으로 동시에 교차되고 포개진다. 린다 허천Linda Hutcheon은 현대의 패러디를 모순적인 비평적 거리에서의 반복의 형식으로 파악한다.[30] 이러한 이해는 차이를 내재한 반복을 단지 조롱이나 풍자 이상의 것으로 유용하게 확장시킨다. 허천에 따르면, 패러디는 끊임없이 스스로 변형하는 장르 혹은 반-장르이다. 말하자면, "패러디는 문화와 함께 변한다".[31] 더 나아가 패러디의 양방향적인double-directed 아이러니는 전통적인 조소나 '대상 텍스트'의 조롱을 대신해온 것으로 보인다."[32] 패러디는 이념적으로 복잡한 양가성을 띠어서, 대상 텍스트를 조롱하는 것 같지만 동시에 경의를 표하는 것이기도 하다. 허천은 "아이러니와 마찬가지로 패러디는 이중-음성 담론double-voiced discourse인 동시에 간접적인 형식이지만, 그것이 기생적인 방식은 아니라고"[33] 말했다. 허천은 패러디가 상당히 '맥락과 무관하게' 바뀔 수 있다는 것을 인정했지만, 그럼에도 불구하고 패러디 놀이의 형식적이고 텍스트적인 차원을 고집했고, 그러면서도 '사회적 진실'을 겨냥하는 풍자와 명확하게 구분하기 어렵다는 사실을 인정했다.

이러한 통찰을 바탕으로, 이 장은 식민지의 근대적 조우에서 패러디가 새로운 형태로 변화되는 방식을 고찰한다. 「천마」에서 우리는 패러디의 양방향적이고 이중-음성적인 성격이 자의식적이고 자기성찰적인 복합적 시선을 통해서 자아와 타자를 동시에 재편하는 것을 볼 수 있다. 불평등한 식민적 조우라는 "사회적 진실"을 고려하면서, 저자는 김사량 작가 자신이라는 실제 역사적 인물의 사회적 맥락을 담은 자기반영적인 패러디로 「천마」를 읽기 위해 허천의 정의를 확장하였다.

식민지 모던보이(모-요보)

「천마」는 희극적인 동시에 비극적이다. 이 소설은 작가와 패러디의 주된 대상인 식민지의 이중언어 작가 겐류/현룡이라는 주인공 사이의 얽혀있는 관계를 보여준다. 여기에서 이 패러디의 주체와 대상은 김사량 작가 자신을 비롯하여 이 시기에 실제로 살았던 문학인들의 삶과 경험을 반영하면서,[34] 식민지 번역가의 텍스트적인 곤경과 메타텍스트적인 곤경을 연결한다. 겐류/현룡은 조롱거리인 패러디 대상인 동시에 공감을 바탕으로 동일시되는 인물이기도 하다. 이 재현 대상에 대한 작가의 양가적인 유대 관계는 이 주인공을 단순히 외부적인 타자로 읽을 수 없게 만든다. 이 헷갈리는 주인공은 민족의 반역자로 비난받는 경멸의 대상으로 보이기보다는,[35] 식민지 이중언어 작가의 비체로서의 곤경을 강조하며 텍스트와 메타텍스트를 연결하는 결합으로서 기능한다. 이때의 곤경이란 식민지문학이 자기-민족지적인 전회를 겪는 상황 속에서 작가 자신이 주체와 객체의 지위를 동시에 부여받게 된다는 것이다.[36]

이 소설은 겐류/현룡이 식민지 경성의 일본인 거주 지역인 혼마치本町 거리에서 길을 잃고 헤매는 장면으로 시작한다. "동서로 좁고 길게 이어져"[37] 있는, "경성에서는 가장 번화한 내지인들 거리"[38]인 혼마치는 식민지 경성의 부유층 구역으로, 미츠코시 백화점, 조선은행, 조선호텔 등 서양식 건물들로 식민자들의 호화로운 번영을 보여줬다.[39] 이 지역은 변화하는 식민지 도시 공간 속에서 끊임없이 새로운 경관을 제공해주었다. 이곳은 조선인들이 수입된 근대적인 시설 속에서 어슬렁거리며 돌아다니는 곳이었지만, 그들이 거주하거나 "집처럼"[40] 느끼는 공간이 아니라, 머나먼 환상으로서의 공간이었다. 특별한 날에 그들은 최신 유행하는 옷을 차려 입고는 근대적 절충주의의 혼합적인 스타일을 "모방"하여 모던걸이나 모던보이로 가장할 수도 있었다.

혼마치 거리는, 열망의 대상이지만 소유하지는 못하는 환유적인 타자의 공간으로서 식민지의 많은 소설들에서 나타난다. 실제로 이 구역을 어슬렁거리며 특히 윈도우 쇼핑을 하는 행위는 혼부라本ぶら라는 관람행사로 불렸는데, 이는 식민본국 도쿄의 부유한 긴자 지역을 돌아다니며 여가 시간을 즐기는 현상인 긴부라銀ぶら에서 따온 것이었다.[41] 중요한 것은, '보는' 동시에 '보이는' 시각성을 수행하면서 격리된 도시 공간으로서의 일본인 거리를 거니는 이 산책이 피식민자들의 집단적인 환상으로서의 가장 행렬이 되었다는 사실이다.

하지만 지금 겐류/현룡은 오후의 산책이라는 여가를 보내기 위해 혼마치에 있는 것이 아니다. 그에게는 분명한 임무가 주어져 있다. 바로 '일본의 타나카라는 작가가 만주에 가는 길에 경성에 잠시 들러 조선호텔에 머물고 있다'[42]라는 소문의 진위를 확인해야 하는 것이다. 다시 도시에 관한 묘사로 돌아가 보자.

혼마치 거리는 아무리 오전 중이라 해도 메이지 제과 부근부터 거리의 출구 쪽까지는 언제나 인파가 범람할 정도로 북적댔다. 경망스럽게 게타 (나막신 —역주) 소리를 내면서 거닐고 있는 내지인이나, 입을 떡하니 벌린 채로 가게 앞을 바라보는 백의(白衣) 차림새의 상경한 시골 사람들, 진열 창에 내놓은 눈동자가 움직이는 인형을 보고 깜짝 놀라는 노파들이나, 물건을 사러 외출하는 내지 부인, 요란스레 벨소리를 내며 달려가는 자전차를 탄 심부름꾼에, 불과 십 전 남짓의 품삯을 차지하려고 짐을 서로 뺏으려 드는 지게꾼 등으로 겐류/현룡은 이런 인파를 피하려는 듯이 빠른 걸음으로 그곳을 지나가서 조선은행 앞 광장에 이르러 멈췄다. 전차가 빈번히 오가고 자동차가 무리를 지어 로터리를 돌고 있었다. 그는 허둥지둥 대면서 광장을 가로질러서, 건너편의 조용한 하세가와마치 쪽으로 들어갔다. 잠시 걸어가자 우측으로 고풍스러운 높은 담이 이어지고, 고색창연하고 굉장한 대문이 나타났다. 그것을 통과해 들어가자 넓은 정원 안쪽에 한국시대(대한제국시대) 어느 나라인가의 공사관이었다고 하는 훌륭한 양관(洋館)이 나왔다. 겐류/현룡은 그곳까지 정신없이 가서는, 가슴을 두근거리며 회전문을 밀고 밀려가듯이 들어갔다. "다나카 군에게 전해 주시게."[43]

이 장면은 근대 식민지의 요란한 소리와 광경들로 점철되어 있다. 이 장면을 훑어보는 겐류/현룡의 재빠른 눈길은 독자들로 하여금 조선인과 일본인 사이의 현격한 대조를 느끼게 한다. 예를 들어, 넋이 나간 채 서 있는 시골뜨기, 적은 삯에 투덜거리는 지게를 멘 가난한 짐꾼, 어디론가 급히 달려가는 심부름꾼은 모두 조선인이다. 그들은 모두 이곳의 시공간적인 배경과 어딘가 어울리지 않는 것처럼 보인다. 반대로 일본인들은, 자신의 일을 위해 **게다** 소리를 내며 길을 걷는 세련된 일본인 여성처럼, 조선의 도시에 새로운 주인처럼 보인다. 근대 식민지 도시의 마니교적인 격리는 우리의 반영웅의 희극을 위한 무대이자, 일상의 자연스러운 부분으로서 단지 열거되고 있는 것이다.

겐류/현룡 역시 거리의 시골뜨기 조선인들을 향해 경멸적인 시선을 보내고 식민본국과 친밀한 척하는 허세를 부리고 일본인 작가를 친하게 다나카 군이라고 부르지만, 그 또한 여기에 속하지 않는다는 것이 금세 노출된다. 도시의 미로 속에서 길을 잃은 채 뛰어다니는 그는 웅장한 조선호텔에 이르기 위해서 마치 물 밖에 나온 물고기처럼 숨을 헐떡이며 허둥거린다.[44]

그는 일본의 저명한 작가를 향해 크게 소리 지르면서 호텔 안으로 들어가려고 한다. 그러나 프론트 데스크를 담당하는 호텔 직원은 그를 향해 지루한 시선을 보낼 뿐이다. 화자는 이렇게 설명한다. "실제 내지 예술계에서 누군가 지명도가 있는 사람이 오기라도 하면, 시시한 문학 퇴물들이 마치 조선 문인을 대표라도 하는 낯짝으로 몰려들기 때문에, 보이들은 진절머리를 치는 것이었다."[45]

그러나 우리의 반영웅 겐류/현룡은 쉽게 낙담하지 않는다.

> 로비라는 곳은 사람을 기다리는 데 유용하다는 것을 자신은 이처럼 잘 알고 있다는 모습으로, 어깨를 건들건들 거리며 천천히 로비 쪽을 향해 걸어갔다. 그러고 보면 그의 소설에는 항상 호텔이나 로비라던가, 댄스홀, 살롱, 귀족부인, 흑인 운전수 등이 잔뜩 등장하는 것이었다.[46]

이 장면은 일본문단을 통해 매개된 서구의 이미지를 물신화하고 근대적 비유와 장치를 단지 피상적으로 이해하며 다른 곳에서 수입된 최신 문학의 경향과 일본문학 제도를 좇는 겐류/현룡과 같은 작가들의 허세를 우스꽝스럽게 보여준다. 하지만 이 우스꽝스러운 외피 아래에는 지식 생산장으로서의 식민본국과 식민지 사이의 비대칭적인 권력 역학이라는 슬픈 현실이 있다. 이 세계자본의 제국주의적인 논리 속에서 전자인 식민본국의 문화는 상징적 기준 혹은 합법으로 구성되며, 후자인 식민지는 '결핍'으로서 그것을 수행하거나 흉내 내야 한다.

식민본국의 기준을 절박하게 열망하지만, 결국 그것과 지연이나 결핍으로밖에 관계할 수 없는 피식민자 겐류/현룡의 모습은 다나카 군을 좇아 도시를 황급하고 불안하게 뛰어다니는 장면에서 명백히 나타난다. 식민본국의 문화적인 "명성"을 말 그대로 뒤쫓으며 그 시공간적 배경과 어긋나있는 듯한 그의 모습은 식민지의 잠시 체류 중에 왕족처럼 대우

받는 일본인 방문객과는 대조적으로 식민지에서조차 이방인처럼 보이는 이 장면에서 명료해진다. 일본인 방문객의 특권적인 위치는 단순히 조선인들의 환대만으로 이해될 수 있는 것이 아니다. 이것은 식민지를 차지할 권리를 가지는 식민자들의 오만, 그리고 식민본국의 문화적인 합법성이라는 식민적인 논리의 반영이다.

긴 낮잠 후 겐류/현룡은 다른 곳에서 운을 시험해보기로 결심하고, 조선에 방문한 일본인들이 당연히 "진정한 조선성"을 체험하고 싶어할 것이라는 확신 아래 조선인 구역의 술집과 카페로 향한다. 그들은 일본 내지에서는 얻을 수 없는 이국적인 "대륙의 경험"을 위해 만주에 향하는 길이었으며 식민지 조선은 겉핥기식 관광으로 들른 것이었다.[47] 겐류/현룡이 마침내 그들을 찾았을 때, 일본의 작가들은 모임에 그를 끼워주는 척했지만, 그 모습은 억지스럽고 어색하다. 그는 조선을 일본의 "수준으로 끌어올려줄" 남성적인 일본과 여성적인 조선의 결혼이라는 비유로서 내선일체를 언급하면서 그들의 환심을 사려 노력한다. 일본 작가들은 이에 진정으로 동의하며 자신들이 조선의 "대표" 작가로 보는 겐류/현룡의 진심에 잠시나마 감동한 것처럼 보인다. 그러나 일본 여성과의 로맨스라는 그의 어리석고 실패한 시도가 보여주듯, 식민본국과 식민지의 "결혼"은 은유적으로는 유지될 수 있을지는 몰라도 현실에서는 갈등 없이 이루어지기 어렵다. 식민자들의 오만은, 식민지 뉴스를 듣고 싶어하는 일본인들에게 소비될 "조선의 상황"에 대해서 쓰려는 식민본국의 작가들이 며칠의 관광만으로 조선에 대해서 "알 수 있을" 것이라고 가정하는 데서 볼 수 있다.

우리는 열망하는 대상을 좇지만 제국주의적인 논리에 의해 그것에 시공간적으로 닿을 수 없는 겐류/현룡을 본다. 끊임없이 변화하는 식민지 근대 도시의 자극적인 분위기 속에서 혼란스러워 하는 그에게, 이러한 거절은 절망적이다. 이 식민지 모던보이(모-요보)는 '유럽의 수도'로 여겨진 파리의 거리를 여유롭게 거니는 근대 산책자의 우울한 그림자다. 이 소설에서 도쿄를 통해 수입된 서양의 상품들로 장식된 식민지 도시 속 소외는 식민본국의 문화를 짝사랑하며 갈망하는 물신화로 특징지어진다. 식민지 주체가 소외되는 모습은 지연된 식민지라는 '유물'로 격하되고 물신화된 타자로 그려지는 자신의 모습에서도 비추어진다. 이러한 난국은 점점 악화되는 겐류/현룡의 정신 상태에서 알 수 있듯이, 식민지 모던보이가 겪는 혼란을 가중시킨다.[48]

겐류/현룡은 식민본국의 진보와 기준이라는 논리 속에서, 지연되거나 비체화된 자아의 메울 수 없는 낙차를 고통스럽게 인지한다. 그러나 그는 자신의 몸부림을 우스꽝스러운 것으로, 결국에는 헛된 것으로 만들어버리는 식민주의와 세계자본이 근거하고 유지되는 구조적인 불균형을 이해하기에는 이를 좇는데 너무 몰두해 있다. 자신이 소외되는 이유가 피식민자인 조선인으로서의 정체성 때문이라는 것을 정확하게 인식하고 있음에도 불구하고, 그는 차별당하지 않으려는 절박한 욕망에 눈이 멀어버린 것이다. 주인공 자신은 비대칭적 관계에 대해서 완전히 맹목적이고, 이 관계에 대한 비판은 소설의 패러디 방식을 통해 나타난다. 식민지 도시 풍경 속에 나타나는 분리는 식민지 작가들 일반과 겐류/현룡이 문학 제도와 관련하여 갖게 되는 위치와 동일하다. 부분적인 접근만을 허용하는 이 도시 풍경과 비슷하게, 식민지 작가들은 일본문단과 제국 전반의 평등한 일원으로 받아들여준다는 약속에 유혹되지만, 실제로 완전한 평등은 끊임없이 미루어진다. 겐류/현룡의 궁극적인 비체화는 조선호텔 로비를 넘을 수 없었다는 데서 이미 예고된 것이었다.[49]

식민지의 텍스트가 비평인 소비의 차원에서 '반드시 정치화 되어야 하는' 문학장의 친밀하지만 비대칭적인 식민지적 조우라는 실제 조건을 고려했을 때, 「천마」에 나타나는 소설과 현실 사이의 교차는 중요한 의미를 가진다. 물론 오늘날에도 어느 정도는 그렇지만, 당시 일본과 조선의 작가들 및 비평가들은 친밀한 소규모 그룹을 이루고 있었다. 이러한 맥락에서, 카페와 같이 가벼운 만남의 장소도 일본문단의 멤버들이 자주 찾는 것으로 알려지게 되면 널리 공유되는 가치와 권력 구조가 기입된 공간이 되었다. 권위 있는 작가가 작가 지망생을 대신하여 소개하는 편지와 같은 통로뿐만 아니라 이렇게 폐쇄적이고 기호화된 공간에서 교류를 통해서 맺어진 가볍고 편안한 듯 보이는 관계에서도, 그들의 고유한 권력 위계와 수행적 구조는 예의라는 겉모습 아래 숨겨진다.

소설 인물과 작가 사이, 그리고 김사량과 다른 동시대 작가들 사이의 혼선은 문화적인 불평등이라는 팽팽한 긴장 속에서 사적인 것과 정치적인 것의 친밀한 관계에 대한 관심을 이끌어낸다. '텍스트의 세계'와 '실제 문학 장의 세계'의 경계를 삭제함으로써 이 소설은, 글을 쓰는 행위가 수많은 (그리고 종종 상충하는) 이데올로기의 전유에 노출되어야 했던 식민지 작가로서의 곤경과 연관된 자기반영적인 면모를 드러낸다. 더 나아가 「천마」는 특히 이 시기의 두 문학장 사이에 있었던 친밀한 (그러나 비대칭적인) 관계를 보여준다. 이러한 관계는 텍스트 내부에서도 마찬가지로 드러난다.

「천마」에서 일본 작가로 등장하는 타나카의 실제 모델로 여겨지는 타나카 히데미츠田中英光(1913~1949)는 훗날 소설을 썼는데, 그것은 누가 보아도 명백히 「천마」를 자신을 주인공으로 삼는 이야기로 새로 쓴 것이었다. 당대의 실제 문학계 인물을 패러디했던 「천마」에 등장하는 인물들은 타나카의 소설에서 다시 한번 식민지적 문학적 조우를 서술한다. 그러나 이번에는 일본인 작가의 관점에서 그려진다. 이러한 맥락에서 식민지 도시의 여러 지역 속으로 흘러 들어갔던 일본문단의 경계들은, 비록 유동적으로 보이기는 해도, 극도의 불안과 양가성의 장소가 되었다.

식민지 모던걸

근대 식민지 작가의 곤경에 대한 소설은 대개 모던보이를 다루며, 식민지 조선의 경우 국경을 넘어 식민 본국을 왕래할 수 있는 조건을 가진 엘리트 남성의 이야기가 지배적이다. 반면에 모던걸에게는 그러한 여정이 거의 허락되지 않는다. 그러나 노천명은 주목할 만한 예외이다. 식민지 모던걸이었던 그녀는 「천마」에서 문소옥이라는 주변 인물로 잠시 등장하지만, 타나카의 단편에서는 노천심이라는 인물로 좀 더 분명하게 나타난다.

「천마」에서 겐류/현룡과 마찬가지로 문소옥은 실존 인물을 바탕으로 하며 '식민지 현실'을 재현해야 하는 식민지 작가로서의 비체의 난제를 구현하는 동시에 패러디와 공감의 대상이 되기도 한다. 김사량은 노천명을 개인적으로 알았다고 전해진다. 그리고 일본문단과의 밀접한 유대 탓에 그녀는 종종 남한의 '친일' 작가 목록에 포함되곤 한다.[50]

겐류/현룡과 마찬가지로 문소옥은 랭보나 보들레르와 같은 프랑스 시인과 자신을 쉽사리 동일시하며 서구 근대주의자를 모방하는 딜레탕트로 묘사된다. 그러나 번역된 서구의 모더니즘 문학과 서구 모더니티에 대한 그녀의 열망은 더욱 복잡하다. 그것들은 그녀에게 있어 과거의 가부장적 관습으로부터 벗어날 수 있게 해주는 수단으로 의미화되기 때문이다.[51]

> 그녀도 결국은 현대 조선이 낳은 불행한 여성 중의 한 명이라고 말해야 할까. 입을 열면 표어라도 되는 양 봉건 타파라고 하는 젊디젊은 정열로 여학교를 나오자마자 결혼 문제조차 뿌리쳐 버리고 동경에까지 유학을 하기 위해 여행길에 올랐던 그녀였다. 하지만 내지에서 상급학교를 졸업함과 동시에 전에 자신이 타파하지 않으면 안 된다고 주장하였고, 또한 싸워나갈 작정이었던 봉건성이라고 하는 복수를 맨 먼저 그녀 자신이 당하지 않으면 안 되었다. 당시는 결혼을 하더라도 조혼이었던 만큼 처를 갖지 않은 청년은 어디에서도 찾아볼 수 없었다. 애석하게도 청춘의 열정을 어찌할 바 모르고, 이렇게 점차 사내들과 접촉하는 사이에 난륜의 길로 빠져버렸다. 하지만 그녀는 그것이야말로 구제도에 정면으로 반항하여 새로운 자유연애의 길을 개척하는 선구자라고 확신하고, 차례차례 자기 쪽에서 사내를 꼬드겼다. 현룡도 다름 아닌 그 상대 중 한 명이었다.[52]

비록 이 장면에서 문소옥이 공감보다는 패러디의 대상이 되고 있기는 하지만, 근대 담론이 식민지 여성에게 제공한 욕망에는 일말의 진실이 깔려 있었다. 물론 이러한 가능성에 대한 문제적인 논리는 모더니티의 수사 아래 예속되어 있다고 비판받았지만, 그러한 모순이 언제나 명백한 것은 아니었다. 게다가 전쟁 동원을 지지하는 여성 작가의 '친일적인' 글은 때때로 그들로 하여금 가정으로부터 나와서 정치적이 될 수 있게 하는 기회였다.[53] 따라서 이는 두 인물이 정치적이 될 수 있는 기회가 없었기 때문에 그러한 선택으로 기울어졌음을 보여준다.

겐류/현룡은 문소옥을, 조선의 상태에 환멸을 느끼고 새롭고 더 나은 무언가를 위해 일본에 의지해야 하는 자신을 이해해줄 수 있는 동조적인 청취자로, 즉 자신에 대응되는 인물로 인식한다. 겐류/현룡은 일본 잡지에 청탁받은 일을 자랑하며 이렇게 쓴다. "마침 동경에 보낼 원고를 쓰고 있던 참이었으니까. 썩 봐줄만한 것이라오. D라 하는 일류 잡지에서 삼개월 전부터 막무가내로 청하고 있는 원고라오. (…중략…) 난 이제 조선어로 창작하는 것에는 넌더리가 나오. 조선어 따위 똥이나 처먹으라 하오. 왜냐 그건 멸망으로 향해 가는 부적과도 같은 것이니까. (…중략…) 난 동경 문단에 복귀할 생각이외다. 동경의 친구들도 모두가 그것을 간곡히 권하고 있소."[54] 비록 이 여성 시인이 겐류/현룡의 자화자찬에 명백히 감탄함에도 불구하고, 이 지점에서 소설의 독자들은 일본문단에 관한 겐류/현룡의 경계적인 위치를 너무나 잘 알고 있다. 그는 기껏해야 문학 제도라는 사다리의 맨 아래에 매달려있을 뿐이며, 그 안으로 파고 들어가려는 시도에 있어서 불쌍할 만큼 실패하고 있다. 이 소설이 비판하고 있는 지점으로 초점을 옮겨본다면, 우리는 겐류/현룡의 비참한 위치 뒤에는 식민지 이데올로기 자체의 공허함이있다는 것을 알아챌 수 있을 것이다. 제국의 슬로건은 한편으로는 개인적인 명성과 정치적인 평등이라는 약속을 통해서 식민지 작가들을 일본어 글쓰기로 유인했지만,

다른 한편으로는 피식민자들의 언어와 문화를 결핍되고 열등한 위치로 격하했다. 제국의 매혹적인 신호 뒤의 현실 속에서 일본문단에 있는 김사량과 같은 식민지 작가들은 이류 작가로서 유리천장에 부딪혔고, 제국 변경의 번역자 혹은 토착 정보제공자라는 비체의 위치로 추방되었다.

좌담회─민족문학 재건설하기

식민지 작가에게 일본어로 쓰라고 압박하는 식민본국 문단의 요구는 이에 저항하는 조선 내부의 동시적이고 마찬가지로 강력한 반대 압력과 맞먹었다.[55] 비록 이 시기에 대부분의 작가들이 일본어로 글을 썼지만, 많은 이들은 다른 조선인들에게 그것 때문에 비난을 받았으며, 붓을 놓고 침묵하라고 요구받았다. 「천마」에서 겐류/현룡은 조선문단 모임에 참석하려고 하지만, 일본어로 글을 쓴다는 이유로 모임에서 쫓겨나게 된다. 이 소설 속의 에피소드는 실제로 김사량이 글을 쓰던 시기에 열렸던 많은 좌담회를 반영하며, 김사량 역시 그러한 회의에 참석했었다. 그 중에서 주목할 만한 회의는 해방 직후인 1946년에 식민지 이후의 새로운 민족문학을 건설하려는 움직임의 일환으로 열렸다.

일본이 패전하면서 식민지 조선의 남북은 각각 미국과 소련에 의해 점령되었고, 문단도 좌파와 우파로 갈라져 논쟁이 극렬해졌다.[56] 「문학자의 자기비판」[57]이라는 제목의 토론에서, 논쟁은 식민지기 일본어 글쓰기에 관한 주제로 넘어가게 되었다. 일본어로 글을 쓴 작가들은 '인민의 반역자'나 다름없으며 작가들은 일본어로 글을 써서 굴복하기보다는 침묵을 지켜야 했다는 이태준의 비난에 대항하여, 김사량은 이렇게 말한다. "무엇을 어떻게 썼느냐가 논의될 일이지, 좀 힘들어지니까 또 웃밥이 나오는 일도 아니니까 쑥 들어가 팔짱을 끼고 앉았던 것이 드높은 문화인의 정신이었다고 생각하는 데는 나는 반대입니다."[58] 이 맥락에서, 일본어로 글을 쓴 모든 조선 작가를 비난하는 것은 '극단적인 언어 쇼비니즘'이라는 것이다. 이러한 정서는 겐류/현룡에 비해서 더 믿을 수 있는 조선 작가의 목소리를 통해 「천마」에도 삽입되어 있다.[59] 겐류/현룡이 조선과 일본의 문학 서클에서 모두 좌절한 것은 분명하다. 비판의 대상은 더 이상 단지 식민자가 아니라 식민지에서 작동하고 있는 권력 관계와 검열의 복합적인 중첩이었다.

일본 작가들의 환심을 사기 위해서 필사적으로 노력하는 겐류/현룡과 그들의 반복된 회피에 관한 이야기가 전개되면서, 겐류/현룡과 같은 조선인 작가가 일본문단의 동등한 멤버로 완전히 받아들여질 것으로 기대한다는 것이 얼마나 터무니없는 일인지 명백해진다. 이 소설은 겐류/현룡이 일본문단의 멤버를 밤새 쫓고 또 그들에 의해 좌절되어, 미로 같이 구불구불한 경성의 거리에서 혼자, 그리고 말 그대로 '빗속에서 버려지는' 것으로 끝난다. 이 마지막 장면에서 겐류/현룡은 연못에서 개구리들이 개굴개굴거리는 소리를 듣고는 선로에 멈추어 서는데, 이때 그는 이 소리가 조선인들을 인종차별적으로 부르는 식민자들의 말인 '요보, 요보'라고 생각한다. 그는 "난 요보가 아니야! 난 요보가 아니야! (…중략…) 이 내지인을 살려줘.살려 달라고!"[60]라고 미친 사람처럼 부정하며 소리지른다. 이 소설은 피식민자로서의 정체성을 부정하고 대신 식민자와 동일시하려는 겐류/현룡의 우습고도 슬픈 장면으로 끝이 난다. 그러나 일본문단에 받아들여지려는 그의 헛된 노력은 이러한 욕망이 가망이 없음을 보여준다. 그는 식민본국의 공허한 약속에 유혹되었지만, 이제는 이도 저도 아닌 비체의 장소에 붙들려서, 그를 좌절시키는 것을 영원히 갈망하는 멜랑콜리의 위치에 있는 자신을 발견한다.

김사량의 소설에서 영웅은 거의 찾아보기 힘들다. 겐류/현룡은 식민지로서의 고통스러운 과거를 기억하려는 해방 후의 문학사가 요구했던 영웅적인 인물과는 거리가 멀다. 해방 전후 식민본국과 식민지 양쪽의 문학사에서 이 텍스트의 양가적인 위치는 그 내용의 어려운 주제뿐만 아니라 그것이 쓰인 외부적인 형태와 맥락에서 기인하는 것처럼 보인다. 표면적으로 본다면, 일본문학장이 식민지 작가에게 일본어 글쓰기를 요구했던 당시에 일본어로 쓰인 텍스트는 제국주의자들의 의도에 부합하는 것처럼 보인다. 그러나 텍스트(와 작가)의 자의식은 글쓰기라는 행위를 통해 텍스트가 생산된 외부적, 내부적 모순들을 폭로하는 자기 성찰적 행위로 해석될 수 있는 공간을 열어젖혀서 소설의 주제 자체가 위에서 설명한 딜레마로 향하게 된다. 이 텍스트는 작가와 서술자와 주인공 사이, 텍스트의 서사와 그것이 생산되고 소비된 메타텍스트적 외부 환경 사이, 사실과 허구 사이, 그리고 희극과 비극 사이의 복합적인 경계를 넘나든다. 그리고 어쩌면 **자기도** 모르게, 식민지의 이중언어 작가들과 그 텍스트들의 도전에 관한 다층적인 메타담론을 수행한다. 자기성찰적인 패러디를 통해 「천마」는 소수자 문학 행위의 난제를 드러낸다. 즉, 그 난제는 여러 시선들 사이에서 비체가 된 채로, 침묵과 발언 사이에서 교섭하고, 피식민자와 식민자의 언어 사이에서 머뭇거리며, 쓸 수도 없고 안 쓸 수도 없는 상황에 발이 묶이는 것을 말한다.

제6장

식민지 키치 수행

김사량은 1940년 아쿠타가와상 후보에 오르며 갑자기 식민본국 문단에서 각광을 받게 되었고 (제3장을 보라), 자신보다 먼저 '일본문단에 도착한' 이중언어 사용 식민지 작가들의 무리에 합류하게 되었다. 장혁주는 김사량의 선배로서, 1932년 좌익 잡지 『개조』에 「아귀도」라는 일본어 단편소설이 2등으로 당선되면서 일본문단에 데뷔하였다. 같은 시기에 매우 유사한 곤경에 처했음에도 불구하고, 김사량과 장혁주에 대한 해방 이후의 문학적 평가는 종종 극단적으로 다르다. 해방 후에 나뉜, 일본의 재일조선인 소수민족공동체와 남북한이라는 각각의 문단에서 김사량은 자신들의 작가로 인정받았지만, 장혁주는 삭제되거나 주변화되었다. 해방 후, 남북한 문학사에서 장혁주가 망각되었다는 사실은 식민기 후기에 그가 얻었던 실제 명성과 현저한 대조를 보인다. 사실 식민지에서 이중언어를 사용한 모든 작가들 가운데 장혁주는 그 누구보다 잘 알려진 대표적인 인물이었다.

대만, 만주와 같은 다른 식민지 작가들은 장혁주가 제국으로부터 얻은 인정을 감탄과 우려라는 양가적인 시선으로 바라보고 있었다. 대만의 중요한 작가인 뤼허뤄^{呂赫若}(1914~1947)가 장혁주의 성공에 영감을 받고 장혁주의 이름에서 '혁'이라는 글자를 따 자신의 필명으로 삼았다는 것은 널리 알려진 사실이다. 대만의 양쿠이楊逵(1905~1985)가 자신의 수상작 「신문배달부送報伕」로 일본문단에 데뷔했을 때, 『문학평론文學評論』잡지에서 자주 인용되었던 한 독자의 반응에도 장혁주의 성공에 대한 언급이 나온다.

> 조선인이 수상한 지 일 년 후, 수많은 분투 끝에 우리의 대만 작가는 드디어 일본의 문학계에 진입했다. 『문학평론』에서 나의 친구이자 라이벌인 양쿠이의 이름을 보았을 때, 내 마음은 기쁨으로 가득 찼다. 우선 대만문학의 이 새로운 발전을 축하하자. 물론 우리 대만 작가들은 단순히 일본 작가로 인식되었다는 데 만족하지 않는다. 새로운 작품으로서, 「신문배달부」가 미성숙하다는 사실은 누구도 부인하기 어렵다. 그의 독창적인 스타일은 유치하며, 분명히 장혁주의 수준에 도달하지 못한다. 그러나 장혁주의 작품은 양쿠이처럼 식민지의 역사적 현실을 진정으로 다루고 있지 않다. 정확히 이 리얼리즘에 「신문배달부」의 가치가 있다. 우리는 반드시 프롤레타리아의 눈으로 이 섬을 관찰하고, 더 깊이 파내며, 높은 수준의 예술작품들을 계속 성취해야 한다.[1]

대만의 작가 후펑胡風(1902~1985)이 중국어로 번역한 대만과 한국 작가들의 일본어 소설 작품집에는 이 책의 제목으로까지 선정된 「산령」을 포함한 장혁주의 작품 두 편이나 포함되어있다.[2] 최근 학계에서 식민본국과 식민지 사이의 문화적 조우를 고려하는 반가운 움직임이 있어왔지만, 여러 식민지의 작가들 사이에 나타나는 식민지 내부의 복잡한 동지

애와 경쟁을 탐구하는 연구는 여전히 이루어지지 못했다. 과거 식민지들 사이의 인지 지도를 만드는 일은 매우 필요함에도 불구하고 오랫동안 부재했다. 이것은 해방 이후 아시아 내부의 대화를 위한 당대의 요구와 관련된다(제10장을 보라).

더 나아가, 김사량과 장혁주라는 식민지 조선의 두 작가가 해방 후에 나뉜 민족사들에서 기억되는 방식의 확연한 차이는 그들의 작품이 식민자들과 협력(내선일체와 친일)의 징표를 얼마나 포함한다고 여겨지는지의 정도에 달려있다.[3]

김사량의 글들이 제국의 질서에 양가적이거나 심지어는 체제전복적인 것으로 읽혀왔던 반면에 장혁주의 글들은 배반적이거나 명백히 일본에 협력적인 것으로 여겨져 왔다. 이러한 평가는 제국의 군대를 위해 싸우라며 조선의 젊은이들을 독려하는 「이와모토 지원병」이나 조선인들이 일본의 제국적 팽창의 최전방인 만주로 이주하는 내용을 그린 「개간開墾」과 같은 장혁주의 작품들에 근거를 두고 있다. 이러한 판단은 결국 장혁주가 이후에 일본에 머물며 일본인 여자와 결혼하고 일본인으로 귀화하기로 결정하는 것으로 인해 완결된다. 일본문학장으로 끌어들이려는 시도들에도 불구하고, 김사량의 글들은 훨씬 더 미묘하고 체제전복적인 것으로 여겨진다 (제3장을 보라). 이 장은 저항(김사량) 대 협력(장혁주)이라는 이러한 깔끔한 이분법적 독해를 복잡하게 만들고자 하는 최근의 연구들에 동참하면서, 식민 본국의 청중을 위한 식민지문화의 번역자이자 토착 정보 제공자로서의 장혁주의 역할을 고려함으로써, 식민적 분할을 가로지르는 문학장들 사이에서 그가 처했던 위태로운 자리를 탐구한다.

〈그림 23〉 일본어로 상연된 연극 〈슌코덴(춘향전)〉. ⓒ쓰보우치 쇼요 연극박물관

　조선 붐이라는 일본 식민본국의 소비 경향은 제국주의적 환상을 담아
낸 것으로서, 식민지문화를 이국적인 상품으로 소비하는 것이었다. 그
중요한 부분으로서 한국의 민담 「춘향전」의 일본어각색극은 큰 기대를
모았으며 일본 전역의 주요 도시들에서 극찬을 받았다.[4]

　주지하다시피 「춘향전」은 의심스러운 신분(그녀의 어머니는 기생이고 아
버지는 양반이다)의 아름다운 소녀와 그에게 첫눈에 반한, 젊은 양반에 관
한 이야기이다. 두 사람은 영원한 사랑과 혼인의 약속을 나눌 정도로 열
정적이었지만, 그들의 연애는 너무도 짧았다. 그들은 집안의 반대와 사
회적 제약으로 잔인하게 헤어지고, 그들의 사랑은 가혹한 시험대에 오
른다. 춘향은 '순결'에 대한 고수와 남편에 대한 충심을 통해서 그 시험
을 이겨내고, 이 이야기는 카타르시스적인 복수와 극적인 결합을 통해
행복한 결말을 맞는다.[5]

한국 독자라면 너무도 친근한 이 이야기가 그 당시 조선과 일본 사이를 왕래하며 어떤 반응을 일으켰을까? 연극의 인기는 같은 해 식민지 조선에서 앙코르 공연으로 이어졌고, 식민지의 경계를 가로지르는 이 공연의 의미는 제국 전역에 걸쳐 뜨거운 논의 대상이 되었다. 〈춘향전〉은 일본의 모더니스트 극작가이자 예술가인 무라야마 토모요시村山知義(1901~1977)의 책임하에 그가 운영하는 신협新劇 극단에 의해 상연되었다. 이 원고

〈그림 24〉 장혁주의 『춘향전』 표지. 표지 그림은 무라야마 토모요시. ⓒ와세다대학 아카이브

는 장혁주에 의해 일본어로 각색되었다. 당시는 일본어가 식민지의 공용어였으며 조선어 및 문화 제작물들에 대한 검열이 늘어나고 있던 시기였다.

이 장은 오래 잊혀 왔던 조선과 일본 사이의 식민적, 문화적 협력의 순간들을 고찰한다. 당시에는 물론 오늘날까지도 조선 '전통'의 전형으로 간주되어온 판소리 〈춘향전〉이 대대적인 관심을 받으며 일본어 가부키로 공연되었을 때, 한국과 일본의 문학사는 하나로 수렴한다.[6] 〈춘향전〉은 일본 제국에서는 유행하는 상품이었던 '식민지 키치'였고, 식민지 조선에서는 영원한 '민족 전통'의 예술이었다. 저자는 이러한 재생산과 소비 사이의 긴장에 주목한다. 또한 조선과 일본의 문화적 생산자들 사이

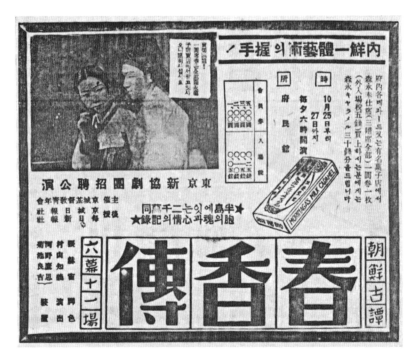

<그림 25> 「내선일체 예술의 악수」라는 제목의 〈춘향전〉 신문 광고.

의 충돌하는 욕망들에 초점을 맞춘다. 이로써 이 사건은 당시의 광고나 리뷰에서 전문가들이 홍보하듯[7] 조선이 일본에 조화롭게 동화된 현상의 구현이 아니라, 제국적 이데올로기의 불안과 붕괴를 보여주는 것으로, 즉 이 공연이 의뢰된 목적에 반하여 읽을 수 있다고 제안한다.

저자가 여기서 식민지 키치라고 하는 것의 의미는 제국적 소비 욕망을 충족하기 위해 대량생산 상품으로 유통되었던 식민지 문화를 평가절하하고 이국화하는 제국적 향수를 내포하는 것이다. 제국적 향수에 관해서는 레나토 로살도 등에 의해 많이 언급되었는데, 그는 희생자의 죽음을 애도 하는 살인자에 제국적 향수를 빗댄 바 있다.[8] 식민지 키치에 대한 제국적 욕망도 식민지 문화에 대한 순수하고 진정한 감상으로 보일 수도 있지만, 실은 지배와 파괴와 야합하고 있는 것이다. 조선 붐이라는 유행 동안 유통되었던 식민적 대상들은 관광, 민속문화, 음식, 패션, 건축, 문학, 예술과 같이 멀리 떨어진 영역들을 융합하는 것으로 보였다. 이러한 대상들은 고급문화이건 대중문화이건 오직 '조선적인 것'을 상징하는 상품으로서만 의미가 있었으며, 일본인 소비자들에게 잠재적으로 무한한 소비 가능한 기표의 사슬에서 임의적이고 교환 가능한 것이었다.

저자가 관심을 두고 탐구하려는 것은 일본과 조선의 만남 속에서 민족의 정전에서 식민지 키치로 현저하게 강등되어버린 식민지 조선문학을 둘러싼 갈등의 특별한 의미이다. 식민자와 피식민자 사이의 향수적 욕망은 각각 식민지 키치와 민족 전통으로 대립된다. 이러한 향수적 욕망들은 같은 대상으로 수렴될 수도 있지만 그 목적은 다르다. 저자는 이 수렴의 순간이 제국의 불평등한 맥락 속에서 식민지 문화의 실패한 협력과 번역에 대한 생산적인 통찰을 제공할 수 있으며, 해방 이후 잊혀진 유산의 중요성을 부각할 수 있을 것이라고 생각한다.

「춘향전」 다시 쓰기

세계적인 규모의 제국 간 전쟁과 경제적 불안정의 시기에, 일본에 불안감이 만연했고, 그 여파는 식민지 조선으로 이어졌다. 대중매체에서 이 시기는 종종 '위기' 또는 '전이'의 시대로 특징지어진다. 전시戰時 팽창주의 제국 전역에서 급속한 논쟁이 전개되어 '세계사'적 의미의 인식론적 전환의 맹습에 최선의 대응방법이 제시되었다. 소위 서구는 쇠락의 진통을 겪는다고 이야기되었고, 서구적 세계 질서가 패권을 가지고 있다는 가정은, 일본이 그 지도자를 자임하던 아시아에서 의심되고 있었다.[9] 이러한 맥락에서 공유된 '아시아 전통'이라는 수사는 서구 제국주의의 절박한 위협에 맞서 아시아가 하나로 뭉쳐야 한다는 주장을 뒷받침했고, 아시아를 향한 일본 제국주의의 팽창은 그 수사에 의해 정당화되었다. 일본은 서양과의 대결에서 동양이 직면했다고 여겨지는 공동의 곤경을 위해 자신이 식민지로 삼은 '아시아 동료'들의 특권적 지도자 역할을 자임했다. 일본은 자신들의 특권적 지위가 서양으로부터 근대적인 측면과 기술적인 감각을 획득한 첫 번째 비서구 국가라는 점을 통해 취해온 이득에 근거했다는 모순을 간과했고, 그러면서도 서양의 물질주의적인 침략에 대항하는 동양의 영적인 통합을 요구했다. 이러한 논쟁은 서양의 위협이 구체화되기 시작한 1940년대 초의 유명한 '근대초극'론에서 절정을 이루었다. 이 시기의 긴박감은 전례가 없었던 것일지 모르지만, 동양/서양이라는 이분법적 담론과 '아시아 전통으로의 복귀'에 대한 요구는 의식적으로 서양과 그 나머지 사이에 스스로를 위치시킨 일본의 양가적인 근대경험이라는 긴 역사를 상기시킨다.[10]

동양과 서양이라는 경합하는 보편들 사이에 있는 일본의 불안정한 지위는 조선의 식민지적 주변성을 보는 시각을 더욱 복잡하게 만든다.[11] 이 당시 식민지 조선에서의 '전통' 추구는 민족주의적 긴박감을 수반했다. 그것은 일본의 직접적인 지배와 서구제국주의의 만연하고 불길한 그림자로부터 점점 더 위협을 받았던 문화적 자산을 지키고자 하는 시도였다. 조선에 대한 일본의 동화정책이 강화되었던 1930년대 중반까지 정치적 영역은 점점 더 제약되었다. 따라서 문화 영역의 상징적 중요성이 증대하여 부재하는 국가와 정치적 주권의 결핍이라는 정체성의 환유로 기능하게 되었다.

 '전통의 부흥'이라는 담론은 후세를 위해 문화 유물들을 편찬하고 목록화하라고 요청함으로써, 서구와 일본의 제국주의 문화로의 강요된 동화에 직면해 있던 식민지에서 인기를 얻기 시작했다.[12] 그러나 잃어버렸거나 사라져가는 과거에 대한 이러한 향수는 근대에 식민지상태로 격하된 문화 속에서 양가적일 수밖에 없었다. 식민주의의 바로 그 논리는 식민지 문화의 "정체"와 "과거"를 가정하고, 이를 근거로 조선의 정복을 정당화했다. 또한 식민지의 낡고 상상된 과거로부터 국가적인 계보를 만들고자 하는 그 욕망은 사실 비교적 최근의 것이었다. 이는 제국적 국가주의의 근대적 감정 구조에 기반을 두고 있을 뿐 아니라, 제국적 중심에서 규정되고 공포된 새로운 세계기준에 따라 유물들을 발굴하고, 목록화하고, 감정했고, 이를 위한 기술 또한 식민자들에게 직접 배운 것이었다.

 이처럼 전통의 발명은 일본의 식민지였던 조선과 서구 제국주의의 그늘 아래에 있었던 아시아 국가에서는 양가적인 의미를 지녔을 것이다. 민족적 전통을 건설하고 보존하려는 이 욕망은 식민지가 세계적인 가치 기준에 부합하는지 확인하고, 민족국가의 논리를 충실하게 따르는 근대 제국주의적 세계 질서에 대한 결여감을 메우고자 하는 욕구의 발현이었다. 그러나 제국적 동화의 위협 아래 식민적 문화의 독특성을 강조하는 것은 역설적으로 바로 이 '전통들'을 제국적인 시선의 욕망 아래 놓이게 한다. 동일한 식민지 전통이 식민본국에서는 제국주의적 향수의 대상이었고, 동시에 그 향수는 식민지의 지역적 특이성을 소위 보편적 아시아 전통 속에 포함시키는 이중의 의미를 지녔다. 결국 이러한 포함은 식민지 문화를 예스럽고 동떨어진 시간성의 영역에 집어넣음으로써 '지역색'이라는 그들의 특별한 상품화를 강조하고 그 동시대성을 부정하는 것이었으며, 조선의 전통을 식민지 키치의 이국적인 대상으로 평가 절하하는 것이었다.

식민지적 향수와 제국적 향수의 사이에서

향수라는 감정은 식민지 조선의 과거 유산이라는 동일한 대상에 집중되어, 조선인들과 일본인들에게 모두 공유되었다. 그러나 조선인과 일본인들이 그 동일한 욕망의 대상과 맺는 시공간적 관계 속에서 인지된, 혹은 실제의, 차이는 식민적 분할 너머로 통역될 수 없는 식민자의 향수와 피식민자의 향수를 만들었고, 그 분할은 그들 사이에 있는 바다보다도 더 넓은 것이었다. 향수는 어떠한 장소, 특히 고향을 그리워하는 감정으로 규정된다. 또는 과거에 대한 그리움이나 향수병과 유사하다. 즉, 향수는 주체의 현재 시점에서 시간적 혹은 공간적으로 멀어진, 잃어버린 대상과의 친숙함을 전제로 한다.[13]

식민지 키치에 대한 일본의 제국주의적 향수의 경우, '잃어버린' 대상에 전제된 친숙함은 사실 조선의 지나간 날들과 가지는 위법적이고 상상적인 관계이며, 실제 기억이 아니라 심지어 식민화 **이전의** 과거까지도 포섭하려는 현재의 식민화 욕망에 기반을 둔다. 반대로 민족 전통에 대한 조선의 향수적 욕망은 근래의 제국적 침입에 오염되지 않은 이상적인 시공간으로 구성된 과거에, 현재의 불안을 투사한 것이다. 스베틀라나 보임Svetlana Boym은 그녀의 중요한 저작『향수의 미래』에서 "그리움이 보편적인 반면 향수는 분열적일 수 있다"고 말했다. 이는 특히 불평등한 식민지적 조우들로부터 발생된 경합하는 향수들, 그리고 식민지적 경계에 따라 똑같은 대상에 부여되는 경합하는 의미들을 떠올려보았을 때 적절하다.[14] 이 장에서 저자는 그러한 분열의 의미, 특히 식민지 후기 조선과 일본 사이의 근대 식민지적 만남 속에 있었던 평행적인 향수적 욕망들 사이의 **번역불가능성**에 주목하고자 한다. 저자는 또한 해방 이후에 이러한 만남 자체에 대한 망각과 기억의 변증법 역시 살필 것이다.[15]

민족 전통으로서의 「춘향전」

「춘향전」이 한국에서 가장 유명하고 널리 알려진 이야기라는 것은 주지의 사실이다. 어떻게 구전설화인 「춘향전」이 민족적인 명성을 얻게 되었을까? 춘향의 이야기에 대한 이 같은 열광은 어디에서 비롯한 것일까? 남한과 북한에서 「춘향전」이 문학적 정전에서 차지하는 위치는 반박의 여지가 없다. 오랫동안 많은 이들은 이 단순한 사랑 이야기가 어떻게 그 동안 그토록 많은 사람들을 매료하였으며, 이 이야기에서 가장 매력적인 특성이 무엇인지를 질문해왔다.

이 이야기가 어째서 한국 '전통'의 전형적인 텍스트인지를 설명하는 다양한 견해들이 제출되어왔다.[16] 「춘향전」은 종종 한국 고전문학의 가장 '대표적인' 텍스트로 여겨졌고, 전근대 시기부터 한국어 또는 한문으로 전승되는 다양한 판본이 있다.[17] 조선이 근대에 진입한 19세기 말부터 20세기 초까지「춘향전」의 전통은 르네상스를 맞이했다. 당시의 엄격한 식민적 검열도「춘향전」의 인기에 영향을 미치지 않았던 것으로 보인다. 사실 식민지 근대의 역동적인 기간에「춘향전」은 여러 소설 속에서 새롭게 나타났다. 연극과 '활동사진'같은 대중적인 오락 및 예술의 새로운 형식은 실험적인 각색을 통해「춘향전」을 대중적인 소재로 전유하였다. 식민지 근대에서「춘향전」에 부여되었던 중요성은 이것이 한국의 첫 번째 유성영화의 대상이 되었다는 점에서 명백하다.[18]「춘향전」은 새롭게 등장한 대중문화적 형식을 위한 가장 유명한 소재로서 반복적 의례를 거쳐 재창조되었고, 1930년대에는 한국의 주요한 근대적 전통으로 이론의 여지없이 자리매김하고 있었다.[19]

관습적으로 '전통'의 개념은 서로 겹치지만 반대되는 두 가지 방식으로 이해되어왔다. 근대보다 앞선 변함없고 영원한 과거의 유산, 그리고 과거, 현재, 미래를 가로질러 끊임없이 전달되는 문화적 자취라는 의미가 그것이다.[20] 많은 학자들은 이러한 가정들을 재평가하면서, 전통의 형성과 그 유산이 과거에서 현재까지 불변하고 지속적인 전달을 의미하는 것이라기보다는 현재 욕망을 더 시사하는 선별적인 과정과 결부되는 것이라고 지적해왔다.[21] 여기에서 저자는 이러한 발명의 이데올로기적 효과가 그릇된 의식 혹은 고안품이라는 것을 염두에 둘 뿐만 아니라,[22] 식민지 근대의 맥락에서 전통을 재생산하기 위한 투쟁과 모순적인 창의적인 열망들을 기억하고자 한다.[23] 저자는 당대의 식민지인들의 발명된 전통의 집착에 대해서, (현대의 비평가들에게는 명백히 보일 법한) 이데올로기적 함정에 눈이 먼 그들만의 근시안적 산물이라고 일축하고 싶지는 않다. 그보다는 '식민지에서 지각된 그리고 실제로 상실된 자신의 문화에 대한 양가적이고 우울한 향수의 역사성'과 '부재한 국가의 물신숭배적인 대체물로서 민족 전통이라는 상징을 구성하고자 했던 욕망'에 유의하고자 한다.

식민지 키치로서의 「춘향전」

「춘향전」에 대한 식민지 조선의 매혹은 동시대에 존재했던 '전통부흥'론의 핵심이었다. 조선의 문화적 민족주의자들이 그들의 전통을 정의하고 발명하기 위한 향수적 시도는 근대 제국의 침략으로 위협받고 있는 것으로 보였으며, 그 안에는 내부적 갈등이 없을 수 없었다. 전통과 근대의 의미, 그리고 이러한 정의가 식민지 사회의 미래에 무엇을 함축하는지에 관해서 가열된 논쟁이 뒤따랐다.[24] 그러나 동시에 과거의 그 대상은 일본의 제국주의적 향수(조선의 욕망과 아주 유사하지만 경쟁하고 있는)에 복무하기 위해 재생산되고 있었다. 조선의 '전통부흥'은 전통이 자주적인 문화 영역을 구축하고 식민지의 부재하는 국가와는 다른 미래를 상상하는 혁신적인 역할에 초점을 맞추었다면, 식민본국에서 '조선 붐'은 단지 지금 여기에서 제국적 욕망의 일시적인 만족감을 위한 지나가는 유행에 불과했다.[25] 식민지 전체가 식민지 키치로서, 즉 신속한 응시와 무분별한 소비의 평가 절하된 대상으로서 물신화되었다. 그리고 이 전통은 제국을 휩쓸고 있는 대중적 소비의 대상이 되었다. 즉, 관광 산업의 매혹적인 목적지, 기생의 윤락가, 문학시장에서 번역된 서적 등 모든

것은 대중매체에서 재현되어 전유되고 이국화되었다.[26]

이국적인 '조선적인 것'에 대한 요구는 만족을 모르는 것처럼 보였다.[27] 이국적인 식민지 키치로서의 조선적인 것에 대한 이 지나친 관심은 조선의 (일본 본토와) 다른 점을 지우기 위해 식민지 도처에 부과되었던 동화정책과 대척점에 있었다.[28] 조선어로 된 잡지와 신문은 전례 없는 규모로 검열되고 금지되었으며, 조선어 사용 자체도 학교와 다른 공적인 영역에서 금지되었다. 당시는 조선인들에게 창씨개명과 변해가는 세계무대에서 전쟁과 팽창에 대한 일본의 제국적인 현안들에 대한 복무가 강요되던 시기였다. 모순처럼 보이는 두 가지 궤적, 즉 한편으로는 조선의 전통을 강조하고 보존하면서도 다른 한편으로는 그 독특성을 억압하려 시도하는 것은 제국주의의 본질적인 이중 논리 자체 속에서 이해될 수 있다. (식민지 정복을 정당화하기 위해) 식민화된 주체를 구분 짓는 동시에 (제국적 서구에 대항하여 제국적인 팽창과 전쟁에 대한 지원을 동원하기 위한) 공유된 아시아 전통의 이데올로기에 따라 그들을 동화해야 한다는 것이다.

식민지의 다양한 민족주의자들은 민족적 유산을 재발명하고 회복하기 위해, 그러한 전통을 통해 정체성을 구축하기 위해, 자신들의 문화 속에서 역동적인 깊이와 현재적인 연속성, 그리고 결과적으로는 미래를 향하는 사람으로서 존재하기 위해 노력하고 있었다. 그러는 동안 식민 본국에서는 이 똑같은 문화 유물들이, (근대 고고학과 제국적시각의 안목의 도움으로) 발굴되고 보존될 필요가 있는 고대 과거의 '이국적'이고 '원시적'인 유산으로서의 식민적 브리콜라주를 위한 제국적 향수의 대상으로서, 식민적인 차이를 의미하는 것이 되었다. 식민화된 과거의 식민지 키치물에 대한 소비는 시각적 테크니컬러Technicolor로 이루어졌는데, 이는 제국주의와 최첨단 기술의 혼합으로 나타난 것이며, 식민적 지식을 통한 지배의 중요한 도구로서 시각주의에 의존한 것이었다. 일본에서 확산된 소비 열망에 따라 식민지들을 이국화한 여행 가이드, 영화, 엽서, 잡지, 그리고 광고가 급증했다.[29] 이러한 대상들은 박물관이나 식민지 박람회에서도 전시되었으며, 방문할 만한 이국적인 장소로서 조선 자체를 환유하는 것이 되었다. 그 이국적인 장소는 기이한 시대착오적인 것으로 대상화되었으며 제국의 욕망을 충족시키기 위해 끊임없이 새로운 형식의 대중문화로 부활했다.

'조선 붐'은 식민지를 동화하는 동시에 구분 짓고자 했던 제국주의자들의 분열된 욕망이 표출된 것이다. 제국적인 팽창이 아시아의 공통적인 전통이라는 이름 아래 정당화되었을지 모르지만, (이 동일한 전통 속 차이들은 이국적 식민지에 대한 제국적 욕망의 키치물로서 상품화되었다) 조선 붐 뒤에 있었던 논리를 근대 초극과 전통 회귀에 관한 일본의 논쟁과 비교할 때, 이러한 제국적 담론들의 모순은 명백해진다. 이러한 담론들은 모두 물질주의적인 서구의 위협에 대항하여 아시아 전통의 정신으로 돌아가고자 하는 욕망을 담고 있었지만, 그것들은 또한 아시아를 원시적인 과거로 사물화하여 서구 오리엔탈리즘의 논리를 따르며 동시에 서구를 타자로 본질화하였다. 일본에서 식민지 키치의 상업화와 소비는 일본 제국주의가 거부한다고 주장해왔던 서구의 물질주의적인 제국주의를 거울처럼 똑같이 반영하였다. 일본 오리엔탈리즘의 궁극적인 모순은, 서구와 대면하여 아시아의 이웃 나라들과 자신을 동일시하고자 하면서도 여전히 구분하기 위해 분열증적으로 노력하면서, 부지불식간에 자신을 향해 대상화하는 시선을 반영했다는 것이다.[30]

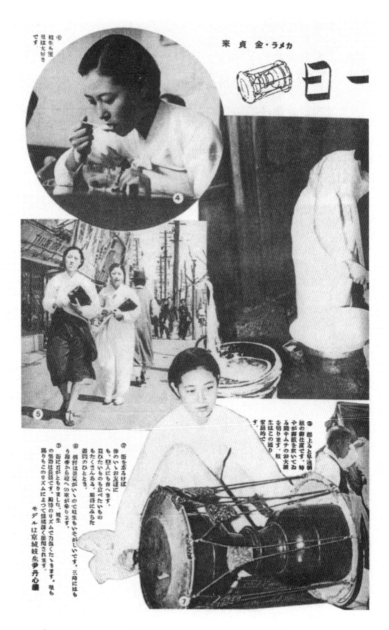

〈그림 26〉『모던 일본(モダン日本)』의 식민지 조선 특집호에 실린 「기생의 하루」

世界の舞姫
崔承喜

新作舞踊公演
東京寶塚劇場　11月28日29日30日

〈그림 27〉 도쿄에서 열린 최승희 공연 포스터.

무라야마 토모요시와 장혁주

무라야마 토모요시의 지휘 아래 이뤄진 신협 연극단의 공연은 도쿄, 교토, 오사카와 같은 일본의 대도시에서 처음 상연되었다. 이것은 리뷰와 광고뿐만 아니라 신중하게 기획된 홍보 집담회에서도 '어우러진 두 문화의 조화로운 교류'라는 찬사를 받았다.[31] 〈춘향전〉은 일본인 배우에 의해 일본어로 공연된 첫 조선 연극으로서 식민본국과 식민지에서 다양한 논쟁들의 중심지가 되었으며, 양국의 전문가들에 의해 조선과 일본 간 문화 교류의 역사적 중요성이 지적되었다.[32] 어느 모로 보나 이것은, 특히 팽창하는 일본 제국에서 식민지가 더 적극적인 역할을 수행하도록 요구받았던 시기에, 조선과 일본 간 조화로운 병합의 시기적절하고 완벽한 상징처럼 보였다. 그러나 그 생산과 수용에 내재된 긴장을 더 엄밀하게 살펴보면, 우리는 그 공연을 폭력적인 식민적 만남 특유의 동화 논리를 구현하는 동시에 거부하는 기이한 혼종으로 읽을 수 있다.[33]

이렇게 경합하는 논의들 사이에 낀 번역가로서의 장혁주의 역할은 식민지와 식민본국 사이에 있는 그의 위태로운 위치에 대한 통찰을 우리에게 주며, 제국의 경계선에 있는 식민지 작가의 고통을 드러내어준다. 다양한 식민적 맥락에 있는 많은 지식인들과 마찬가지로, 장혁주는 식민지 체계에서 교육받았으며, 자신의 모국어보다 특권적인 위치에 있던 식민자들의 언어를 필수적인 것으로 습득했다.[34] 작가로서의 포부를 품었던 장혁주는 수많은 그의 동료들과 마찬가지로 조선보다 글을 쓰고 출판할 기회를 더 많이 제공하는 식민본국으로 나아갔다.[35] (그러나) 그의 동료들과 장혁주가 다른 지점은 그가 저명한 잡지 『개조』에 의해 지원을 받은 일류 문학상의 후보에 오를 만큼 일본문단에서 성공을 거두고 있었다는 것이다. 사실 일본문단에서 일약 떠오른 그의 유명세는 그 누구도 기대하지 않았던 것이었다. 무엇보다 장혁주는 이류 식민지작가로서, 식민자의 언어를 사용하는 것이 여전히 어딘가 어색했던 탓이었다.

일본에서의 첫 성공 이후 장혁주는 일본어와 조선어로 글쓰기를 계속 했지만, 일본어로 쓴 글에서 더 큰 성공을 거두었다. 이 시기에 그는 일본문단에서의 역할 때문에 조선문단에서 종종 '배신자'라고 비판받았고, 결국 일본어로만 글을 쓰기 시작했다. 해방 이후에도 장혁주는 일본에 머물기로 결정했으며, 일본인 아내의 성을 빌려 노구치가쿠추野口赫宙라는 혼종적인 필명을 쓰는 귀화 일본인 노구치미노루野口捻가 되었다. 그런데 그가 해방 이후 일본에서 '일본인' 작가로서 글을 쓰고자 했을 때부터 그의 성공이 내리막길을 걷기 시작했다는 사실은 지적할 필요가 있다. 그의 글은 식민지 작가로서의 진정한 '지역색'을 제공한다는 자질 때문에, 그리고 이것이 동화를 위한 제국주의자들의 선전을 뒷받침하는 데 쓰였기 때문에 한때 수요가 있었던 것이다. 제국의 붕괴 이후 일본인으로 행세하는 식민지 작가에 대한 수요는 없었다.[36]

조선과 일본에 대한 장혁주의 관계는 언제나 복잡하고 양가적인 것이었으며, 특히 그를 종종 전형적인 친일작가 혹은 대일협력 작가로 일축하는 한국의 담론에서처럼 어느 한 쪽에 대한 단순한 지지를 한 것은 아니었다. 장혁주는 언제나 주변인이었고, 그의 자리를 찾기 위해 노력했지만 끝내 성공하지 못했다. 그의 많은 작품들, 한국과 일본의 초기 근대 문학사에서 수행한 중요한 역할, 제국에서 널리 얻은 인정에도 불구하고, 장혁주는 사실상 해방 이후의 모든 맥락에서 잊혀져 왔다.

식민지 시기에 식민지 작가의 난제는 식민지가 동화되고 평가 절하되는 시기에 식민지문화의 진정성을 증명하고 소개하여 제국의 관심을 끌어야 했다는 것이다. 식민지와 식민본국 사이에서 장혁주는 두 문화 사이에서 유동적으로 움직일 수 있었고 이는 그를 이상적인 번역가로서 특권적 위치를 부여했다. 그러나 이는 동시에 조선 토착의 정보원으로서의 그의 "진정성"을 오염시키기도 했다. 더 나아가, 위기에 처해 사라져 가는 식민지 문화를 "대표"해야만 한다는 그의 사회적 인식은, 제국의 민족지적인 욕망을 위해 번역가 혹은 토착 정보원으로서 복무하는 것을 넘어서 개인적인 예술가이자 작가로서 고유한 관점을 일구어내고자 했던 그의 개인적인 야망과 충돌했다.

'조선적인 것' 번역하기

한 사람의 작가로서 장혁주가 가졌던 개인적인 딜레마와 무관하게, 그가 쓴 극본은 곧 제국의 더 넓은 맥락에서 자체의 생명을 얻었다. 〈춘향전〉을 의뢰한 좌파 아방가르드 극작가인 무라야마 토모요시는 이 특수한 역사적 시기에 제국의 소비를 위해 '조선적' 공연을 상연하는 것의 역사적인 의미를 명료하게 알고 있었다. 무라야미에게 '조선적' 공연을 개척하고자 하는 욕망은 그 어떤 문제보다 긴급해 보였고, 자신이 조선 문화에 대한 지식이 없다는 불편한 사실은 그의 의지를 꺾지 못했다. 한 신문 기사에서 그는 이 기획의 시초에 대한 배경을 설명한 바 있다. "나는 오랫동안 조선의 예술과 문화를 일본에 소개하고 싶었다. 그래서 장혁주에게 '조선적인 주제'에 관해 써달라고 부탁했고 그는 〈춘향전〉을 가져왔다. (…중략…) 장혁주는 '전통적인' 〈춘향전〉과 다르게 각색하는 것이 목표라고 말했고, 나 역시 그 방식이 마음에 들었다."[37] 비록 무라야마는 일본과 조선 사이의 연극 교류에서 이미 이루어졌던 '거대한 영향'을 예리하게 알고 있었음에도, 그의 가장 큰 관심사는 일본에서 일본인 배우들에 의해 상연될 첫 조선연극을 개척하는 것이었다.[38] 다른 곳에서 그는 이렇게 쓰기도 했다. "이것은 일본인들이 일본에서 조선 연극을 선보이는 첫 시도였고, 나는 무조건 성공으로 이끌고 싶었다."[39]

무라야마의 '역사적인' 전망(이는 역설적이게도 무라야마 자신이 특권화된 참여자였던 식민적 배경에 내재된 권력의 역학에 대해서는 무지해 보였다)에 가려져 원작자인 장혁주는 주변적인 위치로 격하되었고, 이 제작 기간 동안 무라야마의 주위를 맴돌았던 수많은 (교체 가능한) 정보원 중 하나로서 '조선적인 진정성'의 민족적 정보를 제공하는 역할로 축소되었다.

더욱 역설적인 것은 공연을 기획하고 식민지 문화를 소개하는 일의 책임자였던 무라야마가 조선을 '알지' 못한다는 사실을 쉽게 인정했다는 것이다. 당시의 신문 기사에 따르면, 무라야마는 조선을 처음으로 방문해서 다가올 연극을 준비하기 위한 '진정한' 체험의 맛보기로서 짧은 여행을 했다. 이 정신 없이 진행된 방문에서 그가 가이드에게 다음과 같이 질문했다는 것은 유명하다. "조선을 **알자면** 어디로 가야 하나요? 무얼 보아야 하나요?"[40]

조선에 대한 부족한 지식을 신속하게 메우기 위해 무라야마는 장혁주와 다른 많은 식민지 지식인들에게 상의했고,[41] 심지어 다른 작가의 다른 판본의 〈춘향전〉의 부분을 삽입하기도 하여 실질적으로 최종 원고를 변경하면서 극본에 중요한 수정을 가했다.[42] 장혁주 버전의 '멋flavor'을 유지하고 싶다는 이전의 발언과는 다르게, 나중에 그는 이렇게 썼다. "이 극본은 장혁주가 처음에 썼던 그대로의 극본은 아닙니다. 유치진의 극본을 포함시켰고 몇 군데는 내가 직접 쓰기도 했습니다."[43] 유치진은 이후에 자신의 극본에서 하나의 장면 전체를 떼어내 삽입한 공연을 보면서 마치 자신이 조선의 극연좌에서 연극을 보고 있는 것 같다는 모순된 감정을 느꼈다고 회상했다.[44] 식민적 상황에 내재된 권력의 역학 아래에서 결국 장혁주는 그 연극의 운명을 거의 통제하지 못했던 것으로 보인다. 무라야마의 관심은 장혁주와 같은 개인 작가가 구현하고자 했을 미묘한 해석이 아니라 일본-조선의 역사적 교류에 영향을 미치기 위한 것이었다.

무라야마가 웅장한 비전을 실현하기 위해 식민지에 대한 충분한 지식을 얻었던 속도는 놀라운 것이었다. 다음은 무라야마가 〈춘향전〉의 영화 버전을 만들기 위한 계획을 회상한 것이다. 그는 1938년 3월에 상연될 〈춘향전〉의 도쿄 공연 준비를 위해 1938년 2월에 처음으로 조선을 여행했던 것을 언급한다. "2월에 처음 조선에 왔고, 경성에는 단지 8일 동안만 머물렀다. 그러나 〈춘향전〉의 영화 버전을 만들자는 이야기가 나와서 나는 조선에 대해 더 알아야겠다고 생각했고, 20일 동안 조선에 머무르면서 할 수 있는 한 많이 여행하고 돌아다녔다."[45] 이 식민주의 산책자가 신속한 여행 동안 조선에 대해 얼마나 '알게' 되었을지 우리가 궁금해 하는 것은 당연하다. 우리가 아는 것은 그 결과가 일본의 주요 도시들을 순회한 〈춘향전〉의 대규모공연의 제작이었으며, 수많은 대중매체의 기대를 업고 이 연극은 바다를 가로질러 조선의 주요 도시로 넘

〈그림 28〉 무라야마 토모요시의 서울 방문을 담은 사진 앨범.

ルアの旅

朝鮮での私　村山知義

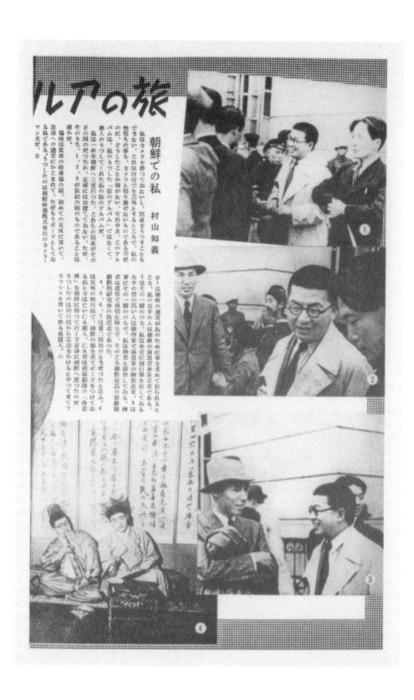

私はカメラを持っていないし、写真をとることも
できない。これは自分でも意外とすることも、私の
性質も仕事も、カメラと切り離せないものである筈だ
のに。どうしたことか縁がない。それゆえ、このアル
バムは、私のうつした「旅のアルバム」ではなくて、
無人のうつしてくれた私の旅のアルバム児。
私は一昨年朝鮮へ三回行った。これらの写真はその
どの頃のだったか、正確には記憶っていない。ただ、
そのうち、1、2、3が最初の岡のものであることは
確かだ。
場所は京城の駅車協の時、初めての京城に着いて、
出迎への諸君にとりまかれて、ただもうポーツとしてな
ル私であろ。うつしたのは、こうした結婚朝鮮商社のカメラ・
マン氏だ。

①は朝鮮の諸君が私のために車を求めて居られると
ころ、私の右手の人は朝鮮の届出者朴璟洙氏である
②はその一般の中に朝鮮に頭の帽をさしている
天子の背の若い人は朝作家で演出家の柳数若君だ。3は
君にその一服のあとで、私は朝君を撮影しておる。神
劇新劇研究会の最適の指導者であった。
4、5、6と、二四目も帽子ついた
は京城の朝日会で、佛の服を着にネーズをつけて
佛と今は亡い仁木毘人、仁木毘声協劇協の一春吉
佛を朝劇に持って行く下交渉を佛に渡したのか
ラッシュを携いで救う若君。

〈그림 29〉 이몽룡으로 분한 여성 배우 아카키 란코. ⓒ쓰보우치 쇼요 연극박물관

어왔다는 것이다.

무라야마는 문화적인 경계를 넘어선, 그리고 그때까지 식민적 분할을 가로지르는 전례가 없었던 실험적인 연극을 대담하게 상상했다. 그는 시간, 인종, 젠더, 문화의 경계를 넘어서고 트랜스식민지하고 혼종적인 〈춘향전〉을 상상하고 실현했다. 무라야마의 〈춘향전〉은 가부키와 판소리와 근대 연극 등의 장르를 변형한 '조선적'이고, '일본적'이며, '동양적'인 범아시아적인 것이었다. 그리고 이몽룡 역할을 아카키란코라는 여배우가 남장을 해서 맡았다는 점에서 성 역할을 파괴하는 것이기도 했다.

무라야마는 시대를 앞서가는 아방가르드한 천재였을까? 아마 그럴 수도 있겠지만, 여기에서 나의 당면한 관심사는 연극, 문학, 영화, 시각 문화의 관습을 뒤집는 무라야마의 예술적 공헌의 가치를 평가하는 데 있지 않다. 저자가 관심 있는 것은 무라야마의 혁명적이고 예술적으로 보이는 실험들 기저에 있는 문제적인 논리가 불평등한 식민적 만남이라는 렌즈를 통과하여 굴절되는 지점을 탐구하는 데 있다.

　도쿄, 오사카, 교토 등 일본에서의 공연은 리뷰에서 극찬을 받았으며 폭넓은 찬사를 받았다.[46] 〈춘향전〉이 조선으로 건너올 준비를 하는 데 지체되는 시간은 없었다. 조선에서 공연되기 몇 달 전부터 대중매체는 신문 기사, 시사평, 인터뷰, 좌담회, 사설, 토론, 화려한 광고를 통해 기대감을 키우며 곧 다가올 구경거리에 대해서 알렸다. 1938년 5월 31일 『경성일보京城日報』에 실린 무라야마의 기사 「〈춘향전〉 여담 — 경성에서도 상연하고 싶다」는 항구도시 부산과 식민지의 수도를 잇는 반짝이는 신형 특급열차인 아카츠키曉를 타고 경성에 도착했다는 언급으로 서두를 시작한다. 이것은 무라야마가 조선을 더 잘 '알기' 위해서 경성에 두 번째로 방문했다는 전술한 여행이었다. 그의 주요 목적은 〈춘향전〉의 영화 버전을 준비하는 것이었지만, 조선 전역에 걸친 공연 순회를 실현하려는 열망 역시 표출한다.[47] 다음은 무라야마가 일본에서 이룬 〈춘향전〉의 성공에 대한 평가를 내리는 것이다.

　　신협극단이 공연한 〈춘향전〉은 조선의 관습, 감정, 문화적 전통을 소개하고 있으며, 신협 극단에 의해 공연되어온 역사극 중에서는 첫 동양 고선으로서 많은 이들에게 엄청난 호평을 받았다. 나는 가부키의 형식을 빌려왔으며 실제로 가부키 극단으로부터 연극지도를 받았다. 이것을 위해 우리는 조선의 전통과 색채와 근대극의 감성을 혼합했고 완전히 새로운 연극의 형식을 만들어냈다. 단지 아름답고 낭만적인 서화이자 단순한 구경거리라

고 비판하는 사람들도 있지만, 대부분 매우 긍정적인 비평적인 반응을 받았다.[48]

〈춘향전〉의 성공에 대한 무라야마의 위의 평가가 그가 인식한 내용과 형식 사이의 분리에 기반을 두고 있다는 사실은 특기할 만하다. 무라야마는 실험적인 스타일의 혁신이라는 성과와 그 연극의 고정된 '조선적' 요소라고 특징지은 것을 구분한다. 무라야마의 이분법적인 평가에 따르면, 〈춘향전〉에 나타난 조선의 관습과 감정은 '시대를 초월한 동양고전'으로서의 역사극에 충실한 반면 자신의 가부키 각색은 일본의 고대 '전통'을 근대적 실험 연극의 수준으로 끌어올린다. 전통적이고 근대적인 형식의 절충적인 혼합은, 조선의 관습과 색채라는 내용을 '전통을 의미하는 정수', 그리고 그와는 대조적인 '무라야마의 근대적 스타일과 형식적 창의성으로 의미화된 것'사이의 분리를 전제한다. 내용(조선)과 형식(일본)의 구분에 대한 그의 주장은 조선적인 것의 내용과 뚜렷한 형식적인 실험들 사이의 가시적인 차등을 상정한다. 이때 조선적인 내용은 장혁주와 다른 이들이 제공한 것처럼 과거라는 의미에서 고정된 진정성과 오래된 전통의 상징이며, 뚜렷한 형식적 실험들은 새로움과 근대적인 것을 상징하는 것으로서 가부키와 근대 연극의 스타일을 결합한 무라야마에 의해 구상된 것이다.

이후의 좌담회에서도 무라야마는(가부키와 근대극의 결합으로 상징되는) 근대 일본의 역동적이고 형식적인 층위와 본질화되고 정체된 개념의 조선성의 내용을 단절시키는 상징적인 행위를 유사하게 반복한다. 〈춘향전〉의 전반적인 분위기의 가벼움이 여타 신협극단의 공연과는 달리 '바

〈그림 30〉 방자가 쪼그리고 앉아 뾰루퉁한 표정을 짓고 있다. ⓒ쓰보우치 쇼요 연극박물관

보같은 로맨스'라고 비판하는 자들을 논박하며, 무라야마는 이 공연의 주요한 업적 중 하나가 신협 극단은 오직 어둡고 우울한 드라마만을 상연한다는 낡은 가정을 깬 것이라고 주장했다. 〈춘향전〉의 공연은 신협 극단이 아름다운 것을 만들기 위해서 폭넓은 범위의 스타일을 사용할 수 있다는 사실을 보여주었다는 것이다.

무라야마는 '이러한 비평가들은 근대극이 어떠해야 한다는 고정관념을 가지고 있다. 그들은 근대극이 단지 좁은 개념이 아니라는 사실을 이해하지 못한다. 게다가 그들은 아직 조선문화를 모르는 사람들에게 그것을 소개하는 중요성을 간과하고 있다'[49]고 애통해 한다.

여기에서 무라야마는 이 연극의 두 가지 주요하고 분명한 성취에 대해서 논의한다. 하나는 근대극의 스타일적인 한계를 뛰어넘은 것이고, 다른 하나는 조선적인 것을 소개한 것이다. 이 공연에 대한 무라야마의 평가에서 이러한 두 요소가 분할되었다는 것은 중요해 보인다. 그러나 더 중요한 것은 (방법으로서 가부키의 결합을 포함한) 공연의 근대적이고 실험적인 형식과 조선적인 주제의 내용 사이의 분리 이면에 함축된 의미이다. 그는 이 공연을 새롭고 역동적인 것으로 만들기 위한 스타일적인 혁신을 주장하면서도, 조선적인 것을 관객에게 **있는 그대로** 소개되어야 하는 정적인 대상이라고 파악한다. 여기에서 가부키의 형식이 본질적인 일본성, 혹은 일본의 전통, 혹은 심지어 동양의 전통과도 합일하지 않는다는 사실을 지적할 필요가 있다. 가부키는 근대극 자체의 일반적인 한계를 넘어서기 위한 역동적인 가능성과 연관된다. 근대극의 **형식**이라는 완고한 경계를 초월하는 급진적인 실험처럼 보이는 이것은 타자의 문화의 **내용**적인 본질에 대한 상당히 편협한 가정들에 기반을 두고 있다.

무라야마의 공연의 또 다른 실험적인 측면은 이몽룡 역에 여성을 캐스팅한 것이었다. 크로스드레싱 및 젠더를 바꾸는 설정은 일본뿐만 아니라 조선이나 다른 곳의 연극사에서도 중요한 역할을 담당한다. 여기에서 관습적인 예상의 한계를 뛰어넘기 위해 오나가타女形(여성 배역의 남성)라는 가부키의 형식은 전복된다. 그러나 무라야마의 결정 이면의 논리는 의미심장하다. 무라야마는 그의 극단에 있는 어느 일본인 남성 배우도 그 자신이 '조선적인 유연함과 청아함'으로 본질화한 것을 진정으로 포착할 수 없다고 설명한다.[50] 그러므로 이 남자 주인공 특유의 조선적인 것은 일본인 여성이 연기했을 때 더욱 잘 포착될 수 있는 것이었다. 처음에는 젠더 구성을 혁명적인 실험으로 비판하는 것으로 보이는 이 여성 이몽룡은 당시의 제국적인 이데올로기를 상기하게 하는 인종주의적 시선에 물들어있다. 무라야마는 '유연함과 청아함'이라고 생각하는 것을 이상화한다. 이를 조선 남성의 본질적인 특성이라고 간주하면서 이는 일본 남성 배우라면 본래 체득할 수 없는 특성이며, 그것에 더욱 잘 접근할 수 있는 일본 여성 배우만이 오로지 연기할 수 있다는 것이다. 여기에서 인위적으로 무대에 올려져야 했던 것은 구성된 젠더가 아니라, 차라리 젠더화된 피식민 인종, 즉 여성화된 조선 남성이었다.[51] 이러한 시각은 젠더화된 위계로 종종 묘사되었던 식민적 관계를 반영할 뿐만 아니라 인종석 자이의 근본적인 번역불가능성을 반어적으로 상정하며, 이 연극이 무대화했다고 알려진 내선일체라는 슬로건과의 모순을 자신도 모르는 사이에 노출한다.

식민적 언어와 번역(불)가능성

비평가들이 〈춘향전〉의 언어의 번역가능성에 대해 질문을 제기했을 때, 무라야마는 흥미로운 사실을 드러내주는 답변을 한다. "나는 조선어를 전혀 모르지만 조감독인 안영일부터 〈춘향전〉의 언어에는 분명히 어떤 독특한 요소가 있다는 이야기를 들었다. 일본에서의 공연 중 나는 조선풍으로 헛기침을 하고, 한숨 짓고, '네'와 '아이고!'라고 말했다. 경성에 있을 때는 진짜인 것을 관찰하라."[52] 여기에서 질문자는 〈춘향전〉의 서정적이고 문학적인 언어에 대해서 언급하지만, 무라야마는 조선어에 대한 그의 무지를 방어적으로 노출하면서, 그가 주장하기로는 '실물'에 대한 인류학적인 관찰을 통해 포착할 수 있는 조선적인 소리로 여겨지는 것으로 주의를 돌림으로써, 질문의 취지를 놓친다. 그 공연 전체가 일본어로 상연되었지만, 우리는 여기에서 무라야마가 기침, 한숨, 간단한 발언들과 같은 신체적인 표현을 통해 조선의 식민적 차이를 재현하려고 시도했다는 것을 알 수 있다. 이는 마치 이러한 소리들이 심지어 무라야마 자신과 같이 조선어에 친숙하지 않은 사람들에게도 조선적인 것을 나타내는 것으로서 쉽게 인식 가능하다고 말하는 것 같다. 다시 말하건대, 형식적인 차원에서 무라야마가 완고한 경계를 넘어 스타일의 절충적인 혼합을 구상해온 것은 분명하다. 그러나 식민지 문화의 내용을 표현하려고 할 때 그는 조선적인 것에 대한 본질주의적 가정에 의존했으며, 따라서 오래된 식민적 고정관념의 실체를 폭로하기보다는 오히려 영속시켰다.

무라야마는 조선과 일본 사이의 문화적 교류 속에서 최초로 일본어

〈그림 31〉 술에 취한 사또가 춘향을 괴롭히고 있고, 뒤에는 남장을 한 보초들이 웃고 있다. ⓒ쓰보우치 쇼요 연극박물관

로 공연하는 조선극을 개척했다는 중요성은 열렬히 강조했지만, 다른 한 편으로 그는 자신이 제국에서 소비될 식민지에 대한 연극을 제작하기 위해 조선 전역을 여행하고, 조선의 정보제공자들과 번역가들을 전유할 수 있었던 문화적이고 단일언어적인 전권을 가능하게 해주었던 것이 제국의 권력역학임을 인지하지 못했던 것으로 보인다. 또한 그는 일본어판 〈춘향전〉의 생산과, 식민지의 조선어 검열 및 '제국적 신민'을 만들어내고 빚어내는 다른 상압적인 조지들과 유사한 제국의 동화주의 정책 사이의 명백한 관련성을 파악하지 못했다. 아마도 자신이 비의도적으로 제국주의의 이데올로기를 영속시키는 데 기여해왔을 것이라는 가능성은, 무라야마처럼 소외된 사람들을 공개적으로 지지하는 사회적 진보주의자에게 견디기 어려운 것이었을 것이다.[53] 그러나 식민지에 새로

〈그림 32〉 〈춘향전〉 포스터. ⓒ호세이대학 오하라 사회
조사연구소

운 동화주의적 법과 슬로건이 만연했
던 1930년대 후반에, 일본어가 우대되
고 조선어는 부차적인 위치로 격하되
는 상황에서 이러한 연극이 의식적으
로든 아니든 제국의 위계적인 논리를
포함했다는 사실은 부정하기란 어렵다.

　사실 이 연극은 식민적 맥락에서 관
계의 **실제** 불평등함을 피해감으로써,
내선일체라는 조화롭고 문화적인 교환
을 구현한 **공연**이라고 적극적으로 홍보
되었다. 무라야마는 예술적인 형식의
경계를 넘었다는 사실과 식민본국과
식민지 사이를 오가는 자신의 여정에 초점을 맞추었는데, 이는 제국을
가로지르는 유동성과 심지어 제국이 공간적인 연속체라는 점을 강조하
는 것처럼 보인다. 제국의 경계를 가로지르는 이 식민자의 막힘없는 움
직임은, 경계가 마치 없는 것처럼 보이지만, 사실 제국의 소유로 몰수한
영토를 침입하는 식민적 자격을 강조하는 데 지나지 않았다. 편안하게
제국적 경계를 넘나들며 움직일 수 있었기 때문에 그가 구현했다고 알
려진 문화의 언어 및 관습에 대한 무지에도 불구하고, 무라야마가 초국
가적이고 트랜스식민지한 〈춘향전〉의 제작을 구상하고 실현하여 주목
받을 수 있었다. 그러나 이 편안함은 식민본국의 문학 장에서 활발하게
활동한 식민지 작가로서 충분한 이중언어 및 이중문화의 배경을 가지고
있었음에도 단지 토착의 정보제공자로 강등된 장혁주가 맡은 불안하고

주변적인 역할과 불화한다. 식민지를 여행하는 무라야마의 유동성은 일본으로 오가는 여행마다 감시받았던 장혁주 자신의 반半자전적인 묘사와 뚜렷하게 대비된다.[54] 더 나아가, 〈춘향전〉과 그것이 조선 지식인들에게 점화한 논쟁은 결국 조선의 문학 장에서 장혁주를 완전히 축출했고, 이주 작가로서 아예 돌아올 수 없게 만들었다.[55]

식민지 조선의 좌담회

이제, 저자는 〈춘향전〉 공연을 둘러싼 수많은 좌담회 중 하나를 살펴볼 것이다. 이러한 좌담회들 대부분은 조선인과 일본인을 (모두) 원탁 회의로 불러옴으로써 조화로운 교류의 모습을 홍보하기 위해 상연된, 그 자체로서 세심하게 연출된 공연이었다. 여기에서 저자는 식민지 도시인 경성에서의 공연에 대해 토론하기 위한 조선의 문화계 인사들의 모임에 대해 논의하고자 한다. 직접적으로 제작과 연관된 이들과 그렇지 않은 이들이었던 조선과 일본의 문화계 인사들을 동시에 끌어 모은 수많은 홍보성 좌담회들은 주요 신문과 잡지에 출간되었다. 이들은 제국을 순회하며 공연한 〈춘향전〉의 압도적인 성공과 역사적 의미에 초점을 맞추었다. 그러나 여기에서 저자는 조선의 쇄와 삽시에서 발견한, 이제는 오직 한국의 희귀한 모음집에서만 볼 수 있으며 잘 알려지지 않은 좌담회에 주목할 것이다. 이 좌담회는 조선과 일본 사이의 조화로운 교류를 자처하지 않는다는 점에서 특기할 만하다. 사실, 이 좌담회는 〈춘향전〉의 제작과 직접적으로 관련된 사람들뿐만 아니라 일본인을 모두 배제했다.

처음부터 끝까지 참가자들은 무라야마와 장혁주의 〈춘향전〉공연에 대해 비판하고 조롱하는 데 거리낌이 없었다. 경성에서 열린 공연에 맞추어 열린 이 좌담회는 일본에서 성공했으리라고 추정되는 〈춘향전〉에 대한 회의를 표출하는 것으로부터 시작한다. "일본에서의 반응이 상당히 좋았다고 해서 공연이 진정한 성공을 이루었다고 볼 수는 없다. 애초에 일본인들이 〈춘향전〉에 대해 무엇을 알고서 이해할 수 있겠는가?"[56] 이렇게 조성된 어조로 참가자들이 가진 불만족의 수문이 열리면서, 그들은 연극의 "비정통성"을 폭로하며 그 결점을 하나씩 지적한다.

회의 시간의 상당량은 세부적인 의상(춘향의 한복이 너무 화려하며 색 조합이 잘못되었고, 그 머리스타일은 부적절하다.)에서부터 문화적인 언급의 비일관성에 이르기까지 공연을 조롱하는 데 사용되었다. 예를 들어, 몽룡은 일본어로 "와카사마若樣(도련님)"로 불리는 반면 하인 방자는 조선어로 '방자'로 불린다. 문화적인 관습도 적절하지 않다. 몽룡은 제대로 된 조선의 양반처럼 행동하지 않는다. 그가 하인과 함께 술을 마신다는 것은 터무니없다. 악한 사또가 춘향을 욕망한다는 점을 감안하더라도, 노골적으로 음탕한 그의 태도는 양반 계급의 일원이라기보다는 하층 계급의 술꾼에게 더 잘 어울린다. 몽룡에게 과감하게 달려드는 춘향의 뻔뻔함은 조선의 정통적인 장면이라기보다는 '모던걸과 모던보이의 만남'에서 따온 촌극의 등장인물을 떠올리게 한다. ('심지어 오늘날의 모던걸들도 그렇게 대담하게 추파를 던지지는 않는다. 그리고 그녀는 관객들 바로 앞에서 과감하게 옷을 갈아입는다.')[57]

그러나 웃음과 농담 기저에 깔려있는, 식민지 비평가들이 느끼는 반감은 이들이 〈춘향전〉이라는 몹시 불안감을 주는 텍스트를 마주하는 방식에서 드러난다. 그들의 불안감은 춘향의 의상에 대해 토론하는 도중, 〈춘향전〉에서 조선에 대해 더럽고 원시적으로 묘사되는 부분을 남태평양과 장난스럽게 비교하는 장면에서 가장 분명하게 드러난다. 한 비평가는 춘향의 머리에 두르는 치마에 대해서 논하면서, 무라야마가 조선을 남태평양에 있는 어떤 지역으로 착각한 것이 아니냐고 묻는다.

조선을 '야만적인' 남태평양 섬의 '토인'과 동일시하는 우스꽝스러움을 지적하면서, 독자는 아시아의 제국적 위계 속에서 두 나라가 점하고 있는 평행적인 위치에 대한 불안한 인식을 감지하게 된다. 식민지 조선의 민족주의자들도 제국 내에서 자신들보다 열등하다고 여겼던 이들을 이국화하고 업신여겼다. 한국의 식민지 연구에서 오래 이어지는 문제 중 하나는 조선을 식민화한 일본을 비판하면서도 식민화 자체의 타당성에 대해서 의문을 제기하지 않는다는 것이다. 조선의 많은 지식인들은 일본의 지식인들과 마찬가지로 사회적 다원주의의 이데올로기 및 문명화와 계몽의 담론을 내면화했다. 그들은 세계의 위계적인 구조화를 받아들였으며, 그들에게 문제는 그 안에서의 조선의 낮은 위치였다.[58] 그러나 이 좌담회는 조선과 남태평양 사이의 유비가 제국적인 세계구조 속에서 그렇게 황당무계하지는 않을지도 모른다는 불안한 인식의 순간을 노출한다. 비평가들은 이러한 동일시에 불쾌해했지만, 더 넓은 세계적 맥락 속에서 남태평양에 있는 일본의 다른 식민지들과 그들의 상황을 구별짓는 차이점은 거의 없었다는 것이 현실이었다.[59]

진정성의 문제에 대한 좌담회의 비판 중 일부는, 춘향의 의상, 행동을 비롯한 신체와 같은 보다 사소한 영역에 주목한 것으로 보인다. 그러나 근대성과 전통에 대한 더 큰 담론들 속에서, 대중 잡지와 신문의 페이지를 채웠던 머리스타일, 교제, 의상과 같은 일상의 측면은, 그들이 알고 있던 친숙한 생활방식과 세계 질서가 강제적이고 임박하게 사라질 것이라는 전조가 되었다는 점에서 더 큰 암시를 내포했다. 게다가 춘향이 입은 옷, 산책하도록 허락된 장소, 발화하도록 허용된 말과 같은 춘향의 신체에 대한 사소해 보이는 논쟁은, 우스운 농담과 초조한 웃음으로 그 뒤의 긴장을 숨기기 위해 노력하는 불안한 남성 비평가들에게 더 큰 상징적 의미를 가졌다.

이 같은 관점으로부터 우리는 이 웃음에, 식민지 지식인들의 불안뿐만 아니라 제국 이데올로기에 대한 불만이 자리하고 있었다고 해석할 수 있다.[60] 그들이 농담한 대상은, 조선의 풍습에 대해 아무것도 모를 뿐만 아니라 이 경우엔 문화적인 문맹임에도 불구하고 초국가적인 〈춘향전〉을 웅대한 장관으로 만들어 무대에 세울 수 있었던 무라야마였다. 조선의 비평가들은 무례한 태도로 이 공연이 단지 슬랩스틱 코미디라고 일축했다. 이들은 에두른 언급과 농담을 하면서 비판하는 자리로 밀려날 수밖에 없었으며, 대대적으로 홍보된 일본어판 〈춘향전〉이 그들이 사랑하는 조선에서 공연되면서 이미 돌이킬 수 없게 된 손상을 효과적으로 예방할 수는 없었다. 아마도 이러한 식민지 지식인들의 관점에서 〈춘향전〉은 희비극으로 규정되는 편이 적절했을 것이다.

조선의 비평가들은 무라야마가 했던 것과 마찬가지로 조선을 이상화하였으나, 단지 다른 목표를 가지고 있었을 뿐이다. 그들은 일본인(혹은 다른 외국인)이 조선의 전형적인 텍스트인 〈춘향전〉을 진정으로 이해하거나 감상하는 것이 불가능하다고 가정했다. 방어적인 태도를 지닌 이러한 근본주의자들의 시선은 식민지 민족주의자들의 난제를 잘 보여준다. 그들은 식민자를 비판하면서도 스스로 그 식민자의 것과 동일한 논리를 영속시킨다는 사실을 알지 못했다.[61]

무라야마는 조선 비평가들에게 조롱과 농담의 대상이 되었지만, 가장 가혹한 비판은 제국적 소비를 위해 조선의 문화를 번역한 '배신자' 장혁주에게 향했다. 우선 장혁주의 명성은, 일본인들의 부당한 친구로 획득한 것이라고 간주했다고 일축되었다. 비평가들은 장혁주가 오직 일본 극단의 지원을 통해 성공했으며, 그들이 생각하는 진정성의 문제에 전혀 신경 쓰지 않았다고 비난했다. 좌담회의 한 참여자는 그가 실제로 그 연극을 보지는 않았지만, 조선 민족으로서 그는 〈춘향전〉에 대해 발언을 할 수 있는, 더할 나위 없는 적임자이기 때문에, 연극을 보지 않았어도 연극에 대해서 비판할 수 있는 권리가 있다고 주장했다.

장혁주에 대한 참여자들의 비판은 대체로, 장혁주와 무라야마를 동일시하면서, 둘 다 조선문화에 무지하다는 점으로 비난하였다. 조선의 풍습에 대한 두 사람의 무지와 조선과 맺고 있는 '비진정한' 관계를 들어 장혁주와 무라야마를 등치함으로써, 비평가들은 자신들의 근본주의적 논리에 장혁주를 더욱 가혹하게 연루시켰다. 무라야마는 일본인으로서 무지할 것으로 여겨지지만, 장혁주는 그의 무지에 대해 변명할 여지가 없다는 것이다.

비평가들은 연극을 만드는 데 있어 존재하는 장혁주와 무라야마 사이의 권력관계를 이해하려 하지 않았다. 식민지와 피식민지 문화를 오가는 번역자라는 장혁주의 복잡한 지위, 그리고 무라야마의 압력에도 불구하고 창조적인 표현을 위한 자율적 공간을 탐색하려 시도한 그의 노력은 단순화되고 묵살되었다. 더 나아가 장혁주는 단지 제국에 복무하는 꼭두각시이자 배신자로서, 자신의 진정한 위치에 대해 자각하지 못한다고 비난받았다.

이러한 맥락에서 〈춘향전〉은 이국의 침략으로부터 보호받아야 할 민족적 전통으로서, 잃어버린 조국에 대한 환유로 의미화되었다. 따라서 이를 근대화하려는 시도는, 특히 근대성이 종종 일본 제국과 서구에 대한 동의어로 비춰졌던 이 시기에, '비진정한 배신'으로서 강한 반대에 부딪쳤다. 〈춘향전〉의 근대적 각색에 대한 조선 비평가들의 양가성은 식민지 근대기 문화적 민족주의자들의 불안을 드러낸다.

식민지 조선을 근본화하는 동시에 이국화하려는 이 같은 제스처가 춘향이라는 여성의 신체를 두고 치열한 논쟁을 벌였다는 사실은 중요하다. 동명의 작품이 처한 운명과 유사하게, 그 여주인공인 춘향은 민족주의적이고 제국주의적인 열망에 전유되었다. 춘향의 신체는 이러한 비평가들의 모순적인 논쟁이 벌어지는 장소가 되었다.[62]

장혁주와 무라야마 토모요시의 '협력'으로 만들어진 일본어판 〈춘향전〉은 조선에서, 가부키와 조선적 요소를 터무니없이 접목했다고 평가받았으며 '순수하지 않다'고 여겨졌다. 이 공연은 제국의 동화주의 정책이라는 맥락에서 출현하였으나 일본 제국이 무너진 이후에 기억되기에는 너무 불편한 텍스트가 되었다. 장혁주와 무라야마의 〈춘향전〉을 둘러싼 논쟁, 기획 사진, 광고, 그리고 다른 방식들의 집착은 뒤이은 침묵의 깊이와 대비되었으며, 한국과 일본 양국이 문학 정전을 정립하는 데 있어 집단 기억으로부터 거의 완전히 삭제되는 것으로 귀결되었다. 조선에서 장혁주와 무라야마의 〈춘향전〉은 '협력'의 역사를 고통스럽게 상기시킨다. 조선에서 태어난 작가가 일본어로 (조선의) 이야기를 다시

〈그림 33〉 춘향과 이별하며 울고 있는 이몽룡. ⓒ쓰보우치 쇼요 연극박물관

쓴다는 사실은 배신의 징후로 여겨져 왔을 것이다. 그러나 '협력'이라는 문제는 식민자와 피식민자 사이의 경계를 모호하게 만들며 아직 충분히 극복되지 않았다. 따라서 식민 지배가 끝나고 60년이 지난 이후에 협력주의자들의 역사를 '청산'하기 위한 정부의 친일반민족행위 진상규명위원회가 구성되었다는 사실에서 알 수 있듯이, 이 문제는 한국의 역사와 정치에서 계속 문제가 되었다. 일본에서도 이와 비슷한 삭제와 망각이 행해져 왔다. 많은 조선인 작가들이 일본문학 장의 중심에서 각광을 받으며 초대되었던 조선 붐의 기간 동안 식민지 작가에 대한 온갖 열광과 집착이 있었다. 이때 식민지 작가들이 얻었던 급작스러운 명성은, 그들의 존재 자체에 대한 똑같이 급작스러운 망각과 짝을 이룬다.

'귀향'의 문제

지금까지 저자는 제국 속에 있는 초국가적인 향수의 양가성을 복합적인 층위에서 논의했으며, 이중언어를 사용하는 번역자의 '귀향' 문제에 대한 몇 가지 고찰로 이 장을 마무리하고자 한다. 식민본국의 비평가였던 아키타 우자쿠秋田雨雀는 〈춘향전〉이 조선으로 '귀향하는 아들'처럼 따뜻하게 받아들여지길 바란다고 말한 바 있다. 그는 특별히 장혁주가 아니라 이 공연 자체에 대해서 언급한 것이지만, 이 문제는 장혁주의 개인적인 귀향 경험과 관련하여 흥미롭게 생각해볼 만하다. 장혁주에게 이 것은 말 그대로 귀향이었다. 그러나 그의 귀향은 적대적인, 기껏해야 양가적인 반응을 얻었다. 춘향이 당시에 논쟁적인 이데올로기의 전유 대상이었던 것처럼, 내선융화라는 제국의 기획을 표면적으로 명백하게 고취하는 우자쿠의 발언 역시 전유될 수 있었다. 비록 비의도적일지라도 제국의 경계를 넘는, 개인들의 경험이 가진 역설과 양가성을 보여주기 때문이다. 반어적이게도 식민지 키치에 대한 제국주의자들의 욕망과 민족적 전통에 대한 민족주의자들의 욕망은, 상충하는 목표를 위한 동일한 욕망의 대상으로 통합되었다. 게다가 진정성을 추구하는 민족주의자들과 이국화를 추구하는 제국주의자들 사이의 모순에 붙들린 이중언어 작가의 딜레마는 불평등한 식민적 교환 속에서 그의 갈등하는 충성을 강조한다. 여기에서 저자는, 제국의 불평등한 맥락 속에서, 갈등하는 향수鄕愁적 욕망이 정점에 이르렀을 때, 피식민자와 식민자 사이에 이루어지는 "협력"의 순간을 고찰했다. 이는 해방 이후 조선과 일본이 각각의 민족 중심적인 거대서사로 분리되기 이전, 양국 문학사의 추문을 담은 통합을 엿볼 수 있는 순간이었다.

　김사량과 장혁주와 같은 식민지 조선 작가들은 조선 붐의 모순적인 논리를 성사시켰다. 조선 붐은 이국적인 조선의 문화를 쉽게 이해할 수 있는 언어와 형식으로 번역하는 일본의 식민본국적 물신숭배 현상이었다. 당시 일본인들은 식민지 타자에 대한 욕망과 혐오를 동시에 가지고 있었다. 일본인들의 소비가 증가하면서 조선 붐은 가능해졌고, 이러한 현상은 식민지의 동화와 차별이라는 제국의 두 방향성을 잘 보여준다.

　식민지적 문화 영역에서의 '조선 붐'과 함께, 또 다른 대중적 담론 현상이 나타났다. 트랜스식민지 좌담회는 식민자와 피식민자를 함께 불러 모았는데, 이 모임은 서로의 관심사를 공유하는 일련의 친밀한 모임처럼 보였다. 그러나 겉보기와는 달리 이 좌담회는 제국주의 이데올로기를 선전하기 위해 치밀하게 연출된 것이었다. 이 장에서는 이렇게 연출된 트랜스식민지 좌담회의 발흥을 살펴보고, 그것들이 식민자와 피식민자 사이의 대화의 문을 과연 성공적으로 열었는지를 검토할 것이다. '조선문학의 장래' 좌담회에 대한 면밀한 독해를 통해서 식민지의 미래에 대한 근본적으로 다른 전망에서 비롯된 긴장과 협력의 **실패**를 알 수 있다. 식민지 조선과 일본에서 각기 검열되고 활자화된 좌담회의 두 판본의 행간을 함께 읽음으로써, 이번 장은 제국의 불평등한 맥락 속에서 이루어진 식민자와 피식민자 사이의 트랜스식민지 협력의 **실패**가 갖는 의미를 검토할 것이다. 더 나아가 비밀스럽게 듣기eavesdrop와 다시 듣기를 포함하는 '엿듣기overhear'[2]라는 방법론적 전략을 통해 이 장은 좌담회라는 담론 형식 일반에 대해 보다 비판적이고 섬세한 고찰이 필요하다는 것을 제안할 것이다. 이는 또한 논쟁적인 식민지 과거와의 탈식민지적 만남이 갖는 중층결정된 본질에 대한 주의가 필요하다는 것을 의미하는데, 그에 따라 이미 폐허가 된 식민지 과거에 대한 끊임없는 다시-읽기와 엿듣기를 요청한다.

일본에서의 좌담회의 출현

당대 일본에서의 좌담회 담론 형식의 유행에 대한 야마자키 요시미츠山崎義光의 논문은 일본잡지에서 좌담회가 차지하는 독특하고 중요한 위치를 조명하는 것으로 시작한다.[3] 물론 이런 유형의 담론이 정말로 일본의 특유한 것인지는 논의의 여지가 있지만, 다른 이들이 이미 지적한 것처럼 일본에서 좌담회가 텔레비전에서 신문과 잡지에 이르기까지 편재한다는 사실은 주목할 만하다고 여겨지고 있다.[4]

이 논문은 부분적으로는 일본에서의 좌담회 형식에 대한 선행연구의 비역사적이고 부정적인 가정들에 대한 대응으로 보인다. 야마자키는 메이지 시대까지 거슬러 올라가 좌담회의 초기 형태를 추적하면서 좌담회 형식이 다이쇼(1912~1926)와 쇼와(1926~1989) 시대 사이의 이행기, 즉 거대한 사회적 격변이 있어났고 불확실한 시기였던 관동대지진(1923)과 만주사변(1932) 사이 어느 시점에 급격히 발흥했다고 보았다.

야마자키는 일본에서 이 특별한 역사적 국면에 좌담회가 급속히 유행하게 된 이유로 세 가지를 중요하게 꼽는다. 첫째, 수가 늘어난 잡지들 사이에서 경쟁이 증가하면서『문예춘추』나『신조』와 같은 잡지는 더 많은 독자를 확보하려 했고,『중앙공론』이나『개조』등 평론과 논쟁에 중점을 둔 다른 잡지와 스스로를 차별화하고자 했다는 점. 둘째, 일본에서 다수의 독자층의 등장 즉, 빠르고 간단명료하며 쉽게 이해할 수 있는 형태의 정보를 요구하는 대중 독자의 등장. 그리고 합평회와 같은 좌담회의 초기 형태가 문학에 중점을 두었던 것과는 달리, 더 이상 문학에만 한정되지 않는 보다 폭넓은 주제를 다루는 논의에 대한 관심의 발생. 셋째, 문학장 안에서의 다양하고 대립되는 목소리들이 관심을 얻기 위해 경쟁했고, 대중매체 시장은 갈수록 분화되고 경쟁이 심화되었다. 이처럼 활기차고 새로운 공적 담론 공간이 열리던 당시의 필요에 따라 좌담회가 출현했다는 것이다.[5]

야마자키는 다음과 같이 결론을 내린다.

좌담회는 제한된 소수의 논자들이 모인 친화적인 공간에서의 가벼운 대화를 기본으로 하는 동시에, 현재의 화제가 논의 주제로 제기되고, 공유된 관심과 논제의 지평이 개시되는 장이다. 확실히 짧은 대화에서는 참가자 개개인의 견해는 단편적이 되기 쉽다. 하지만 (좌담회는) 대립까지 포함한 다각적인 의견의 교환과 잡다한 이야기를 **그대로** 제시하거나, 또는 서로 동의하는 대화를 보여주면서 주관의 교차를 제시하는 방식으로 (대화를) **객**

관화한다.[6] (강조 - 인용자)

야마자키의 연구는 이번 장을 위한 유용한 시작점을 제공한다. 첫째, 좌담회 형식의 변화된 역할을 논의하기 위해서는 좌담회를 그것이 출현하고 재출현하는 역사적 맥락에 자리매김해야 한다. 둘째, 이번 장은 야마자키의 논문이 끝나는 데서 시작한다고도 할 수 있다. 저자는 그의 논문이 소개한 이른바 다이쇼 데모크라시(1912~1926) 시기의 바로 이어지는 시기를 다루고 있거니와, 더 중요한 것은 그 논문의 결론이 상정한바 자체를 심문하면서 시작하기 때문이다. 좌담회가 친밀하고 자연스러운 분위기를 기본으로 하고, 좌담회 형식에 의해 환기된 다양한 의견들이 있는 그대로 제시된다는 설명을 곧이곧대로 믿기보다는, 좌담회가 그러한 분위기를 의도적으로 만들어내는 방식을 보다 비판적으로 바라볼 필요가 있다. 좌담회가 1930년대 후반의 일본 제국 도처에서 선전의 목적으로 전용되었던 방식에 주목해볼 때 좌담회의 분위기가 갖는 이데올로기적 효과를 재검토할 필요는 더욱 명확해진다.

비평가들은 상당히 일찍부터 좌담회의 선전선동적 경향에 대해 의혹을 표명해왔다. 예를 들어, 1923년에 출판된 대중잡지 『신조新潮』의 「최근의 비평과 창작 - 월평 이후」란 가와바타 야스나리의 글은 그러한 비평 중의 하나다. 여기서 '월평'은 좌담회의 초기형태로서, 침체된 것으로 여겨졌던 비평계에 새로운 활력을 불어넣어 줄 목적으로 조직된 '합평회'를 의미한다. 그는 합평회라는 형식이 분명 시대가 요청한 것이며, 저명한 인물들을 한자리에 불러모음으로써 이전까지 비평에서 결여된 것으로 여겨진 '권위의 분위기'를 만들어냈고, 좌담회 형식에 의해 환기된 권위적인 것은 대중들에게 많은 인기를 얻게 되었지만, 그 자체에 대해서 멈춰서 생각해봐야 한다고 다음과 같이 경고한다.

> 모인 사람들의 명성이 **사대의식**을 형성하여 합평의 언어가 권위를 얻음으로써 그들의 말이 주목받고 신뢰받게 되는 것처럼 보였다. 그들의 말에는 신용할 만한 좋은 부분도 많이 있다. 하지만 종래의 월평에 권위가 없다는 선입견처럼 합평에 권위가 있다는 선입견 역시 매우 위험하다. (…중략…) 적어도 우리 현 문단의 청년은 합평회로부터 혜택과 폐해를 함께 받을 것을 각오하지 않으면 안 된다.[7] (강조 — 인용자)

다시 말해서, 이전의 월평 형식에서 부족했던 권위의 아우라를 만들어 내는 중요하고 저명한 인물들을 한자리에 불러 모은다는 것 자체가 독자들로 하여금 그러한 '권위'를 당연한 것으로 받아들이게 하는 상황을 초래할 수 있고, 심지어 새롭고 참신한 생각을 발전시키는 것을 방해할지도 모른다는 것이다. 좌담회의 형식이 이 가와바타의 발언 직후 전쟁기 제국에서 선전선동을 위해 적극적으로 동원되었던 방식을 생각해보면, 좌담회의 양가적인 가능성에 대한 가와바타의 발언은 선견지명으로 보인다.

좌담회의 인기에 대한 다른 언급들은 좌담회 형식이 독자들뿐만 아니라 그 형식을 만들어내는 측에게도 매력적일 수 있었던 몇 가지 이유를 지적하고 있다. 편집자와 기획자뿐만 아니라 초대된 참가자들에게도, 좌담회 현장은 많은 준비를 할 필요 없이 눈앞의 어떤 쟁점에 대해서도 함께 논의할 수 있는 쉽고 빠른 방법을 제공해준다. 또한 좌담회 형식은

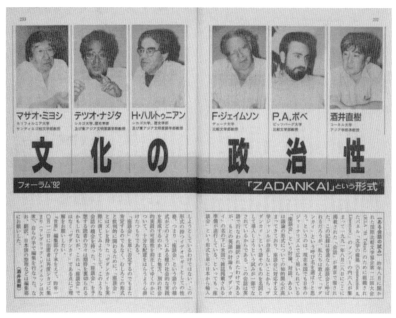

〈그림 34〉 좌담회. 왼쪽에서 오른쪽으로, 마사오 미요시, 테츠오 나지타, 해리 하루투니언, 프레드릭 제임슨, P.A. 보베, 사카이 나오키. ⓒ와세다대학 아카이브

참여명단에 오른 인물들의 명성을 통해 즉각적이고 이미 주어진 권위의 분위기와 전문성이라는 아우라를 환기한다. 좌담회 참가자들은 사실상 자신을 널리 알릴 기회를 보장받고, 다른 권위자들 옆에 앉음으로써 명성을 높일 수 있었기에, 그들을 좌담회에 참여하도록 설득하는 일은 수월한 일이었다. 게다가 상업적 성공이 거의 확실했다는 사실은 관여된 모든 이들에게 좌담회를 더욱 매력적으로 만들었다. 이러한 요소들은 좌담회가 일본 대중매체에서 영구적인 것처럼 보이는 고정적인 영역을 차지하도록 추동했다.

이제, 1992년에 열렸던 한 좌담회를 살펴보자. 미국학계에서 활동하는 여러 연구자가 좌담회 자체의 문제적 특성에 대해 논의하기 위해서 자신들도 좌담회를 열어 논의를 하였다. 이렇게 좌담회 형식을 취한 것은 토론회의 이데올로기적 효과에 대한 메타비평이었다. 해리 하루투니언, 마사오 미요시, 프레드릭 제임슨, 나지타 테츠오, 사카이 나오키 등 당시 미국학계에서 가장 유명한 학자들로 이루어진 좌담회는 영어로 진행되었다. 이 좌담회는 진보성향의 일본잡지 『세계世界』의 1992년 10월 호에 일본어로 활자화되었다. 하지만 이 좌담회의 영어 '원본' 기록은 우리에게 없다. 좌담회의 원본이 없는 상황에서, 저자는 이들의 만남을 활자화된 일본어 판본으로부터 영어로 되돌아가는 재번역을 시도하고자 한다.

이 연구자들의 좌담회에서 이들이 비판하고자 한 전형적인 좌담회와 차별화되는 무엇인가가 성취됐는지는 논의의 여지가 있지만, 그들은 좌담회 형식을 뒷받침하는 이데올로기에 대해 많은 중요한 물음들을 제기했다. 그들의 비판은 다음과 같이 좌담회의 한계를 지적한다. 좌담회는 불편한 갈등을 야기할 수 있는 주제들을 배제하고, 유명인사들을 불러모음으로써 이미 도출된 합의를 구성하고 수행한다(하루투니언); 전반적으로 진지하게 숙고된 논의를 결여하고 있다(미요시 마사오); 깊이 있는 논의와 진정한 의견 차이가 표출되기 어렵다(프레드릭 제임슨); 사상은 쉽게 소화될 수 있는 진부한 내용과 잘 포장된 인상적인 어구들로 파편화된다(사카이 나오키).

몇몇 지점들에서 의견 차이를 보이지만, 이들 비평가들은 현대 일본 대중문화의 질이 전반적으로 하락했다는 것에는 합의를 이루고 있는 것으로 보인다.[8] 그들은 현대 사회, 특히 지구화와 전후 산업화 그리고 후기자본주의의 고도성장의 맥락에서 좌담회가 이데올로기적으로 이용되었다는 사실이 대중매체의 전반적인 쇠퇴를 보여주는 징후라고 지적한다. 예를 들어, 하루투니언은 향수에 젖어 과거의 좌담회 형식을 상기하며, '근대의 초극'과 '주체성' 등에 대한 좌담회를 진정한 대화와 사상교류의 최고의 사례로 칭송하고, 전후 일본의 타락한 문화적 맥락에서 그러한 가능성들이 쇠퇴하였음을 안타까워한다.[9]

여기에서 우리는, 가와바타가 앞서 진술했듯이, 좌담회 형식 자체에 잠재되어 있는 (부정적이거나 생산적인 검열 모두를 포함하는) 선전선동의 가능성, 그리고 그것이 다양한 목적들에 따른 서로 다른 사회적 맥락에서 전용될 수 있다는 점에 주의를 기울여야 한다. 안타깝게도 위의 좌담회에 대한 메타비평은 전후 시기 이후에 국한하여, 일본 사회에서의 좌담회가 갖는 문제적 역할을 급격한 근대화와 후기 (포스트)모더니티의 징후로 진단하고 있다. 이 글에서는 그들의 메타비평을 전유하여 전전과 전쟁기의 조선과 일본의 결합 속에서 발생했던 트랜스식민지 좌담회의 발흥을 검토할 것이다. 그들의 비판을 식민지 근대의 맥락 안에 온전히 위치시킴으로써 식민 시기로부터 탈식민 시기까지의 연속성을 조명할 수 있도록 할 것이다.[10]

좌담회 엿듣기

식민지 조선과 종주국 일본 사이의 접촉면에서 출현한 전시 좌담회를 검토하려 할 때, 위의 비판들을 유념하는 것은 중요하다. 1930년대 말에서 1940년대 초까지 일본과 조선의 문화 인사들이 참석한 좌담회의 급증한 횟수는 1945년 이후 남북한과 일본의 담론 공간에서 좌담회가 실

질적으로 사라졌다는 사실과 분명한 대조를 이룬다.[11]

　앞서 언급한 『세계』의 좌담회에서, 프레드릭 제임슨은 신선한 통찰을 보여주었다. 그는 텔레비전 토크 쇼와 같은 여타 대담 형식과 대립되는 좌담회의 특수한 성격은 '청중의 부재'[12]이며, 우리가 좌담회를 경험하는 방식은 '읽기'라기보다는 '듣기'라고 보는 것이 더 적절하다고 지적한다.[13]

　이 '읽기'와 '듣기'라는 개념은, 서로 다른 시각이 충돌하고 있는 식민지 과거에서 행해지고 오늘날에 전해져 온 트랜스식민지 좌담회와 우리의 만남을 유익하게 재고할 수 있게 한다. 더욱이 우리가 탐구하려는 바로 그 사건에 우리가 '부재'한다는 사실은 우리의 '읽기/듣기'를 언제나 짧은 기간에 실현되는 좌담회가 열린 실제 장소로부터 필연적으로 매개되고 거리를 둔 경험으로 만든다. 제임슨의 중요한 통찰을 참조하면, 이 필연적으로 거리가 있고 매개된 경험, 즉 트랜스식민지 좌담회와 우리 자신의 탈식민적 만남이란 사실상 **엿듣기**의 경험에 가까운 것이다. 부재하거나 부재하도록 만들게 된 식민지 과거들의 탈식민지적 독해를 엿듣기로 재규정하는 것은 원 좌담회 수행과 우리 자신의 만남에 거리가 있음을 상기시킨다. 즉, 우리는 당시의 좌담회를 식민지 역사와 탈식민적 기억을 분리시키는 갈등의 층 아래에 파묻힌 조잡한 잔여물로서만 이용할 수 있는 것이다.

　엿듣기는 이론적 방법론으로서, 과거 텍스트와의 중층적인 만남이 갖는 한계와 가능성을 동시에 통찰할 수 있게 해준다. 엿듣기의 이러한 탈식민적 위치는 우리를 최초로 담화가 일어난 장소의 완전한 안도 완전한 밖도 아닌, 그 사이에 낀 공간에 자리하게 한다. 한편으로, 좌담회 형식은 친밀한 집단 사이의 대화를 엿들을 수 있는 특권적 위치를 마련한다는 점에서 독자들에게 내부자의 자리를 제공한다. 그러나 다른 한편으론, 발언자들의 내부 그룹 바로 밖에 있다는 점에서 좌담회의 독자는 '외부자'의 자리에 위치한다. 이 양가적이고 경계적인 자리는 담론 생산의 장소로부터 거리를 두고 있다. 이 자리에서는 제한된 접근만이 가능하지만, 동시에 다른 잠재력과 비판적 가능성들로 가득한 또 다른 공간을 만들어낸다. 또한 우리의 불확실한 위치 자체는 우리가 눈앞에 있는 텍스트에 접근할 때, 이 접근 자체가 본질적으로 여러 겹의 제한을 갖는다는 것을 자각하게 해준다. 과거에 실행된 좌담회는 제국의 언어로 쓰인 기록의 파편을 통해서만 우리에게 전해진다. 그리고 그 파편들은 식민지 시기에서부터 탈식민 시기에 이르는 여러 겹의 검열을 당한 것이다.

「엿듣기로서의 이해 ─ 목소리의 대화론을 위하여」에서 리차드 악젤 Richard Aczel은 독서 경험 일반을 엿듣기로 재고할 것을 제안하며, '엿듣기에 대한 역사적으로 자리매김된 독자중심적인 접근법'의 발전을 요구한다.[14] 악젤은 'over'를 적어도 네 가지의 서로 다른 의미로 사용한다. "그것은 일단 중층결정의 복잡함을 뜻하는 over이며, 무엇인가가 반복되고 되풀이 될 때의 시간적이고 역사적인 over이고, 간과한다고 할 때의 불완전하고 부족하다는 의미의 over이며, 일반적인 의미에서 엿듣다라는 말이 뜻하는 우연과 의도의 결합으로서의 over이다."[15]

데리다, 하이데거, 가다머, 바흐친 등의 논의를 활용하여 악젤은 독자 중심 이론 또는 '엿듣기로서의 독서'를 제안하고, '독서를 경험한다는 것은 독자의 역사적 위치에 의해 이미 중층결정되는 텍스트 내의 다양한 목소리를 듣는 것'이라고 주장한다.[16] 다시 말해서 읽기 행위는 텍스트의 역사적 맥락 속 다양한 목소리와 앞선 모든 역사적 듣기를 포함하는 독자의 엿듣기가 참여하는 대화적 과정이다.[17] 악젤의 통찰력 있는 결론은 우리의 맥락에서 되풀이해도 의미가 있을 것이다. 역사적으로 자리매김된 한 독자의 지평은 텍스트의 지평, 그리고 역사적으로 자리매김된 또 다른 독자의 지평과 근본적으로 다르다. 이 차이는 텍스트의 목소리들을 역사적인 엿듣기로 듣게 (그리고 말하게) 구성한다. 이는 자아와 타자 사이의 중층결정되고 대화로 구현되는 만남 속에서 새롭게 듣는 것이다.[18]

읽기를 목소리들의 엿듣기로, 자아와 타자의 만남으로 생각할 것을 주장하는 악젤의 견해는 서로 다른 시각이 충돌하고 있는 시대에 발생한 후 (오직 파편들로만) 전달되어 온 트랜스식민지 좌담회와 만나는 우리의 경험을 재고하는데 유용한 방법이 될 것이다. 우리가 제국의 불균등한 맥락에서 식민지와 종주국을 나누는 다양한 (공간적 그리고 여타의) 차이를 가로지르며 조선인과 일본인이 모인 이러한 좌담회의 트랜스식민지 만남의 실패를 엿듣고자 할때, 우리는 탈식민적 엿듣기에 분명히 존재하는 시간적 간극을 의식해야 한다. 우리가 식민지와 탈식민지의 유산에 의해 중층결정되고 서로 다른 시각이 충돌하고 있는 과거에 제한적으로 접근할 수밖에 없다는 것을 반성하는 것이 필수적이기 때문이다. 공유하지만 이론의 여지가 있는 과거와의 이 껄끄러운 관계에도, 또는 어쩌면 바로 이 때문에, 우리는 우리 자신의 인송석-민속석 소속에 기반한 편협한 전제하에 한 번의 그리고 최종적인 해석을 내리려 하지 말고, 이 텍스트들을 읽고 다시 읽고, 듣고, 다시 들어야만 할 것이다.

'조선문화의 장래' 좌담회

지금부터 우리는 트랜스식민지 좌담회를 '읽고/엿듣고자'한다. 전시戰時 일본 제국이 새로운 영토로 확장해 감에 따라 조선의 역할이 전쟁 수행을 위한 철저한 동화와 동원으로 바뀌면서 이러한 좌담회들이 유행하게 되었다. 예를 들어, 조선과 일본의 접촉면에서 생산된 유력 잡지인 『국민문학』에 실린 트랜스식민지 만남과 관련된 좌담회에서 상당히 많은 예를 찾아볼 수 있으며,[19] 다른 잡지와 신문에도 이러한 좌담회를 쉽게 찾아볼 수 있다.[20] 이러한 트랜스식민지 좌담회의 유행은 팽창하는 전시 제국 안에서 식민지의 역할 변화라는 맥락에서 이해해야 한다. 「조선문화의 장래」 좌담회에 대한 엿듣기는 이 시기에 양산된 트랜스식민지 좌담회가 동화정책의 성공이나 식민지와 식민본국 사이의 조화로운 상호작용이 아니라 의미심장한 불안과 갈등하는 욕망을 부지불식간에 노출한다는 사실을 보여줄 것이다.

일본의 식민지 관리들이 트랜스식민지 좌담회들을 통해 제국의 사상을 선전하고자 결연한 노력을 기울였다는 사실은 그리 놀라운 일이 아니다.[21] 특히 식민지적 맥락에서 좌담회가 불편하게 느껴지는 이유는 좌담회의 형식 자체 때문이다. 친밀하고 격식을 차리지 않는다는 모습을 연출하며, '있는 그대로'를 재현한다는 외관을 가지고 명사들의 권위를 덧붙인 좌담회의 형식은 사람들로 하여금 이 불확실한 시대에 식민자와 피식민자가 정말로 개방적인 교류와 대화에 함께 참여하고 있다고 생각하게끔 만든다. 그러나 이 조선인과 일본인 사이의 좌담회 '붐'은 조선 붐과 아주 유사한 것이었는데, 두 현상이 시기적으로 동일했다는 사실

뿐만이 아니라 진정한 참여와 문화 생산자로서의 식민지 조선인들과 만난 것이 아니라, 조선문화를 대상화하고 상품화 했다는 점, 다시 말해 조선문화를 대중매체를 통해 중개하고, 제국의 욕망에 따라 그것을 번역하고 상품화했다는 점에서 그러했다.

이제 우리가 살펴볼 「조선문화의 장래」라는 트랜스식민지 좌담회는 전쟁기의 두 대중매체적 현상이 제국의 맥락에서 어떻게 상호 강화하는지를 보여주는 중요한 사례이다. 번역된 「춘향전」의 공연과 그 번역이 제국의 구미에 맞게 번역됐는지를 논의하기 위해 모인 이 좌담회는 조선과 일본의 문화 생산자들 사이의 (식민지적) 협력의 산물이었다. 이 두 사건은 조선이 일본 제국으로 조화롭게 동화되고 있음을 보여주기 위해 시도되었고 당시 대부분의 사람들도 그렇게 받아들였다. 하지만 엿듣기의 다시 읽기 전략을 통해 역설적으로 우리는 트랜스식민지 조화라는 제국이 내건 구호의 와해 자체를 드러낸다는 완전히 다른 결론을 내리게 될 것이다.

경성에서의 〈춘향전〉 공연 전날 열린 좌담회에 조선과 일본에서 온 주요 문학전문가들은 조선문화의 장래를 논의하기 위해 이 식민지 도시에 모였다.[22] 행사의 좌장인 하야시 후사오(1903~1972)는 식민지에 대한 지식의 중요성에 관한 훈훈한 일화를 회상하면서 좌담회를 시작했다. 그는 우가키 총독의 강연록을 훑어보며 조선을 가로지르며 만주와 중국북부로 가던 최근의 기차 여행에서 깨달은 바를 좌담회에 사람들에게 이야기했다.

오늘의 좌담회는 '조선문화의 장래와 현재', 혹은 '문화에 있어서 내선일

체의 길은 어디에 있는가'라고 하는 주제로 이야기를 진행해 가고자 합니다. 원래 저는 이번에 만주와 북지(北支)를 돌아볼 목적이었기 때문에 조선은 들르지 않을 예정으로 내지를 출발했습니다. 하지만 관부연락선 안에서 우연히 같은 방에 있던 노인으로부터 '당신도 조선을 간과하고 만주나 북지만을 머릿속에서 생각하는 것 같은데, 그것은 큰 잘못입니다'라는 말을 들었습니다. (…중략…) 그리고 나서 경성에 와 총독부 사람도 만나고, 또 조선의 청년들도 만나고 (…중략…) 게다가 오늘밤 모여있는 제군과 만나서도, 내지와 가장 가까운 곳은 조선인데 그 가장 가까운 곳을 모른 채 먼 만주나 북지를 갑자기 알고자 해도 어쩔 수가 없는 게 아닌가 하는 생각이

들었습니다.[23]

위의 도입부에서 알 수 있듯이, 이 트랜스식민지 좌담회는 격식 없는 친밀한 (모임의) 공간이었다기보다는 제국 일본의 중국과 만주로의 팽창 그리고 그러한 노력 안에서 식민지 조선에 할당된 역할의 변화라는 정치적 맥락과 깊이 결부되어 있었다. 하야시 후사오가 자신이 타고 있던 철도가 군수 물자를 효과적으로 보급하기 위해 전략적으로 부설되었다며 지나가듯이 말하거나, 우가키 전 총독의 조선 강연록을 여행 중에 읽고 싶어서 챙겨왔다는 언급은 이러한 사실을 분명히 해준다. 이 좌담회와 그것이 내건 내선일체라는 슬로건 아래에 실제로 깔려 있었던 목적은 조선의 전시동원을 위한 유용성이었지, 지식인들이 지지했던 평등을 향한 유토피아적이고 휴머니즘적인 손짓은 아니었다.

제국이 팽창해감에 따라 당시 조선의 역할은 변하고 있었고, 이러한 맥락에서 기억하기 쉽고 유연한 것처럼 보이는 내선일체라는 구호는 다양한 해석이 가능하다는 점 때문에 매력적이었다.[24] 오늘날에는 진상을 알게 되었지만, 제국의 이데올로그들에 있어 그 구호는 무엇보다도 조선인들을 전쟁에 협력하게 만드는 계략으로 기능했다.[25] 반면에 많은 조선인들에게 있어 그것은 비체화^{abjected}된 식민지 주체라는 그들의 부차적 지위에서 벗어날 수 있는 기회로 여겨졌다. 구호 자체와 일본이 차지하고 있는 특권적인 위치 사이의 모순은 오늘날 탈식민의 상황에서는 명백하게 보인다. 심장과 피 그리고 살을 함께 섞는다는 미나미 총독의 섬뜩한 신체적 은유가 이 조화로운 새로운 관계 속에서 조선인들에게 (대부분 일방적으로) 요구되었던 폭력적이고 고통스러운 희생의 전조가 된다는 것은 오늘날의 시선에서는 분명하게 보인다. 하지만 그 격동의 시기 한가운데서 일부 피식민자조차도 유토피아적인 전망을 바탕으로 보다 대등한 조건 위에서 새로운 미래를 만들어갈 기회라는 슬로건의 잠재력에 주목하려 했고, 그들은 이러한 모순들은 알아차리지 못했거나 적어도 전략적으로 경시하였다.[26] 폭력적 억압과 1919년 3·1운동과 같은 다양한 독립시도의 실패 이후, 일본이 세계 무대에서 점차 영향력을 발휘해 나가는 상황에서[27] 많은 조선의 지식인들이 식민화된 주체라는 자신들의 곤경에서 벗어나기 위한 새로운 방책을 찾는 데 필사적이었다는 것은 더 이상 놀라운 일이 아닐 것이다.

그러나 처음에 이론적으로는 유토피아적 가능성을 부여했을 내선일체라는 구호의 유동성은 술책과 모순적인 정책 및 법률로 수행되었다. 따라서 이 같은 법률이 식민지인들에게 진정한 평등을 실현하기 위해 요구했던 모든 희생에도 불구하고, 실제로는 이들에게 진정한 평등을 부여하는 것을 계속해서 미루었다.

여기서 저자는 '조선문화의 장래'를 논의한다는 거창한 명분으로 조선과 일본의 주요한 문화 인사를 함께 불러 모은 한 좌담회에 주목하고자 한다. 하지만 이 좌담회는 열린 대화를 통해 새로운 미래를 함께 만들어내기 위해 다양한 의견들이 맞물리는 장소가 아니었다. 조선의 장래는 처음부터 이미 결정되어 있었으며, 참가자들은 하야시 후사오가 제시한 '내선일체로의 길'이라는 양도할 수 없는 편도의 티켓을 (어쩌면 자신도 모르게) 구입한 것으로 보인다.

1938년 10월에 열린 이 좌담회는 먼저 식민지에서 총독부의 일본어 신문『경성일보』에 제6회에 걸쳐 연재되었고, 종주국에서는 몇 달 후 영향력 있는 문학잡지인『문학계』에 재수록되었다. 이 글은 두 판본의 시·공간적 거리에 다리를 놓기 위해, 이 둘을 함께 읽으면서 검열이 빚은 이들 사이의 차이가 갖는 의미에 대해서 집중할 것이다.

먼저『경성일보』에 실린 좌담회의 제목「조선문화의 장래와 **현재**」가 『문학계』에서「조선문화의 장래」로 바뀌었다는 사실에 주목해보자.[28] 『문학계』의 좌담회 제목에 '현재'가 빠진 것에 대한 수많은 이유를 떠올릴 수 있겠지만, 그러한 삭제 뒤에 있는 음모를 추측하는 것은 이 글의 관심사가 아니다.[29] 제목에 '현재'가 부재한다는 사실은 조선문화의 '과거'에 대한 종주국 비평가들의 관심과, 대화를 자신들의 '현재' 상황으로 이끌어 가고자 했던 식민지인들의 반복된 시도 사이에 내재하는 상이한 욕망들의 의미를 숙고하는데 유용한 실마리를 제공한다. 이러한 차이는 좌담의 내용 자체에서 매우 분명하게 드러난다.

좌담회에 참석한 모든 이들은 '현재' 조선문화계의 상황이 무언가 잘못되었으며 더 나은 미래로 나아가기 위해 이 문제를 시급히 개선해야 한다는 사실에 동의하고 있는 것처럼 보인다. 하지만 우리는 그러한 문제들의 근원에 대한 근본적인 차이를 지닌 의견들과 그에 따른 미래를 위한 매우 다른 해결책들을 들을 수 있다. 관련 대화를 엿들어보자.

앞서 살펴본 것처럼, 개인적 일화로 좌담회의 장을 연 하야시 후사오는 조선에 대해 전혀 무지했음을 대수롭지 않게 인정하면서 조선인들에게 현지 정보제공자로서 조선문학계의 현상황에 대한 간략한 소개를 부탁한다. '내지 작가들은 조선에 대해 아무 것도 모르'기 때문에 잡지들의 이름과 같은 기본적인 사실들을 알려달라고 조선인들에게 요청한다는 것이다.[30]

김문집이 식민지의 몇몇 유력 잡지와 신문을 나열한 후, 임화는 곧바로 출판계의 상황에 대한 한탄을 다음과 같이 덧붙인다. "조선 작가들은 글을 써서는 먹고 살 수 없습니다." 현 상황에 대한 이러한 암울한 평가는 『경성일보』 연재분에 붙여진 부제, "힘겨운 반도의 작가─무대가 적어서 생활이 여의치 못하다"에서도 강조된다.[31]

이 새로운 정보에 충격받은 하야시는 "그렇다면 (작가들은) 어떻게 하고 있습니까?"라고 묻는다. 이에 대해 임화는 "작가로서 밥을 벌어먹고 있는 사람은 아무도 없기 때문에 모두 무엇인가를 하고 있습니다. 달리 일이 없는 사람은 방법이 없으니 밥을 먹다 못 먹다 합니다."[32]

모든 사람들이 여기에 분명히 문제가 있다고 동의하는 것처럼 보이지만, 그러한 '결핍'에 깔린 원인이 무엇인지에 대한 해석에는 근본적인 차이가 생긴다. 일본의 공식적인 입장은 그들이 '퇴행'으로 간주하는 중국과 유교 영향의 잔재를 그 원인으로 강조한다. 이러한 평가는 해당 연재분의 첫 번째 절의 제목, "조선문학계의 현상─유교만능과 한자편중의 폐단"에서 분명하게 드러난다.[33]

이러한 제목하에 조선인들은 다시 현지 정보제공자로서 조선문화의 상황, 특히 극예술 상황에 대해 알려줄 것을 요청받는다. 연극 분야의 전문가인 유치진은 조선에서, 특히 조선왕조 이래로 극예술과 연극에 대한 지원이 부족했다는 사실을 지적한 후, 유교에 의해 극예술이 '천한 것', 문학 장르의 위계에서 '수준 낮은' 민속예술로 지정된 것을 이 장르가 낮은 지위에 있는 원인으로 든다. 무라야마는 이에 대해 "조선의 문화는 그 점을 분명히 하지 않으면 발전할 수 없고, 문학에 관해서는 지금 그 변천과정에 대해 무엇을 하면 좋을 것인지를 논의할 필요가 있다고 생각합니다"라고 답한다.[34]

조선왕조 시기 극예술의 낮은 지위와 관심의 부재에 대한 조선 비평가들의 비판을 일본 비평가들은 조선문화가 전반적으로 발달하지 못했다는 자신들의 견해를 뒷받침하는 데 사용한다. 그러나 이러한 현상은 동서양의 많은 문화권에서 나타나는 보편적인 현상이었다. 예를 들어 영국 빅토리아 왕조의 셰익스피어와 일본 도쿠가와 막부 시대의 가부키 극은 사회적 지위를 확보하기 위해 고투했고, 그 뒤에서야 최고의 국가적 문학 정전의 자리에 올랐다. 이러한 과도한 일반화는『문학계』판본에서 무라야마의 언급이 수정되면서 보다 명확하게 드러난다.

> 조선문화의 장래는 현재, 어찌해서 이런 상태가 되었는가, 그것을 확실히 하지 않으면 발달할 수 없다. 문학에 관해서는 나중에 자세히 다루도록 하고, 지금은 이짐을 어떻게 하면 좋을지를 (…중략…) 논해야만 한다고 생각합니다.[35]

전략적인 검열과 식민지에 대해 '아무것도 모른다'는 것을 인정한 이들에 의해서 이뤄지는 해석의 비약을 통해, 하나의 특정 장르에 관한 논의는 조선문화 전반의 개탄스러운 상황에까지 확장된다. 게다가 이러한 현상은 과거, 특히 유교와 중국문화의 잔재로부터 직접적으로 귀결된 것으로 여겨졌다. 이것이 함축하고 있는 것은 조선문화가 조선왕조 이후로 정체되어 왔다는 것, 그리고 지금 열리고 있는 좌담회와 같이 해결을 모색하는 시혜적인 논의들을 통해 일본의 근대적 감각의 도움을 받음으로써 해결책을 찾을 수 있다는 것이다. 이는 당시 식민지의 경제에서부터 민족성에 대한 본질주의적 일반화에 이르는 다양한 영역에서 개진된 제국주의자의 논의에서 일반적으로 나타나는 것이었다.

이러한 진단과 대조적으로, 조선의 비평가들은 현재 문제의 뿌리를 찾기 위해 그처럼 먼 과거를 들먹일 필요는 없다고 말한다. 김문집은 식민지 검열이라는 주제를 직접적으로 지적하면서 활기 없는 조선문화계의 현 상황을 평가하기 시작한다.

> 이전에는 이러저러한 잡지가 있었지만, 요즘에는 줄어들었습니다. 일간 신문도 예의 마라톤으로 유명한 손기정의 사진, 즉 일장기문제로 정간되고, 겨우 작년 6·7월에 허가를 받았던 『동아일보』라는 것이 있습니다만, 『중앙일보』는 없어지고, 『매일신보』 외에는 『조선일보』라고 하는 것이 있습니다. 잡지도 상당히 있었는데, 종이가 비싸지고, 또 총독부의 의향도 있어서 점차 줄어들었습니다. 우리들의 밥그릇이 줄어들었습니다.[36]

김문집은 조선왕조 이후의 조선문화의 정체를 가정하거나 과거의 잔재를 탓하기보다는 매우 최근에 상황이 급격히 악화되었다는 점을 분명히 한다. 그는 이 문제의 뿌리를 아주 오래된 중국문화의 영향에서 찾는 것이 아니라 당대 매스미디어에 대한 제국주의적 검열과 규율적 통제라는 근대적 기술의 효과를 이유로 든다. 당시 여전히 민감한 사건이었던 조선인 마라토너 손기정 사건, 즉 일장기가 그려진 옷을 입고서 1936년 베를린 올림픽에서 금메달을 받았으나 편집자가 신문 사진에서 일장기를 삭제한 사건에 대한 언급은 이 요점을 충분히 잘 전달한다.

이와 같이 식민지 문화계의 동일한 현실적 조건을 마주하면서도, 양측은 그들의 입장 차이와 제국 내에서의 불평등한 위치 때문에 완전히 상충하는 진단에 이른다. 식민지 체제의 문화 정책을 옹호해야만 하는 일본 측이 당대의 검열 문제를 전략적으로 회피하고 문제를 진단하기 위해 과거로 눈을 돌리는 반면, 조선인들은 당대 일본의 제국적 정책의 맥락을 직접적으로 지적한다.

일본인들이 과거에 초점을 맞추고, 조선인들이 현재에 초점을 맞추기 때문에 둘이 사안에 대해 의견 일치를 보지 못하는 것은 이 뿐만이 아니다. 조선에서 출판 지면의 부족과 작가들의 생활고 문제는 식민지에서의 언어정책 문제와 직결된다. 이 근본적인 문제에서도 양측은 다시 최선의 해결책을 공유하지 못하는데, 왜냐하면 근본적인 문제에 대한 그들의 이해가 다른 층위에 있기 때문이다.

이러한 의견 충돌이 옛 과거의 문화적 산물에 관한 대화에서는 드러나지 않는다는 사실은 중요하다. 양측 모두에게 과거는 향수를 불러일으키는 즐거운 기억으로 가득 차 있어 대화를 나누기에 안전한 주제처럼 보인다. 탈춤, 인형극 등 다양한 조선의 옛 민속예술에 대한 즐거운 잡담이 길게 이어졌다. 일본 비평가들, 특히 꽤 공들인 조선 공예품 컬렉션을 가지고 있었던 것으로 알려져 있던 무라야마는 그러한 민속 예술에 대한 이야기에 열을 올렸다. 하야시는 식민자가 피식민지자로부터 영향을 받았을 수 있고, (심지어) 일본 극중 일부는 조선문화의 영향을 받았다는 사실을 관대하게 인정한다.

그러나 (아마도 이런 식으로 정작 중요한 문제를 피하고 있는 것에 지쳤을) 조선인들이 당시 그들에게 가장 급박한 쟁점, 특히 제국 내에서 조선어의 운명 등으로 논의를 이끌어 가고자 할 때, 분위기는 급변하고, 긴장감은 손에 잡힐 듯 생생하다. 이들의 대화를 구체적으로 살펴보자.

> 이태준 : 아키타 선생에게 여쭙고 싶습니다만, 조금 전에 조선어로 쓰든 국어(내지어)로 쓰든 좋다고 말씀하셨는데, 우리로서는 중대한 것이라서 본론과는 조금 다르지만 질문 드립니다. 내지의 선배님은 우리 조선의 작가들이 조선어로 쓰는 것을 마음으로 희망하고 계십니까 아니면 내지문으로 쓰는 것을 더 희망하고 계십니까?[37]
>
> 임　화 : 조선 사람이 내지문으로 쓰는 것이 좋은가, 조선문이 좋은가 하는 것입니다.
>
> 아키타 : 우리 작가의 요망, 그리고 대중의 요망으로, 즉 대상을 대중으로 두는 작가로서는 국어가 좋다고 생각합니다.[38]
>
> 무라야마 : 그렇습니다. 조선문화를 조금이라도 더 많은 사람들에게 읽히게 하고, 요컨대 내지의 사람들로부터 반향을 얻기 위해서는 말이죠. 조선어로 쓰인 것은 내지인들이 읽을 수 없으니 반향이 없다고 생각합니다. 역시 조선에도 실제로는 국어가 보급되었으니까 실제에 입각해서 생각한다면 국어로 쓰는 편이 널리 읽

히게 된다고 생각하기 때문에 국어가 좋겠지요.

아키타 : 국어로 써서 널리 읽히게 하고, 일부를 조선어로 번역한다면 좋

겠죠.

정지용: 양쪽을 다 써도 좋다고 생각합니다.[39]

좌담회 현장에서 실제로 그러했는지 아니면 사후 편집 때문에 그러한지 쉽게 판단할 수 없지만, 이 인용에서 일본 비평가들은 마치 그들의 논점을 미리 짜 맞춰 놓은 것처럼 서로의 말을 되풀이하는 반면에 그들의 대화 상대자인 조선인들과는 전혀 의사소통을 하지 못한다. 이 대화에서 정지용의 발언은 마치 다른 사람들의 반복된 독백들 뒤에 논의의 흐름과 상관없이 튀어나온 엉뚱한 소리처럼 들린다. 이 어려운 문제를 대화에 끌어들이고자 한 조선 작가들의 시도에도 불구하고, 또 식민자 측이 조선인들의 욕망에 귀 기울이고자 한 의욕에 반해서, 이 주제가 교섭 가능한 것이 아니었음이 곧 명백해진다. 피식민자에게 허용된 자비에는 한계가 있는 것처럼 보인다. 계속 읽어보자.

하야시 : 국어의 문제가 나왔는데, 이것은 매우 중대한 것이라고 생각합

니다. 우리로서는 조선의 제군에 말씀드리지만 작품은 모두 국

어로 써 줬으면 합니다.

아키타 : 그것을 번역하면 될 것입니다.

임　화 : 이것은 큰 문제입니다.[40]

이 대화에서 다시 중요한 단절이 있다는 것을 분명하게 알 수 있다.

무라야마 : 조선어로 쓰면 표현할 수 있지만 국어로 쓰면 표현할 수 없다고 하는 조선어의 독특한 것이 있다면, 즉 뜻을 국어로 표현해도 부족하다고 하는 것이 있다면 매우 안타깝다고 생각하지만, 그렇지 않은 한, 거의 여기까지 오면 눈앞의 문제로서는 국어로 써도 지장이 없는 것 같으니, 조선어로 쓰지 않으면 안 되는 것이란 없다고 생각합니다.[41]

여기서 무라야마의 언급은 모순되고, 동어반복이다. 그 외에는, 이 '일본의 선배들'이 제시한 이유들은 꽤 실용적이고 합리적으로 보이며, 자신들에게 무엇이 가장 좋은지를 알기에는 너무도 '완고'하고 '편협'한 후배들을 위해 관대하게 충고하는 것처럼 보인다. 조선에서 출판 지면이 부족해짐에 따라 작가들이 생활을 영위할 수 없게 된 상황과 조선에서 더 많은 독자를 확보할 수 없다는 사실은 조선어 창작을 주장하는 것이 경제적이지도 않고 합리적이지도 않다는 사실을 받아들여야 하는 실용적인 이유가 된다. 따라서 우선적이며 공식적인 '국어'로서의 일본어는 이 합리적인 '선택'을 자진해서 감사하게 받아들일 수밖에 없는 피식민자들에게 직접적으로 강요된다. 조선 비평가들이 지적한 결핍의 핵심에 놓여 있는 일본의 제국 정책하에서의 검열이란 근본적인 문제를 그들의 대화 상대인 일본인들은 편의에 따라 무시한다. 좌담회가 벌어지는 바로 그 상황에서 또 다른 층위의 검열이 수행된 것이다.

합리적으로 보이는 이러한 상의하달식 명령에도, 조선 측 참석차들은 조선어로 쓰고자 하는 그들의 욕망을 식민자들에게 납득시키기 위해 재차 그들과의 교섭을 시도한다. 그들은 가능한 한 많은 일본어 번역을 기꺼이 제공할 것이지만, 번역에는 시나 언어의 풍미처럼 상실되는 어떤 측면이 있다고 설명한다. 이에 대해 하야시는 "그렇다면 번역불가능론이지 않습니까? 번역에는 번역의 사명이 있습니다"라고 답한다.[42]

논리가 결여된 조선인의 불합리성을 지적하는 하야시의 언급이 먼저 나온 『경성일보』 판본에는 빠져있고, 뒤이어 나온 『문학계』 판본에 추가되어있다는 점이 흥미롭다. 이러한 추가는 식민지에 국어를 도입해야 한다는 논의를 뒷받침해주고, 앞의 판본에서처럼 단순히 중언부언하는 것이 아니라 이론적으로 철저하게 논증하는 것처럼 보이게 만듦으로써, 더 이상의 논의가 이뤄지지 못하도록 막는다. 조선 측에 동등한 편집상의 배려가 주어지지 않았다는 점 역시 주목할만하다. 실제로 『문학계』에서 조선인들의 언급들은 축소되어, 심술을 부리며 비논리적으로 말하는 사람들로 비춰진다. '경계가 없는' 제국에서의 근대적 의미의 번역과 경제에 관한 합리적인 이론들에 기반한 제국의 주장 앞에서, 조선인들은 그들의 '완고함'과 편협함 때문에 꾸짖음을 받는 무지한 어린 아이처럼 비춰진다.[43]

제국 내에서의 언어와 번역 문제를 둘러싼 논의 자체가 식민자와 피식민자의 욕망과 담론 사이에 존재하는 철저한 번역불가능성, 혹은 통약불가능성을 역설적으로 드러낸다. 그들은 다리를 놓을 수 없는 것처럼 보이는 서로 다른 층위, 즉 한 측은 문화적 생산과 보존이라는 상부구조의 층위에서 다른 한 측은 실용주의적 경제와 시장의 논리적 조건이라는 하부구조의 층위에서 말하고 있다. 문화적 생산과 경제라는 서로 다른 이 두 층위가 식민지의 근대적 맥락 안에서 밀접하게 연결되어있을 가능성은 이처럼 상충된 대화에서 고려되기는 어려웠다.

당시 조선어는 현실에서 금지되고 검열되었고 이는 그들의 생계에 영향을 미쳤다. 이러한 상황에서 그들의 언어를 구제하려는 조선인들의 정당한 시도는 이론의 차원에서 부정되고 식민지 민족주의의 비합리적인 본질주의로 간주되어 기각되고 침묵당했다. 만약 실제로 그들의 논의가 때로 본질주의적 경향을 띠고, 번역 행위를 일축했다면, 그것은 제국의 국어인 일본어로 번역된 것이 조선어로 쓰인 작품에 비해 매우 특권적인 위치를 차지하는 상황이라는 맥락 속에서 설명되어야 할 것이다. 이 논의를 조선의 작가들이 검열의 다양한 층위를 뛰어넘고자 한 시도라는 맥락과 더 관련지어야 할 것이다.

조선의 설화 「춘향전」의 문제로 돌아가면, 조선 전통의 정수를 상징하는 이 작품이 일본어로 번역된다는 사실은 양측에게 매우 상이한 의미를 가진다는 것이 분명해진다. 일본 측은 〈춘향전〉 공연을 과거의 예스러운 유물을 극화한 것으로 보았다. 무라야마 등은 「춘향전」과 같은 과거의 문화적 산물은 소중하게 보존될 것이기에 조선의 문화는 사라지지 않을 것이라고 조선인들에게 장담했다. 그러나 임화는 "그와 같은 박물관적인 것을 말하는 게 아닙니다"라고 말하며,[44] 현재의 중요한 문제는 유물의 보전이 아니라 당대의 문화적 생산에 관한 것임을 바로 지적했다. 좌담회가 제국의 특권적 언어인 일본어로 수행되고 있었지만, (그곳에서) 나타나는 갈등하는 욕망들의 번역가능성에는 한계가 있었다.

일본 비평가들은 조선인들의 주장과 반대로 「춘향전」의 **본질**[45]이 일본어의 번역으로 충분히 전달되었다고 주장한다. 가령 하야시는 객석의 조선인과 일본인 관객들이 눈물(『문학계』 판본에서 웃음도 추가)을 함께 나누었다고 말했다. 비록 김문집은 「춘향전」에 대한 일본 대중의 관심은 당시의 '정치적 맥락'(시국과의 관계) 속에서 찾을 수 있다고 지적하지만,[46] 일본의 비평가들은 다른 견해를 가지고 있었다. 「춘향전」의 어떤 측면이 일본 관객에게 감동을 주었는지를 물었을 때, 흥미로운 수렴현상이 나타난다.

무라야마가 "춘향의 정절이 환영을 받았던 겁니다"[47]라고 말하자 하야시는 "그 춘향이 몽룡을 생각하며 정절을 지켜가는 점이 훌륭해서, 나도 도쿄에서 봤지만, 그것은 모든 여성들이 감복할 만한 훌륭한 정신을 통해 사람을 감동시켰습니다"라고 동의한다.[48] 이렇듯 하야시에 따르면 「춘향전」이 문화를 초월해서 번역될 수 있고 그것이 보편적 가치를 가질 수 있는 것은 그 당시에 이미 몇몇에게는 진부한 이데올로기로 여겨졌던 여인의 정절 덕분이었던 것이다. 하야시는 그 '보편적' 가치가 실제로는 (좌담회 상대 측인 일본이나 다른 곳에서와는 다르지 않게) 조선인이 수십 년간 씨름해온 젠더, 결혼, 자유연애에 관한 역동적인 담론 투쟁의 대상이었다는 사실에 철저히 무지한 것으로 보인다.[49] 이 정절이라는 관념을 그가 향수에 젖어 찬탄한 춘향의 특질로 강조함으로써 하야시는 당대 조선에서 이루어지고 있는 역동적인 젠더 담론에 대한 자신의 무지를 드러낼 뿐 아니라, 고아하게 낙후된 식민지에서 보존되었을 것이라 공상한 낡은 젠더 위계를 향한 자신의 회고적 편애를 춘향에서 찾는다.[50] 좌담회 시작부터 조선에 대한 깊이 있는 지식이 전혀 없다는 사실을 인정했던 하야시 등의 일본 비평가들은 「춘향전」을 변하지 않는 과거의 고아한 유물로서 다룰 수밖에 없었다. 당대 조선의 담론들은 「춘향전」을 근대성에 관한 논의에서 매우 중요한 것으로 재생산하고 있었다. 그들은 이러한 조선의 당대 담론들에서 「춘향전」의 의미에 대해서 관심을 기울이지 않았다. 여기서 우리는 식민자들이 조선의 '현재'에 대해 철저히 무관심했음을 다시금 확인할 수 있다.

식민지와 종주국 사이에 위치한 번역자로서 장혁주가 갖는 복잡한 역할은 여기서 간단히 생략되어 있다. 실제로 두꺼운 선이 조선인과 일본인을 나누고 있는 『문학계』 판본에서 장혁주는 일본 측 한가운데 자리하고 있다.[51]

이와 비슷한 맥락으로, 『경성일보』에서 『문학계』로 넘어가면서 대화 내용의 의미심장한 수정으로 인해 장혁주와 조선인 비평가들의 분리는 지면紙面에서 다시 도드라진다. 장혁주의 「춘향전」 번역과 관련된 대목을 병치해 보자.

『경성일보』

임　화 : 그 번역은 좋습니다만. 「춘향전」은 적절하게 번역되어 있습니까. 그 말이 갖고 있는 맛을 번역한다고 하는 것은 매우 힘들다고 생각합니다. 게다가 조선에서 했다고 하는 것도 결코 합당하지 않은 게 아닌가요(それには朝鮮でやっていても決して適當ではいのだか)?

장혁주 : 임화군, 과거 조선의 문화, 장래와 가장 밀접하게 연결될 수 있는 조선을 제재로한 것을 내지어로 동경에 소개하는 것, 이 두 가지를 목표로 현재 조선어 연극을 동경에서 하는 것이 가능하지 않은 이상, 당분간은 조선의 「춘향전」을 국어로 하자는 것입니다.

유치진 : 그게 곤란해요.

『文學界』

임　화 : 그 번역은 좋습니까? 「춘향전」은 적절하게 번역되어 있습니까? 그 말이 갖고 있는 맛을 번역한다고 하는 것은 매우 힘들다고 생각합니다.

장혁주 : 임화군, 과거의 조선, 현재의 조선을 제재로 한 희곡을 내지의 극계에 상연하는 것과 또 한 가지, 조선어로 된 것을 내지어로 번역하고 각색해 내지인에게 소개하는 것, 이 두 가지가 우리들이 반드시 해야 하는 일이다라고 생각합니다. 조선어 극단이 조선어로 된 연극을 내지에서 하는 것도 좋지만, 그 영향은 매우 제한될 것입니다. 그런 의미에서 내지어로 쓴 「춘향전」을 한 것입니다. 그리고 그 결과도 성공했다고 생각합니다.

유진오 : 그게 곤란해요.

『경성일보』에서, 임화의 논평은 장혁주의 번역 그 자체보다는 제국 안에서 번역의 역할이 갖는 한계에 초점이 맞춰져 있다. 사실 전반적으로는 장혁주의 번역 그 자체는 충분히 좋지만, 번역에는 여전히 소통하기 어려운 측면이 있다는 점을 인정하는 것처럼 보인다.[52] 장혁주 역시 일본어로의 완전한 번역이 갖는 한계에 대한 이러한 평가에 동의한다. 하지만 『문학계』 판본에서, 이 내화는 보나 직접적인 내립으로 재구성된다. 이 바뀐 판본에서는, 문장부호의 추가 및 다른 변화들을 통해, 임화의 논평은 일련의 의심하는 질문으로 바뀌었으며, 특히 장혁주의 번역에 대한 직접적인 도전으로밖에 읽힐 수 없게 되었다. 또한 장혁주의 답변은 번역의 성공에 대한 자신감에 있어서 상당히 오만하고 방어적인 것으로 보이며, 유진오의 언급은 이러한 오만함에 대한 직접적인 도전으로 읽힐 수밖에 없다. 반면,『경성일보』판본에서 유진오의 언급이 가리키는 것이 무엇이었는지는 이론의 여지가 있다.『문학계』에서는 구두점 등의 조작과 다른 변경을 통해,『경성일보』본에서의 제국의 맥락에서 번역의 열할에 대한 더 큰 주제, 검열의 증가, 문화생산물의 억압 등이 식민화된 개인들 사이에서 서로가 서로를 공격하는 사소한 다툼으로 번역되었다.

더욱이,『경성일보』에서 장혁주는『문학계』판본에서 보이는 것에 비해, 눈앞의 언어 상황에 대한 우려에 있어서 다른 조선인들과 보다 많은 것을 공유하는 것처럼 보인다.『경성일보』에서 일본어본을 쓰게 된 이유에 대해 다음과 같이 설명한다. "조선어 연극을 동경에서 하는 것이 가능하지 않은 이상 당분간은 조선의「춘향전」을 국어로 하자는 것입니다." 이는『문학계』에서 크게 바뀐다. "조선어 극단이 조선어로 된 연극을 내지에서 하는 것도 좋지만, 그 영향은 매우 제한될 것입니다. 그런 의미에서 내지어로「춘향전」을 쓴 것입니다." 이 후자에서, 일본어로 글을 쓰기로 한 결정에 관해 식민지 작가가 한 갈등의 흔적은 모두 지워졌다. 전자에서는, 조선어본이 허용되지 않았던 맥락에서 일본어로 썼던 장혁주 결정 뒤에 있는 딜레마를 여전히 감지할 수 있다.『문학계』에서 그는 똑같이 실행가능한 두 가지 선택에 직면했고, 조선어로도 그렇게 쉽게 할 수 있었음에도 일본어로 쓰기로 한 기회주의적(편리하고 실용적인) 선택을 한 것으로 보인다.

식민지 작가가 놓인 한계에 대한 언급을 제거함으로써, 좌담회는 평등과 선택의 자유를 누리고 있는 식민지 작가의 외관을 구성하고, 그렇게 함으로써, 내선일체라는 조화를 연출한다. 그러나 두 판본 사이의 공간 및 시간적 거리를 가로질러 읽을 때, 우리는 그 당시에 내적으로나 외적으로 분명했던 권력의 불균형과 검열의 보다 복잡한 성격을 짐작할 수 있다.[53] 점점 조선어로 글을 쓴다는 생각 자체를 꺼려하는 언어의 문제에 대해 조선인과 일본인들 사이에 열띤 의견교환이 있은 후, 하야시는 갑자기 조선인 문사가 종군할 수 있도록 총독부에 청원해보자고 제안한다. 유진오는 그가 진심으로 그 제안에 동의한다고 말한다.『문학계文學界』판본에서는 그의 논평에 이어 박수갈채가 더해지며, 전선으로 향하려는 조선 작가들의 열망에 마침표를 찍는다.[54]

식민지 타자를 검열하기

논의가 검열이라는 주제로 바로 돌입할 때, 돌연히 결말을 맺게 된다. 개방적인 대화를 향한 관대함의 표시로, 총독부 출판국의 검열관 후루카와 가네히데古川兼秀가 그들과 합류했다. 이는 식민지 작가들이 검열과정에 대해 가질 수 있는 어떤 질문, 즉 하야시가 관대하게 제공하고 있듯이 "평상시의 불평(일본어 원문을 번역함)"에 답하기 위한 것으로 보인다.[55] 그러나 대화가 전개되는 순간 이 겉으로는 열려 있는 듯한 초대의 한계가 드러난다.

첫째, 식민지 작가들의 질문들은 그들이 지금까지 검열에 이용된 기준에 대한 지침을 제공받지 못했음을 드러낸다는 것에 주목해야 한다. 이것에 대해 직접적으로 물었을 때, 후루카와는 애매하게, "반사회적인 것, 반일적인 것은 단연 단속합니다"라고 답한다.[56] 이 짧은 대화는 검열 당국에 '단연'하고 상식적인 것처럼 보이는 것이 자신들의 생계를 바로 그러한 규칙(혹은 그 규칙의 결여)에 의존하고 있는 사람들에게는 결코 그렇지 않다는 것을 보여준다.

유진오는 결론까지 보지 않고 작품을 압수해서는 안 된다고 말한다.[57] 후루카와는 "공산주의의 처사를 계속 써놓고 마지막 오륙 행에 '이와 같으니까 안 된다'고 하는 것을 예로 들면, 일견 결론이 좋아 보여도 (선전적 가치를 가질 수 있으니 — 인용자) 압수합니다"라고 답한다.[58]

유진오는 "도중의 단계가 나빠도 결론이 좋으면 좋다고 생각합니다만"[59]라고 주장하는데, 후루카와는 이에 대해 "그렇게는 안 됩니다. 도중이 나쁘면이라고 지금 말했던 것처럼……."[60] 그러나 이 대화와 좌담회 자체는 하야시의 다음과 같은 말로 갑작스럽게 중단된다. "이제 이 정도에서 그만합시다."[61]

『경성일보』판본에서는, 내내 침묵하던 테레다가 "그럼 모두들 감사했습니다" 하고 말을 하며 좌담회는 어색하게 끝을 맞는다.『문학계』판본에서는 그 갑작스러움이 완화된다. 하야시의 갑작스러운 개입은 다음과 같은 덧붙여진 진술에 의해 부드러워진다. "나머지는 마시면서 얘기합시다. 이 좌담회는 내지의『문학계』에 싣고 싶다고 생각합니다. (박수) 그리고 내지 사람들에게 읽히고 싶다고 생각합니다. 대단히 감사합니다……."[62] 두 결말을 병치하는 것은, 하나의 판본만 읽으면 눈에 띄지 않았을 좌담회가 지닌 모순의 일부를 드러냄으로써, 여러 층위에서 의미가 있게 된다. 처음에는 개방적인 의사소통을 향한 관대한 태도, 즉 검열관 후루카와 함께 식민지인들을 토론 테이블로 초대하여, 그들의 걱정을

('심지어 불평조차도') 제기하도록 장려함으로써, 내선일체의 조화의 참다운 예가 되는 것처럼 보인다. 그러나 식민지인들이 이 제안을 받아들이자마자 대화는 갑자기 조용해진다. 우리는 이 '개방성'이 오직 식민자들이 그리는 보이지 않는 경계선까지만 확장된다는 것을 확인할 수 있다.

검열은 출판의 층위에서도 작동한다.『경성일보』판본에 나온 하야시의 갑작스러운 개입은 덜 어색하고 덜 적대적인 것처럼 바뀜으로써, 대화가 거칠게 끝나는 것이 아니라 다른 장소에서 계속될 것임을 암시하는, 평등한 관계에서 우호적이고 자연스러운 결말의 외관을 만든다.『문학계』판본에서『문학계』에 대한 자기지시적인 구절의 추가는 더 나아가『경성일보』의 지면에 실린 이 좌담회의 또 다른 출판의 존재를 지우는 역할을 한다. 그리고 이 마지막 진술에는 마침내 외견상 조화로운 트랜스식민지 공동체 속 모든 사람들을 묶어주는 열렬한 박수가 덧붙여져 있다.

두 판본의 좌담회를 함께 엿들음으로써, 우리는 아이러니하게도 그것의 본래 의도와 달리 이 행사에 대한 다른 독해에 도달한다. 우리의 독서에서 드러내는 것은 그러한 개방적인 대화의 장을 관대하게 허용해온 식민주의자들의 자비심과 내선일체의 조화와 친밀감이 아니라 의사소통의 불가능성이다. 의사소통의 실패는 여러 차원에서 발생하는데, 이는 식민자들과 식민지인들 사이의 상충된 욕망과 전망의 표현에서만이 아니라, 이러한 갈등이 재생산되고 억압되는 대량 생산되는 인쇄 매체의 인쇄된 페이지에서도 볼 수 있다. 두 판본의 행간을 읽음으로써, 우리는 유토피아적 미래를 향해 가는 도중에 서로를 의미있게 참여시키는 열린 대화와 자유로운 표현 위에 세워진 공동체의 어떠한 외관도 배제한 채, 이 좌담회를 식민자와 식민지인 사이의 힘의 불균형의 증거로 엿들을 수 있다고 결론지을 수 있을 것이다. 그러나 그러한 잠정적인 결론조차도 중층적으로 매개되는 식민지 시대의 현실과의 조우 속에서 결정적이 아닌 것으로 남아 있어야 할 것이다.

제8장

지방으로

제7장에서 살폈듯이, 조선과 일본 문화계 인사들이 참여한 '조선문화의 장래'에 관한 트랜스식민지 좌담회는 조선 반도를 거쳐서 만주로 갔던 하야시 후사오의 기차 여행에 관한 근래의 기억으로부터 시작했다. 그는 이 여행 전에 그가 가졌던 생각, 즉 그 시기의 다른 일본인과 마찬가지로 '열렬한 만주 열풍'에 빠져, 조선의 중요성을 무시했었다는 것에 대해 후회를 표했다. 여행 도중에 만난 한 노인과의 대화를 통해 그는 조선이 제국의 확장에 얼마나 크게 기여하고 있는지를 깨닫게 되었다는 것이다. 이 이야기에서, 하야시는 좌담회의 독자들에게 만주와 북중국에 제국의 새로운 국경을 밀고 나가면서 일본의 가장 가까운 이웃인 조선을 '간과'하는 것은 위험하다는 사실을 호소했다.

당시 공적 정책과 대중 전략을 통해 제국 전역을 휩쓸었던 만주 열풍에 대한 하야시의 암시는 계속 확장 중인 제국에서 다양한 지역들 사이의 친밀한 관계를 고려하는 것이 중요하다는 사실을 시사한다. 야마무로 신이치 등 여러 연구자는 조선과 만주에 관한 제국의 정책들이 복잡하게 얽혀있었기 때문에 제국 본국과 하나의 식민지 사이의 이항적인 관계로 단순하게 설명할 수 없음을 지적했다.[1]

독자들에게 조선의 중요성을 강조하는 하야시의 언급은 내선일체와 같은 구호를 통해 조선을 어떻게 동원할 것인가와 같은 생각 속에서 이뤄졌다. 그러나 제국의 경계가 만주 등 중국으로까지 확장되는 당시의 상황에서, 지정학적 경계들을 넘어 복잡한 삼각관계를 고려해야만 우리는 그 뒤에 경시되었거나, 적극적으로 잊혔거나, 지워진 관계성을 살필 수 있다. 이 장은 제국이 만주로 확장되는 당시 상황에서 이뤄진 조선의 위상 변화를 통해 이러한 삼각관계를 검토한다. 한 지역의 전략적 이익의 변화가 다른 지역의 중요성과 관련 자원의 상실에 대한 불안을 초래하는 가운데, 조선의 역할은 유동적이었다. 식민지 문화와 문화 생산자의 역할은 문제적이었는데, 왜냐하면 제국주의와 전시 확장을 선전하기 위해 그것들이 적극적으로 동원되었기 때문이다. 제국문화 생산자들이 재현하는 수동적인 대상으로서 가만히 있기보다는, 식민지 문화생산자들은 제국주의와 전쟁에 대한 지지를 보여주는 적극적인 역할을 수행해야 했다. 그러나 불평등한 제국 담론 공간 안에서 식민지 문화 생산자들의 행위성은 언제나 복잡한 문제였다. 더 나아가 일본 제국의 맥락에서, 이 문제는 인근 지역의 식민지화는 '서구 제국주의'를 극복하려는 공통의 목적을 위한 상호협력을 위한 것이었다는 '범아시아주의' 담론으로 포섭될 위험이 있다.[2]

'식민지'에서 '지방'으로

일본이 아시아 대륙으로 확장하면서 식민지 조선의 문화 일반, 특히 문학은 중요한 역할을 수행했다. 즉 그것은 제국의 확장 대상이자 대리인의 역할을 했으며, 그 지역에서의 불안정한 식민지 계층구조를 구현했다. 하지만 이후로 이러한 불미스러운 관계들은 이 지역의 식민지적 과거에 대한 탈식민적 인지지도로부터 사라진다. 이 장은 이 지역의 지정학적 삼각관계 속 접경에서 민족지적인 '식민지 컬렉션'으로 제시된 번역텍스트들의 출현을 당시 맥락 속에서 살핌으로써, 식민자와 식민지인이라는 이분법을 재검토한다. 이러한 복합적인 상호관계는 그 후에 아시아-태평양 지역의 탈식민 여파 속에서 불안하게 재조정된다.

만주사변(1931) 이후, 일본 군도의 확장이자 식민지들의 결합을 상징하는 '지방'으로 다시 상상된 식민지들의 공간적 지도가 크게 확장되었다. 이 새로 상상되고 단장된 '제국 공동체'는 전략적인 포섭을 통해 기존 제국주의 권력의 관계를 애매하게 하는 후기 제국주의 권력들 속에서 새로운 형태의 제국의 출현을 예견케 한다.[3] 타카하시 후지타니는 이러한 포섭의 시도가 실제로 제국과 식민지 양측에서 발생하는 양가성과 모순을 구현했다고 강력하게 주장했다. 한편으로는, 식민지와 식민본국 사이의 격차는 제국의 동화정책과 기술 덕분에 줄어들고 있는 것처럼 보였다. 그러나 그러한 차이들이 비록 부인되고 있다 할지라도, 자세히 들여다보면 제국적 위계를 위해 식민지적 차이를 유지할 필요성 때문에 더욱 깊은 균열이 드러나게 된다.[4]

특별히 이 장에서는 식민지 키치의 대량 생산품의 또 다른 징후인 '식민지 컬렉션'의 등장을 검토함으로써 식민지 문화로 강등된 '민족지적 전회'를 역사적으로 고찰할 것이다. 결과적으로, 식민지와 식민본국 사이에 위치한 식민지 예술가와 작가 겸 '자卽-민족지 학자'의 복잡한 위치는 예술가와 예술작품이 제국의 소비자 물신주의의 대상으로 구체화됨에 따라, 또 다른 접경을 구현하게 된다. 이 식민지적 조우에서, 생산자로서의 예술가와 그들의 예술적 대상은 키치의 상품이라는 구분불가능하고 상호교환 가능한 형태로 융합되었다. 이러한 식민지적 소외의 관계에서, 문화 생산자들은 예술 표현의 행위자로서의 공간들을 조직하는 데 어려움을 겪었다. 더군다나 식민지화된 예술가들은 종종, '자卽-민족지학'이나 식민지 주체를 타자로 인종화하는 식민자의 형식과 담론을 모방함으로써 한층 더 소외되었다.

식민지 예술가 또는 작가위상의 이 중요한 변화들은 조선과 일본에서 불균등하고 불평등하게 공유되던 새로운 제국주의적 상상력을 열어주고 있던 만주라는 새 국경과 관계가 있다. 식민지 근대의 조우의 불안정한 경계들에서 일어난 이 재현의 다양한 도전은 아시아-태평양 지역에서 일본 제국의 붕괴 이후에도 오랫동안 악영향을 끼쳤다.

민족지적 전회를 향한, 일본 제국 안에서의 조선문학 더 나아가 조선 문화의 위상 변화는 제국의 팽창하는 국경들에 걸쳐 확장된 시장을 위해 식민적 텍스트가 생산되고, 선택되고, 소비되는 방식을 검토함으로써 파악할 수 있다. 이러한 예로는, 오키나와에서 후쿠야마, 타이완, 만주 등 제국의 광대한 지방에 걸친 일본어 신문의 유통, 그리고 더 구체적으로 조선 붐이란 유행의 핵심으로서 일본어로 번역된 조선문학이 제시되고, 홍보되고, 유통되는 특정한 방식들을 검토해 볼 수 있을 것이다.

만주 사변 후 만주로 이주한 조선 작가들을 포함한 일련의 '식민지 조선 컬렉션'과 제국 전역에 걸친 대중 시장을 위해 기획된 식민지문학은 이러한 식민지 근대의 삼각 측량을 조명한다.

제국 사이의 조선

앙드레 슈미드^Andre Schmid의 '제국 그 사이의 한국'은 과거와 현재의 여러 제국의 십자로에 붙잡힌 조선의 곤경과 공모와 협력에 대한 불안한 질문을 상징하는 적절한 표현이다.[5] 일본이 조선의 북쪽 국경에 인접한 땅에서 만주국이라는 괴뢰 정부를 수립한 이후 쏟아진 일본의 제국주의적 야욕에 대한 국제사회의 비난의 결과로 일본은 국제연맹에서 탈퇴했고, 식민지 아시아 신민과의 관계를 다시 설정할 필요를 느꼈다. 이러한 변화는 제국 내 식민지 조선의 위치를 복잡하게 만들었다. 일본, 러시아, 미국 등 제국주의 경쟁에 뒤늦게 참여한 국가들은 그들의 제국주의적 야욕을 폭력적인 영토 확장 이외의 방식으로 가장해야 하는 당시의 전 세계적 조류의 변화 속에서 엄청난 압력을 받았다.

아시아(대륙)에 대한 일본 팽창주의 정책과 그것에 수반된 민족지적 태도의 변화를 보여주는 만주사변이 일어났던 1931년 당시, 조선은 이미 꽤 오래된 식민지였으며 전시기 제국의 팽창에 따라 점증하는 억압적 정책들에 직면하여 독립에 대한 희망은 희박해졌고, 전반적으로 절망과 퇴폐의 분위기가 만연했다.[6] 이 시기 조선 안에서 이뤄진 제국의 정책 변화는 일본이 아시아 대륙과 그 너머로 팽창하는 것과 동시에 발생했다. 그리고 저항과 협력이라는 단순한 이항대립을 넘어서 식민지 조선에서의 경험이 지닌 복잡성을 이해하기 위해서는 중국, 특히 만주로 알려진 동북 지역에 대한 일본의 침략을 고려해야만 한다. 이처럼 중국과 만주는 조선 안에서 전개된 제국 정책의 단순한 배경이나 풍경 그 이상이었고, 경제적, 정치적, 문화적 영역에서 현실적으로도 상상적으로도 중요한 존재가 되었다. 즉, 중국과 만주는 식민지 조선이 전시기 일본 제국의 팽창 정책의 다음 단계에 들어갔음을 시사했다.

1930년대 식민지 조선에 대한 제국 정책은 제국의 신민을 만들기 위한 동화와 이화 사이에서 동요하고 있었다. 제국적 위계 속 조선의 위치는 불안정했다. 외지이면서 동시에 일본 고유의 지방으로 포함되고 소비되었기 때문이다.[7] 일본은 대량 이주와 전쟁을 위한 억압정책을 통해 중국과 만주로 팽창했고, 이를 지원하기 위해 조선은 동원되었다.

식민지가 제국의 담론 공간으로 적극적으로 편입됨에 따라 교육, 교통, 대중 매체에서의 근대 제국기술 확산은 제국의 광대한 지역들을, 베네딕트 앤더슨이 제시한 이론보다 더 넓은 범위와 더 복잡한 소속의 '상상의 공동체'로 결합시키는 것 같았다.[8] 이때 조선은 더 이상 명확하게 정의된 타자가 아니라 비체의 지위에 있었다(제5장 참조). 즉 조선은 일본이 자신을 어떻게 정의하느냐 — 예를 들어 제국주의적 지도자 혹은 아시아 형제들의 동료 — 에 따라 변동하는 제국의 경계선의 안과 밖 어디에도 그 위치가 명확하지는 않았다. 내선일체와 같은 제국 구호에 내포된 문화적 근접성의 논리는 식민지와 식민모국의 조화로운 단일성을 묘사했으며, 일본어 대중 매체는 조선인, 특히 중국과 만주 이주정책의 선두에 있는 조선인을 종종 동포同胞라고 불렀다.[9] 조선은 동화를 통해 식민본국인 일본에 얽어매졌지만, 그와 동시에 선만일여鮮滿一如와 같은 슬로건과 이른바 만선사滿鮮史에 대한 새로운 관심 등에서 알 수 있듯이 일본과 분리되어 새로운 국경인 만주와 결합되기도 했다.

'아시아의 단일성'을 홍보하는 제국 슬로건에도 불구하고, 일본은 아시아 공동체의 나머지 구성원을 이끄는 지도자역을 자임했다. 이때 각 아시아 공동체 구성원들은 제국의 중심인 일본과의 표면적(예를 들어, 공간적, 언어적, 인종적) 근접성에 따라 위계적 동심원의 주변부에 배속되었다. 조화로운 제국적 가족이라는 표면적 이미지 아래에는, 이러한 위계질서 속에서 이 아시아 '지역'들 간의 상호관계뿐만 아니라, 주변적 지방과 식민본국 중심 사이의 관계 역시 제대로 작동하지 않았다.[10]

일본의 바로 아래이자 중국, 만주, 몽골 등 나머지 민족들 위에 놓이는 특권을 식민지 조선에 부여하는 것처럼 보였던 이 위계적 동심원은 실제로는 다른 식민화된 민족들과의 관계 속에서 조선의 불안한 위치를 악화시켰다. 분열과 지배라는 제국의 전략은 종종 식민지들 사이의 연대를 막고 오히려 서로 불화하게 만들었다. 식민지 조선인들은 종종 다른 지역으로 침략하는 제국 일본의 첨병으로 여겨졌고, 실제로도 그러했다. 그들은 유동적이고 예측할 수 없는 제국 정책의 희생자이자 동시에 가해자로서 불미스러운 역할을 수행하고 있었다.

제국의 대중매체와 유통되는 지방

제국의 신문 『오사카 마이니치大阪毎日』의 지방판은 날마다 일본 제국의 광대한 영역에 걸쳐 볼 수 있었다. 이러한 유통은 1930년대에 제국의 중심인 도쿄를 큐슈, 와카야마, 홋카이도, 오키나와 등 일본 내지의 주변부뿐만 아니라 사할린樺太, 대만, 조선, 만주 등 외지의 배후지역과 연결시키는 상상된 제국적 공동체의 모습을 창출했다.[11] 『오사카 마이니치』의 '조선 지방판'에 연재된 '조선문화 특집' 시리즈 옆에는 일본, 조선, 중국의 거리가 그 어느 때보다 가까워진 것이 제국 경제와 기술의 발달 때문이라는 표제가 있었다. 신문지면에서 이뤄진 이 병치는 조선 붐이란 제국적 소비 유행과 중국과 만주에서 이뤄진 일본의 범아시아적 팽창 정책 사이의 연결을 시각적으로 강조했고, 그 둘은 모두 팽창하고 있는 제국에서 이뤄진 조선에 대한 동화와 이화의 이중적인 태도를 포함하고 있었다.

식민지를 일본의 특정한 지방으로 편입하는 것은 식민지적 근대성의 재현이라는 난제를 구현하는데, 이는 제6장에서 살핀 식민지적 키치와 조선 붐의 제국적 향수의 논리와 병행한다. 지방은 일본성과 이국적인 것에 때 묻지 않은 고유성을 보존한 곳으로서 일본에서는 향수를 불러일으키는 상상의 공간이었다. 또한 그 시기에 지방은 급격히 변모해가는 제국 중심의 근대성과 차별화된 고풍스럽고 정체된 과거를 의미했다.[12] 이 지방의 이중적인 이미지는 '외지'라는 식민지로 확장될 때, 보다 복잡한 의미를 가진다. 한편으로 식민지를 지방으로 명명하는 것은 식민지를 제국의 중심과 주변부를 조화로운 동심원적 공동체 안에서 연결함으로써 식민지를 공간적 연속체로 동화시키는 것처럼 보인다. 하지만 다른 한편으로 그것은 식민지를 차이의 장소, 끝없이 고루한 곳, 그리고 제국 중심의 표준에서 상대적이고 부차적인 위치로 좌천시켰다. 여기에서는 식민지가 지방으로 편입되었던 식민지 말기, 조선의 문화와 문학이 지방화되는 것이 갖는 함의를 구체적으로 검토할 것이다.

　조선산^産 식민지적 키치에 대한 제국의 욕망이 끝없이 보였던 1930년대 후반과 1940년대 초에 조선 붐은 전성기를 맞았다. 이전 장들에서는 제국의 취향에 따라 '번역'된 이국적 조선의 소비가 함축하는 것과 그것이 식민지의 문화 생산자들에게 야기한 특별한 곤경을 논의했었다. 이번 장의 주제는 식민지 조선으로부터 번역된 문학상품들에 대한 관심과, 만주와 중국으로 영토에 대한 일본의 시선이 옮겨 가던 시기에, 일본 제국의 지방이라는 중간적 위치에서 조선이 새롭게 수행하던 보조적 역할 사이의 긴밀한 관련성이다. 이 시기 조선에 대한 새로운 이미지가 제국의 대중매체에서 선별되고 유통되고 있었다. 그 이미지는 만주사변 이후 바뀌고 있던 조선의 지위와 병행하는 것이었다. 중국에 대한 일본의 제국주의적 침략과 전쟁의 촉진이라는 목적 아래에서 이뤄진 "조선의 신미래"[13]에 대한 점증하는 관심은 조선 붐의 문화적 영역에서 일어난 변화, 즉 이국적이고 예스러운 식민지적 키치 대상에 대한 강조와 병행해서 일어났고, 그 변화는 제국의 국민들이 전시기에 점증하던 억압적 조건들로부터 시선을 돌리게 하는 역할을 했다. 일본어로 글을 쓰고, 전쟁이나 중국으로의 이주같은 제국주의적 대의명분을 선전하는 조선인들이 증가한 것은, 1930년대 중국과 만주로 팽창하려는 일본의 전쟁과 직접적으로 연결되어 있다. 이와 유사하게, 조선문화를 자국에 편입

〈그림 36〉 장혁주의 현상문예 입선이 실린 『카이조(改造)』는 만주괴뢰정권의 설립 1주년을 기념하는 다양한 사진들로 시작된다. ©와세다대학 아카이브

하는 동시에 이국화하는 이중성을 강조하는 조선 붐은 1930년 초에 시작되었고, 중개인으로서 조선인의 역할이 점차 중요해지던 1930년대 후반과 1940년대 초에 이르러 그 인기에 정점을 찍었다.

문학장에서 이 시기의 지정학적 변화와 수렴하는 주요한 사건은 장혁주의 일본문단 데뷔였다. 일본문학장에서 처음으로 부상된 식민지 작가였던 장혁주가 대대적인 축하를 받으며 등장한 것은 1932년 4월이었고, 그것은 같은 해 괴뢰정권이었던 만주국이 건국됐던 3월 1로부터 바로 한 달 뒤였다.[14] 1932년, 장혁주의 일본문단 데뷔는 그의 일본어 소설 「아귀도」가 제국의 주요 잡지였던 『개조』의 현상문예에 입선되면서 이뤄졌다.[15] 장혁주의 2등 입선공지와 함께[16] 그의 소설을 실었던 『개조』 4월 호는 만주사변과 만주국 건국(1932) 축하 헌정 호였다. 이 잡지는 만주의 국경을 찍은 세피아 물감으로 된 사진들이 수록된 여러 페이지들로 시작되었다. 그 사진들과 설명은 제국의 확장의 목표였던 새로운 지역의 풍요롭고 비옥한 땅에서 살아가는 다양한 민족(고유의 민족의 상을 입고 있는)들 간의 행복한 공존을 말하고 있었다. 간도의 조선인 이주 농부들의 번영을 보여주는 한 사진에는 만주의 동북 지방에서 중국인보다 조선인의 수가 많다는 설명이 붙어있다. 이 설명을 통해 우리는 만주를 경유해 중국을 향해 가던 일본의 제국주의적 팽창과 조선에서 이뤄진 제국화 정책들을 연결하는 우리의 서사로 들어갈 수 있다.

팽창하고 있던 일본 제국에서 조선이 맡은 새로운 역할은 1930년대 일본인보다 더 많은 조선인들을 만주로 동원시키는 대량이주정책들에서 분명히 드러난다. 조선 붐과 "만주 이주 붐"이 식민지 후기 조선의 변모를 상징하는 제국주의적 경향으로써 동시에 병행되었다는 사실은 결코 우연이 아니다. 연구자들이 지적했듯이, 이 조선인 이주민들은 일본이 이 지역에 대한 지역 외 관할권을 주장하기 위한 전략적 역할을 수행했다.[17] 일본의 제국주의 이데올로그들은 이러한 상황을 이용해 조선인의 존재를 '우리 조선인 형제를 지킨다'라는 이름하에 영토 침략을 정당화하기 위한 일본의 제국주의 신민으로 활용했다. 이 조선인 이주민들 대다수는 강제된 토지 개혁으로 인해 조선에서 그들의 땅을 잃었기 때문에 중국 영토로 흘러들었을 것이고, 실제로 조선으로 이주한 일본인은 세계 곳곳의 식민지에 정착한 유럽인 숫자보다 훨씬 많았다.[18] 하지만 그 조선인들 때문에 유민이 된 중국인과 만주인들에게 조선인과 일본 제국주의자들은 거의 구분이 되지 않았다. 국경 근처의 관개 수로 사용권을 둘러싸고 조선인과 중국인 사이에 벌어진 분쟁인 완바오산 사건은 가장 논쟁적인 사건 중 하나였다. 일본 관료들은 조선인들을 위한다는 명목으로 사건에 개입했고, 그로 인해 민족 사이의 폭력과 분노가 심화됐다.

오늘날 되돌아보면 일본의 정책 입안자들이 제국 초기부터 조선, 중국, 만주 지역을 하나로 묶어서 바라봤다는 사실을 생각할 때, 1930년대 조선에서의 제국주의 정책과 중국과 만주에서의 그것이 긴밀하게 연결된다는 사실은 그리 놀라운 일이 아니다. 야마무로 신이이치가 상기시켜주듯이 '조선 반도와 그 뒤에 위치한 만주와 몽골은 일본 열도의 몸통을 찌르는 단도로 비유되었고' 조선과 만주를 지배하기 위해 일본은 이미 청일전쟁(1894~1895)과 러일전쟁(1904~1905)을 치렀다.[19] 일본에서의 조선 붐이 조일 관계의 중요한 역사적 순간마다 주기적으로 발생했다는 관점에서 보면,[20] 이 시기에 일본의 대중적이고 공적인 담론에서

조선의 이미지들이 등장하기 시작했다는 사실은 우연이 아니다.[21]

그러나 1930년대 일본 제국주의 이데올로기는 아시아 대륙으로의 침투에 앞장 서는 동시에 아시아의 단일성을 강조했다. 내선일체內鮮一體, 만선일여滿鮮一如, 오족협화五族協和, 일만지日滿支 등의 제국 슬로건은 대중매체에서 범람했고, 공동의 적인 서구 제국주의자들에 대항해서 아시아인들이 단합해야 한다고 주장했다.[22] 그러나 아시아로의 일본 제국주의 확장이 서구 제국주의를 연상하게 한다는 사실은 일본의 범아시아주의자들에게는 불편하고 해소할 수 없는 아이러니였다.[23] 조선어에 대한 검열과 조선인 작가들의 일본어 창작 장려를 포함한 조선에서의 동화정책은 하나의 공동체로 단합하는 아시아인이라는 미명하에 이뤄진 아시아로의 폭력적인 영토 침입이라는 이 큰 맥락의 핵심이었다. 이처럼, 심지어 평등이란 이름으로 차별을 촉진하는 상황에서 식민지에서 이뤄진 동화정책들은 결코 단순하지 않았다.[24] 이것이 일본에 의해 장려되고 소비되던 조선문화의 제작자들이 처한 곤경의 배경이었다. 조선 붐의 일환으로서, 그들의 동화된 일본어 텍스트는 이국적 조선성과 동시에 일본의 한 지방으로서의 '지역색'으로 극찬받았다.

이제 제국의 광대한 지역 전체에 걸쳐 동화(결합)와 이국화(이화)란 이중적 논리의 유통에 중요한 역할을 한 『오사카 마이니치』의 지방판들을 살펴보자. 1930년대에 『오사카 마이니치』는 내지와 외지에 걸쳐 매일 유통되고 있었는데, 그러한 유통은 겉으로 보기에 이 지역들을 베네딕트 앤더슨이 국민국가에 대해 이론화한 것을 연상시키는 상상의 제국 공동체의 '진공상태의 균일한 시간'이란 공간적 연속체로 연결시켰다. 예를 들어, 1936년 6월 6일,[25] 야마구치, 미야자키, 가고시마, 오키나

와 등의 내지에서부터 만주, 조선, 대만 등의 외지에 이르는 제국의 광대한 지역에 이르는 『오사카 마이니치』 독자들은 제국어로 된 신문의 똑같은 판형의 첫 페이지를 보게 된다. 그 페이지 우측 상단에 오사카 마이니치의 로고가 있고 그 옆에는 그날의 헤드라인이 있으며, 똑같이 굵은 글꼴로 된 1/4페이지 광고가 있었는데, 그 광고는 감염을 치료하며 제국 전역에서 구매 가능한 제국의 약 파골ファゴール에 관한 것이었다.[26]

『오사카 마이니치』 지역판과 다른 주요 대중 매체는 제국 전역에서 본국의 진보를 상징하는 소비재 제품 이상의 것을 팔았다. 기술 혁신으로 광대한 지역을 하나의 조화로운 공동체로 연결시키는 현대적이고, 진화되고, 과학적 힘이란 일본의 이미지는 이러한 광고를 통해서만이 아니라 기사 제목을 통해서도 촉진되었다.[27]

예를 들어, 같은 날 조선판 기사 헤드라인은 "일본-조선-만주를 연결하는 해양-대륙 수송 부대 완성"이었고,[28] 돗토리 지방판 헤드라인은 "일본-만주-조선을 (연결)하는 공항 건설 재개-예산 15만 엔이었다.[29] 만주지역판은 일본 자원 의료 검사단의 만주 파견을 축하하는 "일본과 만주-한 마음, 하나의 가슴 : 가슴으로부터 온 의료 검사단 파견"이란 헤드라인을 실었다.[30] 같은 신문의 또 다른 헤드라인은 대만, 만주, 조선 간 여행을 한층 원활하게 하는 여행 경로의 개통을 알리는 "대만에서 만주-한 장의 티켓으로"였다.[31]

일간 『오사카 마이니치』 지면이 주는 압도적인 인상은 제국의 근대 기술발전과 경제적 번영을 통해 가능해진, 매끄럽게 연결된 연속체로서의 제국이었다. 끊임없이 팽창해가는 제국에서 『오사카 마이니치』를 읽는 독자들에게 제국의 국경은 모두의 이익을 위해 열리는 것처럼 보였다.

〈그림 37〉 아지노모토(미원) 광고는 조선, 대련, 오사카 등에 있는 지사를 홍보하고 있다. "아지노모토 봉사대 전일본을 가로지르다"라는 문구가 써 있다. ⓒ서울대학교 고문헌자료실

신문 광고는 트랜스식민지 상품과 자본에 의해 가능해진 경제적 진보와 번영의 메시지를 반복적으로 홍보했다. 예를 들어, 1935년 1월 3일 『오사카 마이니치』에는 인공조미료인 아지노모토味の素 전면 광고가 지면을 화려하게 수놓았다. 그 광고에는 경성, 대련, 대만, 선양 등 제국 전역에 흩어진 아지노모토 지사의 서양식 건물들의 사진이 겹쳐져 있었고, "전일본을 가로지르는 아지노모토 봉사진"이란 커다란 문구가 적혀 있었다.[32]

번영을 구가하는 국경 없는 제국의 이미지는 다른 수단을 통해서도 『오사카 마이니치』의 독자들에게 홍보되고 있었다. 예를 들어 내지에서 외지를 걸친 『오사카 마이니치』지면에 몇 주에 걸쳐 집중적으로 실린 '화려한 일본 대박람회' 보도는 일본의 경제적 번영을 강조했다. 밝은 빨간색으로 강조된 커다란 일본기가 수놓인 전면 광고는 다가오는 행사를 소개한 후, 많은 사진들을 포함해 상세 내용을 며칠에 걸쳐 계속해서 알렸다.[33] 그 보도는 경제 번영을 상징하는 전시들과 함께 기술적으로 진보된 현대 일본을 압도적으로 보여주고 있었다.[34] 가장 흥미로운 전시회들 중에는 많은 관중들이 몰린 조선관과 만주관과 같은 식민지 전시회도 있었다.[35] 조선관에는 기생, 인삼 등과 같은 조선색을 드러내는 이국적 물품만이 아니라 관광 안내와 모험적 기업가를 위한 투자 기회를 알리는 안내 부스도 설치했다.[36] 제국의 소비와 시각적 즐거움을 위해 만들어진 정체된 대상으로서의 조선 이미지는 매우 활동적이고, 경제적으로 활기에 넘치며, 기술적으로 진보한 일본의 이미지와 정반대에 놓여 있었다. 1930년대면 이미 일본은 세계 박람회에 적극적으로 참여함으로써 국제무대에서 식민 권력 중 하나로 스스로를 자리매김한 경험을 수십년간 쌓은 후였다. 박람회는 자국의 발전과 제국의 취득물들을 전시함으로써 그들의 제국 권력을 경쟁하는 장이었고, 그들의 식민지 소유물은 종종 원시적이고 무엇인가 결여된 것으로서 전시되었는데 이는 역동적이고 전향적인 식민 권력들의 이미지와 현저한 병치를 이루는 것이었다.[37] 제국의 기량을 보여주기 위한 이러한 의도적인 전시는 내지에서 외지에 이르는 일본 전역에서 진보된 일본의 이미지를 제고하기 위한 것이었다.

내지에서 외지에 이르는 『오사카 마이니치』 지역판 지면이 전달하는 것은 기술적이고 경제적인 팽창에 의해 횡단되는 유동적인 경계를 가진, 번영하고 있는 트랜스식민지 제국이었다. 제국의 광대한 지역들을 연결하는 그러한 이미지를 통해, 『오사카 마이니치』는 무한한 영토로 진출하고 그것을 통합하면서 동시에 그러한 식민지를 이국적인 타자의 땅으로 상품화하는 일본의 이미지를 촉진했다.[38]

식민지 컬렉션

여기서는 '조선문화의 장래와 현재' 좌담회(1938) 대화를 다시 살펴보자.

> 무라야마 : 나는 가부키나 인형극같은 일본 독자의 것을 보존하는 데 찬성입니다. 우리는 세계적으로 독특한 과거의 물건을 보존해야 합니다. 그래서 조선의 고전적 예술도 끝까지 존재해야만

합니다. 그런 것은 정부로서도 보전해야만 합니다.

임　화 : 그런 박물관적인 것에 대해 말하는 게 아닙니다.[39]

위 대화는 식민자와 피식민지인 사이의 오해뿐만 아니라 식민지 문화의 골동품을 수집하고 보존하려는 제국주의자들의 향수와, 식민지에서의 문화 생산의 당대 조건으로 대화의 초점을 맞추려는 식민지 작가의 시도 사이의 긴장을 보여준다. 이후에는 특히 식민지문학이 제국에서의 소비를 위한 식민지적 키치의 대량 생산품으로서 어떻게 수집되고 선별되었는지가 갖는 중요성을 살펴볼 것이다.

조선문화의 다양한 주제에 대한 특집들은 1930년대 중반 『오사카 마이니치』의 지역판에서부터 줄지어 쏟아져 나왔다. '반도 신인집' 시리즈와 그 뒤를 이은 『조선 여류 작가집』, '조선문화의 장래에 대해' 시리즈, 『조선 작가 걸작집』, 『조선 팔경팔승八景八勝』, 『조선실화판』, 그리고 조선 풍경을 담은 일련의 몽타주 사진들을 그 예로 들 수 있다. 이들 시리즈는 종종 독자의 관심을 끌기 위한 광고와 상술을 통해 예고되기도 했다. 예를 들어 『조선 팔경팔승』은 몇 주에 걸쳐서, 조선에서 가장 좋아하는 절경에 대한 독자들의 투표 이후에 게재되었다. 투표 진행 중 누적 순위가 정기적으로 신문에 게재됐고, 최종 집계의 예상 마감일까지 더 많은 신문지면에 관련된 내용들이 할애되고 분위기가 고조되었다.

이러한 연재물을 홍보하는 광고에 따르면 그것들의 목표는 조선의 문화를 일본인 독자들에게 소개하는 것이었다. 『반도 신인집』을 홍보하는 광고는 이 연재가 **획기적인** 사건이라고 자랑스럽게 주장했다. 왜냐하면 "이제까지 일본어 신문들에서 조선과 조선인에 대해 써온 사람들은 대부분 일본인들이었고", 이 연재에서야 조선인들이 일본인 독자들에게 그들 스스로에 대해 말할 **기회**를 얻었기 때문이었다. 광고는 다음과 같이 이어진다.

> 진정한 이해는 이 신문이 가져오는 열린 소통에 놓여 있다. 우리는 삼십여 명의 학자, 지식인, 저명 작가, 예술가 등을 '픽업'하고 위촉하여, 그들에게 큰 부담이 되지 않는 선에서 몇 편의 짧은 글들을 써달라고 부탁했다. 우리는 이 연재에 '반도 신인집'이란 제목을 붙였고, 이 신문의 조선판에 연재해왔다. 참여자들은 (…중략…) 대부분 젊은 조선인들로 구성되었고 (…중략…) 우리는 여기서 반도 문화의 완벽한 전당을 보여주고자 했다. (…중략…) 이 연재물은 일본 독자들에게는 (조선문화 — 인용자)를 감상할 수 있는 좋은 자원이자 그것을 재발견할 기회가 될 것이며, 조선 독자들에게는 더위를 피하기 위해 읽을만한 좋은 독서물이 될 뿐만 아니라 연구와 자기반성을 통해 자신들의 문화를 발전시키는 데 크게 기여할 것임에 틀림없다. 각 기고자는 이 신문에 글을 싣는 것에 매우 협조적이었고 (…중략…) 열정적으로 연재를 이어갔다. (…중략…) 이 신문에 주목하라. 7월 1일부터 곧 연재를 시작한다![40]

홍보 문구가 기본적으로 과장하는 속성이 있다는 사실을 감안하더라도, "조선문화의 완벽한 전당"을 수집했다는 주장은 제국의 오만을 드러내는 것으로 보인다. 그러나 연재물의 폭과 넓이를 고려하면 이 광고가 그렇게까지 과장이 아닐지도 모른다. 이 신문에 의해 기획된 연재물은 독자들이 쉽게 소비할 수 있는 '조선문화'에 대한 기성품의 컬렉션을 제공하기 위해 모든 노력을 기울인 것처럼 보인다. 조선문학, 조선 영화, 식민지 도시 경성의 유행, 조선 곤충의 과학적 분류, 기생 생활의 갖가지 고난, 조선의 고대 예술품을 모으는 수집가의 사색, 조선인들의 독특한 성적 도착 등 넓은 범위의 주제에서 드러나듯이, 조선은 모든 각도에서 포착된 것처럼 보였다.

수잔 스튜어트의 서사, 과장, 규모, 의의에 대한 연구는 제국에서의 이러한 식민지 컬렉션의 부상을 평가하는 데 도움이 되는 단서를 제공해 준다.[41] 스튜어트에 따르면 컬렉션은 "종종 그 내용의 수준과 연재의 수준에서만이 아니라 더욱 추상적인 의미에서의 억제에 대한 것이다. (…중략…) 저 위대한 시컬렉션, 도서관과 박물관은 통제와 억제의 방식으로 경험을 재현하고자 한다".[42]

이와 마찬가지로, 조선문화에 대한 『오사카 마이니치』 연재 등의 식민지 컬렉션은 질서부여와 분류를 통해 식민지 문화 전체를 전시하고자 시도한다. 박물관과 마찬가지로, "컬렉션의 핵심 은유"에서, 연재물들은 "현재의 맥락에서 모든 공간과 시간의 진정성과 종결을 위해 노력한다".[43] 현재의 맥락이란 컬렉션 자체의 맥락으로, 이 생산의 위치 자체가 탈맥락화되면서 특권을 부여받는다는 맥락을 뜻한다. 각 개별 부분보다 연재물들에 의해 구성되는 전체로서의 식민지 문화에 대해 우선권이 부여됨으로써, 각 부분의 맥락과 개별 작가의 정체성은 의미를 상실한다. 개별 작가들은 현지 정보제공자의 대표로서 특수한 영역을 할당받는다. 스튜어트가 썼듯이 "전체로서의 컬렉션은 개별 요소의 단순 합계와 무관하게 미적이거나 혹은 다른 가치를 함축한다."[44]

'조선 여류작가집'을 선전하는 광고는 이 연재를 다른 조선문화 특집

<그림 38> 『반도여류작가집』 광고. ⓒ서울대학교 고문헌자료실

과 함께 계보적 연속체로 자리매김한다. 『오사카 마이니치』는 이 연재에
서는 조선 여성 작가들을 총동원함으로써, 독자들에게 조선문화를 소개
하겠다는 주장을 되풀이한다.

　'반도 신인집', '조선문화의 장래', 『조선 작가 걸작집』, 그리고 『조선 팔경
팔승』, 『조선실화판』 등등을 시작하면서, 우리 회사의 경성 지부는 예술 작
품 하나하나를 통해, 그리고 신인들과의 토론을 통해 서로 교류하기 위해,
그리고 우리 반도의 모든 풍경 실정을 소개하기 위해 최선을 다했다. 이제
처음으로 『조선 여류 작가집』이 4월 15일부터 연재를 시작한다. 현 조선문

학장에서 활동하는 9명의 여류 작가들이 총동원되었다. 단편소설에서 시, 수필에 이르기까지 (…중략…) 우리가 간절히 기다려온 (…중략…) 참 보석을 만들어내기 위해 이제 각 작가들이 자신을 던지고 있다.[45]

여기서도 개별 작가의 정체성보다 전체로서의 집단이 우선시된다. 해당 광고에는 작가 아홉 명의 사진이 실려 있지만, 실제 연재에서는 일곱 작품만 실렸다. 그리고 일곱 번째 소설인 강경애의 「장산곶」을 끝으로 왜 나머지 작가들이 '총동원'되지 않았는지는 전혀 설명하지 않는다.

위에서 살핀 두 광고 모두 (풍경과 관습을 아우르는) '우리 반도'를 『오사카 마이니치』 독자들에게 직접 소개하는 것에 선구적으로 공헌했다고 자랑스럽게 주장한다. 광고에 쓰인 것대로라면, 이러한 획기적인 업적은 그 광고가 나오고 있는 그 순간에도 창작에 열을 올리고 있던 조선인 작가들 각각과의 공개논의 혹은 교류를 통해 달성되었다. 두 광고 모두 그러한 공헌이 의심의 여지없이 '조선문화 발전에 기여할 것임을 강조한다.

중요한 것은 그러한 과장된 주장이 각 개별 작가의 실제 맥락과 창작 환경에 대한 전적인 묵살을 통해서만 가능하다는 사실이다. 검열로 조선어 창작이 점차 억압받았던 당대에, 조선인 작가들이 일본어로 스스로를 표현하라고 '격려'되었다는 역사적 맥락은 식민지 작가 일부에게는 '기회'나 '열린 교류'로 보이지 않았을 것이다. 스튜어트가 '맥락의 조작', 다시 말해 제작 환경의 탈맥락화를 통한 '대상의 조작'이 컬렉션이 갖는 특성이라고 설명한 것이 여기에도 적용될 수 있을 것이다.

이 연재를 제국의 언어로 싣는 것과 관련된 번역 작업의 삭제는 특별히 주목할 가치가 있다. 전부는 아닐지라도 '조선 여류작가집' 작품 중 대부분은 이전에 조선어로 조선 잡지에 실렸었다. 번역의 수고로움은 식민지 작가들에게 부여되었고, 이는 일본어로 손쉽고 편안하게 소비하고자 하는 일본 독자들에게 조선의 문화 상품을 제공하기 위해서였다. 그러나 이 번역의 수고로움과 노동은 이 연재에서 분명하게 나타나지 않아, 마치 작가들이 처음부터 자연스럽고 손쉽게 일본어로 그 작품을 쓴 것처럼 보인다. 컬렉션에 관한 다음과 같은 스튜어트의 통찰은 여기에 적용될 수 있다. "대상은 노동과 생산 맥락의 삭제에 따라 (…중략…) 분류에 의해 문화적으로 만들어져 (…중략…) 컬렉션 자체의 지형 속에서 토착화된다." 연재 광고가 실리고 있는 바로 그 순간에 식민지 작가들이 일본어로 열심히 창작을 하고 있고, 일본어로 그들 스스로를 진정으로 표현할 수 있는 기회에 흥분하고 있다는 이미지는 조선어로 쓰인 각 작품의 원본을 둘러싼 실제상황에 대한 잘못된 재현과 제국에서의 '열린 교류'를 가능하게 했던 번역이란 후속 노동의 삭제를 통해 만들어질 수 있었다. 식민지인 대다수, 특히 여성이 관료집단의 언어이자 권력의 언어인 제국의 '문어'에 극히 제한적으로만 접근할 수 있었음을 고려할 때, 제국의 조화로운 언어 공동체가 환상이란 사실은 명확해진다. 실제 이 연재 외에 일본어로 작품을 발표했던 사람은 오직 소수의 여성 작가들만이었고, 따라서 여성 작가 대부분이 일본어로 문학작품을 쓸 수 있었을 가능성은 거의 없다. 연재 광고가 주장하는 열린 소통과 문화교류는 식민지 작가들이 식민본국의 독자들에게 제국의 언어로 호소해야만 하는 불평등한 언어적 맥락에 대한 선별적 맹목을 통해서 구축되었다. 식민지인 전체를 대표하는 것에 대한 부담을 수반하는 이 번역을 통

〈그림 39〉『아사히구라프(アサヒグラフ)』표지의 조선관.

한 조우가 극도로 일방적이었다는 사실은 인지되지 않았다.

열린 교류와 소통의 공간을 만든다는 목적과 달리, 이 연재는 그들이 주장한 '조선문화 발전'에 기여하는 것이 아니라 일본 독자들의 소비 열망을 위해 일본어로 조선문화를 포섭하기 위해 신중하게 계획된 선전이었다. 다시 말해, 일본 대중 매체는 그들의 지면에서 동화라는 의제가 행사하는 실제 폭력을 소거함으로써 제국 전역에 걸친 통일되고 조화로운 공동체라는 겉모습을 전시했다. 식민지인들의 관점에서, 특히 일본어로 읽고 쓰지 못하는 사람들에게, 일본어 매체의 특권화는 문화생산, 지식, 소통의 장소로부터의 소외를 뜻했다.

이러한 점에서 자비심 깊게 식민지 작가에게 작품 활동 공간을 제공함으로써 조선문화 발전에 획기적으로 기여했다고 자부하는 광고는 과도한 자화자찬일 뿐만 아니라 완전히 잘못된 것으로 보인다. 그러한 표현은 컬렉션을 수집하는 바로 그 주체를 특권화하고, '생산의 서사'를 '수집의 서사'로, '역사의 서사'를 '개별 주체의 서사—즉 수집가 자신의 서사'로 대체한다.[46] 우리가 다루는 이 특수한 사례에서, 조선문화의 생산자들은 개별 주체성을 부여받지 못하고 단지 전시될 뿐이며, 그들의 문화 상품은 식민본국의 관중을 위해 박제된 박물관 전시품과 유사하며, 『오사카 마이니치』의 관점은 바로 이러한 조선문화를 선별하고 소개하는 주체로서의 우선권을 갖는다.

이러한 맥락에서 앞서 인용했던 트랜스식민지한 '조선문화의 장래와 현재' 좌담회에서 임화가 한 언급은 더욱 의미가 깊어진다. 이 좌담회에서, 식민 본국 비평가들은 조선의 유물을 보전하려는 일본의 노력을 들어 조선문화의 지위 하락과 소멸에 관한 조선 작가들의 우려를 달래려

했다. 이러한 시도에 대해 임화는 '그런 박물관적인 것에 대해 말하는 게 아닙니다'라고 반박했다.[47] 식민지 작가들에게 중요했던 것이 현재와 미래를 위한 문화 생산을 추구하고 발달시키는 것이었다면, 식민 본국의 관심은 조선을 컬렉션에 넣어 박제하는 것, 다시 말해 '있는 그대로'의 고정된 조선을 '알아 간다'는 환상에 국한되어 있었다.[48]

따라서 조선 작가들의 창작 혹은 일본어 번역 작업과 관련된 생산 조건들의 탈맥락화는 식민지에서의 불평등한 사회적 관계를 제거한다. 이 제거는 바로 그 식민지적 조건, 즉 개별 문화 생산자와 그들의 생산품들이 식민지적 키치 수집 혹은 이국 취미의 대상으로 사물화되는 동시에 서로 다른 개별 배경과 무관하게 식민지 문화 전체가 물신화되어 재현되는 것을 포함한다.[49]

식민지가 본국과 '하나가 되'었다는 제국의 수사는 사실 식민지 문화 생산자의 소외, 즉 생산자와 그들의 작품이 제국적 소비를 위한 식민지 키치의 대상이 되었다는 사실에 입각해 있었다. 각 작가는 그들이 한국 문화의 한 요소를 대표할 때만 중요했으며, 그 전체가 제국의 관객을 위해 큐레이팅되고 있었다. 식민지 컬렉션의 논리에서, 각 개인의 배경차이는 무의미했다. 따라서 제국 중심에서 거의 알려지지 않은, 빈농 출신의 강경애와 같은 작가들은 보다 특권적 조건을 지닌 다른 작가들과 동등한 위치에 놓이게 되었고, 단지 조선문화의 식민지 컬렉션이라는 보다 넓은 범주의 한 조각을 재현하기 위해 사물화되었다.

저자는 컬렉션에 대한 스튜어트의 도발적인 제작 은유로 이 장을 마무리 지으려 한다. 그녀는 여기서 논의한 식민지 문화의 사물화 맥락과 관련하여 컬렉션을 '획득된 것'이 아니라 '포획된 것'으로 보았다.[50] 스튜어트는 다음과 같이 썼다. 우리가 찾아서 가야만하는 기념품과 달리, "컬렉션은 우리에게 온다. 컬렉션은 세상이 주어진다고, 우리는 가치의 생산자가 아니라 상속자라고 말한다".[51] 수집하고, 큐레이팅하고, 측정하고, 재배치하고, 조작하며, 끝내 심지어는 식민지인으로 하여금 제국의 소비를 위해 '스스로를 대표'하라고 강요함으로써 식민지의 전체적 초상을 보고 단정지으려하는 제국적 오만은 역설적으로 그들이 식민지 작가들의 실제 작업에서 일어나는 고통스러운 노동을 보지 못하게 만들었다. 식민지 문화 생산자들이 자신의 목소리를 낼 무대를 찾아 '자유롭게' 떠났던 것은 분명 이러한 열린 경계와 유동적 운동으로 보이는 맥락에서였다. 비록 그것이 갈수록 제국의 언어로 번역되어 제국의 시장에서 유통되는 것에 국한되어갔고, 제국의 시선을 충족하기 위한 유행 상품으로서의 대중 유통망으로 제한되었던 것이었을지라도 말이다.

제9장

만주 기억의 은폐

앞 장들에서 살폈듯이, 일본 제국 내 조선의 변화하는 위치는 중국 북부와 만주에서 일어나고 있던 지정학적 변화와 밀접한 관련이 있었다. 실제로 많은 학자들이 지적한 바와 같이, 일본, 조선, 중국/만주 지역의 이러한 삼각관계는 반도와 나머지 대륙에 대한 일본의 식민지 침략 훨씬 이전부터 존재하고 있었다. 그러나 1945년 일본 제국이 갑작스럽게 붕괴되고 식민지의 독립과 냉전으로 인한 분단을 거치면서 이 지역적 연결은 수십 년 동안 혼란스럽게 남아 있었다. 이 장은 지금도 진행 중인 분리를 넘어서 이 지역의 역사를 재구성하기 위한 최근 연구 성과를 바탕으로 하고 있다.

조선에서 만주로 이주한 식민지 시기 작가 강경애의 삶과 작품은 이 지역에서 일어났던 교차점들과 해방 이후 오늘날에 갈라져 내려온 그 유산들에 대해 생각해 볼 수 있는 중요한 관점을 제공한다. 남북으로 나뉜 해방 이후의 남북한에서 형성된 문학 정전들 속에서 강경애의 작품과 그것의 운명이 보여주는 복잡성은 민족주의적 저항과 대일협력이라는 단순한 이분법에서 누락된 것들의 중요성을 고려하는 데 유용하다.

앞서 살폈듯이, 조선 붐은 식민지 말기 만주로 이주한 조선인들의 만주 개척 문학의 부상을 포함했다. 그 작품들은 해방 이후 다시-기억된 식민지 기억의 골조를 이루는 민족적 저항과 대일협력이라는 이분법적 논리에 저항한다. 그러한 이분법은 국적에 따라 탈식민 문학 정전의 포함과 배제를 결정하는 경계들을 그려왔었다.

이 장은 강경애와 만주 개척을 그린 그녀의 작품들의 위치와 그것들이 민족문학 정전과 맺는 불안정한 관계들을 재독함으로써, 식민지 조선이 일본, 다른 아시아, 서양과 맺는 복잡한 관계를 고려할 때, 그러한 이분법적 사고는 매우 부적절하다는 사실을 밝힐 것이다. 또한 이 장은 (일본 제국주의에 대한 민족적 저항을 의미하기 위해) 소작농을 중심으로 하는 '식민지의 실상' 재현이라는 해방 이후의 구상화 방식이 식민지의 진본성을 구상화하려는 제국적 요구를 역설적이게도 부지불식간에 모방하고 만다는 사실을 밝힌다. 겉으로 보는 것과 달리 모범적인 사례인 강경애를 읽음으로써, 저자는 리얼리즘의 해방 이후의 체제, 즉 (주로 일본의 식민지 착취 폭로와 조선의 저항을 의미하는) 식민지의 실상 재현에 대한 정치화된 요구와 조선 붐이 일어나던 시기에 식민지의 진본성에 대한 제국의 요구 사이의 역설적 유사성의 의미를 검토할 것이다.

강경애는 식민지 시기의 대표적 작가 중 하나로, 남한과 북한의 민족문학사 모두에서 정전화된 몇 안 되는 작가 중 하나이다. 예를 들어 강경애의 탄생 100주년을 기념하기 위해 남북한 학자들이 그녀의 업적을 기리는 강경애 탄생 100주년 남북공동논문집을 발표했다. 이 책의 표지에는 다음과 같이 적혀 있다. "강경애는 하층계급 여성의 시선을 넘어서서 당대 여느 작가들이 볼 수 없었던 식민지의 실상을 두루 보아낸 최고의 사실주의 작가로 근대문학사에 자리 잡아 남북 양쪽에서 평가받고 있다."[1]

더욱이, 소작농 출신의 여성 작가로서 그녀는 식민본국으로 가거나 일본어로 문학작품을 쓰는 법을 배울 기회가 없었을 것이다. 실제로, 당시 대부분의 엘리트 남성 작가들이 어떤 형태로든 식민본국의 중심을 향한 떳떳하지 못한 욕망을 드러내던 시기에, 제국 문화의 중심, 더 나아가 그로 인한 '오염'으로부터의 거리 덕분에 그녀는 해방 이후 영웅적 저항을 보여준 진정한 식민지문학의 상징으로까지 격상되었다.[2] 실제로 최근 식민지 조선인들의 일본어 저작에 관심이 집중되면서, 민족주의 문학사적 관점에서 가장 곤란한 점은 민족적으로 존경을 받는 작가들이 쓴 일본어 텍스트가 발견된 일이다. 이는 저항과 협력이라는 이항대립을 따라 이 작가들을 재평가하고 선을 다시 그을 필요성을 촉발했다. 여기서 강경애를 다시 읽는 것은 대일협력의 현장을 재배치하기 위해서가 아니라, 여전히 식민지문학 연구를 지배하고 있으며 그에 대한 우리의 올바른 이해를 가로막고 있는 협력과 저항이라는 이항대립의 부적절함을 심문하기 위해서이다.

민족 정전 속 강경애의 지위는 오늘날처럼 항상 자명했던 것은 아니다. 예를 들어, 북한과 관련을 맺은 다른 작가들과 마찬가지로, 강경애와 그녀의 이야기는 1988년까지 남한에서 금지당했었다. 이 금지된 작가들은 분단되던 때와 혼란스러웠던 해방기에 북한으로 갔고, 남한에서는 이들을 '월북 작가'로 묶었다. 그러나 해방 전인 1944년에 사망한 강경애는 해방 이후 북한에서 주요 인사가 된 남편과의 관련성 때문에 검열당했다.

실제로, 여성 작가인 강경애가 식민지 조선의 가부장적 문단과 맺는 관계는 종종 그녀의 삶 속 남성과의 관계를 통해 매개되었다. 가난한 소작농 출신의 여성작가로서, 그녀는 식민본국은 물론 식민지의 문학 제도로부터도 제외되었다. 강경애의 부친이 사망한 이후, 그녀의 어머니는 부유한 노인과 결혼했고, 실제적으로는 그의 종으로서 일했다. 그녀의 전기에는 그녀가 다른 사람들이 버린 책을 통해 읽는 법을 배웠다는 이야기가 종종 등장하는데, 이는 그녀가 교육을 받을 기회가 없었다는 사실을 잘 보여준다.[3] 그녀는 의붓 자매의 남편의 도움으로 몇 년 간 학교를 다닐 수 있었다.[4] 또 다른 유명한 일화는 그녀가 식민지 조선문단의 주요 인사였던 양주동(1903~1977)의 문학강연회에서 만난 이후 그와 가까워졌고, 그와 함께 경성에 살면서 글쓰기를 배웠다는 것이다.[5] 그녀가 처음 출간한 작품은 양주동이 편집을 담당했던 잡지『금성』에 실렸다.

일본의 식민지 동화주의자들이 식민지 교육에서 일본어 사용을 강제했음에도, 1940년 말 김사량이 썼듯이 조선 인구의 80%가 조선어에서조차 여전히 문맹이었다.[6] 이러한 상황에서 여성인 강경애에 대한 제국의 동화 선전의 영향은 제한적일 수밖에 없었다. 강경애가 일본어를 능숙하게 쓸 수 있었을 정도로 배웠을 가능성은 매우 적다.[7] 식민지 시대의 많은 한국 지식인들이 일본 유학을 한 것은 일반적인 상식이지만, 그들 중 대부분이 남성이었다는 사실을 기억하는 것이 중요하다. 당시 작가나 주목할 만한 문화 인사가 된 여성은 대게 엘리트 가문 출신이었고, 그들 중 일부는 일본 유학생활을 했으나, 그러한 여성들은 신문 헤드라인이나 사회 가십 칼럼에서 화제가 될 정도로 예외적이었다.[8]

그녀의 전기 어디에도 그녀에게 일본으로 건너갈 기회가 있었다는 내용은 없다. 실제로 그녀는 다른 방향, 북쪽 만주 지역으로 이주했다. 식민지 교육에 대한 접근이 제한적인 소작농 출신 여성이라는 비천한 지위가 실제로 오늘날 일본에의 협력으로부터 자유로운, 논란의 여지가 없는 민족 작가의 지위를 굳건히 하는 데 도움이 되었다는 사실은 흥미롭다. 특히 식민지 말기, 다수의 남성 작가들을 포함한 더욱 더 많은 조선의 엘리트 출신 조선인들이 제국에 동원되고 연루되고 있을 때, 강경애는 민족의 진정성과 저항의 상징이 될 자질을 갖추고 있었다.[9] 한 사람씩, 조선의 남성 작가들은 심문에 넘겨졌고, 사랑받고 존경받아왔던 이기영에 이르러 마지막 충격이 가해졌다.[10] 민족문학의 관점에서 볼 때, 일본에서 유학했던 남성 작가 대다수의 경우, 새로운 친일 일본어 자료가 발견되어 그들의 대일협력 행위를 발견하게 될 수 있다는 불안이 늘 있다.

강경애는 경작할 땅을 빼앗긴 소작농과 여성의 관점에서 글을 썼다. 그리고 착취에 대한 주인공들의 투쟁은 해방 후 정전화 작업에서 일본 제국주의에 맞선 민족의 집단적 투쟁의 상징으로 쉽게 순치되었다. 100주년 남북공동논문집의 남한 편의 부제인 "일관된 민중 연대성과 항일 투쟁"에서 드러나듯이, 강경애를 읽는 주된 독법은 그녀의 작품을 제국주의에 저항하는 민중의 연대감 표출로 읽는 것이다.[11]

그녀의 정전화에 미친 또 다른 요소는 대부분 만주 이주기에 쓰인 그녀의 작품에 편재하는 만주에 대한 공간적 상상력이다. 만주는 한국 민족주의의 심상에서 매우 논쟁적인 공간을 차지하고 있다. 한편으로 그곳은 한때 찬란했던 한국의 역사가 남아있는 곳으로 이상화된다. 특히 식민지로 전락한 시기민족적 영웅이 부재했던 상황에서, 부여와 고구려 등 대륙 깊숙이 뻗어나갔던 고대 왕국의 용감하고 강력한 제국사가 그리운 과거로 미화되었다.[12] 다른 한편으로, 식민지 시기 만주는 중국 공산주의자들과 동맹을 맺기도 했던 민족주의 게릴라 전투원들의 식민지적 저항의 공간을 상징했다. 가장 유명한 것은 김일성(1912~1994)으로, 그는 이후 이러한 영웅으로서의 자격을 바탕으로 북한 전역에서 지도력을 발휘할 수 있었다.[13]

따라서, 식민지 조선의 지리적 심상 일반, 특히 강경애의 작품에서 잘 드러나듯이, 지금까지 만주는 대체로 일본 제국주의에 대한 조선인의 저항의 장소이자, 조선 소작농들이 착취적인 제국주의 정책을 피해 이주한 장소로 상상되었다. 그들의 가혹한 삶의 조건에 대한 이야기는 제국주의 정책에 의해 집에서 추방돼 미지의 혹독한 변경으로 이주된 조선인 소작농들의 희생을 사실적인 방식으로 묘사했다.

그러나 한편으로 연구자들에 의해 최근 논의되고 있는, 또 다른 불편한 측면이 존재한다.[14] 최근 만주에 대한 연구는 이 지역에서 조선인이 가졌던 위치의 복잡성을 조명하여, 이들을 저항과 협력이라는 단순한 이항 대립으로는 쉽게 이해할 수 없다는 사실을 서술했다. 실제로, 수천의 소작농을 이주시키는 제국의 이민 정책은 일본의 확장 어젠다에 따라 이뤄졌다. 제국주의 정책들로 생계가 심각하게 악화된 조선인 소작농들에게, 만주는 '왕도낙토王道樂土'와 '신천지新天地' 등 기회의 땅, 백지와 같은 영토가 되었다.[15] 그러나 제국주의 정책으로 유민이 된 중국 소작농들에게 조선인과 일본 제국주의자들은 거의 구분되지 않았다. 사실, 일본의 제국주의 정책 이론가들은 조선인 이주자에게 제국 팽창을 위한 첨병으로서의 역할을 부여하는 전략을 세웠고, 이 지역에서 일본의 영향력을 확대하려는 목적하에, 제국 신민을 대변하고 옹호한다는 명분으로 종종 조선인 편에 서서 민족분쟁에 개입했다.[16] 이러한 더 넓은 맥락을 보여주는 새로운 연구를 바탕으로, 민족 중심 독해의 한계를 넘어 강경애의 텍스트를 다시 읽어야 한다. 조선 붐의 중요 부분으로 반복적으로 재생산된 그녀의 소설 「장산곶」의 인기는 중층적 경계 사이에서 맥락화되는 강경애 작품의 복잡성을 검토하는 중요한 지점을 제공할 것이다.

식민지적 현실의 역설

여기서 자세히 다룰 세 소설은 「소금」,[17] 「마약」,[18] 「장산곶」이다. 이들은 모두 민족주의적 저항과 대일협력이라는 이항대립보다는 제국의 경계에서의 조우가 야기했던 불안과 일본과 중국 사이에 있었던 조선의 위치를 둘러싼 복잡한 물음들을 드러낸다.

「소금」

「소금」은 1934년 5월에서 10월까지 여성잡지 『신가정』에서 연재되었으며, 결말 부분은 식민지 검열로 거칠게 지워졌다. 원문을 지운 잉크 자국은 식민지 시기 강경애와 다른 작가들의 텍스트에 대해 식민지 권력이 휘두른 폭력적 검열의 음울한 증거이다. 이것은 또한 그러한 삭제 판단을 받을 만큼 검열관의 시선에 불온했던 내용이 무엇이었는지에 대해 여러 추측을 하게 한다. 식민지 시기 한국문학사는 식민지 검열의 거대한 맹습을 구현한 채 전해 내려온 이러한 텍스트의 조각들을 바탕으로 구성되어야 했다. 그러한 '상처입은' 텍스트를 앞에 두고, 비평가들은 영웅이 결핍되었던 시대에 영웅적 행위와 저항의 흔적을 찾고자 했다.

이미 많은 다른 작가들이 일본어로 글을 쓰고 있었을 때, 검열의 훈장으로 수놓인 조선어 텍스트였던 「소금」과 같은 강경애의 텍스트는 해방 후 새로운 정전으로 격상될 수 있는 그러한 저항의 증거를 찾기에 자연스러운 장소였다. 이 이야기를 자세히 살펴보자.

남편과 아들을 만주의 혼란스러운 정치투쟁에서 잃고, 딸을 빈곤으로 인한 병으로 잃은 후 생존의 한계 상황에 몰린 주인공, 봉염의 어머니[19]는 조중 국경에서 소금을 밀수하는 일을 하게 된다. 소금은 제국 총독부 관리국의 관할 아래에서 통제를 받는 물품이었다.[20]

조선에서는 소금이 풍부하여 쉽게 먹을 수 있었다. 하지만 새롭게 구획된 제국의 국경을 따라 실시된 제국의 경제정책에 의해 소금은 엄격하게 통제됐고, 만주 이주민들에게는 매일의 식사에 간을 할 소금마저 충분치 못했다. 그녀가 가족들에게 만족스러운 식사를 제공할 수 없었다는 사실은 그녀의 가족들이 모두 죽고 난 뒤에도 그녀를 괴롭혔다. 정치적 갈등과 경제난으로 고통받던 그녀는 부유한 중국 지주의 집에서 하인으로 일한다. 중국인 지주는 그녀의 노동력을 착취하고, 그녀를 자신의 집에서 쫓아내기 전에 그녀를 강간하고 임신시킨다. 따라서 이 이야기는 중국인 및 일본인과의 갈등을 포함해 만주 속 조선 이주민들의 불안정한 지위를 묘사한다.

봉염의 어머니는 권력 관계가 휘몰아치듯 변화하는 제국의 상황 때문에 그녀의 가족을 잃는 비극을 겪는다. 식민지 여성 이주자로서 그녀는 그러한 움직임의 배후에 있는 실제 이데올로기 세력들로부터 몇 겹으로 소외되어 있지만, 그럼에도 그녀의 삶은 모든 수준에서 그 영향을 받았다. 연이은 개인의 비극 후에, 그녀는 이 문제를 스스로 해결하려 한다.

그러나 그것은 생존을 위해 국경에서 소금을 밀수한다는 제한된 해결이었다. 봉염의 어머니가 속한 밀수꾼의 대열이 정체를 알 수 없는 이념집단에 의해 멈춰졌을 때, 그녀는 밀수품의 운명과 자신의 안위만을 걱정했다.

> 그들이 어떤 산마루턱에 올라왔을 때 "누구냐? 손들고 꼼짝 말고 서라. 그렇지 않으면 쏠 터이다!"

> 이러한 고함소리와 함께 눈이부시게 파란불빛이 쫙하고 그들의 얼굴에 빛치운다. 그들은 이불빛에 마치 어떤 예리한 칼날같고 또 그들을 향하여 날아오는 총알같아서 무의식간에 두손을 번쩍 들었다. 그리고 이전 소금을 빼앗겠구나!하고 그들은 저만큼 속으로 생각하였다. 이렇게 단정은 하면서도 웬일인지 저들이 공산당이나 아닌가 혹은 마적단인가하며 진심으로 그리되었으면하고 바랐다. 공산당이나 마적단들에게는 잘빌면 소금짐 같은 것은 빼앗기지 않기때문이었다.[21]

위 인용문에서 볼 수 있듯이, 밀수꾼들은 기본적인 생존을 위한 투쟁에 단지 방해가 될 뿐인 이데올로기에 관심이 없다. 그들의 최대 관심사는 안전하게 집으로 돌아와 그들의 물건을 몰수당하지 않고 배달하는 것이다. 인용문 뒤에 이어지는 공산당의 연설 내용 역시 그들에게 중요하지 않은 것처럼 보인다. 실제로 연설의 첫머리인 "여러분! 당신네들이 왜 이 밤중에 단잠을 못 자고 이 소금 짐을 지게 되었는지 아십니까!"[22] 이후 나머지 연설은 다음과 같은 밀수꾼들의 생각에 밀려 들리지 않게 된다.

그들은 옳다! 공산당이구나! 소금은 빼앗기지 않겠구나 저들에게 뭐라고 사정하여 될까하고 두루 생각하였다. 저편의 음성은 여전히 흘라나왔다. 그들은 말하는 시간이 지날수록 어서 말을 끊치고 놓아보냈으면 하였다. 그러나 이산 아래나 혹은 이산 저편에 경비대가 숨어 있어 우리들이 공산당의 연설을 듣고 있는 것을 들으면 어쩌나 하는 불안이 자꾸 일어난다. 봉염의 어머니는 저편의 연설들 듣는 사이에 '쌘드거우'에 있을 때 봉염이를 따라 학교에 가서 선생의 연설 듣던 것이 얼핏 생각키우며 흡사히도 그 선생의 음성 같았다. 그는 머리를 번쩍들며 저편을 주의해보았다. 다만 칠 같은 어둠만이 가르막힌 그 속으로 음성만 들릴뿐이다. 그는 얼른 우리 봉식이도 저가운 대나 섞이지않았는가 하였으나 그는 곧 부인하였다. 그러고 봉식이가 보통아이와 달라 똑똑한 아이니 절대로 그런 속에는 섞이지 않았을 것이라고 단정되었다. 이렇게 생각하고나니 봉식의 대한 불안은 적어지나 저들의 말하는 것이 어쩌면 이 소금 자루를 빼왔으려는 수단같기도 하고 저 말을 끝이고나면 우리를 죽이려는가하는 의문이 자꾸들었다.[23]

여기서, 봉염 어머니 마음은 어둠 속에 있는 이들의 목소리가 전달하는 이데올로기적 메시지의 내용이 아니라 그들이 자신들을 소금자루와 함께 보내줄 것인지에 몰두하고 있음이 분명하다. 다른 밀수꾼처럼, 봉염의 어머니는 단지 그녀의 매일매일의 삶에만 관심을 두고 있다. 그녀는 불가피한 상황에 의해 제국의 국경을 무단 침입하는 범죄행위로 내몰렸지만, 이데올로기적 이유로 법을 파괴하려는 것은 아니었다. 숲 속의 이념집단은 연설을 끝낸 후 그들을 돌려보내고, 봉염의 어머니는 무사히 그녀의 집으로 되돌아온다. 이 역설적인 결말에서, 우리는 그녀의 집 자체가 제국적 정책의 침범으로부터 안전하지 않다는 것을 발견한다.

　　벌써 날은 환하게 밝았는데 어떤 양복쟁이 두명이 소금자루를 내놓고 그
를 노려보고 있다. 그는 그들이 순사라는 것을 번개같이 깨닫자 풀풀 떨었다.
　　"소금표 내봐!"
　　관염(官鹽)은 꼭 표를 써주는 것이다. 그때 그는 숨이 콱 막히며 앞이 캄
캄해왔다. 그러고 얼른 두만강에서 소금자루를 빠트리지 않으려고 죽을 힘
을 다하여 섰던 그때와 흡사하게도 그의 신경이 날카로워지는 것을 느꼈
다. 그때는 길잡이가 와서 그의 손을 잡아 살아났지만 아이! 지금에 단포와
칼을 찬 저들을 누가 감히 물리치고 자기를 구원할까?
　　"이년! 너 사염(私鹽) 팔러 다니는 년이구나 당장 일어나라!"[24]

　　여기서 제국에 의해 승인된 '허가된 소금'과 개인에 의해 불법적으로
밀수된 '허가받지 않은 소금'의 구별을 무시하여 봉염의 어머니는 제국
의 법을 어겼다. 이 둘은 제국의 이름으로 이뤄지는 합법적인 국제 무역
과 사적 이익을 위한 불법 밀수라는 차이가 있다. 그러나 그러한 차이는
(급변하는 당시 시대의 조류 속에서 역설적으로 각각 다른 편에서 싸웠던 것처럼 보
이는) 남편과 아들의 삶을 앗아갔던 다른 정치적 이데올로기들의 차이와
마찬가지로, 그녀와 같이 입법으로부터 몇 겹으로 소외되고 멀리 떨어
진 사람들에게는 모호하고 혼란스러우며, 그래서 무의미했다.
　　봉염의 어머니의 관심은 일상의 층위에 머물러 있었다. 그녀는 단순
히 일상생활의 필요와 생존의 욕구만을 인지했다. 그녀는 그 필요를 채
우기 위해 위험을 무릅쓸 정도로 필사적이다. 그녀에게 그것은 단순히

생존의 문제였고 수요와 공급이라는 기본적 경제이지만, 그녀의 행동은 자신도 모르는 사이에 제국의 독점자본주의에 의한 식민지 간 무역법이라는 복잡한 영역으로 넘어갔다.

사적 영역에 대한 공적/관료적 침입은 유동적인 것처럼 보이는 제국의 국경이지만 동시에 근대적 기술을 통해 엄격히 감시되고 있다는 이중성을 반영한다. 이 이야기는 다음과 같이 끝이 난다.

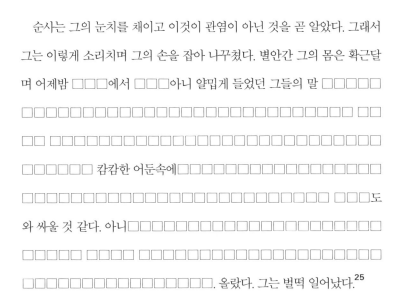

> 순사는 그의 눈치를 채이고 이것이 관염이 아닌 것을 곧 알았다. 그래서 그는 이렇게 소리치며 그의 손을 잡아 나꾸쳤다. 별안간 그의 몸은 확근달며 어제밤 □□□에서 □□□아니 얄밉게 들었던 그들의 말 □□□□□ □□□□□□□□□□□□□□□□□□□□□□□□□□□ □□ □□ □□□□□□□□□□□□□□□□□□□□□□□□□□□ □□□□□□□ 캄캄한 어둔속에□□□□□□□□□□□□□□□□□□□ □□□□□□□□□□□□□□□□□□□□□□□□□□□ □□□도 와 싸울 것 같다. 아니□□□□□□□□□□□□□□□□□□□□□□ □□□□□ □□□□ □□□□□□□□□□□□□□□□□□□□□ □□□□□□□□□□□□□□□□□□□□□. 올랐다. 그는 벌떡 일어났다.[25]

여기서 볼 수 있듯이, 이야기의 결말은 식민지적 검열의 폭력적 표지들에 의해 지워져서 읽을 수 없다. 만약 이 이야기가 칭송받아 온 식민지 실상의 재현이라면, 검열의 잉크 자국들은 그것이 텍스트와 메타텍스트의 한계들로 인해 매우 제한적으로 접근할 수밖에 없는 것임을 암시한다. 텍스트적 층위에서, 이 이야기는 봉염 어머니의 좁은 관점으로 제한된다.

중요한 것은 이 소설이 반복적으로 암시하는 것처럼 이 관점이 심각하게 제한되어 있다는 사실이다. 제한된 수단을 지닌 여성으로서, 그녀는 자신의 주위에서 경합하는 다양한 이데올로기에 그야말로 접근할 수 없다. 이 이야기는, 이러한 현실이 하층 인물들의 일상의 근간에까지 영향을 미치지만 그 실상에 대한 접근은 매우 부족하다는 것을 드러낸다.

이 이야기는 그러한 "장애"(최경희)를 묘사하면서, 더 나아가 다른 한계를 구현한다. 봉염의 어머니는 이 이야기에서 유일하게 현실적인 인물이며, 다른 인물들은 정형화된 인물이다. 부유한 중국인 남성과 제국경찰, 숲 속의 목소리 등은 모두 봉염 어머니의 시련과 고난의 멜로드라마에서 사실상 보조 역할을 하는 얼굴 없는 존재들이다. 이 텍스트는 당시 만주에서의 조선인 이주자들이 맡았던 복잡한 역할을 완전히 생략하고 있다. 조선으로 이주하는 일본인들에게 자리를 만들고 일본의 대對중국 선발대로서의 역할을 조선인에게 맡기기 위해 적극적으로 조선인을 중국에 이주시켰던 당시 제국의 이주 정책은 전혀 드러나지 않는다.

식민지 실상 재현으로서의 민족문학의 정전에서 강경애의 소설들이 부각되는 것은 저자가 '식민지 리얼리즘의 탈식민적 체제'라고 부르는 요구에 따른 것이다. 해방 이후, 식민지 과거에 대한 이러한 지배적인 독법은 조선인이 단순히 희생자가 아니었던 제국적 맥락에 대한 보다 복잡한 이해 대신에 봉염 어머니와 같은 순치된 인물을 조선인의 민족적 수난의 상징으로 재현하고 민족주의적 관점을 특권화하는 선택적 근시안을 통해 가능해졌다. 그러한 식민지 실상에 대한 이미지는 강경애의 텍스트 속 민족적 피해의식의 재현과 동일시되었으며, 민족문학 정전 속 그녀의 지위는 선택적 독해와 검열을 통해서 강화되었다. 남북한 양쪽에서 강경애의 텍스트는 그녀가 직접 쓴 것보다 더 민족주의적이고 '저항적'으로 보이도록 그것들을 재구성한 '편집자'들에 의해 눈에 띄게 바뀌었다. 일본어 대화와 단어는 한국어로 "번역"되어, 원작[26]의 이중어적 본질은 지워졌다. 식민지 검열에 의해 지워진 부분을 재구성하려는 탈식민주의적 민족주의 시도에서 또 다른 검열이 다시 일어났다는 것은 역설적이다.[27] 예를 들어 북한 판본의 결말은 다음과 같이 복원된다.

> 봉염 어머니는 순사에게 끌려가며 밤의 산마루에서 무심히 듣던 말, "여러분, 당신네들이 웨 이 밤중에 단잠을 못 자고 이 소금짐을 지게 되었는지 알으십니까" 하던 말이 문득 떠오르면서 비로소 세상일을 깨달은 것 같았다. 이리하여 이제는 공산당이 나쁘다는 왜놈들의 선전이 거짓 선전이며, 봉식이 아버지가 공산당의 손에 죽었다는 말도 새빨간 거짓말이라는 것을 똑똑히 알았다. 그리고 봉식이가 경비대에 잡혀가 사형을 당했다는 팡둥의 말 역시 믿을 수 없는 수작이며 봉식이는 틀림없이 공산당에 들어가 그 산사람들과 같이 싸우고 있을 것이라고 생각되었다. 왜냐면 봉식이는 똑똑하고 씩씩한 젊은이이기 때문에! 봉염 어머니는 벌써 슬픔도 두려움도 없이 순사들의 앞에 서서 고개를 들고 성큼성큼 걸어갔다.[28]

이 새 판본에서, 우리는 좋은 편 사람들과 제국의 악당을 분명하게 판단하는 좀 더 정치화된 여성을 본다. 이 판본은 '왜놈'과 중국인 지주를 그녀의 불행에 책임이 있는 사악한 인물들로, 공산주의자들을 이 이야기가 지지하는 진정한 영웅으로 분명히 위치시킨다. 이런 다시 쓰기는 일회적인 사건이 아니었다. 실제로 식민지 실상과 저항을 보여준다는 데 논란의 여지가 없는 작가로서 강경애가 갖는 지위는 해방 후 그녀의 소설들에 대한 몇 차례의 개정을 바탕으로 가능해졌다.[29] 이러한 해방 이후 재구성은 텍스트가 원래 구현했던 복잡성을 지우는 또 다른 검열의 층을 추가하는 것일 뿐만 아니라, 당시에는 존재하지 않았던 일관된 민족주의 이데올로기에 맞춰 조작함으로써 역설적이게도 실제가 주는 효과를 감소시키고, 심지어는 부분을 전체 이야기의 외관에 맞춰 수선하려 시도함으로써 식민지 검열로 인한 피해 규모를 자기도 모르게 축소한다.

「마약」

「마약」은 강경애의 작품들을 민족적 저항과 식민지적 협력의 이항대립을 따른 식민지적 현실의 재현으로 보는 기존의 독법이 틀렸음을 입증하는 또 다른 예이다. 첫머리에서 보득 어머니는 남편이 자신을 어디로 데려가는지 알지도 못한 채 어두운 숲 속에서 그를 따라간다. 그녀는 마지못해서 남편을 따라갔고, 너무 남편이 두려워서 어디로 가고 있는지조차 물어보지 못했다.[30] 그것은 길고 거친, 그리고 잘 보이지 않는 어둠 속에서의 '눈 먼' 여행이었고,[31] 시야의 부재 속에서 그녀의 상상력은 앞으로 있을 일들에 대해 거칠게 내달았다. 보득 어머니의 신체적 장애(이야기할 수 없고, 잘 볼 수 없으며, 남편이 그녀를 이끌고 있는 곳에 대한 명확한 정보를 알 수 없음)는 자신이 미래에 접근하거나 제어하지 못하고, 더 나아가 소설의 뒤에서 드러나듯이, 자신의 신체를 제어하지 못한다는 것을 암시한다.[32]

독자는 보득 어머니와 함께 그녀가 처한 상황의 진정한 공포를 알게 된다. 아편중독자인 그녀의 남편은 그녀를 중국인 포목상점 주인에게 팔았다. 제국 내 두 식민지 남성 사이에 부적절하게 이루어진 경제적 계약의 교환대상, 즉 인신매매 당하는 그녀의 운명을 인지하는 끔찍한 장면은 그녀의 남편이 사라지고, 그 자리를 대신 차지하는 중국인 점주의 등장과 함께 제시된다.

보득 어머니는 중국인 점주에게 강간과 고문을 당한 밤 이후 필사적으로 탈출을 시도한다.[33] 그러나 그 폭력 때문에 그녀의 몸에 생긴 상처는 치명적인 것이었다. 그러나 죽어가는 상황에서도, 그녀는 자신의 아이를 위해 자기 몸을 희생하고자 하고, 제국 법 아래에 놓인 남편의 운명에 대한 걱정으로 가득 차 있다. 이 소설의 결말은 소설의 첫머리에서 보득 어머니가 죽고 나서 남편이 발길질을 당하고 제국 순사에 의해 체포되는 대목과 연결된다. 결말에서 남편은 자신이 아편중독자로 등록했다고 설명하려 하지만, 순사는 "무슨 딴수작이야 계집을 죽인놈이 가자 너 같은 놈은 법이 용서를 못해"라고 외친다.

아편 밀매

죽은 식민지 여성에 대한 정의가 제국의 권력에 의해 실현되는 것처럼 보이는 「마약」 속 상황의 역설은 제국 내 양면적인 아편 정책을 고려할 때 보다 의미심장해진다. 연구자들에 따르면 아편은 다른 식민지로의 수출을 위해 조선에서 전략적으로 재배되었다.[34] 조선의 농민들은 제국 시장의 확대를 위해 아편을 재배하도록 장려되었고, 해외의 많은 조선인들은 국경 간 마약 밀매에 연루되어 있었다. 아편 밀매에서 조선인이 맡은 역할은 국제사의 그늘진 부분으로 거의 연구되지 않았다.[35]

이 교환에서 일본 제국의 역할에도 마찬가지로 그늘이 있었다. 아편은 제국 독점 체제에서, 내무성을 포함한 최고 통치 기구의 관할 아래 총독부의 여러 부서를 통해서 엄격히 통제됐다.[36] 그러나 재배와 밀매로 아편이 만연해진 상황에서 중독자가 된 사람들은 바로 그 법률에 의해 가혹하게 처벌받고 기소당했다. 제국 아편정책의 이중구조는 한편으로는 은밀한 제국 독점의 정책에 따라 아편의 생산과 판매를 적극적으로 장려했고, 다른 한편으로는 사회 병폐를 야기하는 장본인으로서 불법 거래자와 중독자들을 엄격하게 통제했다. 식민지 조선에서 사회 문제로 부각되었던 아편의 유행은 당시 많은 문학 작품 속 아편 중독자를 통해 엿볼 수 있다.[37] 제국주의 아편 정책의 이중적인 기준은 전례 없는 비율로 아편이 증가하는 결과를 초래했다.[38]

이러한 맥락에서 밀매업자로서의 많은 조선인들은 이 시스템의 가해자인 동시에 피해자였으며, 그러한 양가적인 역할은 특히 제국이 중국으로 확장함에 따라 제국의 경제에 있어 중국과 일본 사이에 위치한 조선인들의 입장을 보다 복잡하게 만들었다. 제국 안에서의 국경 넘기가 (비록 불평등할지라도) 식민지들을 연결하는 제국의 경제에 의해 가능해졌고, 이것이 또한 다양한 민족들이 국제적인 맥락에서 섞일 수 있는 상황을 가져왔음을 주목하는 것이 중요하다. 동시에 이러한 조우 속에서 이들 그룹 사이의 충돌이 발생했다. 예를 들어 위에서 살핀 「마약」 등의 이야기에서처럼 중국인을 짐승으로 묘사했거나나, 제국의 맥락에서 비인간적이고 불화하는 상호작용이 나타나는 당시의 많은 문학작품에서 이러한 충돌이 분명하게 드러난다. 식민지 조선 작가들의 작품 속 중국인에 대한 인종주의적 묘사는 서로 다른 인종 간에 여전히 존재했던 건널 수 없는 거리를 드러냈는데, 그 거리는 오래된 인종 갈등만이 아니라 제국적 위계의 재편성과 체계적 차별정책에 의해 새롭게 야기된 갈등에 기반을 두고 있었다.

「마약」에서 제국 법 속 식민지인의 지위가 갖는 이러한 양가성은 젠더 위계를 고려할 때 더욱 복잡해진다. 남편이 실직한 후 아편에 중독됐을 때, 가족이 겪는 문제가 시작되었다는 것은 이 소설의 앞부분에서부터 분명하게 나타난다.[39] 경제 전반의 설명할 수 없는 변동으로 무력해진 남편은 분명 예측할 수 없는 사회적, 정치적 환경의 피해자이며, 자살 시도 실패 후 그는 아편에 의지하게 된다. 화자는 그의 곤경을 동정하지만, 그는 중독을 충족하기 위해 자신의 무력해진 피해자의식을 자신의 아내에게 돌리는 가해자이기도 하며, 마침내 제국 법에 의해 처벌받는 것으로 나타난다.

이 이야기는 또한 스토리텔링의 측면에서 제국 법과 경제 정책이 인물들의 삶에 침투하는 방식이 가진 이중적인 속성을 보여준다. 이 소설은 서스펜스 소설의 관습을 어느 정도 연상시키는데, 처음에는 정보를 제공하지 않고, 독자와 인물을 '어둠' 속에 놓아두며 회상을 사용한다. 우리는 곧 아편이 가족 붕괴의 첫 원인임을 알게 되고, 그것은 이어서 올 가족불화의 무대를 마련한다. 결말은 소설의 처음과 연결되는데, 여기서 남편은 제국 순사의 발에 채이고, 검거된다. 그는 "나는 등록하였수!" 하고 외치지만, 그가 아편 중독이 아니라 그의 아내를 죽게 했다는 것 때문에 체포됐다는 사실은 그에게 '등록'(즉 인식)되지 않는다.

그러나 만족스러운 서스펜스 이야기와 달리, 이 이야기는 깔끔한 결말을 거부한다. 이 소설에서 제국 아편 정책에 대한 직접적인 언급은 나타나지 않고 있는데, 이는 당시 작동하던 검열과 관련이 있을 수 있다.. 만약 독자가 제국 정부의 감시를 위해 중독자가 이름을 등록해야 하는 정책을 인지하지 못할 경우, 식민지에서의 아편 중독 등록과 같은 일부 암시의 의미를 알아차리기 어렵다. 더욱이 제국 정책이 식민지에서 아편 수확을 적극적으로 장려했으며, 이 이야기가 지적하는 것처럼 그것이 애초에 이 가족의 경제적 하락과 와해의 진정한 원인이라는 것을 모를 경우, 죽은 어머니에 대한 정의가 똑같은 제국의 권력에 의해 달성된다는 역설을 쉽게 놓칠 수 있다.

일단 독자들이 제국법의 양면성을 인지하게 되면, 이 이야기는 범죄자, 즉 잔인한 식민지 남편을 고발함으로써 제국이 정의를 달성했다는 식으로 단순하게 읽히지 않는다. 이 이야기는 오히려 제국 정책의 희생자이자 가해자라고 하는 제국 내 조선인들의 중간적 위치를 시사한다. 특히 남편이란 인물이 보여주는 '피해자에서 가해자 되기'라는 과정과 가정이라는 친밀성의 영역에서 이뤄지는 폭력의 논리는 제국 슬로건에서 옹호되는 '조화'보다는 오히려, 제국의 가족 체계라는 공적 이데올로기의 '부조화'라는 맥락 속 사회적 불평등과 직접 연결되고 그것을 반영한다. 제국적 경제블록 속 톱니바퀴를 나타내고 있는 남성들 사이의 불미스러운 동성사회적 계약에 묶인 여성의 몸은 남성들의 폭력적 권력투쟁이 수렴하는 희생적인 장소가 된다. 보득 어머니의 관점에서 읽는 이 독법은 저항과 협력이라는 단순한 이항대립을 완전히 거부하지만, 확장하는 제국 속에서 식민지 주체들의 변화하는 역할에 관해 더 많은 물음을 제기한다.

「장산곶」

강경애의 일본어 소설 「장산곶」이 사후에 발견되었을 때, 이 작품이 그녀의 다른 작품들처럼 민족 정전에 걸맞을 것인지에 대한 논쟁이 있었을 것이라 생각할 수 있다. 그러나 이 텍스트는 한국어로 바로 번역되어 한국 독자들에게 "이 작품은 민족적 편견을 넘어선 조선 민중과 일본 민중의 연대라는 주제를 일본의 독점금융자본이 지배하는 황해도의 조그만 반농반어의 마을을 배경으로 형상화했"다고 소개되었다.[40]

장산 산마루에 둘러싸인 몽금포라는 한 가난한 어촌을 배경으로 하는 이 소설은, 최근에 아내를 잃은 뒤 굶고 있는 어린 두 딸을 키우는 가난한 조선인 어부인 형삼이 일자리를 다시 달라는 청을 넣기 위해 불편한 마음으로 어업조합을 향하는 장면으로 시작한다. 형삼과 그의 친구 시무라가 태풍에 휩싸여 어망을 망가뜨린 후, 그는 어업조합의 일본인 지도자 요시오에게 해고당했다. 형삼의 유일한 일본인 친구인 시무라는 징집되어 만주의 전장으로 끌려갔기 때문에, 형삼이 일자리를 다시 찾을 가능성이 거의 없었으며, 그에게는 다른 생계수단도 없었다. 이 지역은 일본 대기업 미츠이에 의해 인수되었으며, 물고기와 나무조차도 이제는 주인이 있는 것처럼 보였다.[41] '해산물을 만주국滿洲國에 대량으로 수출'하게 되어 경기가 좋아지고, 어업조합이 어부들을 더 많이 고용하고 있기 때문에 형삼은 자신도 다시 고용될 것이라 기대했다.[42] 그러나 어업조합의 문에 다가갈 용기를 내기 전에, 형삼은 요시오와 그의 일본인 친구들이 시무라의 가족에 관해 이야기하는 것을 들었다.

"그놈의 형? 물론 있지. 형무소에 들어가 있다더군"

"형무소라구요? (…중략…) 어쩐지 그런 것 같더라니. 그러면 그 형이 나와서 그 할멈을 데려가게 될까요?"

"흥. 형이건 아우건 워낙에 그런 놈들인데, 에미라고 해서 아랑곳하겠어. 자식들이라도 잘났으면 얼마쯤 동정도 할 수 있지만, 그래서는 누가 쳐다봐주지도 않아. 그 동생놈이 나한테 대드는 꼬라지를 보라구. 하루종일 빈둥빈둥 놀다와서는 폭풍이 어쨌느니 거짓말만 늘어놓고…… 그런 놈이 소집영장을 받고 가봤자 나라에 도움이 될 게 뭐야. 그렇게 근성이 썩어빠졌으니까 조센진들 하고만 어울려 다니지."

형삼은 머리가 빙글빙글 돌고 정신이 아득해졌다.[43]

형삼이 엿듣는 동안 대화는 계속된다.

"그 할멈이 영삼이를 가엾다고 하길래, 그렇다면 요보랑 함께 살라고 말해줬더니, 할멈이 펄쩍 뛰면서 이제 요보들과는 상종도 않겠다고 화를 냅디다."

"하하하."

"호호호."[44]

이와 같이 형삼은 어업조합에서 다른 일본인들의 인종적 편견이 자신만이 아니라 연좌제처럼 그의 일본인 친구 시무라에게까지도 향하는 것에 충격을 받는다. 그는 또한 시무라의 어머니가 최근 그를 멀리했던 까닭이 그녀가 조선인들(이 대화에서는 '요보'라고 경멸적으로 불린다)과 친하게 지낸다는 이유로 차별을 받았기 때문임을 알게 된다. 해방 후 한국 비평의 독법과 반대로, 저자는 이 장면이 제국의 위계와 인종차별 때문에 실제로 연대가 불가능하다는 것을 보여준다고 해석한다. 형삼이 문자 그대로 요시오와 그의 일본 친구들 사이의 친밀한 모임 '밖에' 남겨져, 그들과 동등하게 대화를 나누는 것이 아니라 엿들을 수밖에 없다는 사실은 그의 식민지적 소외를 시사한다. 제국의 인종 위계는 제국의 기업과 함께 조선 북부의 먼 어촌 마을에까지 영향을 미치고 있었다.

　모든 희망을 잃은 형삼은 그의 친구 시무라와 만주에서 만날 가능성을 상상한다. 그러나 시무라와의 우정 역시 지속될 수 없다. 왜냐하면 일본인인 시무라만이 만주에서 벌어지는 전쟁에 징집될 수 있기 때문이다. 이 소설이 처음 등장한 1936년 당시 조선인은 아직 일본 군대에 동원되지 않았다.[45] 소설의 결말에서 형삼은 신사神社로 이어지는 계단을 맥없이 오르다 기도를 드리러 가는 시무라의 어머니와 마주친다. 그녀는 처음에 그의 도움을 거절하지만, 갑자기 비가 쏟아지자 그가 자신을 들쳐 업고 계단을 내려가도록 한다. 그녀는 "형삼의 등에 찰싹 달라붙"어 말한다. "미안하구먼!"[46]

　「장산곶」은 복잡하며, 간단한 해석을 거부한다. 저자는 이 작품이 읽히는 서로 다른 두 맥락의 시공간적 차이에 초점을 맞추어 이 텍스트 해석의 어려움을 생각해보고자 한다. 우선 이 작품은 조선 붐의 맥락에서 일본인 독자들에게 처음 소개되었고, 다음으로 몇 십 년 동안 저널에 실린 제목만 전해져 오던 '잃어버린' 작품이 한국의 독자들에게 다시 소개되어 강경애의 작품집에 한 자리를 차지하게 되었다. 이 소설은『오사카 마이니치』지역판에 처음 등장한 후, 식민본국의 프롤레타리아트 잡지『문학안내文学案内』에서 다시 출판되었고, 장혁주를 포함한 조선인과 일본인이 공동으로 편집한 『조선문학선집朝鮮文學選集』에 다시 등장한다. 이처럼 이 소설은 식민지 후반이란 짧은 기간 동안 3번이나 출판됐다.

조선 붐의 필수 요소로서 이 텍스트가 받은 관심은 해방 이후 한국과 일본문학장에서 사실상 이 작품이 사라졌었다는 사실과 매우 대조된다. 식민지 시기부터 현재에 이르는 다양한 층위의 번역으로 특징지어진 이 텍스트의 극적인 부침은 이 텍스트에 접근할 때 고려해야 할 매우 중요한 요소이다.

「장산곶」은 1930년대 일본 대중매체에 일본어 역으로 반복적으로 등장한 후 1980년대 후반 한국문학장에서 한국어로 번역되어 출간됐다. 이 기간들 사이의 지정학적 변화들이 작품 곳곳에 퍼져있다. 어느 언어가 원어이고 어느 언어가 번역어인지는 확정할 수 없다. 『오사카 마이니치』에 첫 등장했을 때 이 작품이 번역이라는 어떠한 언급도 없었다. 8장에서 다뤘듯이 이 소설이 실린 『조선 여류 작가집』만이 아니라 조선문화 시리즈 전체에 번역가에 대한 언급이 없었고, 따라서 『오사카 마이니치』 독자들에게 이 텍스트들이 원래부터 일본어로 쓰였다는 인상을 주었다.

그러나 『조선 여류 작가집』의 나머지 작품들은 실제로 조선어본의 번역인 것으로 확인되었다. 그중에서 강경애의 조선어 '원본' 텍스트만이 발견되지 않았지만, 우리가 그것이 번역이라고 추정하는 데에는 몇 가지 단서가 있다. 앞서 언급했듯이, 강경애는 식민지 교육과 식민 본국 중심으로의 접근이 제한되어 있었기 때문에, 그녀의 일본어가 문학 창작을 할 정도로 뛰어났을 가능성은 매우 낮다. 장혁주는 『조선문학선집』의 짧은 머리말에서, 조선어 소설 번역이 필요한 상황을 언급하면서 강경애 단편의 경우 번역자의 이름을 알 수 없다는 것을 아쉬워했다. 장혁주에게 쓴 편지에서 강경애는 자신이 일본어를 읽을 수 있다고 했고, 당시의 언어 관습에 따라 그녀의 조선어 소설들에는 일본어 단어와 짧은 구절들이 산재되어 있었다. 그러나 모국어가 아닌 언어로 문학작품을 쓰기 위해서는 엄청난 노력이 필요하기 때문에 소작농 출신이라는 강경애의 배경은 이러한 노력이 불가능했을 것이라고 추정하게 한다.[47]

강경애 전집의 편집자가『신동아』에 실렸던 그녀와 장혁주 사이의 편지들을 수록하면서 쓴 장혁주에 대한 짧은 소개에 주의를 기울일 필요가 있다. "1939년 2월 일본잡지『문예文藝』에「조선의 지식층에 호소함」(일본어)을 발표하면서 확실하게 친일적인 문필 활동을 한다. 6·25 이후일본에 귀화하였다."[48] 이 논평은 대일협력자 장혁주와 민족주의적 저항 작가 강경애 사이에 선을 긋는 효과를 낳는다. 강경애가 "산더미 같은 산 재료"[49]를 찾아 만주로 오라고 장혁주를 초대한 이 서신의 복잡성을 탐구하려는 시도는 없었다. 만주의 조선인 이주민에 대한 장혁주이야기는 '대일협력주의자'의 것으로 간주되는 반면, 강경애의 작품은만주 국경에서 어려움을 겪고 있는 조선 농민에 대한 현실적인 묘사로읽힌다. 저자는 '협력'과 '저항'이라는 기준 아래에서 두 작품 모두 깔끔하게 분류될 수 없으며, 이들은 식민지 후반에 조선인이 제국에서 겪는경험의 복잡성을 구현하고 있다는 것을 논할 것이다.

번역가의 부재와 번역행위의 불확정성은 해방 전후에 텍스트가 소비되는 층위가 달라지면서 무엇이 삭제되는지를 보는 데 도움이 된다. 조선 붐 일반, 특히『오사카 마이니치』조선문화 특집 등의 텍스트 속 번역흔적의 부재는 이들이 일본인 독자들을 위해 철저히 선별되고 재배치된 '조선의 진수'에 일본의 독자들이 자연스럽고 직접적으로 접근한다는 잘못된 인상을 준다. 또한 이것은 『오사카 마이니치』의 지면에서 여러 수단으로 홍보되고 있었듯이, 마치 제국의 언어가 공유되고 있는 것처럼 보이는 조화로운 상상의 공동체라는 이미지를 확장한다. 이 조화로운 상상의 공동체라는 이미지는 이 과정에 부여된 번역 노동의 모든 흔적을 제거한다. 직접 일본어로 글을 쓰거나 혹은 자신의 작품을 일본어로 번역한 사람들조차 제국의 소수자 작가로서 광의의 번역을 수행했다. 또한 제국 내 의사소통을 위한 식민지인들의 이러한 노동은 평가절하되었을 뿐만 아니라 여기서는 아예 삭제되었다. 수월하게 제국의 언어로 글을 쓰고 말하는 식민지 주체의 이미지는 그러한 행동들을 자연스럽고 자명한 것으로 여기게 하며, 처음부터 그러한 번역이 요구되는 상황에서 나온 폭력적인 제국의 검열과 동화 선전 정책들을 보이지 않게 한다.

조선 붐과 관련하여, 진정한 식민지적 키치에 대한 요구를 충족시키기 위해 소비된 「장산곶」의 인기는 일본인 독자들이 이 작품을 읽은 방식에 대한 불편한 질문들을 제기한다. 저자의 의도와 상관없이, 이 작품은 "일본-조선-만주를 연결하는 운송부대 - 완성을 서두르는 철도국內鮮滿を繫ぐ輸送陣-完成を急ぐ鉄道局"이라는 『오사카 마이니치』 표제 옆에, 팽창하는 제국 내 조선 붐의 한 부분으로서 일본 독자들에게 처음 소개되었다. 이러한 맥락에서 이 텍스트를 '제국에 대해 강한 저항'으로 보는 해방 후 독법은 설득력이 없다. 실제로 제국의 팽창주의 정책 속에서 강화되고 있던 조선의 동화 및 중국과 만주에 대한 침략을 고려할 때, 작품 속 형삼이 꿈꾸듯 만주 공간을 욕망하고 친구인 시무라와 만주의 전장에서

합류하기를 꿈꾸는 장면은 불안을 야기할 수밖에 없다. 그가 머물고 있는 곳과는 달리, 제국 내 여러 인종 사이의 불화가 더 이상 존재하지 않는 다른 시공간적 맥락에 대한 형삼의 환상은 제국의 불평등한 현실에 대한 체제 전복적 저항이라는 해방 후 민족적인 독해를 가능케 한다. 그러나 한편으로, 그것은 전시기 팽창에서 제국 신민을 동원하기 위해 내건 내선일체 혹은 오족협화 등 제국의 조화로운 협력을 위한 표어를 모방했다는 독해도 역설적으로 똑같이 가능하다.

이렇게 서로 반대되는 독해의 가능성은 이 식민지 후기 단편소설의 의미에 있어 매우 핵심적인 것이다. 작품을 소비하는 독자와 그들의 갈등을 빚는 요구들 사이의 건널 수 없는 거리는 텍스트를 이해하려 할 때 저항과 협력이라는 상호배타적인 이분법이 완전히 부적절하다는 사실을 보여준다. 이 책 전체에서 보여주려고 한 것처럼 (일본어로 쓰였든 아니면 번역되었든), 이 소수자 텍스트의 양가성은 단순화하기 힘든 식민지 후반 조선인이 처한 난관에 대한 복잡한 물음을 제기한다.

우리가 이 책 전체에서 논의한 것처럼, 식민지 후기에 이 텍스트가 받았던 관심 이후 이 텍스트가 사실상 사라졌었다는 것은 다른 유사한 상황에서 생산된 소수자 문학과도 공통된 운명이다. 이 텍스트들의 생산과 소비의 맥락을 규정하려 한 검열과 선전은 제국적 시선에서 민족주의적 정밀 조사로 바뀌었다. 그리고 한 맥락에서 찬양되던 텍스트가 이후에는 잊혀야 할 '암흑기'의 부끄러운 증거로 추락했다.

제국의 독자를 위해 생산된 식민지 조선인의 일본어 텍스트는 몇 십년 뒤, 제한적이고 단계적으로 접근 가능하게 되기 전까지, 해방 후의 선전과 검열의 조건들 속에서 묻혀 있었다.[50] 남한에서는, 1990년대와 21

세기 초반에 일부 일본어 텍스트가 본격적으로 등장하기 시작했지만, 대중담론의 주변부에만 머물렀었다. 한편 일본에서는 이 작가들이 재일 조선인 사회 내에서만 알려졌었다. 그들이 주류의 관심을 얻기 시작했을 때는 종종 소수 민족 저술의 '유행'으로 폄하되었다. 이러한 텍스트들이 처음으로 소비되었던 탈식민 연구의 패러다임은 한국과 일본의 민족문학에 대한 주류 담론과의 관련 속에서 불안정하게 자리매김했다. (이 지역의 탈식민 연구의 위치에 관해서는 10장에서 더 자세히 다룰 것이다.) 망각과 '유행' 사이에서 이 텍스트가 차지하는 불안정한 위치는 식민에서 해방으로 이어지는 시기에 지속된 그들의 주변성을 증언한다.

식민지 리얼리즘의 탈식민적 체제

이 책 전체에서 타자의 진정한 재현을 위한 제국의 요구와 타자의 전 인격성 및 그들이 겪는 경험의 복잡성 제거 사이의 모순에 대해 논의했다. 여기서 저자는 해방 후 민족주의적 요구들에 내재된 선별적 맹목이 동일한 텍스트에 미친 유사한 논리에 초점을 맞추고 싶다. 이들에게 진정한 '식민지 실상'이란 식민지 권력에 대한 명백한 저항이나 수탈 아래에서 식민지인들이 겪은 수난의 재현에 국한되었다. 역설적인 것은 이들 텍스트에 대한 해방 전후의 소비가 크게 달랐음에도 불구하고, 같은 텍스트를 놓고 '조선 붐에서 나타나는 식민지의 정수에 대한 요구'와 '식민지 리얼리즘에 대한 해방 후 요구'에 내재하는 논리가 보여주는 기이한 반향이다.

1989년 한국 연구자에 의해 발굴된 「장산곶」은 곧 한국어로 번역되어 한국 독자들에게 소개되었다. 번역에 딸린 해제는 텍스트가 '원래' 번역이었을 가능성을 삭제함으로써 작품이 일본어로 처음 쓰였을 것이란 식민지 시기의 가정을 반복하고, 1989년에 출판된 번역이 텍스트의 첫 한국어본인 것처럼 보이게 한다. 여기서 우리는 강경애가 직접 쓴 텍스트에 대하여 일본어 번역과 이 일본어 판본의 한국어 번역을 통해서만 접근할 수 있다는 것을 염두에 두어야 한다. 이처럼 텍스트에 대한 여러 겹의 간접적인 접근은 우리의 독서 경험이 '있는 그대로'의 식민지 실상에 대한 자연스러운 접근과 거리가 있다는 것을 시사한다. 식민지문학이 해방 후 어떻게 가치를 획득하고, 민족 정전의 경계가 어떻게 그어지는지를 결정하는 리얼리즘 체제의 부담은 마찬가지로 텍스트의 복잡한 실제들에 대한 제한된 접근에 대한 성찰 없이 「장산곶」에도 부여된다.

그러나 텍스트에 대한 해방 후 평가는 다음과 같이 말하고 있다. 한 편으로 이 텍스트는 그러한 리얼리즘 체제의 기준을 충족시키지 못하는 것으로 간주된다. "그런데 그러한 국제노동계급의 연대라는 주제를 실제로 형상함에 있어서는 형삼과 시무라가 함께 노동하면서 맺는 관계는 회상으로 처리되고, 구체적인 사건은 시무라의 어머니와 형삼 사이의 인간애와 연민 같은 것이 되어 전형성을 확보하는 데까지 이르지는 못했다."[51] 실제로 연구자들은 특히 식민지 후기에 쓰인 강경애의 텍스트가 (경향문학의) 강력한 목적성을 잃기 시작하고 '현실'에 대한 구체적인 묘사에 집중하기 보다는 '인간적 연민'에 압도당하는 '약점'을 드러냈음을 안타까워한다. 그 현실적 **효과**를 가로막는 텍스트의 유감스러운 멜로드라마에도 불구하고 한 연구자는 다음과 같이 자신있게 말한다. "식민지 조선의 작가로서 강경애가 일본의 독자에게 하고 싶었던 이야기가 무엇인지 그녀가 민족문제를 인식하는 방식을 잘 알 수 있다. 일본의 조선민족에 대한 편견과 멸시에 대해 강경애는 강력한 항의를 하고 있는 것이다."[52] 여기서 우리는 이 텍스트가 조선인에 대한 일본인의 인종차별에 대한 분명한 묘사와 그에 대한 비판으로 고평을 받았다는 사실을 알 수 있다. 강경애의 텍스트에 대한 이러한 비평에서 요구되는 **식민지 실상**은 조선인 희생자들의 관점과 역경이 얼마나 잘 그려졌는가와 같다. 그러한 식민지 실상을 잘 묘사한 것으로 칭송받은 강경애의 작품들에 등장하는 모든 중국인과 일본인들이 인종적 고정관념에 따라 묘사되었다는 것은 거의 언급되지 않는다. 텍스트가 식민지 실상에 충실해야 한다고 요구하지만 어디까지나 그 식민지 실상은 당위적 기대를 충족시키는 것에 한정되었다. 이러한 민족문학 정전의 이중적 기준은 역설적으로 애초에 그 텍스트에 요구되었던 식민지적 진실성에 대한 제국주의의 욕망과 유사하다. 그들의 경계에 무엇이 포함되고 배제되는지를 통제하는 것에 있어서, 이 민족과 제국의 논리 사이에는 부인된 연속성이 존재한다. 마찬가지로 식민지 시기부터 해방 후에 이르기까지 아직 인정되지 않은 연속성들이 있다. 다음 장에서는 오늘날 이 지역에서 계속되고 있는 역설의 일부를 검토할 것이다.

제10장

포스트식민성의 역설

이 책에서 저자는 조선과 일본 사이에 공유되었지만 부인된 역사에 대한 몇 가지 사례 연구를 진행했다. 초점은 일본과 한국이라는 두 국민 국가를 넘는 맥락에서 해방 후 난국과 관련된 식민적 조우의 논쟁적인 문화적 기억을 바라보는 것에 맞춰져 있었다. 이 문제적인 유산에는 깔끔한 종결이나 결말이 없기 때문에, 식민지적 부인에 대한 이 이야기들이 현재 우리의 국제적인 유산에 어떤 영향을 미쳤는지 살펴보기 위해서는 이 책의 서론으로 다시 돌아가야 한다.

저자는 최근에 도쿄의 메이지가쿠인대학교에 방문할 기회가 있었는데, 이광수가 '한국 유학생' 시절에 그곳에서 쓴 일본어 소설 「사랑인가」가 실린 『백금학보』의 1909년 12월 호를 보기 위해서였다. 이 책의 서두에서 말했듯 이 소설은 종잡을 수 없는 일본인 급우에 대한 조선인 학생의 동성애적 욕망을 그리고 있다. 그리고 이것은 텍스트 내적으로는 내용과 형식에서, 텍스트 외적으로는 생산되고 소비된 장소에서, 식민적인 접경의 장소에 대한 말해질 수 없는 복잡한 관계를 구현하고 있다. 이광수가 조선과 일본 사이의 문화적 교류에서 차지하는 중요성에도 불구하고 이 소설이 이후 양국에서 모두 잊혔다는 사실은, 이 경합했던 식민지 과거들이 부인되었음을 단적으로 보여준다.

창립 150주년을 맞이하여 메이지가쿠인대학교에서, 학교에 소속된 연구자들을 중심으로 '이광수는 누구인가?'라는 제목의 심포지움이 열렸다. 이 심포지움의 제목은 일본의 영토 확장에 앞장섰던 제국 신민으로서 주요한 위치를 점하다가 일본 제국이 무너지자마자 강등되어 오랫동안 잊힌 이광수의 지위를 암시하고 있다. 이광수의 잊혀진 지위는 그의 동문 선배이자 오늘날까지 일본 근대문학 정전의 중심에 굳건히 자리잡은 시마자키 도손(1894년 졸업생)의 운명과 비교해보면 더욱 분명해진다.

이 심포지움 자료집은 일본 대학에서 주최된 행사로는 유례없이 과거 식민지 출신의 동문의 중요성을 논의했다. 비록 늦은 감이 있고 여전히 학문적 대화에 국한되어 있지만, '이광수는 누구인가?'라는 질문이 일본에서 제기되기 시작했다는 것은 중요하다.

일부 영역에서는 변화가 일어나기 시작했지만, 일본의 경우에는 근대사의 형성기 동안 식민지로부터의 활발한 문화적 영향과 식민지와의 교류를 인정하기까지는 아직 갈 길이 멀다. 여전히 일본의 근대성 연구는 일본과 서구의 상호작용에 주로 중점을 두고 있고, 아시아의 내부 관계에 대해서는 충분히 고려하지 못하고 있다.[1] 그 예시가 바로 재일조선인과 같이, 식민지 과거에서 시작되었으나 지금까지도 일본 사회에서 문제가 되고 있는 해방 후 소수민족의 인정받지 못하는 곤경이다.

한국 역시 문제가 되는 식민지 과거 및 현대사와의 관계를 선택적으로 바라본다. 예를 들어 현대문학사에 대한 이광수의 공헌은 부인할 수 없는 것이지만, 식민지와 관련해 논쟁적인 측면이 있는 작품, 혹은 국가에 반역적이거나 협력적인 것으로 여겨지는 작품, 특히 일본어로 쓰인 작품 대다수는 한국현대문학사 정전에서뿐만 아니라 이광수의 공식적인 '전집'에서도 오랫동안 삭제되어왔다.

저자는 이광수의 「사랑인가」 및 과거 식민지에 공유된 문화적인 교류와 뒤늦게 조우한 일본과 한국의 사례가 상징하는 의미를 고찰하면서 이 책을 마무리할 것이다. 저자는 이것이, 좁게는 한국과 일본, 넓게는 아시아-태평양 지역이 **여전히** 식민지 과거에 대해 깊이 분열된 기억을 가지고 있다는 징후라고 주장하고자 한다.

탈식민지적 향수

식민지 과거의 자취를 인정하길 거부하는 이 선택적인 근시안은 식민지 이후에 기억이 분열되는 광범위한 현상으로 보인다. 이러한 문제는 확실히 한일 양국의 관계에 국한된 일은 아니다. 예를 들어 유럽의 경우에는 다른 제국들과의 폭력적인 경쟁 및 식민지들 내부의 기나긴 탈식민 운동이라는 엄청난 압박으로 인해 식민지에 대한 지배권을 마지못해 포기하였다. 게다가 기나긴 전쟁과 극단적인 폭력이 휩쓴 이후에야 마지못해 독립이 선언되었을 때, 제국 권력은 떨떠름해하면서도 마치 자애롭게 자유를 물려주는 것처럼 식민지에 지배권을 이양했다. 혁명적인 대립이나 양차대전으로 제국 권력끼리 싸우면서 낡은 폭력적 방법으로 제국을 유지할 수는 없다는 자신들의 무능력을 확인했지만, 제국 권력이 이러한 패배를 인정하기를 노골적으로 거부하는 일도 있었다. 제국이 무너지고 수십 년 후에 과거의 식민지를 낭만적이고 우울한 색채로 그려낸 영화들의 인기는, 문명화(!)라는 수상쩍은 이름으로 세계 대다수의 식민지 주체에게 폭력을 휘둘러온 것에 대한 책임을 인정하지 않으려는 고질적인 습성을 드러낸다. 예를 들어, 데이비드 린의 〈인도로 가는 길Passage to India〉(1984), 브리지트 루앙의 〈군청색Outremer〉(1990), 레지스 바르니에의 〈인도차이나Indochine〉(1991)와 같은 영화들은 눈에 띄는 것들 중 일부에 불과하다. 프레드릭 제임슨의 주요 저작인 『포스트모더니즘』에서, 그는 이러한 '향수적인 영화'의 몰역사성, 그리고 실제의 역사적 내용을 결여한 채 스타일 상의 암시만으로 과거를 전유하려는 위험한 욕망을 강력하게 비판한 바 있다.[2]

또한 전쟁의 제국주의적인 토대에 대한 사실은 너무 자주 말끔히 소독되었다. 연합군이 파시즘과 나치즘에 대항하여 싸운 '좋은 전쟁'으로 제2차 세계대전을 보려는 익숙한 기억은, 실제로 전쟁을 촉발한 요인, 즉 백인우월주의로 의한 서유럽의 제국주의적 경쟁 및 영토를 차지하려는 싸움이 실제 전쟁을 촉발시켰음을 생략한다. 공식적인 종전은 이러한 제국적 경쟁의 일부 문제를 일시적으로 해결했을지 모르지만, 제국이 소위 문명화라는 이름으로 전세계에 가한 대규모의 폭력을 어떻게 인정하고 처리하느냐에 관한 문제는 해결되지 않았다. 선별적인 기억이라는 이러한 일반적인 고통과 관련하여, 에릭 샌트너Eric Santner는 『꼬인 대상Stranded Objects』에서 과거를 인정하지 않는 일본과 대조되어 전쟁기 범죄를 더욱 뉘우치는 것처럼 보이는 독일을 예시로 들었다. 사실상 나머지 사회는 집단적으로 나치정권을 희생양으로 삼음으로써 제국적 전쟁과 홀로코스트와 관련된 복잡한 오명으로부터 벗어나게 된 것이나 다름없다는 것이다. 게다가 홀로코스트의 공포에 대한 강조는 유럽의 국경 바깥에서 벌어진 고통에 대한 주목이 부족한 것과 극명한 대조를 이룬다. 이런 점에서 독일과 일본은 전쟁기와 식민지 과거를 선별적으로 기억한다는 점에서, 알려진 것에 비해 더 많은 공통점을 가지고 있을지도 모른다.

제국적 삼각망

동아시아에는 이외에도 제국의 복잡한 관계를 가리는 여러 가지 방법이 있었다. 예를 들어, 제국적 관계사는 (실제로는 그렇지 않음에도 불구하고) 깔끔하게 정의되고 조직된 유럽의 식민 이데올로기에 의해 내부와 외부를 구분하는 이항대립에 의해 작동되었다. 하지만 오래 전부터 동아시아의 제국적 관계는, 두 나라가 상대적인 접근성과 거리에 따라 다양한 변수를 협상하는 것 이상의 뭔가였다. 예를 들어 이 지역은 근대가 시작되기 훨씬 이전부터 중화주의적인 세계 질서 안에서 움직였는데, 종종 미묘한 차이는 있었지만 지배와 복종의 스펙트럼에 따라 위계적이고 억압적인 체제를 수반했다. 수 세기 동안 지역적인 위계는 (문화적, 언어적, 민족-인종적, 공간적) 인접성과 거리라는 논리의 변화에 기초한 영향과 연관성의 동심원 단위로 이해되었다. 이는 제국적 조우에 대한 유럽중심적인 인지 지도에서 이념적으로 구성된, 식민자와 피식민자라는 고정된 이분법과는 거리가 멀었다. 그러한 인지 지도는 종종 해양의 넓은 지역을 가로질러 실제적이고 상상적인 거리에 대한 역사적 상황에 근거했다.

근대기(18세기는 논란의 여지가 있지만 적어도 19세기에는 확실히)에는 서구의 다양한 제국 권력들이 앞 다투어 아시아로 밀려들어왔고, 이에 따라 내부적으로 뒤얽혀 있던 동아시아의 관계가, 형태는 매우 다를지라도 이전과 마찬가지로 다면적인 구조를 가지게 되었다. 오랫동안 지속되어 온 지역 관계는 그 지역 내외부의 경쟁적인 제국들 앞에서 유동적으로 변했다. 예를 들어 커크 라센^{Kirk Larsen}의 『전통, 조약, 무역^{Tradition, Treaties, and Trade}』은 청나라에 있었던 그러한 변화를 검토한다. 깊이 뒤얽힌 역사 속에서 언제나 적어도 세 나라 이상의 인접국들이 관계를 맺어왔던 이 지역의 내부적인 관계는 (중화^{中華}나 천하^{天下}라는 세련된 수사를 통하여) 그들의 제국적인 논리를 지워버렸다. 이러한 복잡성은, 서구의 문명화 사업이라는 또 다른 문명화 담론의 유입으로 더욱 뒤죽박죽인 상태가 되었다. 이러한 사명은 근대성이라는 새로운 패권적 담론에 근거를 두고 있었다. 이 새로운 문명화 임무는 종교, 자본, 총기에 의해 뒷받침되었으며, 보편적인 문명이라는 이름 아래 자신들 지역의 가치, 기준, 법, 위계를 무자비하게 강요하기 위해 더 많은 선의, 모순, 완곡어법이 사용되었다.

예를 들어 조선의 경우에는 러시아, 프랑스, 일본, 미국, 그리고 다른 나라들의 압도적이고 동시적인 위협에 직면했고, 중국 중심의 지역적 질서가 무너지자 마지막 왕인 고종은 '이이제이^{以夷制夷}'라는 절박한 전략으로 대응했다.[3] 이에 따라 그 동안 지속되어온 국내 갈등, 외교적 견제, 중화주의 질서 내 균형에 있어서 조선의 불안정한 지위는, 이 지역에 대한 여러 유럽 및 미 제국의 경합으로 인해 다시 한번 중층결정되고 은폐되었다.

앙드레 슈미드^{Andre Schmid}가 19세기 변천기의 특징을 잘 보여주었듯,[4] 제국들 사이에서 조선은 과거부터 현재까지 있었던 여러 공식적 식민 지배와 더불어 반^半식민적인 지위를 지속할 수밖에 없었다. 예를 들어 이 책 전반에 걸쳐 검토되었던 조선 붐이라는 제국적 대중문화 현상은, 이 지역의 여러 제국적 관계가 더 넓은 지리정치학적 변화를 만나면서 생긴 혼란에서 비롯된, 그리고 그 혼란을 반영한 문화적 경향이었다. 당시에는 이 지역에서 (미국의 인정 아래) 일본이 패권을 휘두르고 있었기 때문이다. 이러한 문화적 경향은 모순적이지만 필연적으로 공존하는 제국주의적 논리이자, 다양한 세계 제국적 맥락에서 친숙한 동화와 차별이라는 논리를 구현하고 있었다. 동시에 그것은 식민지 조선의 황민화라는 완전히 전례 없는 논리에 대한 보다 많은 지역적 변화를 야기했다. 세계와 지역 사이의 끊임없는 유동은 이 시기 조선의 위치를 복잡한 방식으로 재정의했다. 조선문화의 불안정한 위치는 일본 본국뿐만 아니라 중국, 만주, 동남아시아 지역과의 관계 속에서, 세계적이고 지역적인 재구성이 이루어지는 가운데 펼쳐졌다. 일본 제국이 서구 제국과 공모하는 동시에 경합하면서 아시아의 다른 나라들을 침략하고 있었기 때문이다.

『친밀한 제국』은 지금까지, 이러한 뒤얽힘은 인식된 후에도 쉽사리 풀리지 않았을 뿐만 아니라, 저항과 협력과 같은 단순한 이분법을 지나치게 적용하는 탈식민적인 망각에 의해 더욱 복잡해졌다고 주장했다. 해방 후의 인지 지도는 식민지 과거에 대한 이해를 단순하게 정리했고, 제국의 이분법적인 논리를 비판하면서도 모순적으로 그것을 재생산했다. 이러한 이분법적 논리는 탈식민적 비평을 통한 트랜스식민지 만남의 실제적인 함축을 포착해내지 못한다. 이러한 탈식민적 이분법의 도입은 식민지인들을 (영웅과 악당처럼) 만화적이고 선동적인 인물로 축소함으로써 그들의 행위성과 주체성을 더욱 약화하였다. 또한 대상화되고 비인간화된 타자의 자리로 식민지인들을 축소하는 식민적 논리를 반복함으로써 수사적으로 똑같은 폭력을 저지른 셈이 되었다.

이 책은 식민지부터 해방 후까지 포함과 배척, 인정과 소외라는 서로 다르지만 불가사의하게 평행한 두 장면들 사이에 위태롭게 놓여있는 식민지 문화 생산자의 곤경을 추적해왔다. 전쟁기의 제국적 담론 속에서 '협력', '자원', '협조'와 같은 수사는 '내선일체'를 이루었던 폭력, 강제, 검열, 징병과 같은 실제 상황들을 전략적으로 지워버렸다. 과거에서 명백한 저항을 발굴하려는 불가능한 요구 때문에 이러한 삭제는 어떠한 의미에서는 반복되었다. 그 와중에, 문화적 생산자들은 과거의 모든 경험이 존재하지 않았던 것처럼 숨겨야 했다.

식민지 문화생산자들에게 일본 본국이 부여하는 (『개조』와 아쿠타가와 문학상과 같이 겉보기에는 자비로운) 명성과 인정, 그리고 식민지 선집, 좌담회, 협업, 그리고 다른 종류의 트랜스식민지 번역의 증가를 고려해보면, 분명한 폭력과 검열에도 불구하고 상호 간에 느꼈던 매혹에 대해서 알 수 있다. 욕망과 강압 사이의 동요와 마찬가지로, 인정의 문제, 즉 식민지의 근대 주체에게 상징화되었던 제국의 언어는 이러한 난관에서 가장 첨예한 지점이었다.

이렇게 복잡한 이 시대의 역사적, 지정학적 혼란을 고려했을 때, 우리는 무해한 것처럼 보이는 문화적 생산물들이 실제로는 언제나 깊은 정치적 함의를 품고 있다는 사실을 알 수 있다. 예를 들어, 장혁주의 일본 문단 데뷔를 축하했던 잡지 『개조』가, 제국의 확장에 식민지 조선이 더욱 동원될 빌미를 만들었던 만주사변(1931)과 만주국의 괴뢰정부 수립(1932)을 기념했다는 것은 단지 우연이 아니었다. 장혁주의 「아귀도」가 1위 없는 2위를 수상했던 것 또한 우연이 아니었다. 1위 자리는 암묵적으로 일본을 위해 지켜져야 했었던 제국적 위계 속에서, 아무리 선호될지라도 이등석에서 벗어날 수 없었던 조선의 위치를 반영한 것이었기 때문이다.

제8장에서 살펴본『오사카 마이니치』의 조선 선집 시리즈와 마찬가지로, 장혁주의 일본문단 데뷔는 식민지 경계를 횡단하는 문화의 진흙탕 속에서 중요한, 그러나 이후에 잊혀진 이정표 중 하나이다. 그 후 몇 년 동안 식민지 문화에 대한 이러한 제국주의적 욕구는 중국과 만주로 확대되고 있는 일본의 제국주의적 정책에 비례하여 증가했고, 그 기간 동안 조선의 역할은 끊임없이 변화했다.

이 모든 것은 번역된 식민지문학을 제국의 지방문학으로 소비하는 것에서 단적으로 드러나는데, 이는 식민지 작가가 직면한 모순을 전형적으로 보여주는 것이었다. 제8장에서 논의한 바와 같이, 서구의 기준에 따라 정의된 근대성을 향해 빠르게 나아가고 있었기 때문에, 일본은 아시아의 리더를 자임했다. 이때 일본 본국에서 이미 '지방'이란 단어는 '자연 그대로의 과거'와 '진정한 일본'을 동시에 함축하는 양가적인 개념이었다. 어떤 의미를 가지게 되었든, '지방'은 언제나 이분법에 따른 타자로 정의되었다. 즉, 지방은 미래가 아닌 과거, 근대가 아닌 전통, 도시가 아닌 시골, 낯선 것이 아닌 친숙한 것, 외국이 아닌 일본이라는 의미를 함축했으며, 그리고 세계 자체가 변화와 위기에 처한 것처럼 보이던 때에는 편안함과 평온함의 느낌을 주었다. '지방'에 대한 또 다른 향수적인 기표가 '고향'이었다는 사실은 놀라운 일이 아니다.

지방의 이미지는 과거로 규정된 동시에 일본성Japaneseness의 보고寶庫로 승화되었다. 그리고 일본이 기술적으로 진보한 동시에 근대적인 아시아의 리더를 계속 자임하면서, 지방의 이미지는 식민지 내륙인 외지로 옮겨졌고, 식민지와 일본 지방이 등치되기 시작했다. 한때는 일본 본국의 외부로 여겨졌던 것이 그 주변으로 편입되었던 것이다. 지방성과 지방 문화에 대한 담론이 식민지로 확장되면서 식민지 문화와 문학의 위치에 대한 논의를 포함하게 되었고, 이 지방에 대한 담론은 모순된 방식으로 식민지 맥락으로 번역되었다.

여기에는 일본의 문화계 인사들이 제국에서의 식민지 문화와 문학을 장려하려는 욕망이 포함되어 있었다. 이들은 내지의 주변부뿐만 아니라 외지를 둘러보고, 지방의 참여자들과 좌담회를 열어 지방의 문화가 발전하도록 도와주고자 했다. 다른 한편으로 이러한 담론에는 식민본국에 그대로 소개되어야 하는 '자연 그대로의 과거'과 '지방의 진정성'을 보존하려는 욕구도 포함되어 있었다. 조선문학을 지방문학에 동화하려는 동시에 구별하려는 이 이중적인 제스처는, 일본문학의 새로운 장르를 만들기 위해 식민지의 문화 생산자들 및 참여자들을 모집하고 인정하는 일이기도 했다. 이 때 조선은 제국 안에 제국적 신민으로서 매끄럽게 편입되어야만 했고, 이는 여러 모순을 함축하고 있었다. 이 모순은 소비뿐만 아니라 생산의 차원에 걸쳐져 있었고, 이는 문학적이고 문화적인 영역을 넘어서는 (행위성, 복잡성, 참여, 피해자, 가해자에 대한 질문을 복잡하게 만드는) 파장을 일으켰다. 일본 제국이 무너진 지 몇 십 년이 지난 오늘날까지도 이러한 파급은 제대로 해소되지 못한 채로 남아있다. 아직도 위안부 여성이나 징집병과 같은 식민지 비체의 행위성과 주체성에 대한 문제는 충분히 이해되지도 처리되지도 못했다.

부인하는 제국

지방에 대한 식민지 담론은 식민지를 제국적 신체 정치 속에 매끄럽게 포함시키려는 명백한 충동인 동시에 아마도 그것을 식민지 상태로부터 멀리 떼어놓으려는 것이기도 했다. 따라서 이러한 담론은, 더 넓게는 제국과 그 행위자, 그리고 동아시아에서 그들의 탈식민적 유산이 어떻게 작동하는지에 대해 제대로 이해하지 못하게 만든다. 이 지역의 제국적 관계에는 불평등하고 위계적인 관계 안에서 다양한 위치를 점하는 여러 동반자들이 동시적으로 뒤얽혀있기 때문에 이미 복잡한 상태였다. 이 지역의 제국주의는 애초부터 이것이 제국주의라는 사실 자체를 부인해왔기 때문에 이 복잡한 제국주의적 관계를 풀어내기 위한 과제는 더욱 어려운 문제로 남는다. 분명히 모든 제국은 정도는 다를지라도 부인의 논리에 공을 들인다. 그러나 특히 러시아, 미국, 일본, 중국과 같은 소위 후발 제국들은 사실상 식민주의(혹은 무자비하고 강력한 영토 확장)를 부정하는 바로 그 인식에 입각해 있었다. 사실 이러한 제국들은 제국주의적인 야망에도 불구하고 바로 반식민주의라는 이름으로 형성되었던 것이다. 변화하는 세계 질서에서 성공하기 위해서 제국주의적 성찬에 뒤늦게 뛰어든 이 후발주자들은, 쇠퇴하고 있었지만 잘 확립되어 있었던 보다 오래된 유럽의 경우와 자신들을 구별할 수밖에 없었다. 따라서 그들은 낡고 보다 직접적인 형태의 식민 지배로부터 자신들을 차별화하려 노력했다. 하지만 식민지를 얻으려는 이 열망은 새로운 어려움에 직면했다. 탈식민 운동 및 제국들의 포화된 경쟁으로 인해 제국의 노골적인 약탈은 점점 더 어려워졌기 때문이다.

예컨대 우드로 윌슨의 14개조 평화 원칙이나 대서양 헌장에서 볼 수 있듯, 미국은 국제 관계에서 민족자결주의를 주요한 패러다임으로 선언했다. 이러한 권리 선언이 식민지인들에게까지 확장될 의도는 결코 없었지만, 식민 지배자들에 대항하려는 식민지인들은 민족자결주의라는 바로 이 수사를 번역하고 효과적으로 사용함으로써 그러한 위선을 비판하고 독립을 요구했다. 다카시 후지타니는 중요한 저작인『제국을 위한 인종』에서 군대 속 격리된 소수인종 군인에 관해 전쟁기 미국과 일본 제국을 비교하였는데, 그는 여기에 드러나는 위선을 '정중한 인종차별'이라고 명명했다. 이 저작은 여전히 이항대립적 개념 속에서 대조되는 미국과 일본이라는 두 후발 제국의 공통점을 보여주기 위해 중요하고도 예기치 못한 방식으로 두 나라를 비교한다. 후지타니가 분명히 보여주듯, 이 두 제국은 이전의 국가 중심적 역사에서 인정해왔던 것보다 훨씬 많은 공통점을 가지고 있다.

일본의 경우, 이미 제국주의적으로 한창 팽창하고 있을 때조차 자신들의 식민주의를 부정했다.[5] 독립된 민족국가인 듯이 보였지만 실제로는 그렇지 않았던 만주 괴뢰정부의 사례는 단지 잘 알려진 하나의 사례일 뿐이다.[6] 그러나 전쟁기에 제국이 무리하게 영토를 확장해나가면서 식민지들과의 협력이 점점 더 필요해가면서도, 조선과 같이 이미 존재하는 식민지들을 '식민지'로 묘사하는 공식적인 수사를 삼갔다는 사실은 잘 알려지지 않았다.[7]

냉전기 미군의 팽창에 관한 중요한 저작인『저 곳 너머*Over There : Living with the U.S Military Empire from World War Two to the Present*』(마리아 횐·문승숙 편)는 전세계에 퍼져있는 대규모 군사산업 단지가 미국을 "유령 제국"으로 만들었으며 그것을 장악하는 것이 어렵다는 사실을 서술하고 있다. 에이미 캐플란과 도널드 E. 피스의 『미국 제국주의의 문화*Cultures of United States Imperialism*』는 또 다른 획기적인 학문적 작업으로서, 미국학이 제국주의적인 기원을 가지고 있음에도 불구하고 오랫동안 이에 대해 논의해오지 않았음을 여러 분야의 학자들이 한 목소리로 비판하고 있음을 효과적으로 드러낸다. (이와 관련된 중요한 저작으로는 멜라니 맥알리스터의 『장대한 만남*Epic Encounters*』, 크리스티나 클라인의 『냉전 오리엔탈리즘』, 마이클 H. 헌트와 스티븐 I. 레빈의 『제국의 호*Arc of Empire*』를 보라.)

앤 맥클린톡은 『제국의 가죽*Imperial Leather*』에서 미국이 자신의 제국주의 역사를 부인하고 있다는 사실을 포스트식민주의의 문제와 관련하여 다음과 같이 썼다. "1940년대 이래로 미국의 식민지 없는 제국주의는 군사, 정치, 경제, 문화와 같은 뚜렷한 양식들이 선명하게 보이지 않게끔 감추어왔다. 전세계에 퍼져 있는 미국의 금융자본, 연구, 소비재, 미디어 정보는 그 어떠한 식민주의 군대에 못지않은 강압적인 힘을 행사할 수 있다. 포스트식민성이라는 개념이 함축하고 있는 역사의 파열을 만들어내는 것이 이러한 형태의 제국주의가 가진 교묘함, 혁신, 다양성이라는 것은 매우 부당한 일이다."[8]

아시아에서 포스트식민은 언제'였는'가?

이러한 후발제국주의 국가들에 나타나는 포스트식민성은 대개 다중적이며, 유럽의 제국에 못지않은 이들의 지배 역사는 적절한 비판을 받아왔다. 예컨대 학자들은 모호한 의미, 유럽중심적인 기원과 성격, 의심스럽거나 무력한 정치성을 포스트식민주의라는 담론에 내재된 문제라고 지적해왔다. 포스트식민주의의 의미가 말 그대로 공식적인 식민화가 끝난 후의 일시적인 영향을 말하는 것인지, 그리고 과거의 피식민자와 식민자 양쪽에 적용되는 것인지 아니면 더 넓은 세계적인 차원에 적용되는 것인지 불분명하다. 만약 그것이 식민주의의 영향에 대한 일반적이고 세계적인 조건을 일컫는다면, 우리는 경험과 역사 속의 다양한 차이와 일시성을 어떻게 설명할 것인가? 예컨대 호주, 홍콩, 대만에서 포스트식민은 언제였는가? 알제리에 있는 프랑스인이나 한국에 있는 일본인들과 같은 식민자 정착민들의 경험은 알제리나 한국 피식민자들의 경험과 같은 포스트식민성의 범주에 속해서 서로 비슷하거나 상응하는가? 경계를 횡단하는 이러한 등치로 무엇을 얻고 무엇을 잃을 것인가?

'포스트'라는 용어는 유사한 지배 구조를 다른 방식으로 지속시킬 뿐만 아니라 사실상 이어지는 식민주의의 유산을 의미론적으로 모호하게 만든다. 만약 이 용어가 포스트모더니티와 마찬가지로 후기자본주의 시기에 촉발된 비판적인 움직임이라면, 포스트식민주의라는 개념이 학계에서 권위를 얻기 훨씬 이전에 시작되어 실제로 공식적 식민주의를 끝내는데 도움을 주었던 무수한 비식민적, 반식민적 움직임을 어떻게 설명하고, 또 어떻게 적용할 것인가? 해방 서사가 주었던 믿음과 달리 식민성의 종말은 한 번도 명료하게 기술된 적이 없었기 때문에 이러한 질문들은 훨씬 더 혼란스러워진다. 예를 들어, 여러 제국들에 대항하여 수십 년 간 기나긴 전쟁을 치러야 했던 알제리와 인도차이나에 포스트식민성이 언제 시작했는지 답하기란 쉬운 일이 아니다.

포스트식민담론의 핵심과 이의 유럽중심적인 기원은 또 다른 논쟁거리이다. 일각에서는 유럽과 미국이라는 과거 식민본국의 중심에 영향을 주기 시작했다는 사실 뿐만 아니라 포스트식민담론 자체의 유럽중심적인 기원이, (고상한 이론으로 표현되면서) 학문적인 담론으로서의 정당성을 부여했다고 지적했다. 영국 사학자들의 마르크스주의 담론(예컨대 E. P. 톰슨과 '아래로부터의 역사'를 주장하는 다른 학자들)과 밀접한 관계를 맺고 있는 하위주체 연구자 집단과 탈식민적 '삼총사'(가야트리 스피박, 호미 바바, 에드워드 사이드)들이, 후기구조주의부터 유럽의 정전문학에 이르는 유럽중심적인 지식 생산을 특권화하는 것 역시 이러한 문제 제기를 받아왔다. 불행히도 포스트식민담론은, 식민지 지배를 받았다는 사실은 공유하고 있지만 담론적, 역사적으로는 각기 다른 난관을 지닌 여러 지역들을 생산적으로 다루지 못했다. 그보다는 대개, 과거 식민지 신민의 자손들이 과거 식민본국의 중심을 향해 특권화된 제국의 언어(주로 영어였으며 그보다는 적지만 프랑스어도 있었다)로 응답하는 것에 가까웠다.

　게다가 학자들이 포스트구조주의와 같은 식민본국의 담론이 생산되는 데 식민지의 경험이 구성적인 역할을 해왔다는 것을 더욱 구체적으로 살펴보기 시작한 것은 꽤 최근의 일이었다.[9] 데리다가 알제리 유대인으로서 식민지에서 태어났다는 사실은 잘 알려져 있지만, 그의 저작이 보편주의의 해체와 보편주의의 영속화 사이에서 불안하게 진동했으며, 자신의 식민지 태생을 구체적으로 밝히는 글에서 이 두 가지 극단 사이의 깊은 양가성이 드러난다는 사실은 흥미롭다. 예를 들어 그는 『타자의 단일언어주의*Monolingualism of the Other*』에서 식민적인 맥락에서 자신이 경험했던 언어적인 소외로부터 시작한다. 이 책에서 그는 포스트구조주의 이론의 중심에서 만들어진 식민적 소외에 대한 강력한 비판으로부터 출발하지만, 모든 인류 언어에서 발생할 수밖에 없는 보편적인 소외에 대한 불확실한 사유로 마무리되기 때문에, 결과적으로 보편주의라는 이름으로 제국주의를 비판할 수 있는 가능성을 잃어버리게 된다. (우리가 제5장에서 이 중언어 번역자 김사량의 불가능한 지위를 살펴보기 위해 다루었던 비체 개념을 도입한) 프랑스 점령기에 불가리아에서 태어나 프랑스로 이주한 줄리아 크리스테바는 영향력 있는 저작인 『우리 자신에 대한 타인*Strangers to Ourselves*』에서 동시대의 프랑스에 있는 외국인들의 비체적인 상황이 다른 지역에 비해 어떻게 더 나쁜지에 대해 매우 편향된 추정을 보인다. "프랑스에서보다 더 외국인일 수는 없다. (…중략…) 만약 당신이 위대한 과학자나 예술가여서 당신의 타자성이 문화적으로 이례적인 예시로 인정받게 된다면, 프랑스 전체가 당신의 성과를 전유할 것이고, 자신들의 더 나은 성과로 동화할 것이며, 다른 어느 곳에서보다 당신을 더 높이 인정해줄 것이다. 그들은 '비프랑스적'이라는 당신의 특이함을 주목하는데, 그 모든 것은 대단한 품위와 화려함을 동반할 것이다."[10]

이 제한된 시각은 아마도 프랑스에서 그녀가 아주 예민하게 느꼈던 개인적인 고통에 기인할 것이다. 하지만 이 책 전반에 걸쳐 정확히 유사한 상황이 다른 시공간에서도 반향하는 것을 들어본 이후에는, 유럽중심주의를 비판한다는 명목을 가진 이 글에서 유럽중심적 예외주의가 깊이 의심되어 당혹스러워진다. 프랑스에서 소외되었던 그녀 자신의 개인적인 경험에 기반을 두고 있는 이 책에는 프랑스에 대한 공포와 프랑스에 대한 애정 사이에서 흔들리는 흥미로운 동요가 드러난다. 크리스테바는 프랑스의 육각형 영토를 수사적으로 예외적인 것으로 만들면서 그것을 세계의 기준으로 삼고 있는 것이다. 저자는 이 비슷한 동요가 필요

이상으로 흔할 것이라고 생각한다. 심지어 세계문학이라는 더 넓고 더욱 포괄적인 관점을 취해야 한다고 주장하는 파스칼 카사노바의 『문자들의 공화국*World Republic of Letters*』과 같이 풍요롭고 도발적인 저작에서도 마찬가지이다. 이러한 수사적인 모순은 사실상 크리스테바의 이론적인 사유가 더 넓은 맥락을 가지게 될 가능성, 그리고 비슷한 난관을 공유하고 있는 전세계의 다른 이들과 연대할 수 있는 가능성을 자신도 모르는 사이 거부하게 된다. 우리가 살펴보았던 식민지 후기 조선의 맥락 또한 크리스테바의 맥락과 구조적으로 유사하다는 사실을 부인할 수 없다. 그러나 포스트식민주의 이론은 유럽중심주의를 해체하기 위해서, 몹시 유럽중심적 렌즈로 가려진 선별적 맹점들을 여러 차례 드러내었다.

여기에서 이러한 무수한 맹점들에 주목하려는 나의 목표는 다른 사람들을 비난하려는 것이 아니다. 그보다는 식민본국의 중심에 있는 **우리** 모두에게, 심지어는 매우 좋은 의도를 가지고 있는 이들에게도, 지배적인 가정假定의 희생양이 되지 않기란 얼마나 어려운 일인지 드러내려는 것이다. 이 책은 이전의 포스트식민주의 담론과의 양가적인 관계 속에 놓여있다. 진정한 대화 참여를 위한 이 책의 시도는 한편으로 지난 수십 년 동안의 포스트식민주의 연구의 귀중한 진전에 기대고 빚지고 있지만, 다른 한편으로는 오늘날 포스트식민주의 이론에 내재된 뚜렷한 위험에 의해 계속 좌절되고 있다. 유럽중심주의를 부정하는 것이 존재 이유라고 알려졌음에도 불구하고 포스트식민주의 연구가 기반을 두고 있는 편협한 유럽중심주의적 충동은, 포스트식민주의 담론이 가진 역설의 핵심으로 아직 완전하게 설명되거나 이해되지 않았다. 이러한 사각지대는 다양한 이유에서 발생하는데, 그 이유들은 보편주의에 대한 열망, 제국 본국으로부터 인정받으려는 욕구, 혹은 세계적인 무대에서 주변적 담론의 정당성을 확보하려는 욕망을 포함한다. 이러한 현상은 (심지어 상아탑의 특권적 지위에서 말하는 동안에도) 자신의 주변성에 대해 예민하게 자각하고 있는 이들에게서 흔히 나타나는 것처럼 보인다.

처음 도입되었을 때 포스트식민주의 담론은 대개 영어 사용자의 경험을 특권화해왔고, 그보다는 적었지만 프랑스어 사용자의 역사도 특권화해왔다. 차크라바르티의『유럽을 지방화하기』를 비롯하여 많은 이들이 지적해왔듯 이는 시급히 지방화될 필요가 있다. 프랑스어 사용자에 대한 연구 및 빠르게 부상하고 있는 중국어 사용자에 대한 새로운 연구는 대화의 영토를 상당히 확장하고 있다. 하지만 이러한 대화들 중 일부도 역시 '자신들의 양가적인 욕망'뿐만 아니라, '더욱 비판적인 충동과 보편적 인식을 향한 권력의 의지' 사이에서 경쟁하며 변화되고 있다. 영어 사용자든, 프랑스어 사용자든, 중국어 사용자든 (최근에는 일본어 사용자까지) 모든 포스트식민담론들은 (각각의 맥락에 따라 상관적으로 정의된) 식민본국과 그 언어(예컨대 표준 영어, 프랑스어, 중국어, 일본어)와 매우 양가적인 관계를 맺고 있다. 이러한 담론들은 한편으로는 식민본국과 그 언어를 폭로하고 탈중심화하고 해체하려 노력하는 것처럼 보이지만, 동시에 자신도 모르는 사이 그것을 특권화하고 중심화하고 강화한다.

많은 이들이 포스트식민담론과 지식 생산 및 권력 사이의 문제적인 관계에 대해서 보다 폭넓게 지적해왔다. 이러한 비판은 (주로 학문적인 영역에서 견인해온) 포스트식민담론이 대개 유럽중심적이거나 1세계에 기원을 두고 있다는 모순적인 사실을 드러내는 방식으로 이루어졌다. 이러한 담론은 예컨대 후기구조주의에서 방법론, 언어, 주제를 빌려오거나 그것을 다른 맥락에 적용하는 경우가 많기 때문이다. 그 맥락이란 주로 영국의 과거 식민지들, 그리고 그보다는 적었지만 프랑스의 과거 식민지들이었다는 사실을 다시 한번 강조될 필요가 있다. 다르게 말하자면, 포스트식민담론은 놀라울 만큼 제한된 관점과 사례 연구에 기반을 둔 자신들의 연구를 더 넓은 세계적 맥락으로 보편화한 것이었다.

위와 같은 우려는 포스트식민담론이 현실 정치와 불안정하게 관계 맺고 있다는 비판으로 곧장 연결된다. 이러한 비판은 포스트식민담론의 실효성과 정치적인 의제에 대해 모두 문제를 제기하는 것이다. 예를 들자면, 심지어 포스트식민적인 글쓰기에서도 식민지 과거에 대한 향수가 너무 짙어서, 그러한 글쓰기가 패권적인 권력 역학의 위험성을 역설하는 것을 심각하게 의심하게 된다. 뿐만 아니라, 가장 커다란 영향력을 가진 사람들이 모두 식민본국(주로 미국) 학계의 상아탑에서 편안하게 앉아 있으며, 그러한 발화위치를 뒷받침하고 정당화하고 있다.

예를 들어 가야트리 스피박은 인도 출신의 '본토 지식인들'로부터 "인도의 상황에 대해서 이야기하기 위해 인도로 다시 돌아온" 그녀의 특권에 대한 질문을 받았을 때 화를 낸 것으로 유명하다.[11] 같은 기사에서 아리프 딜릭Arif Dirlik은 엘라 쇼햇Ella Shohat이 과거에 "정확히 언제가 포스트식민인가요?"라고 물었던 도발적인 질문(그녀는 세계적으로 여전히 지속되고 있는 식민주의의 실제 유산에 대해서 묻고 있었다)에 대해 "포스트식민 지식인들이 '내부에 도착하여' 유럽-미국의 학계에서 인정받았을 때"[12]라고 반쯤은 농담으로 대답했다. 이 통렬한 비판은 레이 초우가 『디아스포라에 대하여On Diaspora』에서 설득력 있게 분석한 것, 즉 힘의 불균형과 식민본국을 위해 디아스포라 지식인들이 수행하는 토착 정보제공자 및 번역자 역할에 대한 논의를 상기시킨다. (그들이 원하든 원하지 않았든) 포스트식민 디아스포라 지식인으로 여겨지는 이들의 자기성찰적인 비판은 포스트식민연구를 내적으로 변화시키는 데 있어 중요한 개입으로 보인다.

냉전과 탈냉전의 역설

동아시아에서 개념으로서의 '포스트식민성' 혹은 패러다임으로서의 '포스트식민이론'이 뒤늦게 도입된 데는 여러 원인이 있다. 이것이 동아시아의 이론적인 미성숙함 때문에 발생한 자연스러운 지연(이에 대한 염려는 지역 안팎에서 표출되었다)이라고 가정하기보다는, 그 이면에 있는 근본적인 원인으로서 포스트식민적 담론에 내재된 역설(이 핵심에 있는 유럽중심주의를 포함한다)에 대해서 생각하는 편이 더 나을 것이다. 한국의 여성운동가이자 학자인 권명아는 1990년대 후반에 포스트식민이론이 도입된 한국의 상황에 대해서 말한다. 한국에서 포스트식민주의는 대중적이고 정치적으로 관심을 끄는 중요한 패러다임으로서 다가온 것이 아니었다. 그것은 내부적인 분열을 초래하는 새로운 기준으로서 유럽과 미국의 이론에 특권적으로 접근하는 학계의 소수 담론에 한정되었다. 그것은 불공평할 뿐만 아니라 체계화된 지정치학적 분열을 가로질러 초국가적으로 대화하는 생산적인 수단이 아니었다. (이와 비슷한 비판으로는 딜릭과 마이클 하트, 안토니오 네그리 참조) 권명아는 한국의 포스트식민적 연구가 주로 식민지 과거의 무능력함에만 초점을 두어, 당대 사회의 신식민적 연속성을 역사적 과거 연구와 연결하는 데 무능하다고 비판한다.

게다가 포스트식민담론에 내재된 함정은 동아시아의 다른 구조적인 장애물로 인해 중층결정된다. '연착됨'과 '연기됨'이라는 포스트식민성의 성격은 뒤늦은 발전에 대한 불안을 가지고 있는 한국과 일본의 문제, 즉 식민적 근대성의 모순이라는 현재적인 문제에 대한 징후이다. 하루투니언이 '때 늦음untimeliness"[13]이라고 부른 이 뒤늦었다는 감각은 냉전의 지정학이라는, 새로운 세계 질서의 또 다른 외부 가치기준이 도입됨으로써 지속되고 또 악화되었다. 이것은 여전히 동아시아에 그대로 남아있는 세계 질서의 기본적인 구조이자, 과거의 식민자와 피식민자 모두 이제 따라잡아야 하는 것이다.

사실 담론으로서의 포스트식민성이 뒤늦게 도착했다는 것은, 동아시아의 식민지 과거 규명을 금지하는 냉전의 신식민적 질서에 대한 징후이기도하다. 태평양전쟁에서 패배하자 일본은 (불과 얼마 전까지만 해도 유일한 비백인 제국으로서 가까스로 탈출했었던) 역사의 대기실로 밀려났다. 그러고 나서는 일본과 일본의 과거 식민지에 동시에 점령군으로 내려온 승리자들에게 일본 및 그 식민지에 대한 통치권을 포기하도록 강요받았다.

따라서 일본과 한국(남한과 북한은 냉전 세력에 의해 빠르고 임의적으로 분단되었다)의 식민 관계의 종말은[14] 동아시아의 과거 식민자와 피식민자 사이의 불편한 재조정으로 이어졌다. 이러한 관계는 일본과 한국이 피점령국으로, 결국에는 새롭게 부상하는 지역적, 세계적 질서의 '의존국'(비록 그 위계는 다르지만)으로서 자신들의 운명을 '적절한 시기'까지 기다려야 하는 것으로 전락한 위치를 반영했다. 일방적인 승리자였던 미국이 민주주의와 발전을 명분으로 일본과 일본의 과거 식민지에 점령이라는 '정의'를 부과한다는 전례 없는 논리를 펼쳤기 때문이었다.

다른 수단에 의한 제국

아시아태평양에서 포스트식민성은 냉전 패러다임과 함께 시작된 동시에, 그것에 의해 가려지기도 했다. 냉전 패러다임은 '전후'라는 이름으로 표현되기도 한다.[15] 그러나 새로운 제국주의 권력들의 폭력적이고 끝없는 대리전으로 훼손된 이 지역을 떠올려본다면 냉전이나 '전후'라는 말은 역설적이거나, 적어도 적절하지 않은 표현이다. 이 새로운 세계 질서는 타자와 대립하는 또 다른 이항대립(이 시기에는 빨간 공산주의라는 색깔론이 등장했다)[16]과 개발주의적 사상을 자기방어라는 명목으로 주입했다. 또 이 새로운 패러다임 혹은 국제질서는 과거 식민지기와 전쟁기로부터 이어져 이미 존재하고 있었던 분열에 더해 새로운 분열을 조장했다. 포스트식민성의 역설이라는 곤경이 이 책 전반에 걸쳐 검토되어온 식민지 근대성의 난제와 기묘한 공통점을 가지고 있다는 것은 우연이 아니다.

식민지 근대성의 금지된 조건, 그리고 근대성이 식민적인 토대 위에 놓여있다는 기초적인 사실을 부인하는 것은 소위 포스트식민 시대에도 다른 형태로 계속되었다. 식민성과 근대성의 동시성, 그러나 이 동시성이 부정되어온 상황이 바로 이 책이 말하고 있는 식민지 근대성이 가진 역설적인 난제의 핵심이다. 또한 식민지기부터 '새로운 세계 질서'인 포스트식민까지의 구조적인 연속성도 지워져 왔는데, 이는 과거부터 현재까지의 문제를 통시적으로 인식하는 능력을 더욱 약화시켰다.

식민지 근대성에 대한 논쟁은 포스트식민성에 대한 논쟁과 동시에 나타났으며, 동아시아에서 엇갈린 반응을 촉발했다. 또 미국 학계가 앞장선 식민지 근대성에 대한 초국가적 담론은 동아시아에서 열띤 논쟁과 깊은 우려를 낳았다. 예컨대 한국에서는 그 후로 역사, 문학, 영화학 등 다양한 학문에서, 방어적으로 비판적인 입장부터 열린 자세로 개입하는 입장에 이르는 다양한 반응들이 끊임없이 제출되어왔다.

예를 들어 역사학에서는 식민지 근대성이, 탈식민적 민족주의자들이 아주 오랫동안 극복하기 위해 노력했던 멍에인 제국주의적인 식민지 근대화 담론과 얼마나 유사한지에 대한 논쟁이 촉발되었다. 또한 앞서 언급했던 식민화 담론을 극복하기 위한 탈식민적 투쟁으로서 조심스럽게 만들어졌던 "내재적 발전"의 계보학을 약화시키고 있는지 여부에 대한 논쟁도 야기되었다. 또한 식민지 근대성을 애초에 제기한 『입장들*positions*』이 하위주체 연구 그룹에 영감을 받았다고 주장하지만, 이들은 하위주체의 입장을 고려하지 못한 엘리트주의적인 담론이라는 비판도 받아야 했다.

게다가 제국적인 관계를 풀어내는 것이 어려운 일이라는 것은 비록 형태는 다를지라도 여러 국가에서 섬뜩한 이데올로기적인 반복을 보였다는 사실로부터도 기인한다. 예컨대 중화주의적인 세계 질서인 속국의 관계부터 서구제국의 '문명화 사업'과 불평등한 조약체계, 그리고 일본 제국의 부상(및 상호성과 공동번영이라는 수사)으로부터 냉전시대 미국과 소련의 '점령'과 '종속국 전략'에 이르기까지 이러한 관계는 반복되었다. 이전의 지배체제를 극복했다고 여겨지는 이후의 각 지배체계에서도 이렇게 유사성과 차이의 공존이 나타나기 때문에 더욱 어려운 문제가 되는 것이다.

한국의 경우 역사상 실제의 지배는 늘 '자치'라는 이름과 현재 혹은 '적절한 시기'에 약속되는 '해방'이라는 이름으로 등장했다. 여기서 '적절한 시기'라는 말은 과거의 패권으로부터의 '해방'이라는 이름으로, 과거의 패권이 새로운 권력으로 대체되었을 때 자주 사용되었다. 예를 들어, 서울을 방문하는 많은 사람들은 독립문을 일본 식민 지배로부터의 해방을 기리는 것이라고 오해하지만, 사실 독립문은 중화주의적 질서로부터의 독립을 독려하기 위해 세워진 것이다. 그리고 이 '독립'은 일본이 조선을 자유롭게 식민화할 수 있는 길을 만들어주었다. 이처럼 어떤 지배체제의 종료에 관한 교섭이 다른 지배체제의 시작과 맞물려 일어나는 경우, 하나의 체제가 언제 시작되고 끝나는지를, 그리고 식민성의 사실 여부와 시기를 따지는 것은 어렵거나 거의 불가능하다. 권헌익이 『또 하나의 냉전』에서 말했듯, 이 지역에서 일어난 끊임없는 전쟁이 이러한 시작과 종료의 시기구분을 계속 재고하도록 만들었다. 포스트식민성의 이러한 곤경은 이러한 지역에서의 냉전-탈냉전의 역설과 연관되어 있다.

　제국의 부인이라는 문제는 소위 포스트식민과 탈냉전이라고 불리는 현재에도 계속되고 있다. 냉전 논리에 의해 새롭게 형성된 분열은 제국주의로부터의 해방이라는 이름하에 새로운 질서를 확립하여 그 질서는 탈냉전 이후에도 계속되고 있고, 냉전 시대의 점령과 영토 분할 역시 공고하게 지속되고 있다. 이러한 부인은, 계속되고 있는 포스트식민성이라는 역설의 핵심이다. 그리고 이 지역과 아시아 태평양 전역에 걸친 탈식민적 조건을 이해하려는 우리의 노력에 큰 장애가 되고 있다. 결국 우리는 현재에 이르는 식민주의의 공유된 동시에 분열된 유산과 여전히 씨름하고 있는 것이다. 이러한 유산은, 아직 해결되지 않은 과거 전쟁 잔혹행위에 대한 역사적, 윤리적 판단, 소수민족과 이주 공동체의 권리와 생계, 자본과 노동의 불평등한 흐름, 냉전 구조에서 기인하여 지속되고 있는 긴장을 포함한다. 이러한 구조의 유산은 제국이 다른 수단과 새로운 형태로 지속되고 있는 오늘날에도 여전히 우리를 점령하고 있다.

역자 후기*

이 책은 일제 말기 식민지 조선과 일본 제국의 관계를 '친밀성'이라는 키워드로 접근하고 있다. '친밀성'으로 제국과 식민지의 관계를 접근한다는 것에 의아하게 반응하거나, 거부감이 들 수도 있다. 제국은 폭력을 행사했던 가해자이고, 식민지는 폭력의 피해자인데, 이 둘의 관계를 '친밀성'으로 개념화한다는 것은 일견 친밀했던 양자 관계의 한 단면을 거칠게 일반화한 것으로 비칠 수 있다. 마치 위안부와 일본 군인의 관계를 '동지적 관계'라고 했던 논의와 유사한 것은 아닌가라는 의심이 들 법도 하다.

그러나 이 책은 오히려, 그러한 강요된 '친밀성' 배면에 있는 제국주의의 폭력성을 끈질기게 고발하면서, 이에 대응했던 식민지인들의 복잡한 심리를 섬세하게 추적한다. 실제로 일제 말기에 '내선일체', '오족협화', '대동아공영권'과 같은 개념들은 식민지 조선과 일본 내지는 '친밀한' 관계여야 한다는 이념을 담고 있다. 실제로 이를 믿었던 일본인과 식민지 조선인들도 있었다. 그러나 일본의 정책은 늘 이러한 동화와 함께 차별화를 진행하고 있었다. 끝내 식민지 조선인은 일본인과 동등할 수 없었다는 것을 이 책은 식민지 시대 문학작품, 신문기사, 좌담회 텍스트를 섬세하게 읽고, 그 콘텍스트를 복원하는 것을 통해 선명하게 보여준다.

---

* 이 글은 정기인, 「'친밀한 제국'에서 온 『친밀한 제국』을 '친밀한 제국'에서 읽는다」, 『대중서사연구』 22-1, 대중서사학회, 2016의 내용을 편집, 수정, 보완했다.

이 책은 이렇게 식민지−제국의 관계의 중층성과 양가성을 정신분석학적 전제를 통해 개념화하고, 이의 분석을 위해 '정동^{affects}'을 연구대상으로 삼았으며, 이를 통해 (서구) 근대성 및 탈식민지 이론에서 주목하지 못했던 한국−일본 사례들을 바탕으로, '서구 보편'을 비판하고 이를 재구성하고 있다. 식민지에 매혹되면서도 이를 타자화하고, 동화하려고 하면서도 이화하는 일본, 그리고 제국의 일상적 강압에 억눌리면서도 제국에 매혹되는 식민지, 이 두 존재자들의 관계를 개인과 공동체의 관계를 설명해 줄 수 있는 정동이라는 이론적 어휘로 탐구한다는 것은 매우 중요한 시도이다. 왜냐하면 정동이란 신체가 세계에 속해있다는 표지이면서 동시에 속해 있지 않다는 표지이며 '힘들의 충돌'에 따른 '부대낌의 양태'로 정념의 동요를 의미하기 때문이다.* 또, 한국에서의 논의들은 서구 보편을 비판하면서도, 이를 재구성하려는 이론적 노력이 부족하다는 점에서 이러한 저자의 접근은 분명 의미가 있다.

내용을 조금 더 자세히 소개하자면, 제1장은 이광수의 「사랑인가」에

---

* 한국에서 비교적 최근에 소개되고 있는 "정동"이라는 개념이 서구에서는 스피노자와 프로이트의 논의 등에서 비롯하여 1960년대에 본격화되고 1990년대에 재논의된 바 있기 때문에 그것이 사용되는 맥락은 매우 다양하다. 멜리사 그레그·그레고리 시그워스, 「미명의 목록(창안)」, 멜리사 그레그·그레고리 시그워스 편, 최성희·김지영·박혜정 역, 『정동 이론』, 갈무리, 2015, 22~28면.
이 책에서 정동은 개인의 욕망, 갈망, 애정, 증오, 폭력성 등의 외연을 포함하는 어떤 상태를 의미하며 단독적이면서도 동시에 어떤 집단에서 공통성을 지니고 복합적일 수 있다. 이는 개인과 외부(타자 또는 공동체)와의 만남 속에서 촉발된다. 주체나 개인이 아니라 '정동'에 주목하는 것은 포스트-코기토 시대에 자아나 주체성의 문제를 넘어서기 위한 시도와 연결되며, 고정적인 주체-행위자의 단일한 목소리가 아니라 분열되고 중층적이며 혼종적인 목소리들을 포착하기 위한 접근법이라고 여겨진다. 멜리사 그레그·그레고리 시그워스, 최성희·김지영·박혜정 역, 앞의 글; 권명아, 『무한히 정치적인 외로움 − 한국 사회의 정동을 묻다』, 갈무리, 2012, 16~23면 참고.

서 나타나는 식민지 조선 유학생으로 보이는 분키치/문길의 일본인 학생 미사오에 대한 절절한 사랑 고백과 문길의 좌절을 소개한다. 이는 '한일문화의 합류'(번역본 쪽) 지점이자, '애국적인 민족주의 지도자이면서 반역적인 친일 협력자'라는 이광수의 상반된 명성과 함께 생각해볼 때, 식민지 조선과 일본의 제국적 조우에 내재하는 '친밀성'의 한 전형을 보여준다. 이 장은 이광수라는 식민지 조선문학을 상징하는 인물이 '첫 작품'으로 여긴 작품이 일본 본국과 식민지 조선의 '트랜스식민지적인 조우'의 '친밀성'의 성격을 잘 보여준다는 점에서 상징적으로 서두에 배치되어 있다.

제3장부터 제5장은 아쿠타가와상 수상 배경 및 이를 둘러싼 일본 본국의 심사위원들과 김사량의 심리(제3장), 김사량의 「빛 속으로」 텍스트 분석(제4장), 일본 본국 문단과 식민지 조선문단 사이의 식민지 작가이자 토착 '정보 제공자'로서의 김사량을 비롯한 일본어로 작품 활동과 번역을 하는 식민지 조선 작가의 비체의* 처지(제5장)를 논의한다. 세 장에 걸쳐서 김사량을 다룬 만큼, 그는 이 저서의 핵심이 되는 인물이라 할 수 있다. 김사량이 식민지 조선(인)과 본국 일본(인)사이의 '친밀'한 '트랜스식민지적 조우'를 살피는 데 핵심적인 인물, 텍스트, 사건인 이유는 제1장에서 소개한 이광수의 「사랑인가」와 유사한 측면 때문이다. 이 책에

---

* 　불어 원래의 의미는 '비천한/비열한/비루한' 등의 의미를 나타내는 형용사로, 크리스테바가 『공포의 권력』에서 사용하면서 '상징계가 요구하는 적절한 주체가 되기 위한 즉 안정된 정체성을 확보하기 위해 이질적이거나 위협적으로 여겨지는 것들을 거부하고 추방하는 심리적 현상들'의 의미로 사용된다. Julia Kristeva, Kelly Oliver ed., *The Portable Kristeva*, NY : Columbia University Press, 1997, 19면. 노엘 맥아피, 이부순 역, 『경계에 선 줄리아 크리스테바』, 앨피, 2007, 33면에서 재인용. 『공포의 권력』에서는 '아브젝트'로 음차되어 있다. 줄리아 크리스테바, 서민원 역, 『공포의 권력』, 동문선, 2001.

서는 소개되지 않지만, 이광수는『백금학보』에「사랑인가」라는 단편소설을 투고하고는 일본인들이 과연 이를 어떻게 봐줄지, 이것이 게재될 수 있을지에 대해서 불안해했고, 이것이 게재되었을 때 매우 기뻐했다. 그러나 이광수의 일기를 살펴보면, 일본의 승인과 이로 인한 기쁨은 곧 실망으로 바뀐다.*

이러한 중층적이고도 혼종적인 심리는 김사량의 경우에도 유사하게 나타난다. 김사량의 일본어 단편소설「빛 속으로」는 일본문단 굴지의 상인 아쿠타가와상의 수상후보로 선정되었다는 점에서 일본의 승인을 보여준다. 그러나 그는 결국 수상하지 못했고 '2등'이나 '특별한 언급' 대상일 뿐이었으며, 이는 일본 제국 속에서의 조선의 위치와 상응하는 자리였다. 이에 대한 김사량의 반응에는 순수한 기쁨만이 아니라 불안과 두려움도 뒤섞여 있었고, 일본 심사위원들이 작품을 수상 후보로 선정하게 된 계기와 반응도 타자로서의 '조선'에 집중되었다. 이 책은 이 부분에 주목하여 이를 일본 본국(인)이 식민지 조선(인)을 대하는 양가적 반응과 관련시킨다. 일본 본국에 동화하려 하면서도 배제하는, 즉 결코 일본 본국의 온전한 수상작이 아니라 수상후보로만 호명될 수 있는 위치가 바로 식민지 조선이라는 것이다. 그리고 이를 둘러싼 식민지 조선과 일본 본국의 중층적인 반응을 예리하게 포착하고 있는데서 이 책은 빛을 발한다.

이 책은 이렇게「빛 속으로」를 둘러싼 김사량과 일본 본국 비평가들의 양가적인 반응을 해석하는 것에서 더 나아가, 텍스트 자체에도 주목

---

*　　이광수,「일기」,『이광수전집』19, 삼중당, 1963, 15~16면.

한다.(제4장) 일본 본국 비평가들이 이를 조선인을 대표하는 것으로 읽으려고 하지만, 실상 이 작품은 일본인으로 행세하고자 하는 식민지 조선인의 파편화된 주체성, 자기혐오, 자기부정 등, 즉 '트랜스식민지적 조우'에 대한 식민지인들의 반응을 다루기 때문이다. 동시에 이 작품이 일본 본국 자체도 식민자와 식민지인들의 접경 속에서 '일본'적 특성을 인지하기 어렵게 되면서 제국의 이화 논리 자체도 위협을 당하는 모습을 그리고 있다는 점도 지적한다.

제5장에서는 일본어로 일본 본국인을 위해 쓰는 식민지 조선인(김사량으로 대표된다)과 그들의 텍스트를 '비체의' 상태로 묘사하며 이를 탐구한다. 김사량에 따르면 일본어로 글을 쓰는 식민지 조선 문인은 조선어와 식민지 독자를 포기하는 희생을 감수하며 일본과 전세계에 '조선의 문화, 생활방식, 정서'를 알리려는 동기를 갖고 있다. 이는 '식민지 조선'을 위해 '일본'에게 읽히게 쓴다는 것, 즉 식민지의 비참한 현실을 전달하면서 동시에 제국의 소비를 위한 '진실한' 변형을 감당해야 한다는 점에서 모순적이며 또 분열적이다. 다시 말해, 김사량의 의도를 최대한 식민지 조선(인)의 입장에서 해석한다면 이는 일본어를 도구로 하여 민족의 요구를 대변하는 것이 될 것이지만, 제국의 입장에서는 차별을 위해 식민지에 대한 설명을 제공하는 도구로 동원되고 이용당할 수 있는 양가적인 위치에 있다는 것이다.

이러한 일본과 조선의 트랜스식민지한 조우 및 이들의 '친밀성', 그리고 그 배후에 있는 제국의 강압은 제7장에서 '조선문화의 장래'에 관한 좌담회에 대한 분석에 잘 드러난다. 이는 좌담회라는 형식 자체에 대한 근본적인 문제제기로 시작한다.

좌담회가 친밀하고 자연스러운 분위기를 기본으로 하고, 좌담회 형식에 의해 환기된 다양한 의견들이 있는 그대로 제시된다는 설명을 곧이곧대로 믿기보다는, 좌담회가 그러한 분위기를 의도적으로 만들어내는 방식을 보다 비판적으로 바라볼 필요가 있다. 좌담회가 1930년대 후반의 일본 제국 도처에서 선전의 목적으로 전용되었던 방식에 주목해볼 때 좌담회의 분위기가 갖는 이데올로기적 효과를 재검토할 필요는 더욱 명확해진다.(206쪽)

좌담회는 "친밀하고 자연스러운" 분위기 속에 해당 주제의 권위자들을 불러서 자연스러운 대화를 보여준다. 이를 통해 "이미 도출된 합의를 구성하고 수행"하는 것이며, 이러한 형식에서는 "진정한 의견 차이가 표출되기" 어렵고, "사상은 쉽게 소화될 수 있는 진부한 내용과 잘 포장된 인상적인 어구들로 파편화된다". 이러한 특성들은 식민지 조선과 일본 지식인들의 좌담회가 열리게 된 이데올로기적 이유를 보여준다. 이들의 '친밀한' 만남의 형식 자체가 '내선일체'를 보여주는 것이며, 그 와중에 의견 차이들은 '친밀한' 분위기 속에서 용해되고 진부화되고 만다. 그리고 결국 좌담회의 목적이 의견을 수렴해서 '조선문화의 장래'에 대해서 고민하고 이에 대한 대안을 제시하는 것이 아니라, 일본 본국(인)에 의해서 이미 결정된 답을 되풀이하는 것에 지나지 않았음을 서술하고 있다. 이러한 좌담회 형식은 이 책이 지속적으로 부각시키며 동시에 비판하는, '친밀성'이라는 갈망과 강압이라는 폭력이 얽혀있는 모습을 잘 드러내준다.

또 이 책은 실제 좌담회 내용 분석에 있어서, 이 좌담회가 제국 일본의 영토적 팽창과 이에 따른 조선의 역할 변화와 면밀하게 연결되어 있다는 점을 지적하면서 '내선일체'라는 구호의 중의성과 이것이 결국 조선인들을 동원하게 하는 계략으로 기능했다는 점을 밝히고 있다. 친밀한 듯 보이며, 식민지 조선인과 일본 본국인들의 '협력'으로 이루어진 '좌담회'이지만, 이것은 결국 식민자와 피식민자 사이의 "통약불가능성"을 보여줄 뿐이다.

특히 이 좌담회는 식민지 조선의 『경성일보』(1938.11.29~12.8)에 연재되었고, 또 일본 내지의 『문학계』(1939.1)에 다시 게재되면서 차이가 생긴다는 점에서 흥미롭다.* 이 둘의 차이를 면밀하게 검토하면서 식민지 조선에서 간행되는 『경성일보』 판보다 일본 본국에서 발행되는 『문학계』 판에서 일본 제국의 논리가 더 철저하게 논증되는 것처럼 편집되는 과정을 밝혀낸다.

이렇게 이 책은 일본과 식민지(인) 사이의 '트랜스식민지'한 조우에서 '친밀성'이라는 것이 얼마나 여러 겹의 강압과 회유 사이에서 갈등과 흔들림 속의 복잡한 표정인지를 잘 드러내준다. 일본인에 대한 어린 조선 유학생의 사랑과 절망(「사랑인가」), 아쿠타가와상 수상 후보를 둘러싼 일본 본국인들의 동정적 태도와 이에 대한 김사량의 심정과 그의 소설 속 인물들의 복잡한 심리, 식민지 조선인들의 일본어 글쓰기라는 것 자체

---

* 이러한 차이는 권나영이 처음 지적한 것이다. 이는 신지영, 『부/재의 시대』, 소명출판, 2012와 박광현, 「'경성좌담회' 다시 읽기」, 『일본연구』 62, 한국외대 일본연구소, 2014에서 다루어졌다. 특히 박광현은 권나영과 신지영이 『문학계』 판본이 『경성일보』 판본의 가필이나 수정으로 보고 있는 데 반해서, 『문학계』 판본은 『경성일보』 판본을 의식하고 있지 않다고 주장했다. 그러나 만약 박광현의 주장이 옳아서, 『문학계』 판본이 『경성일보』 판본과 독립적으로 발표되었다고 하더라도 여전히 둘 사이의 차이는 부정할 수 없고, 또 내지에서 출판되는 『경성일보』 판본과 일본 본국에서 출판되는 『문학계』 판본의 차이를 각 그 지면이 놓인 성격에 따라 읽으려는 시각은 여전히 타당하다고 할 수 있다.

에 내재한 양가성, 좌담회라는 형식 속에 내재한 폭력성과 결국 내선일체를 홍보하기 위한 들러리로 사용될 뿐인 식민지 조선인들의 억지 웃음들 등에 내재한 '정동'들을 끈질기게 추적함을 통해, 식민지(인)과 본국(인) 사이의 '협력'의 표면에 보이는 '친밀성'과 그 배면에 있는 제국의 강압성이 어떻게 복잡하게 얽혀져있는지를 잘 보여주고 있다. 그리고 이를 바탕으로 보편으로 간주되어 온 서구 모더니즘의 '재현의 난제'를 식민지 조선과 일본이 서구 근대성이나 탈식민주의 이론에서 배제되어 온 예를 통해서 비판했다는 점에서 의미가 있다. 서구 모더니즘은 재현의 난제를 보편적인 것이라 주장하나, 이는 결코 식민지 근대적 주체의 경험들을 고려하지 않았다는 것이다. 이러한 식민지 조선의 예를 바탕으로 '재현의 난제'는 이제 식민지인 제국의 언어로 쓰면서 제국의 통치 아래 생산되어 식민적 경계를 가로지르면서 생기는 역설과 모순과 연결될 수 있게 된다.(제1장) 결국 서구 모더니즘에서 논의하는 근대성의 보편적 경험이라 주장되는 '재현의 난제'를 식민지-제국의 관계 속에서 전유하는 것을 통해서 보편적 경험이라는 주장을 비판하면서 동시에, 식민지-제국의 문화적 재현들을 의미화하고 있는 것이다.

이 책을 번역하면서 역자 중 한 명인 정기인은 일본대학에서 한국학을 가르치게 되었다. 일본의 젊은 대학생들 사이에 '한류'의 인기와 한국에 대한 뜨거운 관심을 체감하면서도 한일 관계가 1965년 이래 최악인 상황으로 치닫는 것을 목도하면서, 결국 '부인'된 과거는 언젠가 다시 돌아올 수밖에 없다는 것을 새삼 상기하게 되었다. 이 책을 매개로 잊히고 부인되었던 과거를 직시할 수 있기를 바란다.

이 책의 번역은 4년에 걸쳐 이루어졌다. 제3, 4, 7, 8, 9장은 김진규가 제1, 2, 5, 6, 10장은 인아영이 번역하고, 전체를 정기인이 수정하고, 다시 제3, 4, 7, 8, 9장은 인아영이 제1, 2, 5, 6, 10장은 김진규가 한국어 문장을 손보고, 이후에 세 역자가 모여서 토론하며 재수정했다. 그 후에 저자가 다시 번역을 확인하고 수정해서 이를 다 같이 다시 한번 수정했다. 저자의 문장은 복잡하고도 섬세하고 영어의 독특한 리듬감과 문장구조로 되어 있어서, 이를 한국어로 '다시 쓴다'는 기분으로 수정했지만 아직도 자신이 없다. 독자들이 이 번역을 통해 일제 말기에 대해서 조금이라도 지식을 얻게 되기를 바란다. 어떠한 질책이라도 기쁘게 받겠다.

　이 책을 번역하면서, 다시금 해외 한국학을 한국에 소개해야 될 필요성을 절감하고, 또 다른 해외 한국학 책도 번역중이다. 해외 한국학과 한국 한국학 사이에 보다 소통의 기회가 많아지기를 바라고, 또 한일 관계도 정상화되기를 바라면서 역자 후기를 끝낸다.

미주

제1장

1   에드워드 사이드는 '제국의 중심으로 진입하는 여행(voyage-in)'을 다음과 같이 묘사하고 있다. "(그
     것은) 강력한 침범으로서, 식민지나 주변 지역 출신의 지식인들이 제국의 언어로 쓴 저작이다."(에드
     워드 사이드, 박홍규 역, 『문화와 제국주의』, 문예출판사, 2005, 468면) 제3장 「저항과 대립」, 특히 제4절
     '안으로의 여행과 대항의 출현'(461~500면)을 보라. 사이드는 주변부로부터 생산되는 제국주의에
     대한 저항과 적대라는 계기들에 주목한다. 나는 식민지의 상호작용에 나타나는 정동에 주목하려 하
     는데, 이때 정동은 완전히 저항적 혹은 적대적 감정만이 아닌 넓은 범위의 복합적인 감정을 뜻한다.
     하지만 제국의 논리를 비판하기 위해 이 정동들을 적대적인 것으로 읽고자 하는 독법에 대해서도 여
     지를 두고자 한다.

2   이 책에서 많은 인물과 장소의 이름은 일본어와 한국어로 동시에 읽힐 수 있다. 한자는 한국식으로도
     또 일본식으로도 읽을 수 있기 때문이다. 작가의 주석으로 명시되지 않는다면, 대부분의 텍스트에서
     이러한 불확실성이 있고, 이는 중요한 의미를 지닌다. 「사랑인가」에서는 주인공의 이름(文吉)에 분키
     치라고 주석이 달려있다. 그러나 이러한 경우에도 다르게 읽힐 가능성이 제기될 수 있다.

3   한국어 번역으로는 이광수, 김윤식 역, 「사랑인가」, 『문학사상』, 1981.2, 442~446면을 보라.

4   저자는 이 책에서 텍스트적이고 메타텍스트적인 밀접한 교류와 연결을 논의할 것이다. 여기서 메타
     텍스트적인 교류란, 텍스트가 서사적인 내용을 넘어 텍스트 외적인 요소들과 맺는 밀접한 관계를 의
     미한다. 예를 들어, 소설이 쓰인 언어와 형식이나 더 넓게는 텍스트가 생산되고 소비되는 초국가적인
     역사적 맥락과 사회적 환경을 의미한다.

5   이 소설은 한일이 합병되기 전 해, 메이지 학원의 『백금학보(白金學報)』라는 학보에서 이광수의 아명
     인 이보경이라는 이름으로 출판되었다. 李寶鏡, 「愛か」, 『白金學報』 19, 1909, 35~41면. '식민화된
     사소설'의 의미에 대해 제3장에서 논의할 것이다.

6   김윤식, 『이광수와 그의 시대』 1(개정판), 솔, 1999를 보라. 또한 이 중요한 연결을 강조한 것과 훌륭
     한 영어 번역을 위해서는 존 위티어 트릿 역, "Maybe Love(Aika)"를 보라. 이 소설은 한국 근대소설의
     고전이 될 다른 주제들(전형적인 근대 주체로서의 젊은이의 고뇌, 사랑하는 대상의 (비유적으로 혹은 문자
     그대로의) 부재, 인지되지 않았지만 널리 퍼져 있는 일본과 일본어의 형식과 내용상의 연결성)을 예
     비하고 있다.

7   이 책에서 논쟁적이며 공유된 한국과 일본의 식민적 관계의 유산들을 '포스트식민주의'라는 말로
     나타낸다. 포스트식민주의이라는 개념 자체는 많은 사람들에 의해 문제제기 되었으며 모순적인 것

으로 지적되었다. 제10장에서 동아시아나 다른 지역의 포스트식민주의 문제에 대해 보다 이론적으로 개입할 것이다. 여기에서는 이 개념을 식민지 이후(이 경우에는 1945년 이후)라는 시간적 여파와 동시에 한국과 일본에서 식민지 조건들과 지속되는 유산에 대한 논쟁이 되고 있는 반응들을 의미하기 위해 사용한다.

8 이광수, 김윤식 역, 앞의 글.

9 黒川創 編, 『朝鮮—「外地」の日本語文学選』, 新宿書房, 1996, 21〜26면.

10 Dylan Evans, *An Introductory Dictionary of Lacanian Psychoanalysis*, London : Routledge, 1996, pp.43〜44; J. Laplanche · J. B. Pontalis eds., Donald Nicholson-Smith trans, *The Language of Psycho-Analysis*, New York : W. W. Norton, pp.118〜121.

11 대만의 맥락에 대한 선구적인 연구를 위해서는 Leo Ching, *Becoming "Japanese" : Colonial Taiwan and the Politics of Identity Formations*, Berkeley : University of California Press, 2001을 보라.

12 이러한 경험들이 제국을 위해 목숨을 바치도록 동원되었던 징집병과 소위 '위안부'의 운명을 소거하는 것과 어떻게 연관되는가? 이광수와 같은 작가는 군사 동원의 선두에 있었다. 이러한 역사적 아포리아에 대한 섬세한 연구들을 위해서는 Driscoll, Mark. *Absolute Erotic, Absolute Grotesque : The Living, Dead, and Undead in Japan's Imperialism, 1895〜1945*, Durhan, NC : Duke University Press, 2010; Takashi Fujitani, *Race for Empire : Koreans as Japanese and Japanese as Americans during World War II*, Kerkeley : University of California Press, 2011; Ken C. Kawashima, *The Proletarian Gamble : Korean Workers in Interwar Japan*, Durham, NC : Duke University Press, 2009 를 보라.

13 이것은 만주사변으로도 알려져 있다. 1931년 9월 18일, 일본군은 심양 주변의 남만주 철도에 있는 작은 지역에 폭격사건을 꾸몄고, 이를 중국의 책임으로 돌려서 북중국을 침략하기 위한 구실로 삼았다. 이후 만주국의 괴뢰정부가 수립되었고, 국제사회가 이를 질타하자, 일본은 국제연맹을 탈퇴했다.

14 Komagome Takeshi, "Colonial Modernity for an Elite Taiwanese Lim Bo-Seng : The Labyrinth of Cosmopolitanism", Liao Ping-wei · David Der-wei Wang ed., *Taiwan under Japanese Colonial Rule, 1895〜1945 : History, Culture, Memory*, New York : Columbia University Press, 2006.

15 신기욱과 마이클 로빈슨의 앞서 언급한 책의 한국어 번역본은 『한국의 식민지 근대성—내재적 발전론과 식민지 근대화론을 넘어서』(도면회 역, 삼인, 2006)이다. 또한 정연태, 『한국 근대와 식민지 근대화 논쟁』, 푸른역사, 2011을 참고하라.

16 Fredric Jameson, *A Singular Modernity : Essay on the Ontology of the Present*, London : Verso, 2002; 아르준 아파두라이, 차원현 역, 『고삐 풀린 현대성』, 현실문화연구, 2014; Leo Ching, *op. cit.*; 가야트리 스피박, 태혜숙 역, 『다른 여러 아시아』, 울력, 2011; Walter Mignolo, *Darker Side of Western Modernity : Global Futures, Decolonial Options*, Durham, NC : Duke University Press, 2011; 윤해동, 『식민지 근대의 패러독스』, 휴머니스트, 2007.

17 Pericles Lewis, *The Cambridge Introduction to Modernism*, Cambridge : Cambridge University Press, 2007, pp.1〜34을 보라.

18 Stewart Hall, "The West and the Rest : Discourse and Power", Stuart Hall · Bram Gieben ed.,

Formations of Modernity, Oxford : Polity in association with Open University, 1992 ; Naoki Sakai, "Modernity and Its Critique : The Problem of Universalism and Particularism", Masao Miyoshi · H. D. Harootunian ed., *Postmodernism and Japan*, Durham, NC : Duke University Press, 1989 ; Naoki Sakai, "You Asians : On the Historical Role of the West and Asia Binary", *South Atlantic Quarterly* 99-4, 2000, pp.789~817.

19 제국적 세력 중 유일하게 비서구로서 일본이 다른 국제적 세력들과의 관계에서 가지는 지위는 반(半)제국적인 것으로 나타난다. 이는 다층적인 제국적 세력들 사이에 있는 몇몇 식민지국가들의 양가적인 반(半)식민적 지위와 유사하다.

20 이에 대한 설득력 있는 비판을 위해서는 Harry D. Harootunian, " 'Modernity' and the Claims of Untimeliness", *Postcolonial Studies* 13-4, 2010, pp.367~382을 보라.

21 Edward Said, "Representing the Colonized : Anthropology's Interlocutors", *Reflections on Exile and Other Essays*, Cambridge, MA : Harvard University Press, 2000, pp.200 · 293~316 · 313.

22 *Ibid.*, p.313.

23 *Ibid.*, p.315.

24 여기에서 저자의 목표는 다른 세계의 경험에 대해 소위 서구 이론을 무비판적으로 도입하지 않는 것이다. 그러나 서구의 경험에서부터 발생한 근대성이론의 패권과 서구이론의 일반적인 패권을 고려한다면, 오늘날의 포스트식민주의 사상가(postcolonial thinkers)에게 이러한 용어와 조건을 피하는 것은 이번 장이 다루는 생각들을 가지고 있는 식민적 주체들이 이러한 용어와 조건을 피하는 것만큼이나 불가능하다. 그러나 나는 이미 있는 것을 다시 만들기보다는 다른 세계적 경험들을 도입하여 그들과 대화하고 논쟁함으로써 이러한 이론들을 개조하고자 한다. 이는 그들의 한계와 종종 나타나는 오만을 필연적으로 폭로하는 과정이다.

25 예를 들어 식민 이후의 홍콩에 대해서는 Rey Chow, "Things, Common/Places, Passages of the Port City : On Hong Kong and Hong Kong Author Leung Ping-kwan", Shu-mei Shih · Chien-hsih Tsai · Brian Bernar, *Sinophone Studies : A Critical Reader*, Columbia University Press, 2013을 보라.

제2장

1 어떤 학자들은 일본의 중국 침략과 고노에 내무성(고노에 내각은 1937년 6월에 처음 수립되었다)의 새로운 전쟁 동원 정책의 시행을 들어 1937년의 중요성을 강조한다. 다른 학자들은 1938년에 주목하는데, 이때 미나미 지로 총독(1874~1955)의 점차 가혹해졌던 동화정책이 시작되었기 때문이다. 또 다른 학자들은 조선어 매체에 대한 검열이 강화되고 조선인이 쓴 일본어 텍스트가 대량으로 급속히 증가했던 1939년에서 1940년대 초반의 기간을 중요시한다.

2 외지는 문자 그대로 바깥의 영역을 의미한다. 외지뿐만 아니라 식민지(colony), 배후지(hinterland) 등으로도 번역될 수 있다.

3 이 욕망은 시간성의 패권적인 개념들과 관련하여 '뒤늦은 것'으로 간주되었다. 왜냐하면, 조선문학은

근대의 기술이나 장비가 없는 것으로 여겨졌기 때문이다.

4 Mark Caprio, *Japanese Assimilation Policies in Colonial Korea, 1910~1945*, Seattle : University of Washington Press, 2009; 이연숙, 고영진·임경화 역, 『국어라는 사상―근대 일본의 언어 인식』, 소명출판, 2006.

5 한국의 경우에는 백철, 『조선 신문학 사조사』(백철문학전집 제4권), 신구문화사, 1969, 398~399면; 임종국, 『친일문학론』, 민족문제연구소, 2013; 鄭百秀, 「李光洙·金史良の日本語·朝鮮語小說―植民地期朝鮮人作家の二言語文學の在り方」, 東京大學 博士論文, 1996; 정백수, 『한국 근대의 식민지 체험과 이중언어 문학』, 아세아문화사, 2000; 김윤식, 『일제 말기 한국 작가의 일본어 글쓰기론』, 서울대 출판부, 2003; 이경훈, 『이광수의 친일문학연구』, 태학사, 1998; 김철, 『국문학을 넘어서』, 국학자료원, 2000; 김재용, 『협력과 저항』, 소명출판, 2004; 윤대석, 「1940년대 국민문학」, 민족문학사연구소 편, 『새 민족문학사 강좌』 2, 창비, 2009; 윤대석, 『식민지 국민문학론』, 역락, 2006을 보라. 일본의 경우에는 任展慧, 『日本における朝鮮人の文学の歷史―1945年まで』, 法政大学出版局, 1994; 안우식, 『김사량 평전』, 문학과지성사, 2000; 磯貝治良·黒古一夫, 『'在日'文学全集』, 勉誠出版, 2006을 보라. 최근의 몇몇 문학사들은 실질적인 방법으로 재일조선인(resident Korean)문학을 다루기 시작해왔다. 井上ひさし·小森陽一, 『座談会昭和文学史』 5, 集英社, 2004를 예로 들 수 있다. 이 문제에 크게 기여한 다른 저술들은 다음과 같다. 林浩治, 『在日朝鮮人日本語文学論』, 新幹社, 1991; 大村益夫·布袋敏博, 『近代朝鮮文学日本語作品集』, 綠蔭書房, 2004; 시라카와 유타카, 『장혁주 연구』, 동국대 출판부, 2010; 白川豊, 『植民地期朝鮮の作家と日本』, 大学教育出版, 1996; 南富鎭, 『文学の植民地主義―近代朝鮮の風景と記憶』, 世界思想社, 2005.

6 2007년 8월 23일에 있었던 개인적 대화.

7 리명호 편, 『김사량 작품집』, 평양 : 국립출판사, 1987.

8 백철, 앞의 책, 398~399면.

9 임종국, 『친일문학론』, 평화출판사, 1963.

10 제국 언어의 특권은 심지어 탈식민지적 상황에서도 일본만의 것이 아니다. 제10장에서 저자는 보다 넓은 이 문제로 되돌아갈 것이다.

11 그는 서로 연관되어 있는 주요한 부인 세 가지를 강조한다. 그것은 프롤레타리아 저항문학과 식민지 시기에 제국의 언어로 쓰인 글, 그리고 월북작가의 작품들이다. 테드 휴즈, 나병철 역, 『냉전시대 한국의 문학과 영화―자유의 경계선』, 소명출판, 2013를 보라.

12 김재용·곽형덕, 『김사량, 작품과 연구』 4, 역락, 2014.

13 그럼에도 불구하고 불법적이고 공인되지 않은 일본 수입품들이 들어왔다. 한국어로 더빙된 일본 텔레비전 프로그램이 흔하게 방영되었다. 최근까지만 해도 한국인들이 일본에 방문해서야 자신이 어린 시절에 좋아했던 만화가 일본제였다는 것을 처음으로 깨닫는 일은 흔한 일이었다.

14 2009년 3월 26일 듀크대 '기억 상실적 균열(Amnesic Fissures)'에서의 강연; 한수영, 『사상과 성찰』, 소명출판, 2011. 최근의 다른 주요한 기여로는 중요한 선집인 임형택 외, 『흔들리는 언어들』, 성균관대 대동문화연구원, 2008이 있다. 서석배는 전후 시인 김수영이 일본어로 쓴 비밀일기에 보이는 곤경에 대해서 쓴 바 있다(서석배, 「단일 언어 사회를 향해」, 『한국문학연구』 29, 동국대 한국문학연구소,

2005).

15 저자는 개인적으로 시라카와의 선구적인 학문에 빚을 지고 있다. 그는 저자가 장혁주의 자전적 문학의 번역을 마무리하고 있을 때 친절하게도 장혁주의 가족을 소개해주었다. Noguchi Kakuchu, "Foreign Husband", Melissa L. Wender ed., *Into the Light : An Anthology of Literature by Koreans in Japan*, Honolulu : University of Hawaii Press, 2010.

16 시라카와 유타카, 곽형덕 역, 『한국 근대 지일작가와 그 문학연구』, 깊은샘, 2010.

17 趙寬子, 「「親日ナショナリズム」の形成と破綻―「李光洙·民族反逆者」という審級を超えて」, 『現代思想』 2001.12.

18 이연숙, 고영진·임경화 역, 앞의 책을 참고하라.

19 任展慧, 앞의 책; 안우식, 앞의 책.

20 磯貝治良·黒古一夫, 앞의 책을 보라.

21 예를 들어, 井上ひさし·小森陽一, 앞의 책을 참조할 수 있다.

22 이연숙, 고영진·임경화 역, 앞의 책을 보라.

23 예를 들어, 아오노 스에키치(1890~1961)는 1933년에 발행된 기사에서 일본 사회의 널리 퍼진 불안 증세를 만주사변 이후의 불확실한 역사적 맥락과 연결한다. 青野季吉, 「本年文壇の疎闊的觀察」, 『行動』 1-3, 1933, 2~12면을 보라. 또한 Seiji M. Lippit, *Topographies of Japanese Modernism*, New York : Columbia University Press, 2002; Harry D. Harootunian, *Overcome by Modernity : History, Culture, and Community in Interwar Japan*, Princeton, NJ : Princeton University Press, 2002 를 참고하라. 한국의 경우, 차승기, 「1930년대 후반 전통론 연구―시간, 공간 의식을 중심으로」, 연세대 석사논문, 2003; 김예림, 『1930년대 후반 근대인식의 틀과 미의식』, 소명출판, 2004를 보라. 유럽의 경우에는 에릭 홉스봄, 김동택 역, 『제국의 시대』, 한길사, 1998이 있다.

24 에드워드 사이드가 "제국의 중심으로 진입하는 여행(voyage-in)"(제1장 참고)의 공통성에 대해서 언급한 부분을 보라. 에드워드 사이드, 박홍규 역, 『문화와 제국주의』, 문예출판사, 2005, 461~500면.

25 「愛か」는 1909년 12월에 학생 동인지인 『백금학보』에서 이광수의 아명인 이보경이라는 이름으로 출판되었다. 이 소설은 1981년 2월 잡지 『문학사상』에서 김윤식의 번역을 통하여 「사랑인가」라는 제목으로 한국 독자들에게 소개되었다. 거의 잊힌 일본어 텍스트와 한국 독자들 사이에서 오랫동안 지연되고 다른 언어로 중개된 만남은 이러한 작품들의 여전한 주변부적 조건을 증언해준다.

26 『김동인 전집』 1, 삼중당, 1976, 19면; 김윤식, 『이광수와 그의 시대』 1(개정판), 솔, 1999, 609면에서 재인용.

27 호테이 토시히로, 「일제 말기 일본어 소설 연구」, 서울대 석사논문, 1996; 윤대석, 「1940년대 국민문학」, 민족문학사연구소 편, 『새 민족문학사 강좌』 2, 창비, 2009.

28 大村益夫·布袋敏博, 앞의 책.

29 이 시기 동안 미국과 일본의 선전에 대해서는 John W. Dower, *War without Mercy : Race and Power in the Pacific War*, New York : Pantheon Books, 1986을 볼 것.

30 조선의 망명정부는 1919년 상하이에 수립되었다.

31 Renalto Rosaldo, "Imperialist Nostalgia", *Culture & Truth : The Remaking of Social Analysis*, Bos-

ton : Beacon Press, 1989 ; Panivong Norindr, *Phantasmatic Indochina : French Colonial Ideology in Architecture, Film, and Literature*, Durham, NC : Duke University Press, 1996.

32 조선문학'과 '초센 분가쿠[朝鮮文学]'에 대한 담론은 발화 주체들의 민족-국가 정체성에 의해 정의되지 않았다. 이러한 정체성은 보통 제국의 맥락에 따라 유동적이었기 때문이다. 넓은 의미에서, 나는 그들이 주로 발화하고, 대체로 그들이 수행하는 언어와 일치하는 언어 공동체에 따라 담론들을 구분한다. 그러나, 특히 동화정책이 언어공동체의 혼합을 야기하고 식민화된 많은 조선인들이 식민자들과 함께 제국주의 담론에 참여했던 식민지 말기에는, 어떠한 구별도 자주 희미해졌다는 사실을 깨닫는 것이 중요하다. 실제로 두 담론이 모여들고 갈라지는 다양한 방식들은 접경에서 발생하는 복잡한 상호작용을 입증한다.

33 일본' 자체가 식민지들과 연관되어, 예컨대 내지(內地, 내국, 식민본국 또는 일본)나 제국(帝國)으로 정의되었다. 이러한 많은 용어들은 식민본국과 식민지의 번역된 만남에 내포된 다양한 의미들을 분명하게 보여준다. 小熊英二, 『『日本人』の境界－沖縄・アイヌ・台湾・朝鮮 植民地支配から復帰運動まで』, 新曜社, 1998를 보라.

34 「조선문학의 정의 이렇게 규정하려 한다!」, 『삼천리』, 1936.8, 82～98면. 이후로 이 글을 인용할 때, 제목과 면수만 제시한다.

35 「조선문학의 정의 이렇게 규정하려 한다!」, 38면.

36 특히 이광수와 장혁주는 조선문학의 유동하는 위치에 대한 담론에서 선두를 차지했다. 그들이 일본어로 쓴 글은 당시 일본 제국의 '국민문학'이라는 경계의 한계를 확장했다. 아마도 명확한 경계를 향한 욕망은 경계선에 불안하게 위치한 이들에게 더욱 강렬했을 것이다. 그 자신이 일본어로 글을 썼으면서도 식민자의 언어로 글을 쓰는 다른 작가들과 끊임없이 거리를 두려고 시도했던 이태준이 이러한 사실의 간접적인 예다.

37 「조선문학의 정의 이렇게 규정하려 한다!」, 83면.

38 중국(中國)'이라는 용어 대신, (중국을 지칭하는) 경멸적인 명칭인 '지나(支那)'의 사용은 이 역사적인 시점에서 의미심장한 것이었다. 이와 관련하여 스테판 타나카는 일본 제국에서 중국을 지칭하는 '지나'라는 용어 사용의 중요성을 언급한 바 있다(Stefan Tanaka, *Japan's Orient : Rendering Pasts into History*, Berkeley : University of California Press, 1995, pp.228～262).

39 「조선문학의 정의 이렇게 규정하려 한다!」, 83면.

40 「조선문학의 정의 이렇게 규정하려 한다!」, 86～87면.

41 「조선문학의 정의 이렇게 규정하려 한다!」, 90～92면.

42 「조선문학의 정의 이렇게 규정하려 한다!」, 91면.

43 「조선문학의 정의 이렇게 규정하려 한다!」, 91면.

44 「조선문학의 정의 이렇게 규정하려 한다!」, 91면.

45 「조선문학의 정의 이렇게 규정하려 한다!」, 92면.

46 「조선문학의 정의 이렇게 규정하려 한다!」, 92면.

47 「조선문학의 정의 이렇게 규정하려 한다!」, 94면.

48 「조선문학의 정의 이렇게 규정하려 한다!」, 94～95면.

49 「조선문학의 정의 이렇게 규정하려 한다!」, 94~95면.

50 「조선문학의 정의 이렇게 규정하려 한다!」, 95면.

51 「조선문학의 정의 이렇게 규정하려 한다!」, 95~96면.

52 같은 잡지의 다른 설문조사에서 제시된 주요 질문은 조선문학이 얼마나 세계문학의 표준에 부합하는
지 여부와 관련되어 있다. 이에 대한 답변으로는, 상정된 '세계 표준' 개념을 질문하는 것부터 세계적
맥락 속 조선의 불확실한 위치에 대한 이론을 제시하는 것까지 다양했다. 「조선문학의 세계적 수준
관」, 『삼천리』, 1936.4, 308~326면.

53 張赫宙, 「餓鬼道」, 『改造』 14-4, 1939.4, 1~39면.

54 広津和郎, 「文藝指標 (5)」, 中根隆行, 『「朝鮮」表象の文化誌-近代日本と他者をめぐる知の植民地化』,
新曜社, 2004, 212면에서 재인용.

55 張赫宙, 「僕の文学」, 『文芸首都』 1-1, 1933.1, 11~12면.

56 이 책은 1930년에 쓰였고, 1933년에 출판되었다.

57 김태준, 「소설의 정의」, 『사해공론』 1, 1935.5, 61~63면. '소설'은 조선어 허구 구어 장르이다. 동아
시아의 소설을 서구 소설과 비교 가능한지에 대한 질문은 비평가들을 계속 혼란스럽게 하고 있다.

58 번역의 불안이 지속되는 양상에 대해서는 Masao Miyoshi, *Off Center : Power and Culture Rela-
tions Between Japan and the United States*, Cambridge, MA : Harvard University Press, 1991를
보라.

59 황종연, 「노블, 청년, 제국-한국 근대소설의 통국가간 시작」, 『상허학보』 14, 상허학회, 2005, 263
~297면.

60 임화는 1930년대 중반에 (조선문학사를) 저술하기 시작하여 일본 검열에 의해 (그의 조선문학사 연재
가) 금지된 1940년대 초기까지 연재를 이어나갔다.

61 임규찬·한진일 편, 『임화 신문학사』, 한길사, 1993, 18면.

62 위의 책, 11면.

63 나는 다른 논문에서, 일본 제국의 맥락에서 중심부과 주변부(지방) 사이에 구성되는 공간적 위계
에 대해서 논의한 바 있다. Kwon Nayoung Aimee, "Translated Encounters and Empire : Colonial
Korea and the Literature of Exile", UCLA PhD diss., 2007, pp.180~241.

64 임규찬·한진일 편, 앞의 책, 12면.

65 이광수, 「조선문학의 개념」, 『사해공론』 1, 1935.5. 31~34면.

66 이광수, 「조선 소설사」, 『삼천리』, 1936.8. 77~79면.

67 임규찬·한진일 편, 앞의 책, 77면.

68 해리 하루투니언은 일본의 철학자들이 그들의 근대적 난관을 '시기 부적절하고', '뒤늦은' 것으로 여
겼다는 사실을 지적한다. 식민지 조선의 지식인들은 다른 두 제국을 따라잡아야 했기 때문에 이러
한 '시기 부적절함'을 더욱 예민하게 느꼈다. Harry Harootunian, "'Modernity' and the Claims of
Untimeliness", *Postcolonial Studies* 13-4, 2010, pp.367~382. 다른 맥락에서의 유사한 논의로
는 Rey Chow, *Woman and Chinese Modernity : The Politics of Reading Between West and East*,
Minneapolis : University of Minnesota Press, 1991가 있다.

69 임화와 다른 이들이 따랐던 이식의 논리는 '순수', '자기 자신' 등 문제적인 상정에 근거를 두고 있다. 그러나 '질투하는 추방민이라는 조건'에 놓여있는 피식민자들의 이러한 근시안적인 열광을 가볍게 묵살할 수는 없다. 에드워드 사이드는 강제로 추방당한 이들이 내심 가지는 역설적인 변심과 외국인 혐오 경향에 관해 논의했다. Edward Said, "Reflections on Exile", *Reflections on Exile and Other Essays*, Cambridge, MA : Harvard University Press, 2000. 이 에세이는 이스라엘-팔레스타인 분쟁과 (그들의) 희생자/가해자 구조의 복잡함에 관해 논의한다.

제3장

1   金史良, 「母への手紙」, 『金史良全集』 4, 河出書房新社, 1973, 104면. 「어머니께 드리는 편지」는 일본어로 쓰였고, 1940년 『文芸首都』에 실렸다. 이 편지가 실제로 김사량이 그의 어머니에게 보낸 편지인지, 아니면 일본잡지에 실리기 위해 수행적으로 쓰인 것인지를 판단하기는 어렵다. 이 편지에 나타난 '진정성'의 불확정성은 소수자 작가의 행위에 대해 중요한 물음을 제기한다.

2   나는 들뢰즈와 가타리의 정의를 전유하기 위한 다른 전제를 이 글에서 논의할 것이다. 하지만 이미 알려진 차이들을 가로지르며 대화하기 위해 '소수자'라는 용어를 계속 쓸 것이다. 방대한 경험들에 따라 이 개념을 번역하고 변용해야 함에도 불구하고, 이 개념은 같은 어휘를 공유하게 한다. 들뢰즈와 가타리의 『카프카』, 그중에서도 제3장을 참조할 것. 또한 '식민지'와 '제3세계' 주체성들이 식민지 시기로부터 탈식민 이후에 이르기까지 비슷한 의미로 여겨지게 되었음을 보여주는 에드워드 사이드의 논의는 다음을 참조할 것. Edward Said, "Representing the Colonized", *Critical Inquiry* 15-2, 1989, pp.205~225; Edward Said, *Reflections on Exile and Other Essays*, Cambridge : Harvard University Press, 2000, pp.293~316.

3   김사량은 1940~1941년에 연재된 조선어 소설 「낙조(落照)」에 관해 쓰고 있다. 김사량이 최정희에게 보낸 서신. 김영식, 『작고문인 48인 육필 서한집-파인 김동환 100주년 기념』, 민연, 2001, 120~121면.

4   이와 유사한 불안이 데리다의 『타자의 단일언어주의』에 나타나 있다.

5   역사학자들은 일반적으로 식민지 조선에 대한 제국의 정책을 세 시기로 나눈다. ① 무단통치(1910~1919), ② 문화통치(1920~1937), ③ 전쟁 총 동원(1937~1945). 이 글에서 중점적으로 다루는 시기는 세 번째 시기로, 식민지 주체를 전쟁에 동원하기 위해 동화정책이 더욱 철저하게 이뤄지던 때이다. 내선일체(內鮮一體)는 총독이었던 미나미 지로가 심장, 살, 그리고 피를 함께 섞는다는 섬뜩한 비유를 쓰며 내놓은 슬로건이었다. '손을 잡았다가도 다시 놓을 수 있다. 물과 기름을 섞어도 형식적으로 뒤섞일 뿐 아무 소용이 없을 것이다. 형식, 마음, 피, 살이 모두 하나가 되어야 한다.' 南次郎, 『国民精神総動員朝鮮連盟役員総会席上総督挨拶』, 1939.5.30; 권나영, 정재원 역, 「제국, 민족, 그리고 소수자 작가 식민지 사소설과 식민지인 재현 난제」, 『한국문학연구』 37, 동국대 한국문학연구소, 2009, 220면에서 재인용.

6   '조선 붐'은 팽창해가던 제국 전역에 걸쳐 제국이 식민지의 자산에 관해 가진 페티시즘이라는 더 큰

현상의 일부이다. 이 문제는 제5장에서 더 다루어질 것이다.

7 식민지에서 무엇이 '국어'를 구성하는가의 문제는 논란의 여지가 많다. 조선의 식민지 언어 정책에 관해서는 임종국의 『친일문학론』을 볼 것. 일본 제국 전역의 정책들에 대한 비교연구는 이연숙의 『국어라는 사상─근대 일본의 언어 인식』, 특히 조선어 사례를 구체적으로 다루는 제11장과 제12장을 볼 것. 영어로 된 중요한 연구로는 로빈슨(Robinson), *Cultural Nationalism in Colonial Korea 1910~1945*, 카프리오(Caprio), *Japanese Assimilation Policies in Colonial Korea 1920~1925* 등이 있다. 또한 클리만(Kleeman)의 *Under an Imperial Sun* 중에서 특히 비교적 관점에 대해 서술한 제6장을 참조.

8 아쿠타가와상의 의미에 관한 많은 연구가 일본과 다른 나라에서 이뤄졌다. 아쿠타가와상이 일본 근대문학 정전이란 개념의 형성에 미친 직접적 공헌에 관한 최근의 영어 저술로는 맥(Mack)의 *Manufacturing Modern Japanese Literature*이 있는데, 특히 이 책의 제3장이 이 문제를 다루고 있다.

9 더욱이 가와무라의 관심은 '일본' 작가들과 '일본문학'에 국한되며, 제국의 경계가 변화하는 상황에서도 그들의 자기동일성을 상정하는데 결코 머뭇거리지 않는다. 이 장에서는 본국이라는 중심과 식민지라는 주변부 어디에서든 민족과 민족 서사에 자기동일성이 있다는 전제를 문제 삼을 것이다. 川村湊, 『満洲崩壊─大東亜文学と作家たち』, 文藝春秋, 1997, 140~150면.

10 또 다른 식민지 조선 작가 장혁주 역시 1932년 「아귀도」로 2등상을 받으며 일본문단에 데뷔했다. 다른 식민지 작가들은 이들에 대한 제국의 인정을 감탄과 염려가 섞인 양가적인 시선으로 바라보았다.

11 『芥川賞全集』 2, 文藝春秋, 1982, 394면.

12 이 언급들은 다음에서 찾아볼 수 있다. 『文藝春秋』 18-4, 1940, 348~356면.

13 『芥川賞全集』 2, 文藝春秋, 1982, 397면.

14 『文藝春秋』 18-4, 1940, 350면.

15 이시카와 준과 토미자와 후시오가 1936년에 동시에 상을 받았으며, 1939년 상반기에도 공동수상이 이뤄졌다. 요시유키와 하세 켄이 아쿠타가와상을 함께 받았다.

16 『文藝春秋』, 18-4, 1940, 350면.

17 메이지 시기 이후의 일본 제국주의적 담론은 소위 '조선 문제'에 지속적으로 집중해왔다. 앙드레 슈미드는 식민지 시기 이후에 근대 일본 역사에서 식민지들의 역할에 대한 탐구가 전무하다는 것을 또 다른 '조선 문제'의 한 증상으로 본다. Andre Schmid, "Colonialism and the 'Korea Problem' in the Historiography of Modern Japan", *Journal of Asian Studies* 59-4, 2000, pp.951~976.

18 「母への手紙」, 106면.

19 예를 들어 에드워드 맥은 「코사마인기(コシャマイン記)」를 제국주의에 대해 체제전복적이거나 비판적으로 읽을 여지가 있음을 분명히 했다(*Manufacturing Modern Japanese Literature* 참조). 하지만 심사위원들의 평가에서는 작품에 내재된 그러한 가능성들에 대한 언급을 찾아볼 수 없다. 일본에 속한 내부식민지(홋카이도)를 배경으로 하는 「밀렵꾼」 역시 명백하게 식민지적 맥락 위에 서 있다. 이러한 사실은 (기껏해야) 지나가는 말로만 언급되고, 평가의 대부분은 전적으로 '문학성'과 작품의 형식에 초점이 맞춰져 있었다. 예를 들어 심사위원들은 공감할 수 있는 생생한 성격 묘사, 그리고 인물의 발전과 일본어의 매우 능숙한 활용 등에 초점을 맞췄다. 선택적 기억과 망각이라는 양면적인 정

치적 무의식이 여기에서 작동하고 있을지도 모른다. 조선과 같은 일본의 새로운 식민지를 선택적으로 조명하는 반면에 홋카이도란 배경을 일본의 지역으로 귀속시킴으로써 그 식민지적 기원을 망각한다. 제국의 선택적인 망각(건망증)에 대한 설득력 있는 분석으로는 다음과 같은 연구가 있다. Seiji M. Lippit, *Ibid.*; 村井, 『南島イデオロギーの発生』; 小熊, 『単一民族神話の起源』.

20　여전히 진행 중인 보편과 특수 사이의 공모에 대해서는 Naoki Sakai, "Modernity and Its Critique : The Problem of Universalism and Particularism", Masao Miyoshi · H. D. Harootunian ed., *Postmodernism and Japan*, Durham, NC : Duke University Press, 1989를 참조할 것.

21　板垣直子, 『事変下の文学』(近代文芸評論叢書 22), 日本図書センター, 1992, 127〜128면; 권나영, 정재원 역, 「제국, 민족, 그리고 소수자 작가 식민지 사소설과 식민지인 재현 난제」, 『한국문학연구』 37, 동국대 한국문학연구소, 2009, 225면에서 재인용.

22　위의 책, 130면.

23　사카이 나오키의 보편과 특수에 대한 연구는 여기에도 적용할 수 있다. 일본 사소설이 일본 본질주의(특수성)와 서구와의 등가성(보편주의) 사이에서 요동한 역사를 검토할 때, 식민지 타자는 이 이항대립의 항구적인 사각지대에 머물게 된다. 또한 프레드릭 제임슨(Fredric Jameson), *A Singular Modernity : Essay on the Ontology of the Present*, London : Verso, 2002에서 유럽-미국 맥락을 바탕으로 본국의 사각지대에 대해 언급한 것을 참조할 것.

24　「母への手紙」, 104〜105면.

25　Tomi Suzuki, *Narrating the Self-Fictions of Japanese Modernity*, Stanford University Press, 1995, p.65.

26　*Ibid.*, p.65.

27　Hideo Kobayashi · Paul Anderer, Paul Anderer ed. and trans. and intro., *Literature of the Lost Home : Kobatashi Hideo – Literary Criticism 1924〜1939*, Stanford University, 1995, p.53. 스즈키는 다음과 같이 언급했다. "그와 동시에 고바야시는 여기서 일본 지식인들과 작가들이 이제 동시대 유럽인의 관심을 (그들의 잠재적으로 대응관계에 있는) 유럽의 지식인과 작가들과 함께 나눌 수 있게 되었음을 암시하고 있다."(Tomi Suzuki, *op. cit.*, p.58) 고바야시에 관해 영어로 쓰인 또 다른 의미 있는 논의로는 앤더러가 *Literature of the Lost Home : Kobatashi Hideo – Literary Criticism 1924〜1939*의 번역본에 붙인 서문과 리피트(Seiji M. Lippit), 앞의 책 등이 있다.

28　Fredric Jameson, "Third-World Literature in the Era of Multinational Capitalism", *Social Text* 15, 1986, pp.65〜88.

29　*Ibid.*, p.77. 비록 좋은 의도라 할지라도, 본국 비평가의 단순한 동정은 소수자 작가가 바라는 것이 아닐 것이다. 파농이 지적했듯이 '검둥이(Negro)를 숭배하는 사람은 검둥이를 혐오하는 사람만큼이나 '병들어' 있다.' 왜냐하면 그는 (의도하고 정의하면서) 사랑받거나 아니면 증오받는 대상이라는 근본적인 차이의 범주를 가정하고 있기 때문이다. Franz Fanon, *Black Skin, White Masks*, p.8; 프란츠 파농, 이석호 역, 『검은 피부 하얀 가면』, 인간사랑, 2013, 10면(한국어 번역은 옮긴이가 수정함).

30　가장 유명한 비판으로는 다음의 논의가 있다. Aijaz Ahmad, "Jameson's Rhetoric of Otherness and the National Allegory", *Theory-Classes*, *Nations*, *Literature*, London : Verso, 1992.

31 혹자는 내가 스스로를 본국 비평가라고 언급한 것에 놀랄지도 모른다. 본국의 주체라는 지위는 하위 주체의 그것과 마찬가지로 고정된 정체성이 아니라 상관적인 것이다. 나는 의식적으로 제국의 대학의 중심으로 진입하는 여행을 하는 탈식민 학자들을 지시하고 있는 것이다. 여기서 우리는 때때로 우리가 반대해야 한다고 이론적으로 말하는 바로 그 구조를 우리가 은연중에 반복하고 있음을 발견한다. 이 탈식민의 역설은 제10장에서 다시 다룰 것이다.

32 일본 전후 문학장 안에서 1940년 아쿠타가와상 수상경쟁을 떠올릴 때의 잊히지 않는 낯선 두려움(uncanny)은 탈식민적 기억과 망각의 변증법과의 관계 속에서 더 숙고될 가치가 있다. 일본 제국의 붕괴 이후, (전)식민지 출신의 탈식민적 작가들은 아쿠타가와상과 같은 본국(metropolitan)의 문학상을 통해 관심을 주기적으로 얻었다. 예를 들어 1971년에 재일조선인 작가 이회성(李恢成, Ri Kaisei, 1935~)과 오키나와 작가 히가시 미네오(東峰夫, 1938~)가 아쿠타가와상을 공동으로 받았다. 당선작과 함께 실린 수상소감에서 이회성은 1940년의 수상경쟁을 상기하며 김사량을 대신해서 뒤늦게 상을 받는 기분이라고 말했다.(『文芸春秋』 15-3, 1971, 319면) 1971년의 이러한 인정이 탈식민적 잔존물로서의 내부 타자에 대한 정부의 양가적인 정책들과 동시에 일어났다는 것은 (결코) 우연이 아니다. 예를 들어, 1965년 한국과의 국교 정상화와 뒤이은 '본국 송환 운동'은 일본 내의 조선인 소수자들의 북한으로의 '귀향'을 십여 년간 고무시켰다. 미국 점령 하의 오키나와에서 일어난 '일본 귀속 운동'을 둘러싼 복잡한 문제들은 1972년 대부분의 미군 기지를 오키나와에 그대로 유지하는 상태로 오키나와가 '일본으로 귀속'하는 것으로 막을 내렸다. 소수자 작가와 탈식민적 작가에 대한 본국의 소비와 인정(이 유행한 것)은 아시아 태평양 지역 질서의 재편성 속에서 일본의 '전후'와 '탈식민'의 흥기가 양가적으로 중첩되었다는 맥락과 관련 지어 생각해야만 한다. 이 문제는 제10장에서 다시 다룰 것이다.

제4장

1 金史良, 『(小說集)光の中に』, 小山書店, 1940, 2~29면; 김사량, 서은혜 역, 「빛 속으로」, 『20세기 한국소설』 12, 창비, 2005, 205~250면. 이후로 이 글을 인용할 때, 제목과 면수만 제시하되, 앞의 면수는 원문의 것, 뒤의 면수는 번역서의 것으로 한다.

2 「룽잉쭝이 소장하고 있던 편지」. 下村作次郎, 『文学で読む台湾—支配者・言語・作家たち』, 田畑書店, 1994, 210~212면. 이후로 이 글을 인용할 때, 제목과 면수만 제시한다.

3 『文芸首都』, 1940.7.

4 「룽잉쭝이 소장하고 있던 편지」, 210면.

5 「룽잉쭝이 소장하고 있던 편지」, 211면.

6 이와 마찬가지로 서로 다른 맥락 속에서 식민지 주체들이 겪는 곤경 중 공유되는 것과 공유되지 않는 것이 있음을 염두에 두는 것은 중요하다. 식민지 시기 대만 제국문학(皇民文學)의 형성과 탈식민적 대응들에 관해서는 Leo T. S. Ching, *Becoming "Japanese" : Colonial Taiwan and the Politics of Identity Formations*, Berkeley : University of California Press, 2001; Leo T. S. Ching "Give Me Ja-

pan and Nothing Else!」: Postcoloniality, Identity, and the Traces of Colonialism", *South Atlantic Quarterly* 99-4, 2000, pp.763~788을 볼 것.

7　「룽잉쭝이 소장하고 있던 편지」, 211~212면.

8　이와 비슷한 불안은 김사량의 첫 번째 소설집『빛 속으로』의 후기에서도 발견된다. 그 글에서 그는 창작 당시의 상황을 다음과 같이 기술한다. "이 두 작품(「토성랑」,「기자림」)에 이어서 나는「빛 속으로」를 연달아 써서 세간에 알려지기 시작했다. 대학을 졸업한 봄, 경성에 체류하면서, 하숙의 작은 온돌방에서 이상할 정도로 나를 덮쳤던 흥분 속에서 단숨에 써내려갔다." 金史良,『〈小說集〉光の中に』, 小山書店, 1940, 346면.

9　수행적 정체성에 관한 주디스 버틀러의 저작은 내 독해에 영향을 미쳤다. 주디스 버틀러, 조현준 역,『젠더 트러블―페미니즘과 정체성의 전복』, 문학동네, 2008; 주디스 버틀러, 김윤상 역,『의미를 체현하는 육체』, 인간사랑, 2003. 그중에서도『의미를 체현하는 육체』중 다양한 인정 과정(identification process)에서 크로싱(crossing)과 패싱(passing)의 작용을 다루는 제5~6장을 볼 것.

10　「빛 속으로」, 2/205~206면.

11　「빛 속으로」, 4/208면.

12　「빛 속으로」, 5/210면.

13　이 말이 가타카나로 쓰였다는 것에서 그것의 외래성을 보여준다.

14　「빛 속으로」, 7/213면.

15　「빛 속으로」, 10/218면.

16　「빛 속으로」, 10/218면.

17　유럽적인 맥락에서도 아일랜드, 스코틀랜드, 웨일스에서 잉글랜드의 역할과 같은 예외들이 있다. 그리고 '패싱'의 문제는 모든 인종주의적 맥락에서 불안을 야기하는 주요한 사회적 현상이다.

18　「빛 속으로」, 15/226면.

19　「빛 속으로」, 15/226면.

20　안타깝게도, 하루오의 이러한 비체화는 텍스트 차원에만 국한되지 않는다. 이후 한 북한 비평가는 이 소설의 한계는 조선인들의 역경을 다루지 않고 '혼혈' 소년 하루오를 다루었다는 것에 있다고 한탄했다. 장형준,「작가 김사량과 그의 문학」, 이명호 편,『김사량 작품집』, 평양 : 문예출판사, 1987, 6~7면.

21　원문에는 두 글자가 당시 일본 제국의 검열에 의해 지워졌다. 문맥상 지워진 두 글자는 '저항(抵抗)'일 것이다.

22　「빛 속으로」, 15~16/227~228면.

23　대타자의 반영적 응시를 통해 이뤄지는 주체 형성은 자크 라캉의 정신분석 정식에서 논의 되어 왔다. Lacan Jaques, "The Mirror Stage as Formative of the I Function, as Revealed in Psychoanalytic Experience", *Ecrits : A Selection*, New York : W. W. Norton, 1977.

24　「빛 속으로」, 3/206면.

25　김사량의 평전 저자인 재일조선인 비평가 안우식은 한국어 번역본 서문에서, 소설의 배경이 그가 유년시절에 살았던 지역이었기 때문에「빛 속으로」를 처음 읽었을 때 그는 소설 속 인물들을 손쉽게 이

해할 수 있었다고 썼다. 안우식, 심원섭 역, 『김사량 평전』 문학과지성사, 2000, 14면.

26 「빛 속으로」, 14/224면.

27 「빛 속으로」, 29/249~250면.

28 나는 상상계에서의 '자아/타자'의 이항대립의 폭력적 충동에 초점을 맞춘 라캉의 탈중심적 주체성 이론에 영향을 받았다. 하지만 나는 이 대타자와의 조우를 사회적 차원에 '오용'하여, 김사량의 소설에 묘사된 상황을 비유하는 것으로 활용했다. 이 소설에 제시된 미래는 친밀성의 면에서 대인관계의 층위에서 타자와의 윤리적 관계에 관한 라캉적 이해에 대한 루스 이리가레(Luce Irigaray)의 재해석에 더 가까울 것이다. 루스 이리가레에 대한 버틀러의 정교한 독해는 여기에서 인용할 만한 가치가 있다. "윤리철학의 역사에 대한 가장 체계적인 독해인 『성적인 차이의 윤리(*Éthique de la différence sexuelle*)에서 이리가레는 윤리적인 관계들이 상호관계와 존경 등의 관습적인 개념들을 재구성시키는 접근성, 근접성, 친근성 등의 관계들에 기초해 있어야 한다고 주장한다. 그러나 상호관계의 전통적 개념들에 의해 그 같은 친근성 관계들은 폭력적인 소거, 대체 가능성, 그리고 전유 등에 의해 특징 지어지는 관계들로 교체되었다는 것이다."(주디스 버틀러, 김윤상 역, 앞의 책, 100면) 이와 관련해서는 Luce Irigaray, *Éthique de la différence sexuelle*, Paris : Editions de Minuit, 1984을 볼 것. 비평가들이 라캉의 등록소 이론(theory of the registers)을 생산적으로 '오용'하고, 정치적 목적을 위해 상상적 타자와 상징적 대타자의 구분을 넘어선 방식들에 관해서는 Van Pelt, "Otherness", *Postmodern Culture* 10-2, 2000를 볼 것.

제5장

1 전쟁 동원에 수반된 종교적인 열정에 대해서는 Donald Keene, "Japanese Writers and the Greater East Asia War", *The Journal of Asian Studies* 23-2, 1963, pp.209~225 참고.

2 김재용, 『협력과 저항』, 소명출판, 2004, 282면.

3 국민문학은 사전적으로 민족문학(national literature)을 의미한다. 그러나 식민지 조선의 제국신민이 동원되었던 맥락에서 이 단어는 제국문학을 의미한다.

4 임종국, 앞의 책, 45~76면.

5 김사량은 당시에 조선문학을 일본어로 왕성하게 옮기는 번역가였다.

6 김윤식, 『한일 근대문학의 관련양상 실론』, 서울대 출판부, 2001, 70면.

7 줄리아 크리스테바, 서민원 역, 『공포의 권력』, 동문선, 2001, 25면.

8 크리스테바의 비체 이론은 처음으로 정체성에 대한 감각을 형성하고, (어머니로 대표되는) 아이의 조화로운 세계로부터 단절되어 (아버지로 대표되는) 상징계의 언어를 습득하게 되는 라캉의 거울단계(6-18개월)와 연관되어있다. 라캉의 이론으로부터 갈라져 나와 크리스테바는, 어머니와 떨어지지 않으려는 욕망을 원초적으로 억압하여 궁극적으로는 언어와 욕망을 상실감과 연결시키는 이전단계가 있기 전에, 어머니를 거부하고 쫓아내려는 운동이 주체(아이)에게 발생한다고 주장한다. 이 모든 과정은 아마도 무의식 속에서 진행되기 때문에, 어머니의 비체화는 사실상 아이 자신이 참지 못하는 자

기의 어떤 측면에 대한 비체화나 다름없다. 이러한 행위는 아이가 자신에게 안정감과 억압감을 주는 것을 거부해야 하기 때문에 양가성과 갈등을 불러일으킨다. 신체와 관련된 비체는, 내부도 외부도 아닌 어떤 공간/구멍을 포함한다. 모유, 피, 오줌, 똥과 같은 체액과 분비물은 "한계가 지워져버린 세상의 붕괴"를 의미하기 때문에 역겨움을 불러일으킨다. 시체는 삶과 죽음의 궁극적인 경계를 넘기 때문에 두 번째 비체로 여겨진다. 음식 터부, 화장실에티켓, 애도의식과 같이 사회 질서를 유지하는 정교한 의례들은, 삶의 필요한 측면이기도 한 그 경계선에 대해 보편적인 거부감을 드러낸다. (위의 책, 25면을 보라.)

9   메리 더글라스, 유제분 역, 『순수와 위험』, 현대미학사, 1997, 218~219면.

10   줄리아 크리스테바, 서민원 역, 앞의 책, 25면.

11   위의 책, 28면.

12   메리 더글라스, 유제분 역, 앞의 책.

13   줄리아 크리스테바, 서민원 역, 앞의 책, 25면.

14   위의 책, 25면.

15   김사량, 「朝鮮文化通信」, 『現地報告』, 1940.9.

16   일본어로 된 글이나 책의 출판이 점점 더 늘어나던 무렵, 이 비평문이 조선의 유명한 잡지인 『삼천리』에서 일본어로 재발표되었다는 사실은 주목할 만하다. 이 비평문은 제목만 「조선어의 문제」로 바뀐 채 발표되어, '오역'의 한 예시를 보여준다. 식민지 조선에서 이 오역은, 식민지 번역의 복잡한 문제를 단지 조선어만의 문제로 재구성했다. 이는 제국 안에서 또 다른 실패한 조우를 드러낸다.

17   김사량, 「조선문화통신」, 김재용 편, 『김사량 선집』, 역락, 2016, 244~245면. 이후로 이 글은 이 판본에서 인용하고 인용하되, 제목과 면수만 제시한다.

18   「조선문화통신」, 247면.

19   「조선문화통신」, 247면.

20   흥미롭게도 김사량은 같은 소설의 여러 버전을 조선어와 일본어로 동시에 쓰면서 이러한 곤경을 타개하려고 시도한다. 이러한 자기 번역들 사이에는 더욱 면밀히 검토해야 할 만한 상당한 차이가 존재한다.

21   안토니오 그람시는 지식인의 두 가지 유형에 대해서 논한다. 현재 상태를 유지하는 일을 하는 지식인과 그것에 대항하는 일을 하는 지식인. 특히 소위 '유기적지식인들'은 주변화되고 배제된 이들의 곤경을 극복하기 위해 새로운 집단행동의 수단으로서 반문화적인 생산을 한다. (안토니오 그람시, 리처드 벨라미 편, 김현우·장석준 역, 『안토니오 그람시 옥중 수고 이전』, 갈무리, 2001, 17면)

22   나는 이 용어를 윤리학에서 사용하는 의미로서 쓰고 있다. 또한 가야트리 스피박이 이 문제적인 개념을 "인간이라는 이름에서 추방된 위협적인 표시로서의 이름"이자 지배적인 담론 내에서 부합되지 않는 장소로서 받아들이는 것에 동의한다. (가야트리 스피박, 태혜숙 역, 『포스트식민이성비판―사라져가는 현재의 역사를 위하여』, 갈무리, 2005를 보라)

23   모던걸과 모던보이라는 용어는 1926년에 일본에서 처음 나타났으며, 이후에 조선으로 건너왔다. 今和次郎, 『考現學入門』, ちくま文庫, 1987.

24   Modern Girl Around the World Research Group ed., *The Modern Girl around the World : Con-*

sumption, *Modernity, and Globalization*, Durham, NC : Duke University Press, 2008을 보라.

25 김사량, 「天馬」, 『文藝春秋』, 1940.6.

26 여기에서 내가 쓰는 '(식민지) 모던보이'라는 단어는 식민지 작가가 사용하던 '모(요)보(鮮人)'라는 단어를 번역한 것이다. '모(요)보'는 '모보' 혹은 '모던보이'라는 일본의 신조어를, 식민지기에 일본인들이 조선인을 경멸하듯 부르는 단어인 '요보'에 접목한 것이다. 이것은 조선인들이 서구 모더니티의 전형적인 상징인 도시멋쟁이를 모방했다는 것을 아이러니하게 자각했음을 보여주는 자기패러디의 용어였다. 이 자기비하적이고 우스꽝스러운 용어는, 새로운 근대세계의 시공간에서 일본이 가지는 복잡한 관계와 비교했을 때, 조선의 근대 경험은 한층 더 이중으로 매개되어있거나 번역되어 있다는 날카로운 인식을 내재하고 있다.

27 나는 그의 이중적인 정체성을 강조하기 위해서 일본어와 한국어 발음인 겐류/현룡을 동시에 사용하고 있다. 이 이름은 둘 중 어느 쪽으로든 읽힐 수 있다.

28 1910년에 조선이 공식적으로 식민지가 되면서, '수도'를 의미하는 한양 또는 서울이라는 이름은 일본 총독에 의해 경성으로 바뀌었다. 이 시기에는 도시의 동네나 거리도 일본식 이름으로 표기되었다.

29 김사량의 일대기에 관해서는, 안우식, 심원섭 역, 『김사량 평전』, 문학과지성사, 2000을 보라.

30 린다 허천, 김상구 역, 『패러디이론』, 문예출판사, 1992, 62면. 이후로 이 책을 인용할 때, 제목과 면수만 제시한다.

31 『패러디이론』, xi면.

32 『패러디이론』, 31~32면.

33 『패러디이론』, xi면.

34 비평가들은 조선의 작가이자 비평가인 김문집과 이 인물의 유사성에 대해 지적해왔다. 김문집은 일본어로 많은 글을 썼으며, 식민지 문학이 일본의 국민문학에 동화되어야 한다고 주장함으로써 일본 문단의 환심을 사려 했다는 평가를 받는다. 가장 비슷한 점은, 김문집이 일본 작가 아쿠타가와 류노스케의 이름을 흉내내어 오에 류노스케로 이름을 바꾸었다는 사실이다. 「천마」의 마지막 장면에서 겐류/현룡은 자신을 '겐노카미류노스케'라고 부른다. 잘 알려져 있듯, 조선인들은 제국 '전쟁 기계'의 충실한 신민으로 식민지를 동원하기 위한 노력의 일환으로 식민지기 후기에 창씨개명을 강요받았다. 김사량은 비평문 '조선문화통신'에서 이 소설을 자전적인 이야기로 읽는 일본인 비평가에 대한 양가적인 심정을 드러내기도 했다. 나의 요점은 소설 속 인물이 실제 인물과의 유사점이 촉발하는 이러한 논쟁이 전기/자서전, 현실/허구의 경계를 넘나들면서 인물의 정체성을 결국 불확정적이게 만드는 「천마」의 흥미로운 성격을 드러낸다는 것이다. 南富鎭, 『近代文学の'朝鮮'体験』, 勉誠出版, 2001를 보라.

35 김재용, 『협력과 저항』, 소명출판, 2004를 보라.

36 『검은 피부, 하얀 가면』에서 프란츠 파농은 양가성이 '식민지의 상황에 내재되어 있다'고 말했으며, 호미 바바는 피식민자들과 구별되어야 하는 식민자들의 필요를 위협할 수 있는 잠재적인 저항의 장소로서 양가성을 논의한다. 만약 겐류/현룡이라는 인물에서 저항성을 읽을 수 있다면, 그것은 식민지 양가성을 체화한 이 인물 자체가 아니라 이 인물이 나타나는 맥락에 대해 독자들이 비평하는 장소를 통해서 그러한 저항이 발견될수 있다고 말하고싶다. (프란츠 파농, 노서경 역, 『검은 피부, 하얀 가

면』, 문학동네, 2014; 호미바바, 나병철 역, 『문화의 위치』, 소명출판, 2012, 제4장 '모방과인간'을 보라.)

37 김사량, 「천마」, 김재용 편, 앞의 책, 45면.

38 일본인들은 서울의 남쪽에 정착했고, 북쪽에는 조선인들이 살고 있었다. 서울 중심부의 중구는 '외국인' 거리로 지정되었으며 주로 서양인들이 거주했다. 여기에서 '외국인' 구역이 일본인 구역과 구분되었다는 사실이 흥미로운데, 이는 아마도 일본인들이 땅의 주인이므로 외국인이 아니라고 여겨졌기 때문일 것이다.

39 이러한 서구식 건물 구조에 대한 더 자세한 설명은, 건축문화의해조직위원회, 『한국 건축 100년』, 피아, 1999를 보라.

40 Sigmund Freud, "The Uncanny", James Strachey ed. and trans, *The Standard Edition of the Complete Psychological Works of Sigmund Freud* 17(1919), London : Hogarth Press, 1957, pp.219~240.

41 혼부라에 관해서는, 이경훈, 「미쓰코시-근대의쇼윈도우-문학과 풍속 1」, 한국문학연구학회, 『한국근대문학과 일본문학』, 국학자료원, 2001, 107~147면을보라. 긴부라에 관해서는 今和次郎, 앞의 책을보라. 조선 총독부의 위탁을 받은 홍보영화 〈게이조〉(1943)에서 묘사된 미쓰코시 백화점을 포함한 혼마치의 이미지는 흥미롭게도 조선인과 일본인이 어울려 쇼핑을 즐기는 조화로운 모습으로 나타난다.

42 본문에서 볼 수 있듯, 만주로 여행하는 것은 당시에 유행이었다. '조선 붐'과 같은 모든 유행처럼, 이것은 갑자기 생겨난 것은 아니었다. 1931년 만주사변 이후 1937년에 중국과의 전쟁이 전면화하자(「천마」는 1940년에 발간되었다) 일본 제국은 이 새롭게 얻은 영토에 사람들을 이주시키려고 계획했다. 당시 만주에서 일본 정부와 사업가들의 이해관계가 맞아 떨어진 자세한 정황에 대해서는, Young, Louise, *Japan's Total Empire : Manchuria and the Culture of Wartime Imperialism*, Berkeley : University of California Press, 1998을 보라.

43 김사량, 「천마」, 48면.

44 흥미롭게도, 경성에 대한 총독부의 안내에 기록된 한 경찰 보고서에는 이 골목길의 어지러운 미로 사이로 조선인 범죄자가 들어가면 잡는 것이 도저히 불가능하다고 언급되어 있다. 朝鮮總督府 編, 「新版京城案内」를 보라.

45 김사량, 「천마」, 49면

46 김사량, 「천마」, 49면.

47 내지는 내륙이라는 말로도 번역된다. 일본을 내지로 정의하는 아이러니한 명명법은 공간에 대한 상상력이 사회적으로 구성된다는 사실을 드러낸다. 일본 군도는 아시아 대륙에서 가장 바깥쪽에 위치하기 때문에 일본이 '내부'에 존재한다는 제국주의적인 주장은 지리학적인 현실과 동떨어져있다.

48 이 시기 식민지에서 쓰인 박태원의 「구보 씨의 일일」과 이상의 「날개」역시 비슷한 맥락에서 읽힐 수 있다. 박태원의 「구보 씨의 일일」에는 병약하고 무력하고 유아적인 작가가 식민지 도시를 목적도 없이 돌아다니는 이야기를 담고 있다. 한편 이상의 「날개」에서 주인공은 식민지 도시에서 비극적인 결말을 맞는다. 그는 상품 물신주의와 진보적 이데올로기의 자본주의적 관계에 참여하기를 거부하는데, 이는 모든 사회적, 경제적 교환형태로부터 동떨어져 유아기적인 상태를 보이는 그의 퇴행적인 모

습을 통해서 드러난다. 이 소설은 그가 미쓰코시 백화점에서 나와 날개가 싹트기를 간절하게 바라는 장면으로 끝난다. 이 소설들은 식민지에 나타난 자본주의적인 제국주의 논리가 가진 배타적 모순을 드러낸다.

49 조선호텔 역시 일본인들에 의해 서양의 건축양식으로 지어졌는데, 이는 식민지의 맥락 속에서 조선의 모더니티가 이중으로 이식되었다는 것을 시사한다. 조선호텔은 주로 일본인과 외국인 고객들, 그리고 일부 조선인 특권층을 위한 고급호텔이었다.

50 안우식, 앞의 책을 보라.

51 이선옥은 친일파로 간주되는 많은 여성 작가들이 일본 제국을 옹호하는 글을 씀으로써 억압적인 가정에 벗어나는 동시에 새로운 정치적 정체성을 찾았다는 흥미로운 주장을 펼친다. (이선옥, 「평등에대한유혹」, 『실천문학』, 2002, 254~269면.)

52 김사량, 「천마」, 52면.

53 이선옥, 앞의 글.

54 김사량, 「천마」, 53면.

55 당시에는 제국주의 정책을 지지하는 조선인들도 있는 반면 그에 반대하는 일본인들도 있었다. 따라서 제국주의적인 관점과 민족주의적인 관점은 민족정체성에 따라 명료하게 구분되지는 않았다. 그러나 여기에서 요점은, 이러한 구분을 극복하기 위해 동화주의 논리가 지지되었음에도 불구하고 식민자와 피식민자 사이의 권력 역학이 고스란히 존재했다는 것이다.

56 더 자세한 논의를 위해서는, 신형기, 『해방직후의문학운동론』, 제3문학사, 1989를 보라.

57 「문학자의자기비판」, 『인민예술』 2, 1946.10, 39~48면.

58 위의 글; 송기한·김외곤 편, 「문학자의 자기비판—좌담회」(『인민예술』 2, 1946.10), 『해방기의 비평문학』 2, 태학사, 1991, 170면.

59 그 이후에 이태준의 친일적인 텍스트가 발굴되었다는 사실에 주목할 필요가 있다. 호테이 토시히로, 「일제 말기 일본소설 연구」, 서울대 석사논문, 2000를 보라. 나는 김사량을 향한 이태준 자신의 비판적 논리를 따라 그를 비난하려는 것이 아니다. 그보다는 과거의 사라져가는 흔적들을 토대로 '순수'와 '비순수'를 구분하는 것이 얼마나 불가능한지 말하려는 것이다. 여기에서 중요한 것은 '진실을 밝혀내는 것'이라기보다, 식민지 과거를 매장하거나 부정하는 데서 발생하는 폭력의 개인적이고 제도적 차원의 영향에 대해 모두 고민해보려는 것이다. 나는 책임이나 과오의 문제로부터 회피하는 것을 지지하는 것이 아니며, 그보다는 이 논의를 희생양 담론과는 다른 차원에서 더 복잡하게 만들고 싶다.

60 김사량, 「천마」, 86면.

제6장

1 Faye Yuan Kleeman, *Under an Imperial Sun : Japanese Colonial Literature of Taiwan and the South*, University of Hawai'i Press, 2003, p.160.

2 Huan Yuan, ed., Hu Fung trans., *Shan ling : Chaoxian Taiwan duanpian xiaoshuoji*(山靈 : 朝鮮臺

灣短篇小說集), Shanghai : Wenhua shenghuo chubanshe, 1936.

3   식민지 대만문학의 경우, '토착주의자'와 '제국적 주체의 문학' 사이의 평행적인 이분법은 Faye Yuan
    Kleeman, *Ibid.*, 제7장과 제8장에 상세하게 소개되어 있다.

4   이러한 사건은『경성일보』,『아사히 신문』,『테아토로』,『문학』,『제국대학신문』,『연극화보(演劇画
    報)』,『조광』,『삼천리』,『조선일보』,『매일신보』를 비롯한 일본과 조선의 주요한 잡지와 신문에서 폭
    넓게 다뤄지고 논평되었다. 이 다양한 공연들에 대한 자세한 설명을 위해서는 白川豊,『植民地期朝
    鮮の作家と日本』, 大学教育出版, 1999; 백현미,「민족적 전통과 동양적 전통―1930년대 후반 경성
    과 동경에서의〈춘향전〉공연을 중심으로」,『현대문학이론연구』23, 현대문학이론학회, 2004, 213
    ~245면을 보라. 일본의 조선 붐에 대해서는 任展慧,『日本における朝鮮人の文学の歴史』, 法政大学
    出版局, 1994; 나카네타 카유키, 건국대 대학원 일본문화·언어학과 역,『조선표상의 문화지―근대
    일본과 타자를 둘러싼 지(知)의 식민지화』, 소명출판, 2011을 보라. 영어 저서로는 E. Taylor Atkins,
    Primitive Selves : Koreana in the Japanese Colonial Gaze, 1910~1945, University of California
    Press, 2010 참조.

5   이와 관련하여, 판소리를 포함한 백여 개가 넘는 '전통적인' 판본과 셀 수 없이 많은 근대적 개작을 비
    롯한 수많은 현존 판본이 있다. 여기에서 나는〈춘향전〉원본을 이탤릭체로 표기할 것이다.

6   일본 제국이 몰락한 지 약 육십여 년이 지난 1995년에 이르러서야, 식민지 조선을 연구하는 일본인
    학자가 일본과 한국에 흩어져있던 기록물들로부터 이 사건의 의미에 대한 퍼즐을 처음으로 맞추었
    다. 과거에 식민지와 식민본국이었던 두 나라 사이에 더욱 활발한 학문적 교류가 가능해졌던 것은
    1990년대 후반이 되어서였다. 게다가 이 공연이 제국 전역에서 받았던 관심과 이후 오래 잊혀졌던 지
    위 사이의 현저한 대조는, 이 지역의 탈식민적 관계가 갖는 논쟁적인 조건을 보여주는 징후이다. (白
    川豊,『植民地期朝鮮の作家と日本』, 大学教育出版, 1995, 백현미, 앞의 글 참조)

7   예를 들어 1938년 10월 22일『매일신보』에 실린 사분의 1면짜리 광고는 이 공연을 두고 '내선일체 예
    술의 악수'라고 표현했다.

8   Renato Rosaldo, "Imperialist Nostalgia", *Representations* 26, 1989, pp.107~122. 또 다른 제국적
    맥락에 있었던 유사한 현상에 대해서는 Panivong Norindr, *Phantasmatic Indochina : French Colo-
    nial Ideology in Architecture, Film, and Literature*, Duke University Press, 1996을 참고하라.

9   Prasenjit Duara, *Rescuing History from the Nation : Questioning Narratives of Modern China*,
    University of Chicago Press, 1997; Sven Saaler · J. Victor Koschmann eds., *Pan-Asianism in
    Modern Japanese History : Colonialism, Regionalism and Borders*, Taylor&Francis, 2007.

10 예를 들어, 후쿠자와 유키치는 '탈아입구(脱亜入欧)'라는 그의 유명한 선언을 표명하기 전에 아시아
    의 통합을 지지하였다. Stefan Tanaka, *Japan's Orient : Rendering Pasts into History*, University of
    California Press, 1998; 小熊英二,『単一民族神話の起源―'日本人'の自画像の系譜』; Peter Duus,
    The Abacus and the Sword : The Japanese Penetration of Korea, 1895~1910, University of Cal-
    ifornia Press, 1995; 정종현,「식민지 후반기(1937~1945) 한국문학에 나타난 동양론 연구」, 동국
    대 박사논문, 2006; 차승기,「1930년대 후반 전통론 연구―시간-공간 의식을 중심으로」, 연세대 박
    사논문, 2003 참조. 일본에서는 종종 이러한 논쟁이 동양 대 서양이라는 이분법적인 구도 속에서 표

현되었다. Harry D. Harootunian, *Overcome by Modernity : History, Culture, and Community in Interwar Japan*, Princeton University Press, 2000 참조. 이러한 요구는 서구 혹은 '백인종'의 제국주의를 대항하여 자신들의 전통 혹은 '영적인 생존'을 방어하고자 했던 동양 혹은 '황인종'의 규합을 위해 이루어졌다. John Dower, *War without Mercy : PACIFIC WAR*, Knopf Doubleday Publishing Group, 2012 참조. 서구와 비서구에 대한 그릇된 이분법에 대해서는 Naoki Sakai · Yukiko Hanawa Eds., *Traces* 1 : Specters of the West and the Politics of Translation, Honk Kong University Press, 2001 참조.

11 경합하는 보편들에 관해서는, Lydia H. Liu, "Introduction", *Tokens of Exchange : The Problem of Translation in Global Circulations*, Duke University Press, 1999 참조.

12 황종연, 「1930년대 고전부흥운동의 문학사적 의의」, 『한국문학연구』11-11, 동국대 한국문학연구소, 1988, 217~260면; 차승기, 앞의 책; 정종현, 앞의 책; 趙寬子, 「日中戦争期の「朝鮮学」と '古典復興' －植民地の「知」を問う」, 『思想』947, 59~81면.

13 옥스퍼드 영어 사전(OED)에 따르면, 향수는 다음과 같이 정의된다. "향수 〔명사〕: ① 특히 의학적인 조건과 관련하여, 친숙한 환경에 대한 극심한 갈망; 향수병. ② 특히 한 사람의 생애에서 과거 기간에 대한 감정적인 갈망 혹은 애석한 기억; (또는)과거 기간에 대한 감정적인 상상 혹은 환기."

14 Svetlana Boym, *The Future of Nostalgia*, Hachette UK, 2008, p.xiii.

15 1930년대에서 1940년대에 이르는 후기 식민지기는 일본과 조선의 식민적 관계의 마지막 시기를 일컫는다. 당시에 세계는 경제적, 정치적 위기가 2차 세계대전의 제국주의적 충돌(과 경제적 위기)속에서 막을 내리고, 마침내 식민주의의 익숙한 형식들이 종말하여 냉전에 대한 충성에 따라 나뉜 새로운 세계 질서로 나아가고 있었다. 이러한 더 넓은 세계적 조건과 같은 시기에 전쟁기 일본 제국은 부침 속에서 변동하고 있었다. 이 시기는 종종 전세계적인 '위기', '이행' 또는 격변의 시기로 묘사된다. 내가 주목하려는 것은 식민지 조선의 맥락 속에서 지역에 미치는 세계의 영향뿐만 아니라 세계적 사건의 동시대성이다.

16 「춘향전」에 대한 퍼즐을 해결하기 위한 중요한 시도로는, 설성경, 『춘향전의 비밀』, 서울대 출판부, 2001을 보라.

17 예를 들어, 「판소리계 소설의 성격과 의미」에서 이상택은 "『춘향전』은 두루 아는 바와 같이 우리 고전문학의 대표작이자 지금도 살아있는 고전으로 국민들에게 향유되고 있다"라고 적었다. (이상택 편, 『한국문학총서』 2-고전소설, 해냄, 1997, 37면) 리차드 루트는 그의 영어 번역에 대한 소개에서 다음과 같이 적었다. "춘향가는 한국에서 유명한 이야기다. 언제 누가 이 이야기를 지었는지는 아무도 모르지만, 한국인이라면 모두 춘향가의 내용과 인물에 대해서 자세히 알고 있다. 한국과 중국에서 이 이야기는 시, 산문, 판소리, 드라마, 영화, 뮤지컬, 만화를 통해, 그리고 병풍과 그림들에서 우아한 장식으로 수없이 반복되어왔다."(Richard Rutt · Kim Chong-Un, *Virtuous Women : Three Classic Korean Novels*, The Royal Asiatic Society, Korea Branch, 1979, p.238) 설성경은 "360년 동안 다양한 예술로 재창조되며 학술을 발전시킨 민족의 고전 「춘향전」"이라고 말했다. (설성경, 앞의 책, 4면)

18 전통은 상속되기보다는 선택되는 것이라는 스티븐 블라스토스의 언급은, 「춘향전」의 근대적인 각색에 특권을 부여하려는 의도적인 선택이 있었음을 보여준다는 점에서 여기에서 중요하다. Stephen

Vlastos, *Mirror of Modernity : Invented Traditions of Modern Japan*, University of California Press, 1998 참조.

19 Hyangjin Lee, *Contemporary Korean Cinema : Culture, Identity and Politics*, Manchester University Press, 2000 : 백문임, 『춘향의 딸들, 한국 여성의 반쪽짜리 계보학』, 책세상, 2001 : Peter H. Lee, "The Road to Ch'unhyang : A Reading of the Song of the Chaste Wife Ch'unhyang", *Azalea* 3, 2010, pp.257~376.

20 블라스토스는 이러한 두 관점이 반역사적이며, 서구의 근대 개념과 연결되어왔던 전근대/근대, 정체/변화라는 이분법을 복귀시킨다고 주장했다. 따라서 "전통의 역사성과 (…중략…) 그들을 강력하게 본질화하는, 만들어진 전통의 규범적 지위와 반복적 실천"을 문제화하는 데 실패한다는 것이다. Stephen Vlastos, *op. cit.*, pp.2~3.

21 에릭 홉스봄·사라 모건, 박지향 역, 『만들어진 전통』, 휴머니스트, 2014 ; *Ibid.*

22 블라스토스는 다음과 같이 말한다. "에드워드 쉴즈의 공식에 따르면, 전통은 '유사한 믿음, 실천,기관, 작업이 세대를 너머 연쇄되어, 통계적으로 빈번하게 재발하는 것 훨씬 이상의 것'이다. 전통의 핵심은 강력하게 규범적이다. 그 의도와 효과는 문화의 패턴을 재생산하는 것이다. 쉴즈는 '이것은 죽은 세대와 살아있는 세대를 이어주는 규범적인 전달'이라고 말했다. 이러한 개념에 따르면 전통은, 근대성으로 이행하면서 과거에 남겨둔 문화를 나타낸다기보다는, 사회가 산산조각나 흩어지지 않도록 방지하라고 **요구하는** 근대성이다." *Ibid.*, p.2. (강조─원문)

23 블라스토스는 다음과 같이 썼다. "'전통'의 이중적인 의미는 상상과 기획(contrivance), 창조와 기만을 모두 나타낸다. 모든 전통은 이러한 두 극점 사이를 오간다." *Ibid.*, p.6.

24 황종연, 앞의 책 ; 차승기, 앞의 책 참조.

25 조선 붐'은 본래 식민지에 대한 일본의 새로운 경제 정책을 의미하는 용어였으나 다른 문화적 영역으로 퍼져나갔다. 블라스토스의 『근대성의 거울』에 대한 후기에서, 디페시 차크라바르티는 전통을 만들어내는 경험에 있어서 일본과 비서구 식민지의 차이에 대해서 논의한다. 일본은 근본주의자들과 관계없이 전통이 어떻게 정의되느냐를 실질적으로 통제했던 반면 식민화된 주체들은 식민자들에 의해 자신들의 전통이 발명되고 이국화되었음을 발견했다는 것이다. 나는 일본이 제국의 타자들에 의해서뿐만 아니라 스스로도 이국화되는 데 있어 자유롭지 못했다고 주장하고자 한다. Dipesh Chakrabarty, "Revisiting the Tradition/Modernity Binary", Stephen Vlastos, *op. cit.*, pp.286~297 참조.

26 이와 유사하게 만주를 대상화하는 소비 경향에 관해서는, Louise Young, *Japan's Total Empire : Manchuria and the culture of Wartime Imperialism*, University of California Press, 1998을 보라. 식민지들의 문학적 소비에 대한 자세한 연구로는 川村 湊, 『満洲崩壊─'大東亜文学'と作家たち』, 文藝春秋, 1997가 있으며, 영화 분야에서는 Michael Baskett, *The Attractive Empire : Transnational Film Culture in Imperial Japan*, University of Hawaii Press, 2008를 보라.

27 이에 대한 예시로, Kim Brandt, "Objects of Desire : Japanese Collectors and Colonial Korea", *Positions : east asia cultures critique* 8-3, 2000, pp.711~746와 Kim Brandt, *Kingdom of Beauty : Mingei and the Politics of Folk Art in Imperial Japan*, Duke University Press, 2007을 보라.

28 일본화' 혹은 황민화운동.

29 *Ibid.*; Jennifer Ellen Robertson, *Takarazuka : Sexual Politics and Popular Culture in Modern Japan*, University of California Press, 1998을 보라.

30 Stefan Tanaka, *Japan's Orient : Rendering Pasts into History*, University of California Press, 1998.

31 아키타 우자쿠, 「「춘향전」의 귀향 : 두 통합된 문화의 교류」, 『경성일보』, 1938.10.9.

32 장혁주, 「슌코덴」, 『신조』, 1938.8(『신조사』 1938년, 1941년 재발행).

33 Robert Young, *Colonial Desire : Hybridity in Theory, Culture, and Race*, Psychology Press, 1995; 호미 바바, 나병철 역, 『문화의 위치-탈식민주의 문화이론』, 소명출판, 2012, 특히 그중 식민적 맥락에서 양가성과 혼종성의 개념에 대해서 다루는 제6장 「경이로 받아들여진 기호들」을 보라.

34 장혁주 세대에 속하는 식민지 작가들 가운데 시간이 지나면서 조선어보다 일본어에 더욱 정통해지는 경우가 많았다. '모국어'라는 개념은 복잡하며 쉽게 범주화할 수 없다.

35 에드워드 사이드, 박홍규 역, 『문화와 제국주의』, 문예출판사, 2005.

36 이후의 한국의 문학사들은 장혁주가 태평양 전쟁 후반에 쓴 글들을 근거로 그를 '친일파' 협력자로 배제한다. 장혁주가 일본의 전쟁 지원을 지지하는 글을 썼다는 것은 부인할 수 없지만, 피식민지인으로서 그가 일본과 조선에 맺고 있었던 관계는 양가적이었으며 친일과 반일이라는 이분법에 따라 간단히 이해될 수는 없다. 역사적으로나 개인적으로나 격동적이고 충격적이었던 이 시기에 장혁주의 지위와 글이 가지고 있었던 복잡성을 검토하기 위해서는 더 많은 연구가 필요하다.

37 村山知義, 「春香傳の順次上演について」, 『朝鮮及び滿州』 364, 1938.3, 60면.

38 村山知義, 「朝鮮との交流」, 『朝日新聞』, 1938.9.15.

39 村山知義, 「春香傳の順次上演について」, 『朝鮮及び滿州』 364, 1938.3, 59면.

40 유치진, 「춘향전의 동경 상연과 그 번안 대본의 비평 1~3」, 『조선일보』, 1938.2.24, 5면.

41 村山知義, 「春香傳余談」, 『경성신문』, 1938.5.31; 유치진, 「春香傳を見る」, 『경성신문』, 1938.10.27; 村山知義, 「朝鮮との交流」, 『朝日新聞』, 1938.9.15.

42 이 극본은 장혁주의 6막 15장을 5막 11장으로 잘라내는 등 무라야마에 의해 상당히 수정된다. 村山知義, 「春香傳の順次上演について」, 『朝鮮及び滿州』 364, 1938.3, 60면.

43 村山知義, 「春香傳余談」, 『경성신문』, 1938.5.31.

44 "나는 내 극본이 단지 참조로서만 사용되었다고 생각했다. 그러나 6막에서 암행어사가 나타나는 장면은 나의 것과 정확히 일치해서, 나는 내가 극연좌 무대에 있었다고 생각했다." 유치진, 「春香傳を見る」, 『경성일보』, 1938.10.27; 白川豊, 『植民地期朝鮮の作家と日本』, 大学教育出版, 1995, 103면에서 재인용. 시라가와는 이것을 유치진과 장혁주라는 두 식민지 작가들 사이의 라이벌 의식이라고 해석했다. 그러나 여기에서 중요해 보이는 것은 극작가인 무라야마와 그가 상의한 본토 정보제공자 사이의 불균형한 권력 관계이다. 위의 책, 103면을 보라. 무라야마가 직접 '수정'했다는 것에 대한 다른 참조로는, 村山知義, 「春香傳余談」, 『경성신문』, 1938.5.31; 「春香傳を見る」, 『경성일보』, 1938.10.27을 보라.

45 村山知義, 「朝鮮の印象-江西, 慶州, 南原, など」, 『朝鮮及び滿州』 368, 1938.7, 53면.

46 일부 반대론자가 있었으나, 이들은 단지 제대로 알지 못하는 몇몇의 '전문 비평가'라고 무시 당했다.

아키타 우자쿠는「〈춘향전〉의 귀향―두 통합된 문화의 교류」(『경성일보』, 1938.10.9)에서 일본의 부정적인 보도에 대해 단정적으로 묵살하고 있다.

47　村山知義,「春香傳余談」,『경성신문』, 1938.5.31.

48　위의 글.

49　미상,「映画化される春香傳」,『경성일보』, 1939.6.9.

50　村山知義 외,「映画化される春香傳座談會」,『경성일보』, 1938.6.9.

51　제니퍼 로버트슨은『다카라즈카』에서, 민족적 타자의 역할을 수행하는 근본주의자들을 묘사하기 위해 만든 용어인 '횡단―민족하기(cross-ethnicking)'라는 평행적인 움직임에 대해서 분석한다. 이 책에 있는 것과 유사한 현상에 대한 그녀의 지속적인 작업은 제국주의 기술로서 연극을 사용하는 더 넓은 현상에 신빙성을 더해준다. Jennifer Robertson, *op. cit.*, 제3장 참조.

52　미상,「映画化される春香傳」,『경성일보』, 1938.6.10.

53　이것은 식민지 조선인들과의 연대라는 미명 아래, 그들 자신이 가지고 있는 불평등한 식민적 관계를 놓치고 있는 좌파 일본인의 흔한 근시안인 것으로 보인다.

54　野口赫宙,「異俗の夫」,『新潮』 55-5, 1958.5, 164~182면. 식민적 감시에 관한 이러한 장면은 염상섭의 『만세전』을 비롯한 식민지 한국문학에서 자주 등장한다.

55　張赫宙,「朝鮮の知識人にうたう」,『文芸』, 1939.2, 225~239면과 여러 반응들을 보라. 이 글은 장혁주의 '친일파'적 경향을 보여주고 있는 것으로 보인다. 사실 이것은 꽤 복잡한 문제이며 단지 조선인에 대한 장혁주의 장광설은 아니다. 실제로 그는 이 작품의 대상과 연루되어 있으며, 일본 식민자의 주체성과 장혁주를 포함한 피식민자 사이의 간단한 이분법을 복잡하게 만든다. 이 작품에 대한 섬세한 분석은 추후로 미룬다.

56　「新協 '春香傳' 座談會」,『批判』 52, 1938.12.

57　위의 글. 당시에는 너무 자유롭거나 서구화되었다고 여겨지는 근대적 여성이 대중매체에서 질책받았다. 여기에는 당시 근대적 여성과 전통적 여성을 둘러싼 논쟁이 명백히 반영되어 있다. 일본과 중국에서도 유사한 현상은 일어났다.

58　앙드레 슈미드, 정여울 역,『제국 그 사이의 한국 1895~1919』, 휴머니스트, 2007을 보라.

59　일본은 구별된 위계적인 등급에 따라 제국을 구축하였다. 조선은 종종 둘째 혹은 셋째 아들로 위치지어졌는데, 이는 오키나와와 홋카이도와 같은 '내부 식민지'가 어떻게 정의되는지에 따라 달라졌다. Alan S. Christy, "The Making of Imperial Subjects in Okinawa", *Positions* 1-3, Durham, NC : Duke University Press, 1993, pp.607~639를 보라.

60　호미 바바, 나병철 역, 앞의 책, 제4장「모방과 인간」. '진정성'에 대한 고집 속에 드러나는 비평가들의 불안은 대화 도중 자유자재로 일본어를 사용하는 순간에 반어적으로 나타난다. 그들은 과거와 현재의 문화적 생산물들에 대해서 풍부하게 언급하는데, 이는 이들이 식민본국의 텍스트로서 상당히 적절하게 읽힐 수 있다는 사실을 드러낸다. 일상적인 대화에 자연스럽게 투입되는 일본어 단어들은 이 비평가들이 장혁주에게 요구했던 순수한 진정성과는 모순되는 혼종적인 식민지 언어의 조건을 노출한다.

61　레이 초우는 *Woman and Chinese Modernity : The Politics of Reading between West and East*

(Theory and History of Literature), Univ Of Minnesota Press, 1991에서 이러한 상황에 대한 설득력 있는 평가를 제시한다. 이외에도 앙드레 슈미드, 정여울 역, 앞의 책; Prasenjit Duara, *op. cit.*를 보라.

62 여성이 국가의 알레고리로 쓰이는 것은 흔한 모티프이다. 수많은 식민지기 소설은, 종종 그들을 '더럽히는' 성폭력을 통해 여성의 희생을 묘사했다. 이러한 소설들은 대체로 식민지의 '수치'에 대한 '민족적 알레고리'로 읽힌다. 이는 한국과 일본 사이의 민족주의적 다툼이 소위 위안부 여성의 신체를 두고 싸워왔다는 사실과도 관련 있다. Elaine H. Kim · Chungmoo Choi, Eds., *Dangerous Women : Gender and Korean Nationalism*, Routledge, 1997을 보라.

제7장

1 〔역주〕 여기서 'transcolonial'을 '트랜스식민지'로 번역한 이유는, 글의 맥락상 좌담회가 식민지와 식민본국의 지식인들이 참여했기 때문에 식민지를 벗어났다는 의미에서 '초/탈'식민지적이지만, 그러나 동시에 이것이 식민지에 관한 좌담회라는 점에서 'trans'의 원래 의미대로 '횡단'한다는 뜻에서 식민지를 포함하면서도 이를 넘어선다는 의미로 '트랜스식민지'로 번역하기로 한다.

2 여기서 '엿듣기(overhearing)'는 다양한 의미를 지닌다. 우선 이 단어는 '비밀스럽게 듣기(eavesdropping)'라는 의미로 대화에 대한 특권적이며 동시에 제한된 접근을 의미한다. 또 동시에, 엿듣기(overhearing)는 '다시 듣기'의 의미로 실제 사건이 일어난 시간과 장소에서 떨어져서 듣는다는 것과 또 동시에 듣고 또 듣는 반복적 행위를 의미한다. 'overhearing'의 'over'는 텍스트, 특히 식민지 유산을 물려받은 텍스트와의 어떠한 대화도 중층결정된 본성을 갖는다는 것을 함축한다. 이러한 독해방법에 대한 보다 자세한 설명은 '좌담회 엿듣기' 절을 참조할 것.

3 山崎義光, 「モダニズムの言説樣式としての'座談会' – 『新潮合評会』から『文藝春秋』の'座談会'へ」, 『国語と国文学』, 東京大学国語国文学会, 2006.12. 45〜57면.

4 예를 들어, *Off Center: Power and Culture Relations Between Japan and the United States*의 「대화와 협의」라는 장에서, 마사오 미요시는 당대 일본에서 이러한 '대화(역주 : 좌담회)'가 현저하다는 사실을 일본에서 활자화된 담론과 유효한 비판적 담론의 쇠퇴와 연결시킨다(219면). 이 짧은 장 전체에서 미요시는 일본문화에 대한 포괄적인 일반화들 사이에서 불안하게 흔들리고 있다. 즉 그는 좌담회가 유행하는 현상을 문장보다 구술을 선호하는 일본인의 독특한 특성과 연관시키지만, 결국 이러한 유형의 상품화된 '구술중심주의'가 사실은 일본만의 것은 아니라는 교묘한 언급을 덧붙임으로써 앞서의 주장에 단서를 달고 있다. 영어권 독자들을 대상으로 쓰인 미요시의 책은 일본인들이 집단의 합의를 중요하게 여긴다는 것과 같은 정형화된 이미지를 영속시키는 것으로 보인다. Masao Miyoshi, *Off Center : Power and Culture Relations Between Japan and the United States*, Cambridge : Harvard University Press, 1991, pp.217〜231.

5 山崎義光, 앞의 글, 55〜59면.

6 위의 글, 55〜56면.

7 『新潮』, 1923.8; 위의글, 52면에서 재인용.

8 坂井直樹 外,「座談會-文化の政治性」,『世界』488, 1993.11, 232~253면.

9 흥미롭게도 미요시는 좌담회 형식의 발흥을 전후 일본 사회의 특수성 속에 자리매김하고자 한 초기
의 시도에서 같은 평가를 내리면서, 전전(戰前) 시기의 좌담회를 대체적으로 긍정적으로 바라보고 있
다.(Masso Miyoshi, *op. cit.*, pp.217~231.

10 실제로 식민자와 피식민자가 불편하게 만났던 이런 좌담회들이 식민지 시기에 빈번하고 신속히 출현
했던 것처럼 재빠르게 탈식민지 시기 공적인 장에서 사라졌다는 사실은 식민지 근대성의 징후로 볼
수 있을 것이다.

11 마찬가지로, 이 좌담회들이 일본에서 좌담회를 다룬 이후 논의에서 간과되었다는 사실은 (한국과 일
본의) 해방 후 담론 공간에서 그 좌담회들이 배제되었다는 사실뿐만 아니라 과거 식민지 시기의 텍스
트와 이를 탈식민주의적으로 바라보는 독자 사이에 점차 확대되어가는 간극을 나타내는 징후로 보인
다. 일본 제국의 좌담회에 관한 예외적인 연구에는 松田利彦,「總力戰期の植民地朝鮮における警察
行政-警察官による'時局座談会'を軸に」,『日本史研究』452, 2000, 195~223면이 있다. 최근에는
트랜스식민지 좌담회에 대한 중요한 비판적 연구들이 제출되고 있다. 예를 들어, 신지영,『부재의 시
대-근대계몽기 및 식민지기 조선의 연설 좌담회』, 소명출판, 2012; 이원동,『식민지배담론과 국민
문학의 좌담회』, 역락, 2009 등 참조. 약 70여 년이라는 시차를 둔 이 만남은 여기에서 주목할 가치가
있다. 잡지『국민문학』에 실린 좌담회 번역 선집 역시 반가운 공헌이다. 문경연,『좌담회로 읽는 국민
문학』, 소명출판, 2010 참조.

12 「座談會-文化の政治性」,『世界』488, 235면.

13 위의 글, 236면.

14 Richard Aczel, "Understanding as Over hearing : Towards a Dialogics of Voice", *New Literary History* 32, 2001, p.604.

15 *Ibid.*, p.597.

16 *Ibid.*, p.597.

17 *Ibid.*, p.597.

18 *Ibid.*, p.607.

19 「座談會朝鮮文壇の再出發を語る」, 1941.11;「座談會日米開戰と東洋の將來」, 1942.1;「座談會文芸
動員を語る」, 1942.1;「座談會大東亜文化圏の構想」, 1942.2;「座談會半島の基督教の改革を語る」,
1942.3;「座談會軍人と作家徴兵の感激を語る」, 1942.7;「座談會北方圏文化を語る」, 1942.10;「座
談會國民文學の一年を語る」, 1942.1;「座談會新半島文學への要望」, 1943.3;「座談會明日への朝鮮
映画」, 1942.12;「座談會義務教育になるまで」, 1943.4;「座談會農村文化のために-移動劇団, 移動
映寫」, 1943.5;「座談會戰爭と文學」, 1943.5;「座談會國民文學の方向」, 1943.8;「座談會總力戰爭運
動の新構想」, 1944.12.

20 이러한 좌담회로는 다음과 같은 것들을 예로들 수 있다.「文化を訪ね-三作家を圍む座談会」,『京
城日報』1939.6~7;「文人の立場から菊池寛氏を中心に半島の文芸を語る座談会」,『京城日報』
1940.8;「半島文化を語る座談會」,『新日新聞』1943.8;「新しい半島文壇の構想」,『綠旗』1942.4;
「見て来た海軍生活を語る」,『國民總力』1943.10; 大村盆夫, 布袋敏博,『近代朝鮮文學日本語作品集

1908~1945−評論·隨筆·隨想』3, 東京 : 綠蔭書房, 2002.

21 식민지 경찰 월보인 『경무휘보(警務彙報)』에서 1937년 무렵부터 실린 일련의 「시국좌담회자료(時局座談會資料)」를 찾아볼 수 있으며, 1938년부터는 선전을 목적으로 수행된 좌담회의 효과를 평가하는 글들이 등장한다. 이러한 글로는 「時局座談會實施現況」, 1938.2; 「時局座談會實施現況に就いて」, 1939.2; 「時局座談會實施現況」, 1939.3 등이 있다.

22 이 좌담회는 1938년 11월 29일에서 12월 8일 사이에 6회에 걸쳐 『경성일보』에 연재되었고, 1939년 1월 호 『문학계』에 재수록되었다.

23 『文學界』, 1939.1, 271~272면.

24 내선일체와 그에 대한 조선인의 다양한 주장에 대한 개관은 宮田千鶴, 「「內鮮一体」の構造−日中戰下 朝鮮支配政策についての一考察」, 柳澤遊·岡部牧夫 編, 『展望日本歷史−帝国主義と植民地』, 東京堂出版, 2001; 崔眞硯, 「日中戰爭期朝鮮知識人の內鮮一体論」, 『Quadrante』7, 東京外國語大學海外事情研究所, 2005 참조.

25 탈식민시기 일본정부가 적극적으로 또 종종 강제적으로 동원한 식민지 주체들에 대해 책임을 지기는커녕, 그들을 인정하지도 않았다는 것에서 이러한 계략의 속성은 뚜렷이 드러난다. 예를 들어 소위 위안부의 상황과 강제 징용된 사람들과 징집된 군인들의 역경 등을 보라. 內海愛子, 『戰後補償から考える日本とアジア』, 山川出版社, 2002 등 참조.

26 Takashi Fujitani, *Race for Empire : Koreans as Japanese and Japanese as Americans during World War II*, University of California Press, 2013.

27 이는 억제되지 않은 것으로 보였다. 이에 따라 윌슨의 민족자결주의가 비서구의 식민지에까지 실제로 확대될 수 있을 것이라 생각했던 많은 민족주의적 이상주의자들은 큰 충격을 받았다.

28 「朝鮮文化の將來と現在」(『京城日報』)와 「朝鮮文化の將來」(『文學界』).

29 사실, 실제 좌담회가 행해졌던 곳으로부터 다양한 층위에서 멀리 떨어진 '엿듣는 자'로서의 위치 때문에 그러한 정보를 얻을 특권이 우리에게는 주어지지 않는다.

30 "내지 작가들은 조선에 대해 아무 것도 모릅니다. 어떤 사람이 무엇을 쓰고 있는가 하는 것도 들려줬으면 좋겠습니다. 우선 잡지 이름만이라도 소개해주겠습니까"(「조선문화의 장래와 현재」 1, 『경성일보』, 1938.11.29) 이후 『경성일보』의 인용은 연재 회차, 연도, 월, 일 순으로 표시하겠다. 조선의 문학장에 대해 무지하다는 사실을 인정하는 비평가들이 바로 그 조선문화의 장래를 논의하기 위해 모인 곳에서 우월한 지위를 차지하고 있다는 아이러니는 간과되고 있는 것으로 보인다. 일본인 참석자들의 무지에 대한 이러한 인정은 (이는 종종 농담으로 부드럽게 포장되고는 한다) 이러한 종류의 좌담회에서 자주 쓰이는 수사처럼 보인다. 겸양의 외관을 띄는 이러한 태도는 곧 이어 그들이 조선문화에 대해 의견을 표명할 수 있도록 길을 닦는 역할을 한다. 예를 들어, 『경성일보』 1939년 6월부터 7월에 걸쳐 연재된 「문화를 찾아서−세 작가를 포함한 좌담회(文化を訪ね−三作家を圍む座談会)」라는 좌담회는 세 일본인 작가의 조선 방문에 맞춰 열렸는데, 그중 누구도 조선에 대해 친숙하지 못했다. 한 작가는 "내가 아는 것이라고는 온돌, 노래, 그리고 기생밖에 없습니다(웃음)"(『京城日報』 1939.7; 大村益夫·布袋敏博, 『近代朝鮮文學日本語作品集 1908~1945−評論·隨筆·隨想』3, 東京 : 綠蔭書房, 2002, 379~388면. 인용문은 382면)라고 농담처럼 말하며 이를 인정했다. 하지만 무지를 인정했다는 것이 그들이 무

지와 이해만큼 넓은 범위의, 가벼운 것에서부터 깊이 있는 것에 이르기까지 광범위한 주제에 대해 자유롭게 토론하는 것을 가로막지는 않았다. 실제로 그들은 민요, 절경, 그리고 조선어의 장래에 이르는 다양한 주제를 놓고 토론했다. 또한, 각 연재분에는 당시 사안을 잘 부각하는 흥미로운 제목이 붙여져 있어, 그 다양한 주제들을 놓고 참가자들 사이에서 의미 있는 논의가 일어났을 거란 인상을 준다. 그러나 그 내용을 읽어보면, 그저 잡다한 주제들이 사교모임에서의 잡담처럼 언급되었을 뿐임을 발견하게 된다. 조선인 작가들이 조선어와 일본어 중 무엇으로 글을 써야 하는지에 관한 논의가 모호하게 끝나는 것은 주목할 만하다. 이 논의는 참가자 모두가 식민지에서의 종이부족 때문에 조선인 출판업자가 종이를 사기 위해 오사카까지 가야 한다는 사실에 동정을 표하는 것으로 끝난다.(『京城日報』, 1939.6·7).

31 「조선문화의 장래와 현재」 1, 1938.11.29.

32 「조선문화의 장래와 현재」 1, 1938.11.29. 『文學界』 판본에서는 '웃음'이 이 진술 뒤에 추가된다. 이는 아마 암울한 상황을 완화하기 위한 시도일 것이다.

33 「조선문화의 장래와 현재」 5, 1938.12.7.

34 「조선문화의 장래와 현재」 3, 1938.12.2.

35 『文學界』, 1939.1, 274면.

36 「조선문화의 장래와 현재」 1, 1938.11.29.

37 「조선문화의 장래와 현재」 4, 1938.12.6. 아키타는 이태준의 이 직접적인 질문이 준 충격 때문에 순간적으로 말을 잘 알아듣지 못할 정도가 되었다. ("아키타 : 뭐라구요? 잘 못들었는데요"라는 말은 좌담회의 모든 모순을 표출시킬 수 있는 이 직접적인 질문에 직면했을 때 그가 보여준 난처함을 보여주는 것일지도 모른다.) 이 어색한 순간은 '편리하게도' 『문학계』 판본에는 삭제되어 있다.

38 「조선문화의 장래와 현재」 4, 1938.12.6.

39 위의 글.

40 위의 글.

41 위의 글.

42 『文學界』, 1939.1, 275면.

43 "하야시 : 그런 고집은 부리지 않는 게 좋다."(『文學界』, 277면) 하야시가 주로 어린 아이들이나 하급자 대화 상대에게 쓰는 격식 없는 보통체를 쓰는 것을 주목할 것.

44 「조선문화의 장래와 현재」 4, 1938.12.6. 우리는 이 임화의 비꼬는 말 배후에 있는 좌절을 쉽게 알아볼 수 있다.

45 무라야마는 이를 「춘향전」의 에스프리(정수)라고 칭한다(『文學界』, 275면).

46 「조선문화의 장래와 현재」 3, 1938.12.2; 『文學界』, 275면.

47 「조선문화의 장래와 현재」 3, 1938.12.2.

48 『경성일보』 판본의 쇼비니즘적인 언급인 '모든 여성'은 『문학계』 판본에서 젠더 중립적인 '만인'으로 수정된다.(『文學界』, 275면)

49 권보드래, 『연애의 시대』, 현실문화연구, 2003.

50 식민자가 식민지를 자신의 잃어버린 과거로 여겨서 이를 비판하며 동시에 이를 향수에 젖어 욕망하

는 것은 다양한 문맥들의 식민자의 담론에서 드러나는 빈번한 모순점이다.

51 이 선 자체가 역설적으로 식민자와 피식민자 사이의 건널 수 없는 (번역불가능한) 거리, 그리고 결과적으로 내선일체의 와해를 시사하는 것으로 읽힐 수 있다. 또한 그것은 주로 일본문학계에서 일본어로 창작해온 이주 작가 장혁주가 이미 되돌아올 수 없게 되었다는 사실을 암시하는 것이기도 하다.

52 『경성일보』 PDF 본의 화질이 좋지 않아 임화가 실제로 "그 번역은 좋습니다만(あの翻訳はよいがね)"으로 말했는지, 아니면 "그 번역이 좋습니까?(あの翻訳はよいかね)"로 말했는지는 분명하지 않다. 하지만 『문학계』 판본에서는 그 어떠한 모호함도 지워져 있다.

53 최경희는 식민지 초기 외부 검열이 잉크, 복자(伏せ字) 등을 통해 검열된 페이지에 눈에 띄게 표시되던 것에서 후기의 자기 검열에 의한 훈육된 상태로 바뀌었던 것에 대해 논했다(와세다대학 조선문학연구회에서 2006년에 발표한 글).

54 만약 조선인들이 정말로 『문학계』 판본에 나타난 것처럼 이 대목에서 열렬히 박수를 쳤다면, 우리의 지금까지의 읽기 전략에 비춰보면, 여기에서의 박수갈채의 의미를 분명한 '친일' 정서로 단순하게 읽을 수는 없을 것이다. 그러나 이 검열된 텍스트에서, 이 현장에서 작용했을 복잡한 심리와 정치에 접근하기는 어렵다.

55 『文學界』, 1939.1, 279면.

56 위의 글, 279면.

57 위의 글, 279면.

58 위의 글, 279면. 여기서 내가 괄호로 묶은 것은 『경성일보』 판에만 나온다.

59 위의 글, 279면.

60 위의 글, 279면.

61 위의 글, 279면.

62 위의 글, 279면.

제8장

1 山室信一, 『キメラー満洲国の肖像』, 中央公論新社, 1993.

2 일본에서의 '근대성 극복(overcoming modernity)' 논의에 대해서는 다음을 참고할 것. 廣松渉, 『近代の超克論』, 講談社, 1989; Richard F. Calichman ed., *Overcoming Modernity : Cultural Identity in Wartime Japan*, New York : Columbia University Press, 2008. 이러한 논의가 식민지 조선 연구에 끼친 영향에 대해서는 다음을 참고할 것. 김철, 「동화(同化) 혹은 초극(超克)—식민지 조선에서의 근대초극론」, 『동방학지』 146, 연세대 국학연구원, 2009; 김철, 『'국민'이라는 노예』, 삼인, 2005.

3 *Race for Empire*의 저자 후지타니(Fujitani)는 이러한 변화를 '저속한 인종차별주의'에서 '예의바른 인종차별주의'로의 변화로 불렀고, 앤 맥클린톡(Anne McClintock)은 *Imperial Leather*에서 미국 제국을 '식민지 없는 제국주의'로 지칭했다. 미국학에서 제국의 역사적 부재에 관해서는 에이미 캐플란(Amy Kaplan)과 도널드 E. 피즈(Donald E. Pease)가 엮은 *Cultures of U.S. Imperialism*을 참조할 것.

4   식민지적 차별의 유지에 관해서는 다음을 참조할 것. Walter Mignolo, *The Darker Side of Western Modernity : Global Futures*, *Decolonial Options*, Durham, NC : Duke University Press, 2011.

5   앤드레 슈미드, 정여울 역, 『제국 그 사이의 한국 1895〜1919』, 휴머니스트, 2007.

6   이광수는 「나의 고백」에서 다음과 같이 썼다. "만주사변은 국내 민족 운동 전선에 한 큰 후퇴의 계기를 주었다. 만주 전폭이 일본의 손에 들어간 것은 우리 독립 운동의 근거지를 빼앗긴 셈이었다." 이광수, 「나의 고백」, 268면; 김윤식, 『이광수와 그의 시대』 2, 솔, 1999, 188면에서 재인용. 1930년대 후반 조선에 만연했던 절망과 퇴폐에 대해서는 다음을 참조할 것. 김예림, 『1930년대 후반 근대인식의 틀과 미의식』, 소명출판, 2004.

7   '조선 붐'에 관한 보다 자세한 사항은 다음 논의를 참조할 것. 朴春日, 『近代日本文学における朝鮮像』, 未来社, 1969; 渡邊一民, 『'他者'としての朝鮮文學的考察』, 岩波書店, 2003. 일본의 공간적 상상 속에 식민지와 지방의 상응하는 이미지에 관해서는 中根隆行, 『'朝鮮'表象の文化誌―近代日本と他者をめぐる知の植民地化』, 新曜社, 2004 참조.

8   『상상된 공동체』에서 베네딕트 앤더슨은 인쇄 자본주의의 출현과 대중 시장을 통한 공유된 언어의 보급이 "'비어 있는 동질적 시간' 안에서 동시성을 표현하기 위한 장치"(베네틱스 앤더슨, 서지원 역, 『상상된 공동체―민족주의의 기원과 보급에 대한 고찰』, 도서출판 길, 2018, 52면)와 특정한 "언어의 장"(80면)에 귀속되어 있다는 감각으로 작용했다고 주장한다. 그가 예로 들고 있는 것은 대량 생산된 책과 그가 '대중적 의례'라고 지칭하는 매일의 독서 의식인 신문이다. "교감에 참여하는 자(communicant : 성체를 받은 자 각각은 자신이 수행하는 의례가, 그 존재에 대해서는 어렴풋한 실마리조차 갖지 못한 수천 (또는 수백만)의 다른 이들에 의해 동시에 복제되고 있다는 것을 잘 알고 있다. 나아가 이 의례는 달력을 따라 매일 또는 반일의 간격을 두고 끊임없이 되풀이된다. 역사의 시계에 맞추어 흘러가는 세속의 상상된 공동체를 이보다 더 생생한 모습으로 그릴 수 있을까?"(66면)

앤더슨은 제6장 「관제 민족주의와 제국주의」에서 민족주의와 제국주의의 명백한 연관성을 밝힌 후, 일본 역사에 대한 지식의 한계를 인정하면서도, 일본을 하나의 사례로 제시하고 있다. 예를 들어 그는 각주(29면)에서 일본학자로부터 황실가문이 원래 한국사람이었을 수 있다는 사실을 들었다고 인정하면서도 "제국 왕가가 독특하게 오래되었다는 점"(152면)과 "수세기 동안 계속된 일본의 고립"(154면)이라는 신화를 전제로 한 일본적 특수성의 논리를 계속하고 있다.

9   「大滿州の平原に同胞開拓の新天地―向かう十カ年間に送る二百万人 : 半官半民の大会社を設置」, 大阪毎日朝鮮版, 1934.12.1.

10 '지방'과 '중심'은 판단기준의 변화에 따라 지속적으로 변화한다. 서구 제국과의 관계에서 일본은 '지방'이지만, 일본의 식민지들과의 관계에서는 제국의 '중심'이다. 이러한 유동적인 관계들은 구성된 위계의 불안정성을 드러낸다.

11 1934년 6월 24일 삽입광고에는 모든 지역판의 리스트가 등장한다. 오사카(2판), 교토(2판), 시가, 효고, 고베, 한신, 와카야마(2판), 나라, 미에, 기후, 미카와, 나고야, 후쿠이, 이시카와, 도야마, 카가와, 이메, 고치, 오카야마, 히로시마(2판), 돗토리, 시마네, 야마구치, 키타큐슈, 후쿠오카, 오이타, 사가, 나가사키, 쿠마모토, 미야자키, 가고시마 / 오키나와, 조선 (2판), 대만, 만주.

12 Hashimoto Mitsuru. "Chihō : Yanagita Kunio's Japan", Stephen Vlastos ed., *Mirror of Modernity*

: *Invented Traditions of Modern Japan*, Berkeley : University of California Press, 1998, pp.133∼134. 순전한 일본성의 저장소로서 발명된 지방에 관해서는 야나기타 쿠니오의 다음 논의를 참조할 것. 岸田 國士, 「地方文化の新建設」 知性 1941.6; 「조선문학 문제에 대해서—익찬회 문화 부장 기시다 쿠니오, 김사량의 대담」, 『조광』 7-4, 1941.4, pp.26∼35.

13 조선의 '미래'에 대한 언급들은 십 년 새에 점차 내선일체의 동의어가 되어가고 있었다.

14 연구자들은 이 건국 날짜와 1919년에 일어났던 조선의 3·1운동 날짜 사이의 '우연'을 탐구해왔다. 또한 장혁주 이전에도 일본문단에서 일본어로 쓰인 조선인 작품이 있었다. 하지만 이시기 장혁주와 그 이후에 등장한 조선인 작가들이 받았던 엄청난 관심은 전례 없는 것이었다.

15 張赫宙, 「餓鬼道」, 『改造』 14-4, 1932, 1∼39면.

16 제3회 『개조』 현상문예에서 장혁주는 1등 없이 공동 2등이었다. 장혁주의 입선에 대한 제국 비평가들의 반응은 1940년 김사량의 아쿠타가와상 후보 지명에 대한 그것과 매우 흡사하다. 또한 그러한 반응들은 일본문단에 있어 그 문단에 진입하려는 식민지 작가들이 10년 동안 계속해서 난제의 원천이었음을 말해준다. 『'조선' 표상의 문화지(朝鮮 表象の文化誌)』에서 나카네가 지적했듯이, 개조 현상문예와 그 뒤를 이은 아쿠타가와상과 나오키 상, 즉 문단에 진입하게 해주는 문학상의 제정은 이 시기 새로운 현상이었다. 여기서 이 책의 3장에서 다룬 근대 일본문학 정전 형성기에 식민지인 작가들이 수행한 역할의 중요성을 다시 강조할 필요가 있다.

17 Hyun Ok Park, *Two Dreams in One Bed : Empire, Social Life, and the Origins of the North Korean Revolution in Manchuria*, Durham, NC : Duke University Press, 2005.

18 Jun, Uchida · Harvard University Asia Center, *Brokers of Empire : Japanese Settler Colonialism in Korea, 1876∼1945*, Cambridge, MA : Harvard University Asia Center, 2011.

19 Yamamuro Shin'ichi, *Manchuria under Japanese Domination*, Philadelphia : University of Pennsylvania Press, 2006, p.10.

20 오늘날의 '한류' 현상과 탈역사화된 '한국' 이미지의 대중적 인기는 해결되지 않은 역사적 문제, 예를 들어 일본 수상의 야스쿠니 신사 참배, 역사교과서, 위안부, 독도/다케시마를 둘러싼 영토적 분쟁 등을 둘러싼 논란과 극명한 대조를 이룬다. 한편, 핵무기, 장거리 미사일, 일본인 납치 등을 둘러싼 북한과 일본 사이의 긴장은 2001년 이래로 일본 저녁 뉴스의 단골 소재였다.

21 中根隆行, 앞의 책, 34∼144면 참조.

22 다양한 제국주의 슬로건 사이의 모순에 대해서는 田中隆一, 「対立と統合の「鮮満」関係—「内鮮一体」·「五族協和」·「鮮満一如」の諸相」, 『ヒストリア』 152, 大阪歴史学会, 1996, 106∼132면을 참조할 것.

23 예를 들어, 미키 키요시는 일본 제국주의에 대해 경고하면서 동아협력체(東亜協同体) 개념을 옹호하고자 했지만, 결국 그의 철학은 제국주의 논리에 수렴되었다. 三木清, 『東亜協同体の哲学—世界史的立場と近代東アジア』(三木清批評選集), 書肆心水, 2007; 三木清, 内田弘 編, 『三木清 東亜協同体論集』, こぶし書房, 2007. 일본에서의 범아시아주의 역사에 대한 영어로 된 좋은 개론서로는 Saaler, Sven · J. Victor Koschmann eds., *Pan-Asianism in Modern Japanese History : Colonialism, Regionalism and Borders*, London : Routledge, 2007. 특히 "Pan-Asianism in Modern Japanese

History : Overcoming the Nation, Creating a Region, Forging an Empire" 장을 참조할 것.

24 족보 속에 조선인의 정체성을 잔존하게 하는 창씨개명 정책에 대한 미즈노 나오키의 논의를 참조할 것. 예를 들어, 미즈노 나오키, 한국학의 세계화 사업단·연세대 국학연구원 편, 「동화와 차이화―일본의 식민지 지배와 '창씨개명'」, 『일제 식민지 시기 새로 읽기』, 혜안, 2007, 69~82면. 창씨개명 정책에 관해서는 宮田 節子·金英達·梁泰昊, 『創氏改名』, 明石書店, 1992; 金英達, 『創氏改名の硏究』, 未來社, 1997을 참조할 것.

25 이날은 강경애의 「장산곶」이 『오사카 마이니치』 조선판에 연재된 첫날이었다. 장산곶은 황해도 장연군 해안면에서 황해로 튀어나온 지역이다. 이 소설은 제9장에서 다시 다룰 것이다.

26 광고에 따르면, 이 약은 동경 제국대학 의사들에 의해 만들어졌으며, 결핵 치료뿐만 아니라 감염 예방에도 효과적이다. 과학적이고 현대적이며 활발한 일본의 이미지는 종종 일본 본국에서 제조된 건강 및 미용 제품의 판촉을 통해 제국 전역에서 홍보되고 있었다.

27 저자는 여기에서 제국의 공적 층위에서 대중적 층위에 이르는 모든 면에 '상상의 공동체'라는 개념이 널리 받아들여졌다는 것을 주장하는 것이 아니다. 실제로 일본어로 된 제국 신문이 식민지에서 식민지 엘리트나 일본 이주민 공동체 등의 소수에게만 읽혔다는 사실을 생각할 때, '상상의 공동체' 개념이 제국의 일반인들의 일상적인 경험에 얼마나 퍼져있었는지를 의문에 삼을 수 있다. 제국의 범위에서 '상상의 공동체'에 대한 공유된 경험에 대한 지배적인 감각을 이론화하는 시도는 저자가 여기에서 하고 있는 작업보다 훨씬 더 복잡한 검증을 필요로 할 것이며, 광대한 범위에서 제국 이데올로기의 유효성에 대한 일반적 판결을 내리는 것은 이 책의 목표가 아니다. 이 책에서 강조하고 싶은 것은 이 시기 대중매체에 의해 제국 전역에 걸쳐 유통된 그러한 '상상의 공동체'의 이미지가 갖는 의미이다. 또한 제국의 언어로 연결된 그러한 상상된 제국 공동체의 이미지가 식민지인의 토착어와 관습에 대한 검열을 목표로 한 폭력적인 제국 동화정책과 식민지인의 고유 문화 제작과 집회의 억압을 수반했다는 사실을 지적하는 것은 중요하다. 식민지 조선의 경우, 엄격한 검열법에도 살아남은 소수 민족 신문은 대부분 일본어 일간지의 헤드라인, 사진, 광고 등을 재수록한 것이었다. 1930년대는 새로운 대중 잡지를 포함한 문화적 상품이 등장하는 역동적인 시대로 여겨지지만, 그러한 상품의 '다양성'은 오직 엄격한 검열법이 허용하는 범위 아래에서만 가능했다. 그리고 많은 잡지들이 현존하는 신문들의 '자매' 판이었다는 사실을 생각할 때, 이 시기 '다양성'은 종종 다른 외관을 했지만 동일한 것의 반복을 뜻했다. 이 책이 초점을 맞추고 있는 것은 조화로운 '상상의 공동체'라는 이미지가 공허한 동시에 만연하다는 아이러니한 동시성을 차이에 대한 폭력적 억압과 그러한 이미지의 구축을 둘러싼 갈등 아래에서 살피는 것이다.

28 『大阪每日』朝鮮版, 1936.6.6.

29 『大阪每日』鳥取版, 1936.6.6.

30 『大阪每日』滿州版, 1936.6.6.

31 『大阪每日』滿州版, 1936.6.6.

32 「全日本を貫く味の素奉仕陣」, 『大阪每日』滿州版, 1935.1.3. 아지노모토(미원)는 제국 일본 전역에서 가장 잘 알려진 본국의 상품 중 하나였다. 식민지의 주요 잡지와 일간 신문에 실린 광고는 해당 시장에 맞춰 제작되었다. 예를 들어 조선의 여성 잡지에 실린 광고에서는 한복을 입은 여성이 등장하

고, 제국의 교육을 받지 못한 여성층을 고려해 조선어와 일본어로 광고 문구를 썼다.

33　『大阪每日』1936.4.9.

34　1936년 4월 10일 자 신문의 "금일 열리는 화려한 일본박람회"라는 표제와 함께 "범태평양관", "과학관" "기계관", "구산관" "황군관", "만주관" 등이 적혀 있었다. 『大阪每日』, 1936.4.10.

35　예를 들어, 1936년 4월 11일 『大阪每日』에는 많은 관중 앞에서 춤을 추는 기생 공연단의 사진이 "화려한 일본박람회 인기인"이란 설명과 함께 강조되었다.

36　예를 들어, 「조선관에서 빛나는 이채 '팔경 팔승(八景 八勝)' — 대륙 느낌이 넘치는 만주관」를 보라. 『大阪每日』, 1936.4.11.

37　일본인들은 1860년대 후반에 서양의 전시회 기술을 습득하기 시작했다. 일본의 미국에서의 국제 박람회 참여에 대해서는 Harris, Neil, "All the World a Melting Pot? Japan at American Fairs, 1876 ~1904", Akira Iriye ed., Mutual Images : Essays in American-Japanese Relations, Cambridge, MA : Harvard University Press, 1975, pp.24~54을 참고할 것. 일본의 국제 박람회 참여에 관해서는 Conant, Ellen P., "Refractions of the Rising Sun : Japan's Participation in International Exhibitions, 1862~1910", Tomoko Sato · Toshio Watanabe eds., Japan and Britain : an Aesthetic Dialogue, 1850~1930, London : Lund Humphries, 1991, pp.675~709를 참조할 것.

38　만주사변 이후 제국 확장에 관한 신문 기사들의 언술에 관해서는 다음을 참고할 것. 荒木利一郎, 『大阪每日新聞五十年』, 大阪每日新聞社, 1932, 437~439·448~453면. '서쪽 지역' 지사가 식민지에서 개업한 것에 관해서는 다음을 참조할 것. 小野秀雄, 『大阪每日新聞社史』, 大阪每日新聞社, 1925, 98~99면.

39　「조선문화의 장래와 현재」 4, 1937.12.6.

40　『大阪每日』 朝鮮版, 1934.6.11.

41　Susan Stewart, On Longing : Narratives of the Miniature, the Gigantic, the Souvenir IX, Durham, NC : Duke University Press, 1993. 이후로 이 책을 인용할 때, 제목과 면수만 제시한다.

42　On Longing : Narratives of the Miniature, the Gigantic, the Souvenir IX. p.161.

43　On Longing : Narratives of the Miniature, the Gigantic, the Souvenir IX. p.162.

44　On Longing : Narratives of the Miniature, the Gigantic, the Souvenir IX. p.166.

45　『大阪每日』 朝鮮版, 1936.4.13.

46　Susan Stewart, op. cit., p.156.

47　「조선문화의 장래와 현재」 4, 1937.12.6.

48　이와 비슷한 맥락에서, 스튜어트는 다른 문화에서의 습득을 고려할 때 발생하는 '수집의 서사' 속 식민주의자의 제스처를 시사한다. "박물관의 습득에서 일어나는 탈맥락화를 향한 이러한 태평스러운 태도는 (…중략…) 타문화의 박물관에 저장되고 전시되어버리는 한 문화의 보물로 귀결된다."(Susan Stewart, op. cit., p.162) 그녀가 이러한 일련의 물음을 더 깊이 탐구하지 않고 매우 시사적이긴 하지만 일회적인 언급에 그친 것은 안타까운 일이다.

49　스튜어트는 기념품의 논리와 컬렉션의 논리를 구별해, 개인적 이력을 나타내는 기념품과 대조적으로 키치는 집합적 정체성을 나타내는 '시대의 기념품'이라고 설명한다. 그러나 키치와 같은 '이국적

기념품'에 대한 그녀의 논의는 키치로서의 식민지 컬렉션에 대한 우리의 논의로 이어지며, 키치와 컬렉션의 근간을 이루는 매우 흡사한 논리를 논의할 여건을 만들어준다(*Ibid*., pp.166~167).

50   *On Longing : Narratives of the Miniature, the Gigantic, the Souvenir* IX. p.164.

51   *On Longing : Narratives of the Miniature, the Gigantic, the Souvenir* IX. p.164.

제9장

1   김인환 외, 『강경애, 시대와 문학』, 랜덤하우스코리아, 2006.

2   이상경은 「춘향전」과 같은 한국의 전통문학으로 문학을 접했던 강경애와 일본에 유학해 일본어로 근대문학을 배웠던 이광수, 김동인 등을 구분했다. 이상경, 『강경애-문학에서의 성과 계급』, 건국대 출판부, 1997, 19면. 이후로 이 책을 인용할 때, 제목과 면수만 제시한다.

3   『강경애-문학에서의 성과 계급』, 18면.

4   『강경애-문학에서의 성과 계급』, 21~24면.

5   이 일화는 양주동이 직접 말했다. "이 엉뚱하고 대담한 소녀는 어두운 저녁에 비를 철철 맞으며 단신으로 홀랑 멧새같이 나를 찾아왔다. 그녀는 (…중략…) 다짜고짜로 "선생님 나 영어 좀 가르쳐 줘요! 그리고 시도, 문학도, 전 중학교 3년생, 아무 것도 아직 몰라요. 그러나 문학적 소질은 담뿍 가졌으니 좀 길러 주세요."" 『강경애-문학에서의 성과 계급』, 35면.

6   김사량, 「조선문화통신」(『現地報告』, 1943.7), 『金史良全集』 4, 河出書房新社, 1973, 21~34면.

7   일본으로 유학 가 일본어로 글을 많이 쓴 조선의 시인인 김용재도 일본어 글쓰기의 어려움을 토로하고 있다. 김용재, 「半島文壇と国語の問題」, 『綠旗』, 1942.3, 124~130면.

8   여성 작가들은 당시 그들의 작품보다는 가십의 소재거리로서 주목을 받았다. 이상경, 앞의 책.

9   소작농, 여성 그리고 시골은 일본에서도 문화적 진본성을 나타내는 흔한 요소였다. Prasenjit Duara, *Sovereignty and Authenticity : Manchukuo and the East Asian Modern Lanham*, MD : Rowman and Littlefield, 2003, pp.131~169 · 171~177 · 209~243.

10   정종현, 「식민지 후반기(1937~1945) 한국문학에 나타난 동양론 연구」, 동국대 박사논문, 2005, 제3장; Watanabe Naoki, "Manchuria and the Agrarian : Proletariat Literature of Colonial Korea", *paper presented at the annual meeting of the Association for Asian Studies*, Boston, MA, 2007.3.22~25.

11   김인환 외, 『강경애, 시대와 문학』, 랜덤하우스코리아, 2006, 7면.

12   최근 이 지역의 기억들에 관해 한국과 중국의 민족주의적 역사가들 사이에서 학문적 논쟁이 있어왔다.

13   Hyun Ok Park, *Two Dreams in One Bed : Empire, Social Life, and the Origins of the North Korean Revolution in Manchuria*, Durham, NC : Duke University Press, 2005.

14   한석정은 만주를 한국 역사의 '블랙박스'라고 칭했다. 한석정, 『만주국 건국의 재해석-괴뢰국의 국가효과, 1932~1936』, 동아대 출판부, 1999.

15   유랑 소작농과 함께 범법자, 기회주의자, 도망친 기생에 이르는 많은 다른 이주민들이 있었는데, 그

들의 이야기는 대중매체에 많이 실렸다. 예를 들어, 『경성일보』, 『조선일보』, 『조광』, 『삼천리』 등에 그러한 이야기들이 1930년대 중반부터 실렸다.

16 만보산 사건은 일본 제국주의의 선전을 위해 조작된, 조선인과 중국인 사이의 많은 충돌 중 가장 유명한 사건 중 하나다. 박영석, 『만보산 사건 연구―일제 대륙침략정책의 일환으로서의』, 아세아문화사, 1978; Hyun Ok Park, *op. cit.*; 김철, 「몰락하는 신생―'만주'의 꿈과 『농군』의 오독」, 『상허학보』 9, 상허학회, 2002.

17 『신가정』, 1934, 5~10.

18 『여성』, 1937.10.

19 모성은 강경애 작품에서 중요한 장치이다. 주인공의 이름이 없다는 것이 중요하다. 실제로 주인공인 그녀는 이 소설에서 유일하게 이름이 없는 인물이다. 누구누구의 엄마라고만 알려지는 것은 종종 여성의 정체성이 가족 관계를 통해 매개되는 조선의 일반적인 관습을 따른 것이다. 이러한 매개된 정체성은 사적 가족 구조의 층위에서만이 아니라 일본 제국의 '황족'에 이르는 다중의 층위에서 그녀의 하위주체적 지위를 암시한다.

20 조선 총독부 편, 『조선 총독부 시정연보』.

21 강경애, 연변대 조선문학연구소 편, 『강경애』, 보고사, 2006, 390~391면. 이후로 이 글은 이 판본에서 인용하되, 제목과 면수만 제시한다.

22 『강경애』, 391면.

23 『강경애』, 391면..

24 『강경애』, 393면..

25 □는 검열로 삭제된 부분임. 『강경애』, 393~394면.

26 오무라 마스오(大村益夫), 「강경애 『인간문제』 판본비교」, 와세다대 조선문학연구회 발표 원고, 2006.

27 한 연구자는 최근 잉크로 뒤덮인 부분을 해독하기 위해 화학적 방법을 사용했고, 예상대로 북한 판본은 잉크 아래에 실제 쓰인 것보다 더욱 민족주의적이고 친공산당적으로 '다시' 쓰여졌다는 것을 밝혀냈다. 한만수, 「강경애 「소금」의 '붓질 복자' 복원과 북한 '복원' 본의 비교」, 『강경애, 시대와 문학』(강경애 탄생 100주년 남북 공동논문집), 랜덤하우스, 2006, 28~48면.

28 강경애, 『인간문제』, 평양 : 문예출판사, 1986; 강경애, 이상경 편, 『강경애전집』, 소명출판, 1999, 538면에서 재인용.

29 예를 들어, 강경애의 대표작인 『인간문제』의 경우 남한에서 반복적으로 고쳐졌다. 오무라 마스오, 앞의 글.

30 강경애, 「마약」, 연변대 조선문학연구소 편, 『강경애』, 보고사, 2006, 222면. 이후로 이 글은 이 판본에서 인용한다.

31 식민지 한국문학에서의 '손상된 신체'의 중요성에 관한 이전 논의에 대해서는 다음을 참조할 것. Kyeonghee Choi. "Impaired Body as Colonial Trope : Kang Kyŏngae's 'Underground Village'", *Public Culture* 13-3, pp.431~458.

32 자기 자신에 대한 통제의 상실은 텍스트 속에서 그녀가 무슨 말을 해야 할지 몰라 하는 여러 장면에서

명확해진다. 그리고 그녀는 문자 그대로 말을 못하게 된다. 말할 수 없는 하층 계급 인물의 상황은은 강경애 텍스트의 자주 나타나는 모티프이다.

33 중국인 점주 진 서방은 동물로 비유된다. "피줄이서킨 저 개 눈깔 같은 눈엔 야수성이 득실그리고 씩씩그리는 숨결에 개비린내가 훅훅 뿜긴다."(225) "누른 손으로 과일을 벗기는 저 진 서방 이마에 콩기름 같은 땀이 흘러 양 볼에 번지르르하다."(226) 강경애의 작품 속 중국인의 이미지는 모멸적이고 비인간화되어 있다. 이러한 인종주의를 지적하면서, 저자는 제국의 인종차별적 위계에 의해 가능해진 다층적인 힘의 불균형 역시 지적하고자 한다. 제국주의 이데올로기가 주장하는 '오족협화(五族協和)'를 보여주는 대신, 이 위계는 불평등의 맥락에서 만연한 불화, 폭력, 인종주의, 차별을 드러낸다. 그러한 이(異)문화간 조우는 여러 수준에서 서로에 대한 경멸과 폭력을 드러낸다.

34 倉橋正直,『日本の阿片戦略－隠された国家犯罪』, 共栄書房, 1996.

35 John M. Jennings, "The Forgotten Plague : Opium and Narcotics in Korea under Japanese Rule 1910～1945", *Modern Asian Studies* 29-4, 1994, pp.795～815.

36 『조선총독부 시정 연보』. 이와 관련된 최근 논의는 다음을 참조할 것. Miriam Kingsberg, *Moral Nation : Modern Japan and Narcotics in Global History*, Berkeley : University of California Press, 2014 ; John M. Jennings, *The Opium Empire : Japanese Imperialism and Drug Trafficking in Asia, 1895～1945*, Westport, CT : Praeger, 1997.

37 예를 들어, 김사량,「지기미」,『삼천리』, 1941.4 ; 김사량,「鄕愁」,『文藝春秋』, 1941.7 ; 김사량,「虫」, 『新潮』, 1941.7 ; Yokomitsu Riichi, Dennis Keene trans., "Love", *Love and Other Stories of Yokomitsu Riichi*, University of Tokyo Press, 1974 및 현경준의 여러 단편 소설을 보라. 식민지 조선문학에 만연한 장치로서의 아편과 마약중독 문제에 대한 논의는 이후에 다룰 것이다.

38 쿠라하라 마사오에 따르면, 조선인은 중국인과 달리 과거 아편 흡연의 전통이 없었다. 倉橋正直, 앞의 책.

39 "악 소리치고 싶은 무서움이 머리끝을 스치고 지난 뒤 오히려 저등불에서 무서움이 덜리기 시작한다. 저기 누구를 찾아가는 게지, 그래서 날다리고 오는 게지 하자 아편을 하기 시작하면서 부텀 공연히 남편을 의심하고 무서워하는 버릇이 생기었음을 새삼스레히 느끼면서, 실직 후에 고민을 이기다 못해 자살하려던 남편, 재일이와 밀려다니다가 아편을 입에대고 고함처울든 그 모양, 엇그제 동내여편네들이 비웃든 말이 격지격지 일어나는 것이다."(222～223면)

40 이상경,「「장산곶」에 대하여」,『현대문학』, 1989.12, 326면.

41 "눈앞에 펼쳐져 있는 바다에서는 피라미 한 마리도 잡을 수 없다. 저 장산이 미쓰이(三井)의 손아귀에 들어간 뒤로는 솔가지 하나도 함부로 건드리지 못한다." 강경애, 김석희 역,「장산곶」,『현대문학』, 1989.12, 324면. 이후로 이 글은 이 판본에서 인용한다.

42 위의 글, 312면.

43 위의 글, 314면.

44 위의 글, 314면.

45 조선에서는 1938년에 육군 특별 지원령이, 1943년에 학도 지원병이, 1944년에 징병제가 실시되었다.

46 위의 글, 324면.

47 강경애, 「장혁주 선생에게」, 강경애, 이상경 편, 앞의 책.

48 위의 글, 763면 편주.

49 위의 글, 766면.

50 이 책의 제2장 참조. 관련 논의로는 다음을 참고할 것. 임종국, 『친일문학론』, 평화출판사, 1963; 任展慧, 『日本における朝鮮人の文学の歴史―1945年まで』, 法政大学出版局, 2005; 林浩治, 『在日朝鮮人日本語文学論』, 新幹社, 1991; 大村益夫・布袋敏博 編, 『朝鮮文学関係日本語文献目録―1882.4〜1945.8』, 緑陰書房, 1997.

51 이상경, 「「장산곶」에 대하여」, 『현대문학』, 1989.12, 328면.

52 위의 글, 328면.

제10장

1 쿠안 싱 첸은 아시아에서 서구와의 관계가 강조되는 대신 아시아 내부의 관계는 무시되어왔다는 중요한 지적을 한다. Kuan-Tsing Chen, *Asia as Method : Toward Deimperialization, Durham*, NC : Duke University Press, 2010을 보라. 최근 몇 년 동안에는 반갑게도, 식민본국/식민지 이분법이라는 비교로 제한되어 발생했던 맹점을 넘어서기 위해서 아시아 내부의 대화를 만들어내려는 노력이 많아지고 있다.

2 Fredric Jameson, *Postmodernism or the Cultural Logic of Late Capitalism*, Durham, NC : Duke University Press, 1990의 제1장을 보라.

3 Peter Duus, *The Abacus and the Sword : The Japanese Penetration of Korea*, *1895〜1910*, Berkeley : University of California Press, 1998; Jun Uchida, *Brokers of Empire : Japanese Settler Colonialism in Korea, 1876〜1945*, Cambridge, MA : Harvard University Asia Center, 2011을 보라.

4 앙드레 슈미드, 정여울 역, 『제국 그 사이의 한국 1895〜1919』, 휴머니스트, 2007.

5 水野直樹, 「戦時期の植民地支配と'内外地行政一元化'」, 『人文学部』 79, 77〜102; 駒込 武, 『植民地帝国日本の文化統合』, 岩波書店, 1996; Takashi Fujitani, *Race for Empire : Koreans as Japanese and Japanese as Americans during World War II*, Berkeley : University of California Press, 2011; 프라센지트 두아라, 문명기 역, 『민족으로부터 역사를 구출하기―근대 중국의 새로운 해석』, 삼인, 2004.

6 프라센지트 두아라, 문명기 역, 앞의 책; 한석정, 『만주국 건국의 재해석―괴뢰국의 국가효과 1932〜1936』, 동아대 출판부, 2009.

7 水野直樹, 앞의 글; Takashi Fujitani, *op. cit.*.

8 Anne McClintock, *Imperial Leather : Race, Gender, and Sexuality in the Colonial Conquest*, New York : Routledge, 1995.

9 예를 들어 D. P. S. Ahluwalia, *Out of Africa: Post-Structuralism's Colonial Roots*, Abingdon, UK : Routledge, 2010와 Christopher Wise, *Derrida, Africa, and the Middle East*, New York : Palgrave

Macmillan, 2009를 보라.

10 Julia Kristeva, Leon S. Roudiez trans., *Strangers to Ourselves*, New York : Columbia University Press, 1991, pp.38~40.

11 Arif Dirlik, "The Postcolonial Aura : Third World Criticism in the Age of Global Capitalism", *Critical Inquiry* 20-2, 1994, pp.328~356.

12 Ibid.

13 Harry D. Harootunian, "'Modernity' and the Claims of Untimeliness", *Postcolonial Studies* 13-4, 2010, pp.367~382.

14 Bruce Cumings, *Korea's Place in the Sun : A Modern History*, New York : W. W. Norton, 2005를 보라.

15 '전후'라는 명칭은 한국과 일본에서 각기 다른 시간성을 의미한다. 일본에서 '전후'는 태평양전쟁의 여파, 패전, 그리고 미군에 의한 즉각적인 점령을 의미한다. 공식적인 역사 기록에 따르면, 일본에서 전후는 일본의 주요 섬에 대한 미국의 점령이 오키나와로 옮겨간 1952년에 끝났다. 하지만 오키나와에서 일본과 미국에 의한 점령이 계속되고 있기 때문에 전후 상태 역시 지속되고 있다고 말해진다. 오키나와의 전후 상황은 1990년대 중반까지 그 자체로 터부시되었다. 한국에서 '전후'는 태평양전쟁이 아닌 한국전쟁의 여파를 가리키는데, 이는 태평양전쟁이 '한국'전쟁이 아니라고 보는 민족주의적인 관점에서 비롯한다. 박현수, 「한국문학의 '전후' 개념의 형성과 그 성격」, 『한국현대문학연구』 49, 한국현대문학회 2016 참조.

16 권헌익, 이한중 역, 『또 하나의 냉전』, 민음사, 2013.

참고문헌

다른 표시가 없는 한, 한국어 자료는 서울에서, 일본어 자료는 도쿄에서 출판된 것이다.

1.1차 자료

한국어 신문 및 잡지

『매일신보』, 『비판』, 『사해공론』, 『삼천리』, 『신가정』, 『여성』, 『인문평론』, 『인문예술』, 『조광』,
『조선일보』.

일본어 신문 및 잡지

『朝日新聞』, 『文學』, 『文學界』, 『文芸』, 『文芸首都』, 『文芸春秋』, 『文芸首都』, 『知性』, 『朝鮮及び
滿州』, 『朝鮮總督府施政年報』, 『改造』, 『京城日報』, 『警務彙報』, 『行動』, 『國民文學』, 『國
民總力』, 『モダン日本』, 『大阪每日新聞』, 『綠旗』, 『新潮』, 『新時代』, 『白金學報』, 「新版京
城案內」(朝鮮總督府 編), 『演劇』, 『帝國大學新聞』.

2.2차 자료

한국어 자료

가야트리 스피박, 태혜숙 역, 『다른 여러 아시아』, 울력, 2011.

──────────────, 『포스트식민이성비판─사라져가는 현재의 역사를 위하여』, 갈
무리, 2005.

강경애, 『인간문제』, 평양 : 문예출판사, 1986.

강경애, 이상경 편, 『강경애전집』, 소명출판, 1999.

강경애, 연변대 조선문학연구소 편, 『강경애』, 보고사, 2006.

건축문화의해조직위원회, 『한국 건축 100년』, 피아, 1999.

권보드래, 『연애의 시대』, 현실문화연구, 2003.

권헌익, 이한중 역, 『또 하나의 냉전』, 민음사, 2013.

김동인, 『김동인 전집』 1, 삼중당, 1976.

김사량, 서은혜 역, 「빛 속으로」, 『20세기 한국소설』 12, 창비, 2005.

김사량, 김재용 편, 『김사량 선집』, 역락, 2016.

김영식, 『작고문인 48인 육필 서한집 – 파인 김동환 100주년 기념』, 민연, 2001.

김예림, 『1930년대 후반 근대인식의 틀과 미의식』, 소명출판, 2004.

김윤식, 『이광수와 그의 시대』 1·2, 솔, 1999.

_____, 『한일 근대문학의 관련양상 실론』, 서울대 출판부, 2001.

_____, 『일제 말기 한국 작가의 일본어 글쓰기론』, 서울대 출판부, 2003.

김인환 외, 『강경애, 시대와 문학』, 랜덤하우스코리아, 2006.

김재용, 『협력과 저항』, 소명출판, 2004

김재용·곽형덕, 『김사량, 작품과 연구』 4, 역락, 2014.

김철, 『국문학을 넘어서』, 국학자료원, 2000.

____, 「몰락하는 신생 – '만주'의 꿈과 『농군』의 오독」, 『상허학보』 9, 상허학회, 2002.

____, 『'국민'이라는 노예』, 삼인, 2005.

____, 「동화(同化) 혹은 초극(超克) – 식민지 조선에서의 근대초극론」, 『동방학지』 146, 연세대 국학연구원, 2009.

나카네타 카유키, 건국대 대학원 일본문화·언어학과 역, 『조선표상의 문화지 – 근대 일본과 타자를 둘러싼 지(知)의 식민지화』, 소명출판, 2011.

리명호 편, 『김사량 작품집』, 평양 : 국립출판사, 1987.

린다 허천, 김상구 역, 『패러디이론』, 문예출판사, 1992.

메리 더글라스, 유제분 역, 『순수와 위험』, 현대미학사, 1997.

문경연, 『좌담회로 읽는 국민문학』, 소명출판, 2010.

미즈노 나오키, 한국학의 세계화 사업단·연세대 국학연구원 편, 「동화와 차이화 – 일본의 식민지 지배와 '창씨개명'」, 『일제 식민지 시기 새로 읽기』, 혜안, 2007.

박영석, 『만보산 사건 연구 – 일제 대륙침략정책의 일환으로서의』, 아세아문화사, 1978.

박현수, 「한국문학의 '전후' 개념의 형성과 그 성격」, 『한국현대문학연구』 49, 한국현대문학회 2016.

백문임, 『춘향의 딸들, 한국 여성의 반쪽짜리 계보학』, 책세상, 2001.

백철, 『조선 신문학 사조사』(백철문학전집 제4권), 신구문화사, 1969.

백현미, 「민족적 전통과 동양적 전통−1930년대 후반 경성과 동경에서의 〈춘향전〉 공연을 중심으로」, 『현대문학이론연구』 23, 현대문학이론학회, 2004.

베네딕스 앤더슨, 서지원 역, 『상상된 공동체−민족주의의 기원과 보급에 대한 고찰』, 도서출판 길, 2018.

서석배, 「단일언어 사회를 향해」, 『한국문학연구』 29, 동국대 한국문학연구소, 2005.

설성경, 『춘향전의 비밀』, 서울대 출판부, 2001.

송기한·김외곤 편, 『해방기의 비평문학』 2, 태학사, 1991.

시라카와 유타카, 『장혁주 연구』, 동국대 출판부, 2010.

시라카와 유타카, 곽형덕 역, 『한국 근대 지일작가와 그 문학연구』, 깊은샘, 2010.

신기욱, 마이클 로빈슨, 도면회 역, 『한국의 식민지 근대성−내재적 발전론과 식민지 근대화론을 넘어서』, 삼인, 2006.

신지영, 『부재의 시대−근대계몽기 및 식민지기 조선의 연설 좌담회』, 소명출판, 2012.

신형기, 『해방직후의문학운동론』, 제3문학사, 1989.

아르준 아파두라이, 차원현 역, 『고삐 풀린 현대성』, 현실문화연구, 2014.

안우식, 『김사량 평전』, 문학과지성사, 2000.

안우식, 심원섭 역, 『김사량 평전』, 문학과지성사, 2000.

안토니오 그람시, 리처드 벨라미 편, 김현우·장석준 역, 『안토니오 그람시 옥중 수고 이전』, 갈무리, 2001.

앙드레 슈미드, 정여울 역, 『제국 그 사이의 한국 1895~1919』, 휴머니스트, 2007.

에드워드 사이드, 박홍규 역, 『문화와 제국주의』, 문예출판사, 2005.

에릭 홉스봄, 김동택 역, 『제국의 시대』, 한길사, 1998.

에릭 홉스봄·사라 모건, 박지향 역, 『만들어진 전통』, 휴머니스트, 2014.

오무라 마스오(大村益夫), 「강경애 『인간문제』 판본비교」, 와세다대 조선문학연구회 발표 원고, 2006.

윤대석, 『식민지 국민문학론』, 역락, 2006.

_____, 「1940년대 국민문학」, 민족문학사연구소 편, 『새 민족문학사 강좌』 2, 창비, 2009.

윤해동, 『식민지 근대의 패러독스』, 휴머니스트, 2007.

이경훈, 「미쓰코시−근대의쇼윈도우−문학과 풍속 1」, 한국문학연구학회 편, 『한국 근대문학과 일본문학』, 국학자료원, 2001.

_____, 『이광수의 친일문학연구』, 태학사, 1998

이광수, 김윤식 역, 「사랑인가」, 『문학사상』, 1981.2.

이상경, 「「장산곶」에 대하여」, 『현대문학』, 1989.12.

_____, 『강경애 – 문학에서의 성과 계급』, 건국대 출판부, 1997.

이상택 편, 『한국문학총서』 2–고전소설, 해냄, 1997.

이선옥, 「평등에대한유혹」, 『실천문학』, 2002.

이연숙, 고영진·임경화 역, 『국어라는 사상 – 근대 일본의 언어 인식』, 소명출판, 2006.

이원동, 『식민지 지배담론과 국민문학의 좌담회』, 역락, 2009.

임규찬·한진일 편, 『임화 신문학사』, 한길사, 1993.

임종국, 『친일문학론』, 평화출판사, 1963.

장형준, 「작가 김사량과 그의 문학」, 이명호 편, 『김사량 작품집』, 평양 : 문예출판사, 1987.

정백수, 『한국 근대의 식민지 체험과 이중언어 문학』, 아세아문화사, 2000.

정연태, 『한국 근대와 식민지 근대화 논쟁』, 푸른역사, 2011.

정종현, 「식민지 후반기(1937~1945) 한국문학에 나타난 동양론 연구」, 동국대 박사논문,
      2005.

주디스 버틀러, 김윤상 역, 『의미를 체현하는 육체』, 인간사랑, 2003

주디스 버틀러, 조현준 역, 『젠더 트러블 – 페미니즘과 정체성의 전복』, 문학동네, 2008.

줄리아 크리스테바, 서민원 역, 『공포의 권력』, 동문선, 2001.

차승기, 「1930년대 후반 전통론 연구 – 시간, 공간의식을 중심으로」, 연세대 석사논문,
      2003.

테드 휴즈, 나병철 역, 『냉전시대 한국의 문학과 영화 – 자유의 경계선』, 소명출판, 2013.

프라센지트 두아라, 문명기 역, 『민족으로부터 역사를 구출하기–근대 중국의 새로운 해석』,
      삼인, 2004.

프란츠 파농, 노서경 역, 『검은 피부, 하얀 가면』, 문학동네, 2014.

프란츠 파농, 이석호 역, 『검은 피부 하얀 가면』, 인간사랑, 2013.

한만수, 「강경애 「소금」의 '붓질 복자' 복원과 북한 '복원' 본의 비교」, 『강경애, 시대와 문학』
      (강경애 탄생 100주년 남북 공동논문집), 랜덤하우스, 2006.

한석정, 『만주국 건국의 재해석 – 괴뢰국의 국가효과, 1932~1936』, 동아대 출판부, 1999.

한수영, 『사상과 성찰』, 소명출판, 2011.

호미 바바, 나병철 역, 『문화의 위치』, 소명출판, 2012.

호테이 토시히로, 「일제 말기 일본어 소설 연구」, 서울대 석사논문, 1996.

황종연, 「1930년대 고전부흥운동의 문학사적 의의」, 『한국문학연구』 11-11, 동국대 한국문학연구소, 1988.

_____, 「노블, 청년, 제국 - 한국 근대소설의 통국가간 시작」, 『상허학보』 14, 상허학회, 2005.

일본어 자료

『芥川賞全集』 2, 文藝春秋, 1982.

廣松渉, 『近代の'超克'論』, 講談社, 1989.

広津和郎, 「文藝指標 (5)」, 中根隆行, 『表象の文化誌 - 近代日本と他者をめぐる知の植民地化』, 新曜社, 2004.

駒込 武, 『植民地帝国日本の文化統合』, 岩波書店, 1996.

宮田 節子・金英達・梁泰昊, 『創氏改名』, 明石書店, 1992.

宮田千鶴, 「'内鮮一体'の構造 - 日中戦下朝鮮支配政策についての一考察」, 柳澤遊・岡部牧夫 編, 『展望日本史 - 帝国主義と植民地』, 東京堂出版, 2001.

今和次郎, 『考現學入門』, ちくま文庫, 1987.

磯貝治良・黒古一夫, 『'在日'文学全集』, 勉誠出版, 2006.

金史良, 「朝鮮文化通信」, 『現地報告』, 1940.

_____, 『(小說集)光の中に』, 小山書店, 1940.

_____, 「母への手紙」, 『金史良全集』 4, 河出書房新社, 1973.

金英達, 『創氏改名の研究』, 未來社, 1997.

南富鎮, 『近代文学の"朝鮮"体験』, 勉誠出版, 2001.

_____, 『文学の植民地主義 - 近代朝鮮の風景と記憶』, 世界思想社, 2005.

南次郎, 『国民精神総動員朝鮮連盟役員總會席上総督挨拶』, 1939.5.30.

内海愛子, 『戦後補償から考える日本とアジア』, 山川出版社, 2002.

大村益夫・布袋敏博 編, 『朝鮮文学関係日本語文献目録 : 1882.4~1945.8』, 緑陰書房, 1997.

大村益夫・布袋敏博, 『近代朝鮮文学日本語作品集』, 緑蔭書房, 2004.

渡邊一民, 『'他者'としての朝鮮 文學的考察』, 岩波書店, 2003.

李寶鏡, 「愛か」, 『白金學報』 19, 1909.

林浩治, 『在日朝鮮人日本語文学論』, 新幹社, 1991.

朴春日, 『近代日本文口における朝鮮像』, 末口社, 1969.

白川豊,『植民地期朝鮮の作家と日本』, 大学教育出版, 1995.

山崎義光,「モダニズムの言説様式としての「座談会」-「新潮合評会」から『文藝春秋』の「座談会」へ」,『国語と国文学』, 東京大学国語国文学会, 2006.12.

山室信一,『キメラ―満洲国の肖像』, 中央公論新社, 1993.

三木清,『東亜協同体の哲学-世界史的立場と近代東アジア』(三木清批評選集), 書肆心水, 2007.

三木清, 内田弘 編,『三木清 東亜協同体論集』, こぶし書房, 2007.

小野秀雄,『大阪毎日新聞社史』, 大阪毎日新聞社, 1925,

小熊,『単一民族神話の起源』.

小熊英二,『「日本人」の境界-沖縄・アイヌ・台湾・朝鮮 植民地支配から復帰運動まで』, 新曜社, 1998.

_____,『単一民族神話の起源-'日本人'の自画像の系譜』.

松田利彦,「総力戦期の植民地朝鮮における警察行政―警察官による「時局座談会」を軸に」,『日本史研究』452, 2000.

水野直樹,「戦時期の植民地支配と'内外地行政一元化'」,『人文学部』79.

任展慧,『日本における朝鮮人の文学の史-1945年まで』, 法政大学出版局, 2005.

張赫宙,「僕の文学」,『文芸首都』1-1, 1933.1.

_____,「餓鬼道」,『改造』14-4, 1939.4.

田中隆一,「対立と統合の「鮮満」関係:「内鮮一体」・「五族協和」・「鮮満一如」の諸相」,『ヒストリア』152, 大阪歴史学会, 1996.

鄭百秀,「李光洙・金史良の日本語・朝鮮語小説-植民地期朝鮮人作家の二言語文學の在り方」, 東京大学 博士論文, 1996.

井上ひさし・小森陽一,『座談会昭和文学史』5, 集英社, 2004.

趙寛子,「「親日ナショナリズム」の形成と破綻-「李光洙・民族反逆者」という審級を超えて」,『現代思想』, 2001.12.

趙寛子,「日中戦争期の「朝鮮学」と「古典復興」―植民地の「知」を問う」,『思想』947.

朝鮮總督府 編,「新版京城案内」

中根隆行,『朝鮮表象の文化誌-近代日本と他者をめぐる知の植民地化』, 新曜社, 2004.

倉橋正直,『日本の阿片戦略―隠された国家犯罪』, 共栄書房, 1996.

川創 編,『朝鮮-「外地」の日本語文学選』, 新宿書房, 1996.

川村湊,『満洲崩壊―大東亜文学と作家たち』, 文藝春秋, 1997.

青野季吉,「本年文壇の疎闊的観察」,『行動』1-3, 1933.

村井,『南島イデオロギ―の発生』

崔真碩,「日中戦争期朝鮮知識人の内鮮一体論」,『Quadrante』7, 東京外國語大學海外事情研究所, 2005.

板垣直子,『事変下の文学』(近代文芸評論叢書 22), 日本図書センタ―, 1992.

坂井直樹 外,「座談會－文化の政治性」,『世界』488, 1993.11.

下村作次郎,『文学で読む台湾－支配者・言語・作家たち』, 田畑書店, 1994.

荒木利一郎,『大阪毎日新聞五十年』, 大阪毎日新聞社, 1932.

영어 자료

Aczel, Richard., "Understanding as Over-hearing: Towards a Dialogics of Voice." *New Literary History* 32, 2001.

Ahluwalia, D. P. S., *Out of Africa:Post-Structuralism's Colonial Roots*, Abingdon, UK : Routledge, 2010.

Ahmad, Aijaz, "Jameson's Rhetoric of Otherness and the 'National Allegory'", *In Theory:Classes, Nations,Literatures*, London : Verso, 1992.

Anderson, Benedict, *Imagined Communities:Reflections on the Origin and Spread of Nationalism*, London : Verso, 1983; 1991.

Appadurai, Arjun, *Modernity at Large:Cultural Dimensions of Globalization*, Minneapolis : University of Minnesota Press, 1996.

Atkins, E. Taylor, *Primitive Selves:Koreana in the Japanese Colonial Gaze, 1910~1945*, Berkeley: University of California Press, 2010.

Barlow, Tani E., ed., *Formations of Colonial Modernity in East Asia* Durham, NC : Duke University Press, 1997.

Baskett, Michael, "The Attractive Empire : Colonial Asia in Japanese Imperial FilmCulture, 1931~1953", PhD diss., University of California, Los Angeles, 2000.

_____, *Attractive Empire:Transnational Film Culture in Imperial Japan*, Honolulu : University of Hawai'i Press, 2008.

Bhabha, Homi, *The Location of Culture*, London : Routledge, 1994.

Bourdieu, Pierre, *The Field of Cultural Production : Essays on Art and Literature*, Cambridge, UK :
　　Polity Press, 1993.

Boym, Svetlana, *The Future of Nostalgia*, New York : Basic Books, 2001.

Brandt, Kim, *Kingdom of Beauty : Mingei and the Politics of Folk Art in Imperial Japan*, Durham, NC
　　: Duke University Press, 2007.

_____, "Objects of Desire : Japanese Collectors and Colonial Korea", *positions* 8-3, Win-
　　ter.2000.

Butler, Judith, *Bodies That Matter : On the Discursive Limits of "Sex"*, New York : Routledge, 1993.

_____, *Gender Trouble : Feminism and the Subversion of Identity*, New York : Routledge,
　　1990.

Calichman, Richard F. ed., *Overcoming Modernity : Cultural Identity in Wartime Japan*, New York :
　　Columbia University Press, 2008.

Caprio, Mark E., *Japanese Assimilation Policies in Colonial Korea, 1910~1945*, Seattle : University
　　of Washington Press, 2009.

Casanova, Pascale, *The World Republic of Letters*, Cambridge, MA : Harvard University Press,
　　2004.

Chakrabarty, Dipesh, *Provincializing Europe : Postcolonial Thought and Historical Difference*, Prince-
　　ton, NJ : Princeton University Press, 2008.

Chen, Kuan-Tsing, *Asia as Method : Toward Deimperialization*, Durham, NC : Duke University
　　Press, 2010.

Ching, Leo, *Becoming "Japanese" : Colonial Taiwan and the Politics of Identity Formations*, Berkeley :
　　University of California Press, 2001.

_____, "Give Me Japan and Nothing Else!' : Postcoloniality, Identity, and the Traces of
　　Colonialism", South Atlantic Quarterly 99-4, 2000.

Chow, Rey, "Things, Common/Places, Passages of the Port City : On Hong Kong and Hong
　　Kong Author Leung Ping-kwan", Shu-mei Shih · Chien-hsih Tsai · Brian Bernard, eds.,
　　Sinophone Studies : A Critical Reader, Columbia University Press, 2013.

_____, *Woman and Chinese Modernity : The Politics of Reading between West and East*, Minneap-
　　olis : University of Minnesota Press, 1991.

_____, *Writing Diaspora Tactics of Intervention in Contemporary Cultural Studies*, Bloomington

: Indiana University Press, 1993.

Christ, Carol Ann, "The Sole Guardians of the Art Inheritance of Asia : Japan and China at the 1904 St. Louis World's Fair", positions : east asia cultures critique 8-3, 2000.

Christy, Alan, "Making Imperial Subjects in Okinawa", Tani E. Barlow, ed., *Formations of Colonial Modernity*, Durham, NC : Duke University Press, 1997.

Clapp, Priscilla · Akira Iriye · Joint Committee on Japanese Studies, *Mutual Images : Essays in American-Japanese Relations*, Cambridge, MA : Harvard University Press, 1975.

Conant, Ellen P., "Refractions of the Rising Sun : Japan's Participation in International Exhibitions, 1862~1910", Tomoko Sato · Toshio Watanabe, eds., *Japan and Britain : an Aesthetic Dialogue, 1850~1930*, London : Lund Humphries, 1991.

Cumings, Bruce, *Korea's Place in the Sun : A Modern History*, New York : W. W. Norton, 2005.

Dainotto, Roberto M., *Europe in Theory*, Durham, NC : Duke University Press, 2007.

Deleuze, Gilles · Felix Guattari, *Kafka : Toward a Minor Literature*, Minneapolis : University of Minnesota Press, 1986.

Derrida, Jacques, *Monolingualism of the Other, or the Prosthesis of Origin*, Stanford, CA : Stanford University Press, 1998.

_____, "Passages-from Traumatism to Promise", Peggy Kamuf et al., trans., *Derrida, Points : Interviews, 1974~1994*, Stanford, CA : Stanford University Press, 1995.

Dirlik, Arif, *Global Modernity : Modernity in the Age of Global Capitalism*, Boulder, CO : Paradigm Publishers, 2007.

_____, "The Postcolonial Aura : Third World Criticism in the Age of Global Capitalism", *Critical Inquiry* 20-2, 1994.

Douglas, Mary, *Purity and Danger : An Analysis of Concepts of Pollution and Taboo*, New York : Praeger, 1966.

Dower, John W., *War without Mercy : Race and Power in the Pacific War*, New York : Pantheon Books, 1986.

Driscoll, Mark, *Absolute Erotic, Absolute Grotesque : The Living, Dead, and Undead in Japan's Imperialism, 1895~1945*, Durham, NC : Duke University Press, 2010.

Duara, Prasenjit, *Rescuing History from the Nation : Questioning Narratives of Modern China*, Chicago : University of Chicago Press, 1996.

_____, *Sovereignty and Authenticity : Manchukuo and the East Asian Modern*, Lanham, MD : Rowman and Littlefield, 2003.

Duus, Peter, *The Abacus and the Sword : The Japanese Penetration of Korea, 1895~1910*, Berkeley : University of California Press, 1998.

Eagleton, Terry, "Field Day Theatre Company", Fredric Jameson · Edward W. Said, *Nationalism, Colonialism, and Literature*, Minneapolis : University of Minnesota Press, 1990.

Evans, Dylan, *An Introductory Dictionary of Lacanian Psychoanalysis*, London : Routledge, 1996.

Fabian, Johannes, *Time and the Other : How Anthropology Makes Its Object*, New York : Columbia University Press, 1983.

Fanon, Frantz, Charles Lam Markmann, trans, *Black Skin, White Masks*, New York : Grove Press, 1967.

Freud, Sigmund, "The Uncanny", James Strachey, ed. and trans., *The Standard Edition of the Complete Psychological Works of Sigmund Freud* 17(1919), London : Hogarth Press, 1957.

Freud, Sigmund · Anna Freud · James Strachey, *The Standard Edition of the Complete Psychological Works of Sigmund Freud*, London : Hogarth Press / Institute of Psychoanalysis, 1953.

Fujitani, Takashi, *Race for Empire : Koreans as Japanese and Japanese as Americans during World War II*, Berkeley : University of California Press, 2011.

Gramsci, Antonio · Quintin Hoare · Geoffrey Nowell-Smith, *Selections from the Prison Notebooks of Antonio Gramsci*, New York : International Publishers, 1972.

Hall, Stuart, "The West and the Rest : Discourse and Power", Stuart Hall · Bram Gieben, ed., *Formations of Modernity*, Oxford : Polity in association with Open University, 1992.

Hanawa, Yukiko · Naoki Sakai, *Traces 1 : Specters of the West and the Politics of Translation*, Ithaca, Hong Kong University Press, 2001.

Hanscom, Christopher, "A Question of Representation : Korean Modernist Fiction of the 1930s", PhD diss., UCLA, 2006.

_____, *The Real Modern : Literary Modernism and the Crisis of Representation in Colonial Korea*, Cambridge, Harvard University Press, 2013.

Hardt, Michael · Antonio Negri, *Empire, Cambridge*, MA : Harvard University Press, 2000.

Harootunian, Harry D., "'Modernity' and the Claims of Untimeliness", *Postcolonial Studies* 13-4, 2010.

_____, *Overcome by Modernity : History, Culture, and Community in Interwar Japan*, Princeton, NJ : Princeton University Press, 2000.

Harris, Neil, "All the World a Melting Pot? Japan at American Fairs, 1876~1904", Akira Iriye, ed., *Mutual Images : Essays in American-Japanese Relations*, Cambridge, MA : Harvard University Press, 1975.

Hobsbawm, E. J., *The Age of Empire, 1875~1914*, New York : Pantheon Books, 1987.

Hobsbawm, E. J. · T. O. Ranger, *The Invention of Tradition*, Cambridge : Cambridge University Press, 1992.

Hohn, Maria · Seungsook Moon, *Over There : Living with the U.S. Military Empire from World War Two to the Present*, Durham, NC : Duke University Press, 2010.

Huang Yuan, ed., Hu Fung, trans., *Shanling : Chaoxian Taiwan duanpian xiaoshuo ji* [Mountain spirits : Korean and Taiwanese short story collection], Shanghai : Wenhua shenghuo chubanshe, 1936.

Hughes, Theodore H., *Literature and Film in Cold War South Korea : Freedom's Frontier*, New York : Columbia University Press, 2012.

Hunt, Michael H. · Steven I. Levine, *Arc of Empire : America's Wars in Asia from the Philippines to Vietnam*, Chapel Hill : University of North Carolina Press, 2012.

Hutcheon, Linda, *A Theory of Parody : The Teachings of Twentieth-Century Art Forms*, Urbana : University of Illinois Press, 2000.

Irigaray, Luce, *Ethique de la différence sexuelle*, Paris : Editions de Minuit, 1984.

Jameson, Fredric, *Postmodernism, or, the Cultural Logic of Late Capitalism*, Durham, NC : Duke University Press, 1990.

_____, *A Singular Modernity : Essay on the Ontology of the Present*, London : Verso, 2002.

_____, "Third-World Literature in the Era of Multinational Capitalism", *Social Text* 15, 1986.

Jennings, John M., "The Forgotten Plague : Opium and Narcotics in Korea under Japanese Rule 1910~1945", *Modern Asian Studies* 29-4, 1994.

_____, *The Opium Empire : Japanese Imperialism and Drug Trafficking in Asia, 1895~1945*, Westport, CT : Praeger, 1997.

Kaplan, Amy · Donald E. Pease, *Cultures of United States Imperialism*, Durham, NC : Duke University Press, 1993.

Kawamura Minato, *Manshū hōkai : Daitōa bungaku to sakkatachi* [The collapse of Manchuria : Greater East Asia and its writers], Bungei shunjū, 1997.

Kawashima, Ken C., *The Proletarian Gamble : Korean Workers in Interwar Japan*, Durham, NC : Duke University Press, 2009.

Keene, Donald, "Japanese Writers and the Greater East Asia War", *Journal of Asian Studies* 23-2, 1964.

Kleeman, Faye, *Under an Imperial Sun : Japanese Colonial Literature of Taiwan and the South* Honolulu : University of Hawaii Press, 2003.

Kingsberg, Miriam, *Moral Nation : Modern Japan and Narcotics in Global History*, Berkeley : University of California Press, 2014.

Klein, Christina, *Cold War Orientalism : Asia in the Middlebrow Imagination, 1945~1961*, Berkeley : University of California Press, 2003.

Kobayashi, Hideo, "Colonial Modernity for an Elite Taiwanese Lim Bo-Seng : The Labyrinth of Cosmopolitanism", Liao Ping-wei · David Der-wei Wang, eds., *Taiwan under Japanese Colonial Rule, 1895~1945 : History, Culture, Memory*, New York : Columbia University Press, 2006.

Kobayashi, Hideo · Paul Anderer, Paul Anderer, ed and trans. and intro., *Literature of the Lost Home : Kobayashi Hideo-Literary Criticism, 1924~1939*, Stanford, CA : Stanford University Press, 1995.

Kristeva, Julia, "Approaching Abjection", Leon S. Roudiez, trans., *Powers of Horror : An Essay on Abjection*, New York : Columbia University Press, 1982.

_____, *Powers of Horror : An Essay on Abjection*, New York : Columbia University Press, 1982.

_____, *Strangers to Ourselves*, New York : Columbia University Press, 1991.

Kwon, Nayoung Aimee, "Translated Encounters and Empire : Colonial Korea and the Literature of Exile", PhD diss., UCLA, 2007.

Lacan Jaques, "The Mirror Stage as Formative of the I Function, as Revealed in Psychoanalytic Experience", *Ecrits : A Selection*, New York : W. W. Norton, 1977.

Laplanche, J. · J. B. Pontalis, eds., Donald Nicholson-Smith, trans., *The Language of Psycho-Analy-*

sis, New York : W. W. Norton, 1973.

Larsen, Kirk W., *Tradition, Treaties, and Trade : Qing Imperialism and Chŏson Korea, 1850~1910*, Boston : Harvard University Asia Center, 2011.

Lee, Hyangjin, *Contemporary Korean Cinema : Identity Culture and Politics*, Manchester, United States : Palgrave, 2000.

Lee, Leo Ou-fan, *Shanghai Modern : The Flowering of a New Urban Culture in China, 1930~1945*, Cambridge, MA : Harvard University Press, 1999.

Lee, Peter H., "The Road to Ch'unhyang : A Reading of the *Song of the Chaste Wife Ch'unhyang*", *Azalea* 3 : 2010.

Lewis, Pericles, *The Cambridge Introduction to Modernism*, Cambridge : Cambridge University Press, 2007.

Liao Ping-wei · David Der-wei Wang, eds., *Taiwan under Japanese Colonial Rule, 1895~1945 : History, Culture, Memory*, New York : Columbia University Press, 2006.

Lippit, Seiji M., *Topographies of Japanese Modernism*, New York : Columbia University Press, 2002.

Liu, Lydia, ed., *Tokens of Exchange : The Problem of Translation in Global Circulation Durham*, NC : Duke University Press, 1999.

_____, *Translingual Practice : Literature, National Culture, and Translated Modernity-China 1900~1937*, Stanford, CA : Stanford University Press, 1997.

Mack, Edward Thomas, *Manufacturing Modern Japanese Literature : Publishing, Prizes, and the Ascription of Literary Value*, Durham, NC : Duke University Press, 2010.

McAlister, Melani, *Epic Encounters : Culture, Media, and U.S. Interests in the Middle East, 1945~2000*, Berkeley : University of California Press, 2001.

McClintock, Anne, *Imperial Leather : Race, Gender, and Sexuality in the Colonial Conquest*, New York : Routledge, 1995.

Mignolo, Walter, *The Darker Side of Western Modernity : Global Futures, Decolonial Options*, Durham, NC : Duke University Press, 2011.

_____, "The Geopolitics of Knowledge and The Colonial Difference", *The South Atlantic Quarterly* 101-1, 2002.

Miyoshi, Masao, *Off Center : Power and Culture Relations between Japan and the United States*, Cambridge, MA : Harvard University Press, 1991.

Modern Girl Around the World Research Group, ed., *The Modern Girl around the World : Consumption, Modernity, and Globalization*, Durham, NC : Duke University Press, 2008.

Mufti, Aamir, "The Aura of Authenticity", *Social Text* 18-3, 2000; "Munhakcha u ˘ i chagi pip'an" [Writers' self-reflection], *Inmin yesul* 2, 1946.

_____, "Izoku no otto" (Foreign husband), Nayoung Aimee Kwon, trans., Melissa Wender, ed., *Into the Light : An Anthology of Literature by Koreans in Japan*, Honolulu : University of Hawaii Press, 2010.

Norindr, Panivong, *Phantasmatic Indochina : French Colonial Ideology in Architecture, Film, and Literature*, Durham, NC : Duke University Press, 1996.

Ōmura Masuo, "Kang Kyŏngae Ingan munje p'anbon pigyo" [Comparison of various versions of Ingan munje], Waseda University Chōsen bunka kenkyūkai, 2006.

Park, Hyun Ok, *Two Dreams in One Bed : Empire, Social Life, and the Origins of the North Korean Revolution in Manchuria*, Durham, NC : Duke University Press, 2005.

Pratt, Mary Louise, *Imperial Eyes : Travel Writing and Transculturation*, London : Routledge, 1992.

Rhys, Jean · Charlotte Bronte · Judith L. Raiskin, *Wide Sargasso Sea*, New York : W. W. Norton, 1999.

Robertson, Jennifer Ellen, *Takarazuka : Sexual Politics and Popular Culture in Modern Japan*, Berkeley : University of California Press, 1998.

Robinson, Michael Edson, *Cultural Nationalism in Colonial Korea, 1920~1925*, Seattle : University of Washington Press, 1988.

Rosaldo, Renato, "Imperialist Nostalgia", *Representation* 26, 1989.

Rutt, Richard · Kim Chong-Un, *Virtuous Women : Three Classic Korean Novels*, Seoul : The Royal Asiatic Society, Korea Branch, 1979.

Saaler, Sven · J. Victor Koschmann, eds., *Pan-Asianism in Modern Japanese History : Colonialism, Regionalism and Borders*, London : Routledge, 2007.

Said, Edward, *Culture and Imperialism*, New York : Knopf, 1993.

_____, *Orientalism*, New York : Vintage Books, 1978.

_____, *Reflections on Exile and Other Essays*, Cambridge, MA : Harvard University Press, 2000.

_____, "Representing the Colonized : Anthropology's Interlocutors", *Reflections on Exile and Other Essays*, Cambridge, MA : Harvard University Press, 2000.

_____, "Traveling Theory Reconsidered", *Reflections on Exile and Other Essays*, Cambridge, MA : Harvard University Press, 2000.

Sakai, Naoki, "Modernity and Its Critique : The Problem of Universalism and Particularism", Masao Miyoshi · H. D. Harootunian eds., *Postmodernism and Japan*, Durham, NC : Duke University Press, 1989.

_____, *Translation and Subjectivity : on "Japan" and Cultural Nationalism*, Minneapolis : University of Minnesota Press, 1997.

_____, "You Asians : On the Historical Role of the West and Asia Binary", *South Atlantic Quarterly* 99-4, 2000.

Santner, Eric L., *Stranded Objects : Mourning, Memory, and Film in Postwar Germany*, Ithaca, NY : Cornell University Press, 1990.

Sato, Tomoko · Toshio Watanabe, eds., Japan and Britain : An Aesthetic Dialogue 1850~1930, London : Lund Humphries in association with the Barbican Art Gallery, 1991.

Schmid, Andre, "Colonialism and the 'Korea Problem' in the Historiography of Modern Japan", *Journal of Asian Studies* 59-4, 2000.

_____, *Korea between Empires, 1895~1919*, New York : Columbia University Press, 2002.

Scott, Christopher, "Invisible Men : The Zainichi Presence in Postwar Japanese Culture", Phd diss., Stanford University, 2006.

Shih, Shu-mei, *The Lure of the Modern : Writing Modernism in Semicolonial China, 1917~1937*, Berkeley : University of California Press, 2001.

Shih, Shu-mei · Chien-hsin Tsai.Brian Bernards, *Sinophone Studies : A Critical Reader*, New York : Columbia University Press, 2013.

Shils, Edward, *Tradition*, Chicago : University of Chicago Press, 1981.

Shin, Gi-Wook · Michael Robinson, eds., *Colonial Modernity in Korea*, Cambridge, MA : Harvard University Press, 1999.

Spivak, Gayatri Chakravorty, *A Critique of Postcolonial Reason : Toward a History of the Vanishing Present*, Cambridge, MA : Harvard University Press, 1999.

_____, "Can the Subaltern Speak?", C. Nelson · L. Grossberg, eds., *Marxism and the Interpretation of Culture*, Basingstoke ∶ Macmillan Education, 1988.

_____, *Other Asias*, Malden, M.A. ∶ Blackwell Publishing, 2008.

Stewart, Susan, *On Longing ∶ Narratives of the Miniature, the Gigantic, the Souvenir, the Collection*, Durham, NC ∶ Duke University Press, 1993.

Suh, Serk-Bae, *Treacherous Translation*, Berkeley ∶ University of California Press, 2013.

Suzuki, Tomi, *Narrating the Self ∶ Fictions of Japanese Modernity*, Stanford, CA ∶ Stanford University Press, 1996.

Tanaka, Stefan, *Japan's Orient ∶ Rendering Pasts into History*, Berkeley ∶ University of California Press, 1993.

Thornber, Karen, *Empire of Texts in Motion ∶ Chinese, Korean, and Taiwanese Transculturations of Japanese Literature*, Cambridge, MA ∶ Harvard University Press, 2009.

Tyler, William Jefferson, *Modanizumu ∶ Modernist Fiction from Japan, 1913~1938*, Honolulu ∶ University of Hawaii Press, 2008.

Uchida, Jun · Harvard University Asia Center, *Brokers of Empire ∶ Japanese Settler Colonialism in Korea, 1876~1945*, Cambridge, MA ∶ Harvard University Press, 2011.

Van Pelt, Tamise, "Otherness", *Postmodern Culture* 10-2, 2000.

Vlastos, Stephen, ed., *Mirror of Modernity ∶ Invented Traditions of Modern Japan*, Berkeley ∶ University of California Press, 1998.

Watanabe Naoki, "Manchuria and the Agrarian-Proletariat Literature of Colonial Korea", at the annual meeting of the Association for Asian Studies, Boston, MA, 2007.3.22~25.

Weisenfeld, Gennifer, *Mavo ∶ Japanese Artists and the Avant-Garde 1905~1931*, Berkeley ∶ University of California Press, 2002.

Wender, Melissa, ed., *Into the Light ∶ Anthology of Literature by Koreans in Japan*, Honolulu ∶ University of Hawaii Press, 2011.

Wise, Christopher, *Derrida, Africa, and the Middle East*, New York ∶ Palgrave Macmillan, 2009.

Yamamuro Shin'ichi, *Manchuria under Japanese Domination*, Philadelphia ∶ University of Pennsylvania Press, 2006.

Yamamuro, Shin'ichi · Joshua A. Fogel, *Manchuria under Japanese Domination*, Philadelphia ∶ University of Pennsylvania Press, 2006.

Yi Haeryŏng, "Maybe Love(Ai ka)", John Wittier Treat, trans., *Azalea:Journal of Korean Literature & Culture* 4, 2011.

_____, "Saranginga", Kim Yunsik, trans., *Munhak sasang*, 1981.2.

Yokomitsu Riichi, Dennis Keene, trans., *Love and Other Stories of Yokomitsu Riichi*, University of Tokyo Press, 1974.

Young, Louise, *Japan's Total Empire:Manchuria and the Culture of Wartime Imperialism*, Berkeley : University of California Press, 1998.

Young, Robert J. C., *Colonial Desire:Hybridity in Theory, Culture, and Race*, London : Routledge, 1995.

찾아보기

주제어

작품